新古典新義

朱曉海主編

臺灣 學生書局 印行

1945年8月欣聞抗戰勝利,一舉剃去蓄達八年之長髯,
攝於西南聯大新校舍園內。

弁　言

　　聞先生諱家驊，號一多，湖北浠水人，家世望族。民國二年秋，入清華學校，十一年畢業，赴美留學，先後於芝加哥藝術學院研究美術、科羅拉多大學研究外國文學。十四年返國後，應聘各著名學府，歷任國立藝專教務長、國立政治大學訓導長、武漢大學文學院院長兼中文系主任、青島大學文學院院長等職。民國二十一年返母校中文系執教。抗戰軍興，平、津淪陷，先生南下長沙，繼又由長沙步行千里抵昆明，任職於西南聯大中文系；二十九年起，兼代朱先生佩弦掌系務。三十年加入民主同盟。三十五年猝殞於昆明，享年四十有七。

　　先生乃民國學術史上之佼佼者，具有多方面影響。既是詩人、藝術家，又是學者。身為詩人，篇什表率一方，〈紅燭〉、〈死水〉乃三十年代詩壇之異數，文學評論者推其意象之凸顯、聲調之鏗鏘，同儕恐瞠乎其後。設言其藝術成就，擅長篆科、繪畫，雖不以此名世，然抗戰期間學子（包括其哲嗣）為其靈光熱情興發，而獻身藝術國度者，所在皆是。若夫先生之學術成就，更無庸贅言。獨闢蹊徑，會通人類學、神話學及傳統訓詁考據之法門，新、舊映發，理、事交融，既不出主入奴，亦掃理障字礙，析義之深、見識之弘，迥出時流之上。其《古典新義》、《神話與詩》早已被學界奉為古典研究之圭臬，啟沃我後學良多。

　　不僅創作、研究度邁群倫，先生對正義之承諾、教育之投入，立身清介，情性熾烈，感人尤深，至終且以生命為祭。抗戰期間，清大所以得於艱厄中，猶克朗現學術光芒，發揮學術尊嚴、研究自立之精神，致四大導師去席後，清大人文光華巋然依舊，先生及其同事，如朱佩弦、馮芝生、張東蓀等，關涉實大。

　　雖因政治因素，半世紀已降清大分於兩岸各自發展，然兩校擁有共同之學術傳統，學子分享相同之學術記憶及寰宇聲響。一九九九年十月二十三日適值先生百周年慶，本諸報本崇德之彝則，兩岸清大決定繼一九九七年王靜安先生百二十周年國際學術研討會後，再度攜手召開紀念先生百周年誕辰國際研討會。先生畢生研究

領域，唐詩等外，皆顳於上古，雖有神話、古文字之殊，《易》、《詩》之眹，實環環相扣，互資爲用，儼然一體，故擇此爲論文主題範圍。且年來古典文學研究或趨新而悖實，生吞活剝之弊不忍視；或陸沈而未開生面，誤以比次常識陳言爲工夫，相形之下，先生治學典範殊堪光表，爲吾人踵武。先生諸說一二今容或可商，然星周幾四，於我輩寧非應然者耶？可誇安在哉？設使猶轉有未企，洵愧對先賢矣。然竊以爲此尙屬餘事，深感朱鼎甫《無邪堂答問》卷一〈明儒學業質疑〉所言亟允切：有學問，有學術。學問之壞，於人無與也；學術之壞，則貽誤後世，厥罪惟鈞。清大仰承薪火，尤感責無旁貸。

　　用是，徵稿之際明言：不懼僻冷艱深，但忌浮詞泛藹、媚世煽俗者。解者自解，昧者任憑，不見凡庸晤賞何病？於焉然後見堂奧，非此不足以對揚先生學行卓然蒗塵之影。會後，諸作率分別延請該領域內專家二人以上審查，修改、通過后，爰襞集爲卷。姑妄署曰《新古典新義》，以爲誌。

　　緬惟在昔先生於國民黨轄區內見戕，四十三年後，乃於其政權範圍下四方雲集撰文追仰，歷史發展大勢之終不可抑昭然日下。魂兮歸來，庶幾引慰。

末學朱曉海序於新竹清華園
歲次辛巳月在鶉首

新古典新義

目　次

弁言 ……………………………………………………朱曉海　　Ⅰ

從比較神話學角度再論伏羲等幾位神話人物………………李福清　　1

楚帛書神話系統試說 ………………………………………曾憲通　　33

撈泥造陸──鯀、禹神話新探 ……………………………胡萬川　　45

殷墟甲骨文所見夜間時稱考 ………………………………黃天樹　　73

陸游與《易》 ………………………………………………三浦國雄　95

出土筮數與三易研究 ………………………………………李學勤　　107

同時性與感通──榮格與《易經》的會面 ………………楊儒賓　　113

《詩經》學的神聖化與元代《詩經》研究 ………………趙沛霖　　151

《詩經‧豳風‧七月》之「公子」及其相關問題…………洪國樑　　165

戰國秦漢間封禪祀典的構建 ………………………………徐興無　　195

馬王堆帛書《刑德》乙篇再探 ……………………………劉國忠　　215

荀學「起偽」別詮 …………………………………………朱曉海　　233

王船山注《楚辭‧遠遊》 …………………………………柳存仁　　255

《山海經》神話到小說的轉化機制──以《神異經》爲中心………鄭在書　283

《上清黃書過度儀》的文獻學研究 ………………………葛兆光　　293

新古典新義
頁 1～32
臺灣學生書局　2001 年 9 月

從比較神話學角度再論伏羲等
幾位神話人物

李福清　B.Riftin[*]

　　四○年代初，聞一多以伏羲爲中心開始研究中國古代神話。一九四八年朱自清編《聞一多全集》時，把手稿合編，題爲〈伏羲考〉[1]，聞一多的神話研究有幾個特徵：（一）古代文獻用得較全。（二）與許多當時的學者不同，聞一多不只利用古籍，也利用活的民間文學，特別是少數民族神話。（三）聞一多不只注意到中國少數民族民間文學，他也引用國外民族如印度中部的 Bhils，Kammars、北婆羅洲的 Pagans、越南的 Bahnars 等神話。雖然他用的資料主要轉引自芮逸夫的文章，但是他的研究法值得注意，因爲現在中國很多研究中國神話的人以國家爲主，忽視了中國大陸許多民族是跨境民族。如：雲南的佤族、景頗族、德昂族等也住在緬甸，而且大部分在緬甸。又如：苗族五十萬人居在越南；藏族一支從 16 世紀住在巴基斯坦的 Baltistan；東北鄂溫克與赫哲兩族，一部分在中國，另一部分在俄國西伯利亞、黑龍江北岸等地；新疆各族也是這樣，除了維吾爾族，哈薩克、塔吉克、柯克孜都散居在中亞各國，所以涉及跨境民族神話時，一定要搜集國外的材料。（四）除了

---

[*] 李福清，俄羅斯科學院通訊院士。

[1] 聞一多，〈伏羲考〉，馬昌儀編，《中國神話學文論選萃》（北京：中國廣播電視出版社，1994）上編，頁 683-753。

芮逸夫的文章，聞一多也常利用外國人搜集的中國少數民族的材料。這也非常重要，因爲現在研究中國少數民族的人都不注意前人，特別是外國人，採錄的中國大陸各族民間文學作品，如十九世紀八十年代俄國 N. G. Potanin 記錄的蒙古族、土族、藏族等族許多神話故事及敍事詩情節（1893 年在聖彼得堡出版一大本）[2]，或美國 D. Graham 多年採錄的川苗神話與民間故事（1954 年在華盛頓問世[3]，台灣東方文化中心再版）等等，當然 50-90 年代中國大陸學者也搜集了許多各族民間文學材料，但是十九世紀或二十世紀上半採錄的資料也非常重要，因爲不少故事現在已失傳或演變了。（五）雖然聞一多是語文學家，但也注意人類學家的研究及民俗調查。

　　這五十年，中國大陸、台灣、日本及西方學者寫了許多中國神話研究，也有人寫〈《伏羲考》補證〉[4]、〈伏羲新考〉[5]，但實際上沒有提什麼不同於聞一多的原則性看法，也沒有利用在他之後新發現的考古與民間文學材料。筆者想從當前比較神話學角度，仍以伏羲爲中心，再談一些有關的問題。

壹

　　伏羲是典型的文化英雄（culture hero）。學者以爲文化英雄是較原始的（very archaic）神話人物，他爲人類取得各種文化物品，如火、各種可栽培或可吃的植物、製造各種工具、教人類狩獵捕魚等技藝，制定某些社會制度，如婚禮、祭典、節慶。有的民族把造宇宙之事，如從宇宙海到陸地，制定天上的星球，安排晝夜或四季、潮汐漲退，造人、培養最早的人等等也歸在文化英雄身上[6]。最原始的人以爲這些物品屬先祖老母或地府（死人）、女主、天神，各種神主（如林主、水主等）所有。

---

[2] Potanin G. N., Tanguto-tibetskaja okraina Kitaja: Zenral'naja Mongolija 〔唐古特－西藏邊區與中央蒙古地區〕, St. Peterburg, 1893。

[3] Graham D. C., The Songs and Stories of the Ch'uan Miao, Washington, 1954。

[4] 雒江生，〈《伏羲考》補證〉，霍想有主編，《伏羲文化》（北京：中國社會出版社，1994），頁 78-83。

[5] 傅小凡、李建成，〈伏羲新考〉，同上，頁 230-236。

[6] Meletinskij E. M., "Kul'turnyj geroj" [文化英雄]－Mify narodov mira, Moscow, 1992, t. 2, p. 25。

最典型的例子是盜火神話，如澳州 Victoria 省原住民說：原來只有小動物 bandicut 才有火；另一個地區部落說：原來只有水鼠才有火，後來一隻鳥用各種辦法盜火。美洲印第安人神話中盜火的也是動物，如美國小狼或牡鹿、海狸、家兔、狐狸、鼠、各種鳥[7]。中國大陸南部，如雲南拉祜族神話說：老鼠最先得到厄莎天神用心運出的火星，在雲南傣族神話中，螳螂告訴人類火藏在石頭裡[8]。這些神話中的取火者都是動物，實際上動物都不會用火，只有人用火。在原始神話中常有這樣的情況，如台灣鄒族說：古時女人有鬍子，男人則無。根據同樣的邏輯，從前動物有火，人類沒有。也可能盜火的動物與原始社會圖騰有關。

在不那麼原始的社會，如大洋洲原住民神話中，盜火的開始具有人格，根據玻里尼西亞及其他地區神話，盜火者是生在天上的 Maui，他從地府老母盜火，70 年代中國河南採錄的神話說：商於從玉帝那裏盜火[9]，古希臘神話敘述 Prome theus 從天府盜火。可說最原始神話中由動物取（盜）火，時代晚一點，是人格化的文化英雄，再晚期，文明社會觀念中取（盜）火的是天神，但是這些天神還保留文化英雄的特徵，在最原始的神話中這些當文化人物的動物也是部落或種族的始祖。

很可能神話思維與觀念從動物形象漸漸演變到半人半獸的始祖，再演變到完全人格化的英雄，這些人格化的文化英雄通常不盜取文化物品，而用各種工具（鐵匠用的錘或陶工轆轤及其他工具）製造文化物品。

文化英雄形象比神的形象形成得早，後來文化英雄可以神化，人民開始崇拜他，爲了紀念他，人們舉行祭典，建廟宇等等。因爲文化英雄常與創世者混合，所以一些創世功績也往往會歸於他[10]。但是有一個問題，最原始的民族沒有創世神話，也沒有創世者，初民沒有考慮到宇宙是怎麼形成的，譬如很原始的台灣原住民沒有什麼宇宙觀，沒有創世神話，只有一些調整宇宙，即舉天神話，或一些地形因素，如山丘、湖的來源（都與巨人活動有關）。因爲原始（archaic）神話中沒有創世者

---

[7] Tokarev S. A., Ogon [火]，同上，頁 239。

[8] 陶陽、牟鍾秀，《中國創世神話》（臺北：東華書局，1990），頁 274。

[9] 張振犁，《中原古典神話流變論考》（上海：上海文藝出版社，1991）。

[10] 同註 6。

（demiurgic）形象，所以可以推測最原始的文化英雄也沒有創世者的特徵。

文化英雄除了爲人類得到各種文化物品，有時還與各種混亂的自然力（常有各式巨大怪物的外貌）鬥爭，因爲它們要毀掉已制定的秩序。在文明社會民族神話中文化英雄也可以變成建築者，如古代巴比倫神話與敘事詩英雄 Gilgamesh 也修城。

如果我們從比較神話學角度來看伏羲，可以說他大概不是最原始的神話英雄，當然他的半人半獸外貌證明他的形象在原始時代就形成了，但他的「發明」固有較原始的，也有較晚的特徵。大概最早人類把漁網發明歸在伏羲身上，公元二世紀《潛夫論·五德志》說：「（伏羲）結繩爲網以漁」[11]，據《抱朴子·對俗》：「太昊（伏羲）師蜘蛛而結網」[12]。《繹史》卷三引《世本》：「芒氏作羅」，注：「伏羲臣」，定是較晚的說法，因原始神話中始祖—文化英雄沒有什麼「臣」，他們自己作創造。漁網或其他漁具發明是文化英雄典型的功績，如芬蘭敘事詩中的創世者與文化英雄 Väinemöinen 也發明了漁網，指定可以捕漁的地方，發明第一艘船[13]，他也從大魚肚子中取火。這都證明 Väinemöinen 是最古漁業社會的英雄。伏羲發明漁網不只見於古書，1964 年四川省學生採錄流傳民間的神話中也講伏羲學蜘蛛編網而發明漁網[14]，當然講故事的人是否曾看過《抱朴子》很難說，但也可能是古神話的演變。也要注意，伏羲與芬蘭神話英雄 Väinemöinen 都沒有什麼與狩獵有關的事業，這大概證明伏羲形象形成在以漁爲業的原始社會（部落）。僅《尸子》有一句：「伏羲之世，天下多獸，教人以獵」[15]，但可能仿自其他書籍有關漁業之說。

上文指出：文化英雄最典型的功績是取火。根據《繹史》卷三所引《河圖挺佐輔》，伏羲與 Väinemöinen 及其他族神話文化英雄相同，也取火：「伏羲禪于伯

[11] 王符，《潛夫論》，《諸子集成》（北京：中華書局，1956），8 冊，頁 162。

[12] 葛洪，《抱朴子》，《諸子集成》，8 冊，頁 9。

[13] Meletinskij E. M., "Predri Prometeja" ［普羅修士之祖先］，Meletinskij E.M., Izbrannye stat'i Vospominanija, Moscow, 1998, p. 247。

[14] 〈伏羲女媧製人煙〉，《民間文學》3 期（1964 年）。

[15] 《尸子》引自劉雁翔，《伏羲廟誌》（蘭州：蘭州大學出版社，1995），頁 27。

牛，鑽木作火」[16]，當然其他的書把火的發明歸到燧人身上，但是《河圖挺佐輔》的說法大概不是偶然的。

　　雖然樂器的發明不會像漁網那麼早，但是古代神話常把樂器的發明也歸於較原始的文化英雄身上。上面提到的芬蘭神話中 Väinemöinen 用魚骨造 Kantele（瑟的一種），伏羲也作瑟（《世本・作篇》、《廣雅・釋樂》[17]）。古書把其他樂器的發明也與伏羲名字聯起來。按照《世本・作篇》，伏羲不只造瑟，也造琴[18]，《古今事物考》卷五〈樂器〉引《通禮義纂》曰：「伏羲作簫，十六管」，《拾遺記》說：「庖羲氏灼土為塤」[19]，可見弦、竹及用泥造的古樂器的發明都歸到伏羲這個文化英雄身上。中國古書中記載很簡略，特別是選編於古樂較發達的漢代者。但根據世界民間文學比較研究，我們知道在最原始的神話中文化英雄作樂器，如彈瑟為了招引要捕抓的水族與野獸，晚期神話中英雄彈瑟或吹笛為了招引喜歡聽音樂的水族與野獸及其水或林的主人（如龍王等），因伏羲形象也有較晚的特徵，所以漢代書中，他不只作樂器，而且作樂調，名為「立基」，一云「扶來」，亦曰「立本」（《驛史》引緯書《孝經緯・鉤命決》[20]），也要注意，《古今事物考》云：「太昊（即伏羲）有网罟之歌，則詩之始也」[21]，「网罟之歌」一定與捕魚有關係，古時也可能有招引水族之功能。

　　文化英雄通常不大用體力或勇氣，主要靠自己的智慧、狡猾、魔法、妖術[22]，因古書有關伏羲的記載過簡，不悉伏羲故事情節，但很可能真的沒有伏羲用過什麼魔法或妖術的傳聞，特別中國古代神話人物都不用什麼魔術，但這也可能與漢族民

---

[16] 袁珂、周明，《中國神話資料萃編》（成都：四川省社會科學院出版社，1985），頁 19。

[17] 同上。

[18] 同上。

[19] 引自柯楊，〈論伏羲神話傳說的文化史意義〉，《伏羲文化》，頁 75。

[20] 引自《伏羲廟誌》，頁 29。

[21] 同註 19。

[22] Meletinskij E. M., "Pervobytnye istoki slovesnogo iskusstva" [語言藝術原始淵源論]，Meletinskij E. M., Izbrannye stat'i..., p. 92。

族很現實的性格有關。按照《周易‧繫辭下傳》伏羲以觀天、地、鳥獸等，以類萬物之情，「始有筮」（明《天中記》卷四引《古史考》），與魔術可能有點類似。[23]

中國最早即公元前三千年已有養蠶業[24]，文化英雄也制訂各種生活規定，按照《世本‧作篇》：「伏羲制以儷皮嫁娶之禮」[25]，嫁娶的規定雖不是最原始的，但是也較古老，大概氏族制度分解時期形成。

中國古代文化很早成形，所以也把一些精神文化發明與伏羲聯繫，特別是古代曆法，像《春秋內事》：「伏羲氏建分八節以應天氣」[26]，以及《周髀算經》：「伏羲作曆度」[27]所載。學者以為曆法是因應農業耕作的產物，中國農業很早開始，所以很自然把曆法發明（最早大概立四節）歸於伏羲。雖然眾所周知漢字發明者是另一個神話人物─倉頡，但有些記載把這個非常重要的文化功績也與伏羲聯起來，如《補史記‧三皇本紀》說：「（伏羲）造書契以代結繩之政」[28]。契即刻，古代文字多用刀刻。

當然伏羲最有名的功績是造八卦，很多古書提到。造八卦不是像發明漁網那麼古老、原始的事業，但是在中國成了伏羲最重要的貢獻。後來大約從宋代開始，畫伏羲之時一定畫八卦（參見宋馬麟伏羲像），可以說八卦也成了伏羲的特徵符號，可見伏羲文化事業有最原始的，如教人捕漁，也有較晚的，與抽象思維、占卜及古代自然哲學（natural philosophy）有關係。

上面已說過：文化英雄不只給人類盜取或製造各種物品，他也為人們除害，殺各種害人的怪物。在記載伏羲事業古書中，沒有這類的神話痕跡，但是在中原地區流傳的民間神話中有〈伏羲降龍〉故事。有一天一條吃人肉、喝人血的黃龍從別處飛來，害百姓。伏羲在八卦台前算八卦，得知黃龍作惡。他乘六龍，來到了潭邊，

---

[23] 同註 16，頁 18。

[24] 同上，頁 19。

[25] 同上。

[26] 同註 20，頁 28。

[27] 同上。

[28] 瀧川龜太郎，《史記會注考證》（臺北：藝文印書館，1972），頁 7。

掏出能燒四海之水的小銅鍋，點火，潭裏的水就滾了，黃龍頂不住，變個老頭出來。後來又現出原形，直朝伏羲撲來，伏羲拿著老天爺送給他的青龍拐棍打黃龍背，黃龍見鬥不過伏羲，朝東海方向逃去[29]。這個故事當然受了民間故事的影響，與古神話不同。第一，故事說老天爺叫伏羲下凡世，這與原始的神話不同。第二，原始神話中神話人物不用像這個故事中的銅鍋與拐棍這類神奇寶物。但是同時要說神話人物與惡蛇（龍）鬥爭是世界神話與原始敘事詩典型的主題，中國晚期的傳說中也有不少歷史人物（如關羽、張飛、岳飛等）與害人之蛇鬥爭，爲人們除害，所以伏羲降龍的故事可能是模仿這類傳說編的，特別除了張楚北編《中原神話》這本書之外，筆者見不到伏羲降龍故事的其他異文，是不是這個故事是古代神話遙遠的反射，待考。

　　從古書有關伏羲文化事業的記載，看不出來他是人類始祖，既不是世界最早的人，也與造人類無關。但在一些較原始的神話中，文化英雄也是人類先祖。如在突厥—蒙古語系較原始的民族（雅庫特族、阿爾泰山上的 shor 族等等），文化英雄父母不詳，是世界上最早、孤獨的人[30]。在雅庫特族敘事詩歌《Hsjung Dzhasyp》中，從天上降下來的孤獨勇士 Agija，他造捕魚籠，後來用魚骨造弩。但不少原始神話或敘事詩中，最早、不知父母的人不是一個男人，而是兄妹兩人，有時是姐姐與弟弟[31]，他們的任務是產生人類。

貳

　　聞一多當然也談到伏羲與女媧的問題。這個問題非常複雜，聞一多認爲兩者同源[32]，都是葫蘆的化身，這有待商榷。從比較神話學來看，女媧形象應該比伏羲形成得早，很像母系社會的神母（當然「神母」這個詞不完全合適，因爲最原始思

---

[29] 張楚北編，《中原神話》（鄭州：海燕出版社，1988），頁 22-23。

[30] Meletinskij E. M., "O drevnejshem tipe geroja V epos tjurko-mongol'skirh narodov" [突厥—蒙古語系民族敘事詩英雄最古老的類型]—Meletinskij E. M. Izbrannye stat'i, p. 360-381。

[31] 同上，頁 368。

[32] 同註 1，頁 741。

維中沒有什麼神，如台灣原住民最原始的布農與泰雅兩族沒有神明的概念，海南島
上的黎族與布農族相同，只有鬼的信仰，沒有「神」的詞彙，特別與布農人相同）
[33]。所以學者把舊新石器時以石灰岩或木或象牙雕成的女性像稱爲「所謂女神」。
從 1908 年始考古學家在歐亞大陸發現了許多女像。筆者同意宋兆麟教授的意見，
這些女像有各種意義，如人類信仰女祖先、女始祖，「是較古老的信仰之一，最早
偶像化。女神產生是婦女以前重要社會地位在信仰中的反映」[34]，幾個部落的（可
能一個地區的）女始祖。《說文》曰：「媧，古之神聖女，化萬物者」。最原始的
澳洲原住民有最早的老母，稱爲 Kunapipi，她象徵富於生殖力的土壤及繁殖。女媧
也與土與陰有關。與伏羲相同，她也是早期的文化英雄。她的形象也有圖騰的特徵，
古書與漢代石刻像上她也是半人半蛇（龍）。文獻中最早的材料是屈原〈天問〉一
句：「女媧有體，孰制匠之」。這一句頗奇怪，有各種解釋，筆者以爲郭沫若的解
釋有些道理。郭沫若以爲「有體」原來不是女媧有身體之義，「有」乃「蛕」的假
借字，蛕是一種土蟲，蚯蚓之類（也有腹中長蟲之義），所以「女媧有體」即女媧
蟲身[35]。《山海經‧大荒西經》郭璞注：「女媧……人面蛇身」，蛕與蛇同類。可
能原始女媧是以蛕爲圖騰的部落之先祖。以各種蟲爲圖騰例子不多，但可提及台灣
布農族，布農神話中人類起源與蟲有關係，他們也禁殺蟲（蛇）[36]，很可能以蟲爲
圖騰，後來以蛇代替，與伏羲配合變成龍。屈原〈天問〉說：「孰制匠之」，許多
原始神話中說最早的人不知從那裏來，上面提到的雅庫特族神話先祖 G-Sogtor（孤
獨的），「不知怎麼出現，不知從天上掉下來或從地而出」[37]。浙江省青田地區探
錄的民間神話說：女媧不知從那裏掉下來的[38]。因爲神話說女媧用泥造人，所以屈
原追問誰造（制）女媧呢？上面已說過原始女先祖與土有關係，《抱朴子‧釋帶》：

---

[33] 宋光麟，〈中國史前的女神信仰〉，《中國歷史博物館館刊》1 期（1995 年），頁 127。

[34] 同上，頁 122。

[35] 郭沫若，〈桃都、女媧、加陵〉，《文物》1 期（1973 年）。

[36] 許世珍，〈台灣高山族的始祖創生傳說〉，《民族學研究所集刊》2 期（1956 年），頁 169。

[37] Böhtlingk O., Über die Sprache der Faruten, St. Petersburg, 1848, Bd. 1, S. 79。

[38] 《中國民間故事集成‧浙江卷》（北京：中國 ISBN 中心，1997），頁 17。

「女媧地出」。[39]

　　最古老的神話中女媧大概是個孤獨的人物，與伏羲沒有什麼關係（研究女媧神話的楊利慧也這樣想）。屈原只提女媧，未提及伏羲，長沙馬王堆發現的迎神旗只有一個長蛇尾的女神，大概是女媧，也無伏羲。雲南迪慶地區藏族人民傳說中，「女媧娘娘補天」只提到女媧，無伏羲。[40]

　　雖然最早的有關女媧的記載是屈原〈天問〉及其他古籍，但是最原始的最古老的女媧信仰可以發現於越南。這也不奇怪，因爲通常在偏僻的地區或在國外可以保存較古老的信仰與神話。越南不是全國有女媧（越南音 Nu Oa）信仰，只有一些農村才有，也有女媧廟。與其他廟裡的諸神不同，女媧是裸體、盤坐，用手打開她的大陰戶（越南人說女媧是陰戶最大的女人）。應該想起歐亞各地發現的新舊石器時代的所謂女神像都是裸體，極少有一些所謂刻畫衣紋，用以表示在胸部圍有帶狀物或套頭穿衣物。[41]石器時代的女像，無論歐洲或西伯利亞或中國遼寧、河北、內蒙古、陝西省發現的，還有一個特徵－－其形體多強調女性特徵：凸乳、孕婦大鼓腹、雙臂內附抱腹、兩腿屈膝蹲距。越南女媧像相同，也強調女性特徵——大陰戶。陰曆三月八日這些農村過紀念女媧之節，稱爲游蜆會（蜆象徵陰戶），各家先用泥作成大陰戶模型，當天敲鑼打鼓遊行到女媧廟，然後將陰戶模型磨成粉，每個人拿一把散在田裡，爲了好收穫。這類信仰定是非常原始的，大概比許多民族崇拜男性陽具還早。

　　現在保存的崇拜陰戶的例子極少，筆者只可以提及雲南白族女性生殖器崇拜儀式。雲南省劍川縣石寶山窟第一窟，有一塊三角形的石頭，中間鑿有一縫，象徵女性生殖器，白語叫「阿盎白」，即陰戶。每年石寶山廟會期間，趕會的白族婦女要向「阿盎白」點香燭，跪拜，用香油去撫摸「阿盎白」，以求子嗣[42]。世界不少民族神話故事中有巨大陽具母題，但在母題索引（St. Thopson，Mot.Index）中缺大

---

[39] 《抱朴子》，頁 36。

[40] 見《鍾敬文民間文學論集》（上海：上海文藝出版社，1982），上冊，頁 169。

[41] 江上波夫，〈關於舊石器時代的女神像〉，《北方文物》4 期（1987 年），頁 15。

[42] 《中國各民族宗教與神話大詞典》（北京：學苑出版社，1990），頁 7。

陰戶母題。人類學家以為女人裸體去田裡可以有助植物生長，所以田裡撒陰戶模型之粉沒有什麼奇怪的。河南省西華縣聶堆鄉思都崗村經常舉行女媧城廟會，據當地老鄉回憶，在以前的女媧祠裡，「女媧木胎有三尺多高，盤腿而坐，渾身沒有一絲衣服，僅在腰間纏繞許多樹葉子」[43]，這與越南女媧廟情況相似，腰間纏繞樹葉，大約模仿明代以來畫先祖的插圖。還可以加一個很有趣的細節，河南省淮陽、西華、河北涉縣等地都供奉女媧，每年二、三月（越南三月八日）舉行祭祀，求育者向女媧討娃娃，掏子孫窯，有些地方還跳交合舞蹈，甚至有夜間野合的遺風[44]。淮陽有伏羲陵，附近的老百姓至今用泥造各式小偶像，其中也有人身猴面像，其特徵是巨大陰戶，從咽喉部至腰間，據說這是伏羲、女媧的孩子。神話說：女媧照水看到自己的樣子，然後用泥造人。最有權威的中國民間玩具專家李村松教授以為這些泥像來源非常古老（根據傳統用的顏色），所以很可能這些不平常的大陰戶的泥偶保存女媧古老樣子的痕跡。女媧自古與生育有關係[45]。

　　女媧與伏羲都是神話中的文化英雄，但是她的功能不相同。女媧用泥造人，伏羲教人捕魚等。像較原始的文化英雄一樣，女媧也整理宇宙活動，但她不是造宇宙（如從宇宙海洋到各種島或把太陽、月亮及星宿安裝在天上等），她修補毀壞的宇宙成分：補天、斷鰲足以立四極。

　　文化英雄為人類除害，殺各種怪物。「文化英雄有時也與自發的混亂自然力而鬥爭，這些混亂的自然力化身為各種怪物，地府各種鬼等等」[46]。女媧也殺黑龍，《淮南子‧覽冥》曰：「女媧……殺黑龍以濟冀州」，注曰：「黑龍，水精也，殺之以止雨也」[47]。楊利慧以為黑龍「大約是乘著宇宙間秩序混亂而興風作浪的水怪」[48]，大概不完全對，因為注曰：「以止雨」，但大雨也可以混亂宇宙秩序。

---

[43] 高友鵬，〈女媧城廟會采風思索〉，《民間文學研究動態》2-3 期（1986 年），頁 53。

[44] 同註 32，頁 120。

[45] 楊利慧，《女媧的神話與信仰》（北京：中國社會科學出版社，1997）。

[46] 同註 6，頁 26。

[47]《淮南子》，頁 95。

[48] 同註 45，頁 61。

　　冀州即古代九州之一，《淮南子·墜形》：「正中冀州曰中土」，按照《周禮·夏官·職方氏》：「河內曰冀州」。那可說女媧殺黑龍爲了濟助人們。《易·辭上》：「知周乎萬物而道濟天下」[49]。據楊利慧的研究，現在民間流傳的神話中，女媧殺龍的情節似乎較少見，只有在二則女媧神話中出現[50]，上面已提及伏羲降龍神話也極少見，可說伏羲、女媧主要的是文化活動，不是殺怪物、除害。但也可能在古時有這類神話，但消失了。有的書也把射十日之功績歸於女媧身上（羅泌，《路史·發揮》羅苹注引《尹子·盤古篇》）[51]，這當然是把后羿功績附會到女媧身上。

　　女媧與伏羲相同，也發明了樂器，即笙或笙簧（《世本·作篇》[52]）。聞一多說：「古代的笙是葫蘆作的」[53]。袁珂《中國古代神話》俄文版有一個補注，他接到中央民族學院一位老師的信，信中描寫拉祜族用葫蘆制造的獨笙，它只有三個竹管，雲南省的佤族笙只有一個管，傣族也有三管，這些樂器保留較原始的樣子[54]。這類的管樂器一定比伏羲制的瑟琴簡單得多，大概也原始得多。上面已說過，原始文化英雄制樂器並不是爲了娛樂，有其他現實的功能，如招引野獸，《中華古今注》卷下云：「女媧作笙簧。問曰：『上古音樂未和，而獨制笙簧，其義云何？』答曰：『女媧，伏羲妹……人之生而制其樂，以爲發生之象』」。引這些記載的楊利慧女士說：「『以爲發生之象』，是說女媧制笙，取象于人類的滋生繁衍」[55]。即與女媧主要的功能（造人）有密切的關係。在民間流行的神話中，女媧制笙可以整頓並恢復宇宙秩序，如浙江湖州地區流傳的「女媧做笙簧」神話說：女媧吹笙簧，已毀滅的世界又出現了太陽，白鳥也飛來了等等[56]。

---

[49] 諸橋轍次，《大漢和辭典》（東京：1955），7 冊，頁 314。

[50] 同註 45，頁 61。

[51] 同註 16，頁 14。

[52] 同上，頁 10。

[53] 同註 1，頁 740。

[54] Yuan Ke, Mify drevnego Kitaja [中國古代神話], Moscow, 1987, p. 274。

[55] 同註 45，頁 66。

[56] 同上，頁 67。

　　古代神話中先祖文化英雄自己製造各種物體，在較晚期的神話異文（Variant）中，文化英雄只命令手下的人製造物體。《世本‧帝繫篇》中女媧不是自己製樂器及樂調，而是「命娥陵氏制都良管，以天下之音；命聖氏爲斑管，合日月星辰，名曰充樂。即成，天下無不得理」[57]。這裏提到的音樂也有宇宙意義，所謂「合日月星辰」。如我們看看明周游《開闢演義》描述女媧，她像皇后一樣，自己什麼也不作，只下令，派手下大臣補天，作其他事。

　　楊利慧也注意到一個基本的問題，「在人類文化史上，婦女與音樂之間似乎有著特別密切的關係，在古代埃及、印度、希臘等國家，音樂之神多爲女性」[58]。雖然女媧並不是中國音樂之神，她以女性制笙事業也是這一類的案例。

　　在古代資料中，女媧只有一項發明，即制笙，但是後來民間把一系列文化英雄行爲歸到她身上。中原神話中女媧補天、造了人，又造了水牛[59]。另一個中原民間神話說：女媧娘娘第一天捏的是雞，第二天捏了狗，第三天捏了羊，第四天捏了豬，第五天捏了馬，第六天捏了牛，第七天捏了人，第八天捏了五穀，第九天捏了瓜果，第十天捏了蔬菜[60]。因爲自古初七是人的生日，所以說女媧第七天造人。大體上來說，這類依次造人畜的描寫類似較古老的（但不是原始的）依次創世神話，如《聖經》：上帝七天創造世界。

　　根據日本學者1930年代的調查，台灣人（非原住民）把雨傘的發明也歸到女媧身上，1990年代清華大學人員採錄的閩南人神話故事說：女媧補天時，要運巨大的石頭，所以發明了火車。這都證明歷代民間把各種文化英雄行爲歸到女媧始妣身上。

　　許多民族始祖是巨人，他們有巨大的力量，像盤古一樣。有學者以爲苗族「先

---

[57] 同註16，頁10。

[58] 同註45，頁66。

[59] 同註29，頁35。

[60] 同上，頁32-34。河南省桐柏縣採錄的神話說水牛是盤古奶造的，馬卉欣，《盤古之神》（上海：上海文藝出版社，1993），頁131-133。

人都是巨大的力的化身」[61]。在太古時，伏羲、女媧大概屬於巨人之類，但我們現在只能發現這個特徵的痕跡。如重慶附近發現的漢代石刻像上伏羲、女媧個子比三層樓還高，他們的頭在屋頂之上，他們的龍尾在地下[62]。在越南流傳的女媧神話說女媧是陰戶最大的女性，她的陰戶面積等於越南三畝（近一公頃）。神話與傳統常用換喻（metonymy）法描寫巨人，即不描寫全身軀，只描寫他高個子，或身體的某一部分異於常人[63]。所以，在越南流行的神話也沒有說女媧是巨人，只描寫她的巨大陰戶而已。但她的行為，如堆山（在河南流傳的神話同[64]），也是巨人的事業。中國古書沒有女媧身體大小，但據《春秋緯‧河誠圖》，伏羲身體「長九尺有一寸」[65]，清代小說《二十四史通俗演義》說伏羲身長一丈六尺，女媧身長一丈[66]。這當然是後世的附會，但古代大概也有伏羲、女媧巨人之說。

世界許多民族神話中先祖不是一個人，而是兩個。如台灣泰雅族神話說古時有一個大石，石分裂了，出來了一男一女兩個人，不少民族神話說最早世上有了兩個人，或雙生兄弟或兄妹。美洲及大洋洲各族神話中，最初有了雙生兄弟，他們馬上開始比賽造宇宙與各種物象。如美拉尼西亞原住民有兩個文化英雄，To Kurvuvu 與 To Kabinana 兩兄弟，To Kabinana 作事作得好，To Karvuvu 則完全相反：To Kabinana 造美女，而 To Karvuvu 模仿他造醜女；To Kabinana 造鮪魚，而 To Karvuvu 造鯊魚；ToKabinana 造跳舞時用的鼓，而 To Karvuvu 造送殯時用的鼓等[67]（台灣鄒族神話中也有類似的兩個人物）。這些雙生兄弟大概不是最原始的人物，因為在美拉尼西亞神話中也可以看清最原始神話形象——一個老母，有時說她是兩個兄弟的母

---

[61] 《苗族文學史》（貴陽：貴州人民出版社，1981），頁33。

[62] 重慶博物館，《河川刻畫像石墓》，《文物》2期（1977年）。

[63] Krinichnaja N. A., Personazhi predanij: stanovlenie i evoliytsija obraza [傳說人物：形象形成及演變], Leningrad, 1988, p. 114-142。

[64] 《中原神話專題資料》（鄭州：中國民間文藝家協會河南分會，1991）。

[65] 《春秋緯‧河誠圖》（玲瓏山館叢書本），5冊，頁1。

[66] 《二十四史演義》（上海：廣百宋齋，1889），1冊，頁54。

[67] Meletinskij E. M., "Mifologicheskij i skazochnyj epos melanesijtsev" [美拉尼西亞各族神話故事研究]—Okeanij-skij etnograficheskij sbornik, Moscow, 1957, p. 178。

親。

　　有許多民族神話或原始的敘事詩說：世界最初只有兩個人，兄妹或有時姐弟，他們不知父母，孤獨的兩個人。如雅庫特敘事歌中說：最初世上有 Megelju-bege 及其美麗的妹妹 Khachy lan koo[68]。亞洲北部 chukchee 族神話相同，只有姐弟倆。神話學家以爲最古只有所謂女始祖形象，原始時代晚期方出現兩個先祖神話，他們是世上最初的人，造人及整理宇宙，如古代印度 Dyaus 與 Prithivi、古墨西哥 Maya 族神話中 Kukumanc 與 Tepeu、西伯利亞 Ket 族 Es' 與 Khosedam 等等[69]。唐代李亢《獨異記》也有這類的神話：「昔宇宙初開之時，只有女媧兄妹二人在崑崙山，而天下未有人民，議以爲夫妻，又自羞恥。兄即與其妹上崑崙山，咒曰：『天若遣我兄妹二人爲夫妻，而煙悉合；若不，使煙散』。于是煙即合，其妹即來就兄，乃結草爲扇，以障其面。今時人取婦執扇，象其事也。」[70]聞一多沒有用這則神話異文，但現在袁珂等學者都引用，說他們住在崑崙山上。這也不是偶然的，先祖通常與山有關係。崑崙山即古代中國宇宙山，唐代也可能有先祖從天上降到最高的崑崙山頂的說法，所以女媧兄妹住在那裏。也要注意《獨異記》沒有提到女媧其兄的名字。某些較晚期的神話異文，如浙江海鹽、海寧兩個縣流行的〈伏羲王〉儀式歌中只說伏羲與羲妹[71]，沒有女媧名字。在民間流行的神話中，女媧不一定與伏羲有關係，如浙江省蘭溪市或廣東省始興縣流傳的神話女媧與盤古造宇宙，沒提及伏羲[72]。這也可以證明女媧與伏羲的關係不是必然的、永遠的。《獨異記》中女媧是妹妹，但至今民間流行的神話，如河南信陽一帶的神話說：女媧是姐姐，弟弟想與她結婚，女媧不同意[73]。可惜不知提及弟弟的名字否。《獨異記》的情節大概沒有反映兄妹/

---

[68] 《Zhivaja starina》4 期（1891 年），頁 146。

[69] Rabinovich E. G., "Boginja-mat" [神母] —Mify narodov mira, t. 1, p. 178。

[70] 同註 16，頁 14。

[71] 希稼，〈騷子歌初談〉，《民間文學論壇》3 期（1983 年），頁 56-57。

[72] 馬卉欣，《盤古之神》（上海：上海文藝出版社，1993），頁 146-149。

[73] 同註 42，頁 268。

姊弟故事最早的面貌。在苗族神話中,兄妹成親及繁衍種族的主意是妹妹提出的[74]。
類似情況我們也可以在中原民間流行的「伏羲姐弟」、「女媧姐弟」、「盤古姐弟」、
「人祖姐弟」故事中發現[75]。女方是婚姻發起人,一般情況男方不同意,如河南桐
柏泌陽之間流傳的盤古兄妹神話[76]。類似情況也可以在其他原始性的民間文學發
現,如亞洲北部 Chukchee 族神話中姐姐給弟弟找對象(兄妹結婚母題減弱)[77]。從
中不難發現所謂母系繼續發展的痕跡,至二十世紀保存在不少民族風俗與民間文學
中。[78]

　　《獨異記》所記,兄妹結婚故事與洪水之後再造人情節沒有關係,很可能唐
代流傳的故事保存這個神話較古老的樣子。其他民族相同。在宇宙初開之時,既沒
有其它人類,又沒有什麼規定,血親結婚為不可避免的[79]。這類神話中對血親結婚
沒有指責,如台灣泰雅族母子結婚神話。

　　在原始晚期神話中情況則不同,兄妹婚「破壞族外婚,與破壞整個婚姻禁忌
相聯繫的,既然族外婚的產生是社會發展的主要方向,那麼,破壞族外婚就是混沌
的主要方向。它比破壞其他禁忌更能激起整個宇宙的混亂(有時由此而引起像大洪
水一類宇宙混亂,用以懲罰兄妹婚及其他破壞禁忌的行為)」。[80]

　　古代中國洪水神話中,洪水是自然現象,與兄妹結婚沒有什麼關係。世界最
古老有關洪水神話的記載是巴比倫 Shumet 的神話,一個市長 Siusudra 從一個保護
人類之神 Shuruppaka 那裡,知道天神要發洪水,Shuruppaka 勸告他造船避七天的洪

---

[74] 凌純聲、芮逸夫,〈湘西苗族調查報告〉(上海:1947),頁 245。

[75] 同註 9,頁 71。

[76] 同註 42,頁 266,272。

[77] 同註 30,頁 374。

[78] Matsokin N., "Materinskaja filiatsija u narodov Vostochnoj Azii" [東亞民族母系制度考], Vladivostok,
1911-1912, vyp. 1-2。

[79] Meletinskij E. M., "Ob arkhetipe intsesta V folklornoj traditsii" [民間文學中血親婚原型], Meletinskij E.
M. Izbrannye stat'i..., p. 300。

[80] 同上,頁 299-300。

水。這個神話一定影響其他近東地區民族洪水故事以及後來的《聖經》挪亞神話[81]。

　　巴比倫神話雖是最古老的，但並不是最原始的神話，所以有天神、有市長等人物。在較原始的神話中，洪水是自然的，或不明原委發生的。如台灣較原始的泰雅族大多數神話說古時發生了一場大洪水，沒有說有什麼原因，越南 Sedang 族、寮國南部 Mon-Khmer 諸族等神話中亦然[82]。古代中國也沒有說為什麼會「洪水滔天」。將洪水歸諸某種動物，大概也是較原始的說法，如台灣布農族神話說：古時有一條巨蛇堵住了水流，是洪水的原因；海南島黎族神話說：巨蟹口吐黃水泛濫成洪水[83]。越南 Bahnar 族神話中也是螃蟹，Ede 族神話中則是癩蛤蟆[84]。

　　這一類神話中最早大概說天降洪水，如越南 Mang、Lamer、Laha 等族。天降洪水又發展到天神降洪水之說，在較原始的民族神話中，天或天神降洪水不是為了懲罰人類。越南 Dang Nghiem Van 教授指出：雖然東南亞許多民族神話中洪水是天神發的，發洪水懲罰人類之母題卻不明顯。這個母題只在少數社會經濟較發達的民族（ethnic groups），或受宗教影響的族群才有，在越南，這些神話也是受了基督教《聖經》故事的影響。[85]Dang 教授引的 Sedang 洪水神話很可能是這一類的例子。按照神話的說法，世上生活原本很幸福，很容易。如稻成熟，白米自動飛到家裏，或魚從水跳到烤架上，人類因為什麼也不作而變壞了。所以天生氣，Bok Glaih（神？）打雷下雨造成洪水[86]。有趣的是台灣原住民，如布農等族神話也有類似描寫：一粒米可以煮一個鍋飯，水、火柴自動來到家等，但沒有說人類變壞，受懲罰。罰的母題大概是較晚期的，可能受了宗教的影響。

　　在民間流行的漢族神話，有時也有玉帝懲罰人民降洪水的母題，如在 1960 年

---

[81] Afonas'eva V. K., "Ziusudra"—Mify narodov mira, t. 1, p. 468。

[82] Dang Nghiem Van, "The Flood Myth and the Origin of Ethnic Group in Southeast Asia"— Journal of American Folklore, 1993, Vol. 106, p. 328。

[83] 袁珂，《中國民族神話詞典》（成都：四川省社會科學院出版社，1989），頁 228。

[84] 同註 82，頁 328。

[85] 同上，頁 307。

[86] 同上，頁 324-325。

初四川省探錄的《伏羲女媧製人煙》神話[87]，講故事的人說：不知人類犯什麼錯。這也可以證明這個母題不是原有的，乃後來夾雜的成分，可能受各地流傳的玉帝懲罰人類的傳說（如關公出世傳說敘述玉帝要懲罰某城市的居民，派了一條龍燒掉該城市等）影響，而玉帝不是古代神話人物，祂的形象大約形成於唐宋時期。

　　洪水的原因之一是人類亂倫：兄妹結婚。如台灣泰雅族中的一則神話說：古時，有一個美女，他的父母認為把她嫁給別人太可惜了，就讓她與哥哥結婚，結果受到祖靈的譴責，突然發生一場大洪水[88]。這樣的說法在遠東及東南亞是少見的，這個地區最典型的情況乃是：洪水之時只有兄妹倆避難，他們結婚繁殖，再造人類，並沒有受到什麼譴責。後期神話不同，如筆者在台灣南投縣仁愛鄉採錄的賽德克人神話說：兄妹交媾之後不能解開，所以以後兄妹不可以在一起睡覺，是亂倫的結束。

　　聞一多很詳細分析了洪水之後伏羲、女媧再造人的故事，他以為：「最早的傳說只是人種從葫蘆中來，或由葫蘆變成……造人故事應產生在前，洪水部分是後來粘合上去的」[89]，這個意見後半可以同意，特別是上文所引的《獨異記》可以證明最早的兄妹結婚故事沒有洪水情節。至於前半有關人種從葫蘆出來的意見，不那麼簡單。葫蘆生人神話是大陸南部及印度支那半島民族的神話，很特殊。St. Thompson 母題索引 A1236.2 Tribes emerge from melon 母題只提及寮族及佤族[90]，但中國大陸南部及東南亞其他民族，如南亞語系的雲南布朗族或漢藏語系的哈尼及彝族都有人類出自葫蘆的神話。據雲南大學傅光宇教授最近的研究：越南蠻族（Man）（很可能是侾人，即越南瑤族）、泰國拉佤族、緬甸克耶克木人中也有。據傅教授的統計，苗族中葫蘆生人的神話最多，壯、布依、侗族也不少，一共約 30 個民族

---

[87]　《民間文學》3 期（1964 年）。

[88]　佐山融吉，《蕃族調查報告書‧太麼族後篇》（臺北：日日新報，1915）；尹建中，《台灣山胞各族傳統神話故事與傳統文獻編纂研究》（臺北：內政部，1994），頁 64。

[89]　同註 1，頁 738。

[90]　Thompson St., <u>Motif-Index of Folkliterature</u>, Bloomington-London: Indiana University Press, 1959, Vol. 1。

有葫蘆生人神話[91]。除了中國大陸南部之外，台灣及東南亞不少民族也有同胞配偶洪水神話。

　　1955 年李卉發表〈台灣及東南亞的同胞配偶型洪水傳說〉[92]，李卉未提聞一多的研究，大概未見。據李卉女士搜集的材料，這類型神話台灣阿美族、排灣族及早漢化的 Pazeh（巴宰海）族有（聞一多提到阿美一個族），中國大陸南部除了聞一多提到的苗、瑤、倮儸（彝族一支）之外，李卉還述傈傈與景頗兩族及貴州仲家（不知何族），聞一多未提到的菲律賓呂宋島居民（不知何族）及 Nabaloi Igorot 及 Ifugao 兩族。印度尼西亞婆羅洲北部 Murut 族不知與聞一多提到的北婆羅洲 Pagans 是否是一個民族，待考。印度支那半島除聞一多提到的巴那（Bahnares）及蠻（傜）兩族之外，李卉還提到緬甸山頭人（即 Kachins），與雲南省景頗是一個族及寮族。

　　1993 年越南河內 Dang Nghiem Van 教授在美國發表了一篇論文，題爲〈洪水神話及東南亞族群起源〉[93]，繼續聞一多、李卉等前人研究。他蒐集了 307 故事（texts）。他的研究與前人不同，Dang 教授提出這個神話的幾個重要的主題：**1.** 大災難與毀滅性的洪水。**2.** 大災難的原因是什麼？**3.** 故事主角用什麼辦法逃脫災難？**4.** 血親婚之前要通過什麼考驗？**5.** 誰勸使或說服他們結婚？**6.** 生化嗎？**7.** 這個物體中生什麼族群[94]？這些主題也不是民間文學母題（motif），所以瑞典民間文學家 Kristina Lindell 給 Dang 教授文章編了一個母題索引（附錄）。Dang 教授用 30 民族的神話異文來回答他提出的問題。

　　總的來說，李卉與 Dang Nghiem Van 二位的研究可以補充聞一多〈伏羲考〉第五段〈伏羲與葫蘆〉。據李氏與 Dang 教授的文章，我們可以擴大洪水造人神話流傳的領域及具有該神話的民族。

　　聞一多根據芮逸夫教授的材料，以爲洪水造人神話「最典型的形式是：一個家長（父或兄），家中有一對童男童女（家長的子女或弟妹），被家長拘禁的仇家

---

[91] 傅光宇　《雲南民族文學與東南亞文學》，第八章，第一節（未刊稿）。

[92] 李卉，〈台灣及東南亞的同胞配偶型洪水傳說〉，《中國民族學報》1 期（1959 年），頁 205-242。

[93] 同註 82，頁 304-337。

[94] 同上，頁 306。

（往往是家長的兄弟），因童男女的搭救而逃脫後，發動洪水來向家長報仇，但對童男女則已預先教特殊手段，使之免於災難，洪水退後，人類滅絕，只剩童男女二人，他們便以兄妹（或姊弟）結爲夫婦，再造人類。」[95]從我們現有的各民族材料來看，這並不是最典型的形式，而是苗、傜兩族流傳的神話，其他民族沒有家長與仇家的情節。

　　聞一多以爲：「造人是整個故事的核心，葫蘆又是造人故事的核心。」[96]這個看法有待商榷。上面已說過，聞一多認爲先有造人故事，洪水部分是後來黏合上去的。這個結論可以同意，因爲較原始神話中造人與洪水題目沒有什麼關係，特別是洪水造人神話清楚表明：這是再造人類，並不是人類起源母題。

　　李卉也認爲：先有始祖起源（石生人、樹生人、蛋生人等），然後兩個始祖變成同胞，形成同胞配偶母題。這大概也可以同意，因爲很原始的台灣原住民人類起源神話都未提同胞兩人。特別是石、樹、蛋生人神話不會有同胞說法[97]。台灣原住民中只有信仰與神話較發達的阿美族與賽夏族有兄妹結婚神話。其他族，如神話觀非常原始的布農族、泰雅族等，沒有再造人的神話，因爲洪水並沒有滅人類，像布農神話所說：人逃至玉山。[98]

　　葫蘆是不是造人神話的核心，也值得討論。聞一多先談避水工具[99]，他認爲：「葫蘆和它同類的瓜是較早期的說法，其餘如鼓桶臼箱瓮床和舟，說得愈合理，反而是後來陸續修正的結果。」[100]確實，聞一多分析了 49 個神話中，有 27 個避水工具是葫蘆。據 Dang Nghiem Van 的材料還可以補充 19 個越南民族神話的例子。這也證明洪水再造人神話中，葫蘆是最典型的避水工具，當然比鼓（越南有的民族，如 Laniet 族神話說避水工具是銅鼓，這應是較晚的與銅鼓文化有關係的說法）要早，

---

[95] 同註 1，頁 736。

[96] 同上。

[97] 同註 36，頁 163-191。

[98] 巴蘇亞・博伊哲努（浦忠成），《台灣原住民的口傳文學》（臺北：常民文化，1996），頁 48-98。

[99] 同註 1，頁 736。

[100] 同上，頁 737。

有些民族學家以爲：與葫蘆或其它同類的瓜有關的神話形成於人類步入農業階段，因爲先種葫蘆等瓜（cucurbits），瓜然後才有了較重要的作用[101]。這個結論有道理，因爲採集狩獵民族神話中葫蘆或各種瓜沒有什麼作用。如台灣原住民，除了布農族一個 Ivaxo 社之外，沒有葫蘆生人神話。據日本小川尙義與淺井惠倫二位 1930 年代採錄的神話說：天上掉下來了葫蘆，從中出現一男一女，就是 Ivaxo 始祖[102]。另一個 Bahafuru 社神話說：古時，Ramogana 地有一瓢與一土釜，瓢生一男，土釜生一女，二人爲人類始祖[103]。這兩個社屬於群社群（Isibukun）。在布農其他社中，人類起源神話與瓢（葫蘆）沒有什麼關係，主要是與南洋一帶類似的蟲生人的神話。據俄羅斯民族學家 G. G. Stratanovich 的比較研究，葫蘆生人的神話是一般尙不知穀類只種瓜類的（大多數是內陸的）民族才有[104]。但有學者以爲東南亞民族新石器時代已種瓜（葫蘆），大概各種瓜類是南亞語系、中國南部與越南各族最古老的栽培植物。有趣的是布農人神話中，葫蘆不只是人類起源之器，也是給人類從天上帶來小米的器具。布農族兩個社葫蘆生人神話大概也不是古老的，布農以前以狩獵爲業，後來（大約清朝，十八世紀）才開始耕作。此外還可以注意布農第一個神話中說葫蘆從天上掉下來的，帶小米的葫蘆也是從天上降來的，布農絕大部分神話沒有這種說法。天降下神、人、植物的神話一般不是最原始的，因爲最原始的神話中並無這類概念。

葫蘆生人神話之後東南亞大概有了以葫蘆爲避水工具之說。如聞一多所言：「也還是抄襲造人素材的葫蘆。」[105]但至于伏羲、女媧與匏瓠的語音關係，聞一多說：「包戲（伏羲）與女媧，匏瓠與匏瓜皆一語之轉……二人本皆謂葫蘆的化身」。

---

[101] 同註 82，p. 318。

[102] 小川尙義、淺井惠倫編，《原語による台灣高砂族傳說集》（臺北：帝國大學語言學研究室，1935），頁 296。

[103] 同註 36，頁 169。

[104] Stratonovich G. G., "Etnogeneticheskie mify ob iskhoae iz jajtsa ili tykvy u narodov Jugo-Vostochnoj Azii" [東亞諸族蛋或葫蘆生人的神話], Etnicheskaja istorija i folklor, Moscow: Nauka, 1968, p. 169。

[105] 同註 1，頁 738。

[106]這個意見大概沒有人接受。

聞一多根據 1938 年芮逸夫寫的〈苗族的洪水故事與伏羲女媧的傳說〉[107]所轉引的清代（17 世紀）陸次雲之說：「苗人獵祭曰『報草』，祭用巫，設女媧、伏羲位」。[108]苗族所設是否為伏羲、女媧位，大成問題。不知陸次雲會不會苗語，可能他把苗族所祭的男女先祖代以漢族同類的先人。這樣的例子現在也不少，如中國大陸翻譯蒙古敘事詩〈格斯爾傳〉時，把格斯爾的父親 Hormusta 上帝譯成玉帝（實際上 Hormusta 是印度 Indra（帝釋），與道教的玉帝沒有什麼關係）；翻譯彝族敘事詩，彝族的上帝也被譯作玉帝。這是中國以前的傳統，如胡適翻譯英國 Byron（拜倫）之詩，把古希臘神話人物改成中國古代神話人物（如嫦娥）。大概 17 世紀陸次雲也是這樣作，也可能給他翻譯介紹的人這樣說。芮逸夫調查的鴉雀苗把洪水神話中兄弟稱 Bu-i，就是「始祖」之義，從而證明伏羲與 Bu-i 同一指謂，Bu-i 是伏羲名字苗語發音。筆者請教了專門研究古漢語發音與苗語語言著名專家 S. E. Jakhontov 教授，他對芮逸夫的意見表示懷疑。也要注意，Bu-i 是一個地區（鴉雀苗）洪水神話中的兄弟名字，在苗族其他地區並不然，如黔東南苗大都說是姜央與他的妹妹，也有說是姜央的兒女葫蘆兄妹的；廣西大苗山說是因和他妹妹，黔西苗說是勒陸和杜妹，〈德龍爸龍〉敘事歌（不知何地）裡是德龍（女）和爸龍，〈洪水的故事〉（也不知何地）是召亞和召妹，也有兄妹都無名的[109]。編《苗族文學史》的學者說〈伏羲姊妹造人煙〉故事中人物是伏羲和他的妹妹[110]，但這個神話在什麼地方採錄的，苗語原文名字怎麼說，都未註明，是不是受了漢族神話影響或整理故事的人改了名字很難說，待考。

1980 年《文學遺產》第一期刊登了聞一多關於東皇太一的未完稿，文中試圖證明太一即伏羲，並提出伏羲是苗族傳說中全人類共同的始祖。這個意見不可從，

---

[106] 同上，頁 740。

[107] 芮逸夫，〈苗族的洪水故事與伏羲女媧的傳說〉，《中國神話學文論選萃》，上編，頁 371-417。

[108] 同上，頁 381。

[109] 同註 61，頁 59。

[110] 同上。

因爲根據現在採錄的苗族神話，始祖大多數是姜央（姜炎），一說修狃，一說火耐[111]，沒有 Bu-i 或伏羲。所以聞一多的推斷：「楚人自北方移植到南方征服了苗族，依照征服者的慣例，他們接受了被征服者宗教」[112]，尚未得到證實。當然，楚人可能接受了古代苗族神話，但是苗族神話大概沒有伏羲這個人，楚國神話大概也沒有伏羲這個人物（上面已說過屈原〈天問〉等作品沒有提伏羲，東皇太一是不是伏羲也頗成問題）。

至於同胞配偶型洪水神話流傳地域，包括中國河南地區與南部許多少數民族、中南半島、菲律賓、台灣、印尼一部分及印度中部。李卉認爲：這個神話似爲古代居於中國長江中游的古印尼民族，即南島語系民族（austronesian），所完成，然後隨民族遷徙，傳播於東南亞古文化各區域[113]。全面考察不同民族的這類型神話，就會得出結論，上述神話大概「產生於整個東南亞統一，亦即次新石器時代，其時印度捫達人的祖先已經遷到了印度東北部」[114]，正如俄國 B. B. Parnickel 所說：「這些神話既流傳於菲律賓的山地部族（他們可能同古代越人的一支一起經台灣遷徙至此地）中，也流傳於中印度 Bhils（其中一部分顯然是 Munda 語系部族的後裔）之間，可以設想，這個故事事實上可能產生於古代居住在西江與長江口水域的南亞與南島人中間，後來才北傳，影響到原先彼此毫無關係的兩位先祖伏羲女媧的漢族神話，形成了二人結爲夫婦又有親屬關係的神話」。[115]按照夏威夷大學 R. Blust 教授研究，古時南亞與南島語系原來是一個族團，後來才分散分化。[116]Munda 也屬於南亞語系，所以印度的 Bhils 有同胞配偶型神話並非是偶然。

---

[111] 同註 61，頁 33。

[112] 聞一多，〈東皇太一考〉，《文學遺產》1 期（1980 年），頁 4。

[113] 同註 92，頁 231。

[114] Chesnov Ja, Istoricheskaja etnografija stran Indo-Kitaja [印支諸國歷史民族誌學], Moscow, 1976, p. 25。

[115] Parnickel B. B., "O fol'klornom srodstve narodov Jugo-Vostochnoj Azii" [東南亞諸族民間文學作品的同源性], Traditsionnoe i novoe v literaturakh Jugo-Vostochnoj Azii, Moscow, 1982, p. 32。

[116] Blust R., "Beyond the Ausronesian Komeland: the austric Hypothesis and its Implications for Archae ogy", 中央研究院歷史語言研究所報告，1994 年 2 月 28 日，p. 26。

　　總的來說，聞一多研究洪水造人神話時，採用比較法是完全正確的，雖然不少人繼續他的研究，但至今仍有不少問題待探究。如：爲什麼台灣僅僅阿美族與巴宰海兩族有同胞配偶型洪水神話？爲什麼台灣其他原住民都沒有人類起源神話，而賽夏族只有兄妹結婚再造人神話的減弱形式（洪水時，人類都淹死，只剩兄妹兩人，但他們沒有結婚，因爲妹妹死了，哥哥把屍體切成小塊，再一一用樹葉包好，並唸著咒語，投入水中，肉塊變人）？[117]這些問題與這些民族來源及民族形成過程有關，但是台灣原住民各族來源至今仍待考。

參

　　聞一多也提到盤古的問題，他認爲：「大概從西漢末到東漢末是伏羲、女媧在史乘上最顯赫的時期。到三國時徐整的《三五歷紀》，盤古傳說開始出現，伏羲地位便開始低落了」[118]。盤古神話傳播之後，確如聞氏所說，盤古在民間信仰中的地位比伏羲重要，道教的道觀也常有盤古像，也列入道教典籍，如與徐整同時或晚一點的葛洪（約 250－約 330）撰《枕中記》，一名《元始上真眾仙記》，已把盤古稱爲盤古真人，說是「天地之精，自號元始天王」[119]，盤古已變成了典型的道教神明。但是問題在於：爲什麼先秦、兩漢諸書未提盤古名字及盤古神話？從比較神話學我們知道：較原始的民族，如台灣原住民布農、泰雅族，沒有創世神話，也沒有創世者形像。與菲律賓北部的 Ivatan 民族特別接近的蘭嶼雅美族神話中則說宇宙是 Nunurao 女神造的[120]；台灣原住民中社會最發達、民間文學較複雜的排灣族也有造物者 Negemati 形象。眾所周知：盤古神話是創世神話，照張光直的看法：古代中國大概沒有創世系列神話，「先秦時代對此類始祖或已有若干觀念」，但「大本事化萬物之始祖到三國徐整的《三五歷紀》與《五運歷年紀》而完備」[121]，莫非古代

---

[117] 佐山融吉、大西吉壽，《生番傳說集》（臺北：杉田重藏書店，1923），頁 178。

[118] 同註 1，頁 696。

[119] 同註 72，頁 231。

[120] Re A. de, Creation Myth of Formosan Natives, Tokyo: The Hokuseido Press, 1951, p. 53-57。

[121] 張光直，〈中國創世神話之分析與古史研究〉，《民族學研究所集刊》8 期（1959 年），頁 59。

漢族是較原始的民族？其實，張、聞二氏都是根據傳世史料作結論，但三國之前故籍無聞不代表民間沒有盤古神話流傳。古書一向保存不全，徐整的記載還是我們從《藝文類聚》與《太平御覽》兩本類書才知道的。1986 年香港饒宗頤教授在《研究生院學報》（1 期）發表了《盤古圖考》一文，證實台灣中央研究院藏碑拓本（列 03378 號）宋代黃休復《益州名畫錄》下的「無畫有名」（漢獻帝興平元年，公元 194 年）已有盤古的名號及圖像[122]，證明民間更早應已流傳盤古神話。

　　那麼盤古神話產自何地？茅盾在 1929 年出版的《中國神話 ABC》中認為盤古神話大概源自南方兩粵[123]。聞一多沒有談到這個問題。現在有學者，如馬卉欣，以為盤古神話產生於中國的中原地帶[124]。1980 年以後河南大學中原神話調查組採錄神話時發現了盤古山神話群，根據研究中原神話的張振梨的報導，這些神話「包括：盤古出世、開天闢地、補天、戰洪水、除猛獸、發明衣服、與盤古奶滾磨成親，生子以後，又與八子分掌九州（或分管天、地、花木），發明文字，最後死時肢體化作盤古山等世界萬物」[125]。但從比較故事學我們知道這並不足以證明盤古山地區是該神話（或故事）的產地，這很可能與盤古山名有關係。特別要注意，據《泌陽縣志》：「盤古山，本名盤山，後訛為盤古山，因建盤古氏廟」[126]。從上述的盤古山流傳的盤古神話內容得知，當地民間把許多伏羲、女媧及其他文化英雄（如倉頡、黃帝）轉移到盤古身上，如上述的兄妹結婚洪水神話中的伏羲、女媧，改成盤古與盤古奶，戰洪水，降龍[127]或趕走一條用身子擋著盤古山上泉水的小龍[128]，這都是晚期的故事。無論如何，盤古山（中原）一帶流傳的民間神話應該不是原始的古代神話，而是有地域性的晚期之作，不足以證明中原是盤古神話產地。

---

[122] 同註 72，頁 73。

[123] 玄珠（茅盾），〈中國神話研究 ABC〉，《中國神話學文論選萃》，頁 139。

[124] 同註 72，頁 85；同註 9，頁 26。

[125] 同註 9，頁 28。

[126] 引自同上，頁 27。

[127] 同註 42，頁 266。

[128] 同註 29，頁 1-3。

　　盤古神話主要的內容是創世，是身化型（一說垂死化身型）神話。這類型神話在世界許多地區都有，如北歐神話創世者 ymir 被殺死之後，肉體變成土地、血變成海、骨頭變山等等[129]。古巴比倫 Akkad 族神話說 Tiamat（海之義）女創世者被殺之後，她的身體一半變成天，另一半變成地[130]。古印度有 Purusha（「人」之義）創世者神話，Purusha 也是第一個犧牲者，把他身體分裂，他的頭變成天、腳變成地、耳朵變四方、呼變風等等，根據晚期說法，他的嘴變成婆羅門、手變成兵士、大腿變成農人、腳變成下階層人[131]。非州 Dogon 族神話、古墨西哥 Actek 族神話也有這類型的痕跡。有學者以爲這類神話與祭祀時分裂犧牲之體有關[132]，但是不是所有有身化型神話的民族都有這些儀式，卻是個問號。

　　中國南部幾個民族有身化型神話，材料以畬族文化爲最，口傳的神話、文字記載、祖圖橫幅（長六米）都有盤古。畬族主要分布於福建、浙江及江西、廣東、安徽等省的邊緣山區，他們以盤古爲創世神，崇拜盤瓠（有說爲龍犬）。人類學家以爲畬族與瑤族有親戚關係，現在畬族都說各種漢語方言，因與當地漢族鄉村相接近，所以有漢族文化的印記[133]。但是盤古造天地與世界萬物神話是否來自漢族，尚不敢必。畬族盤古神話[134]與《繹史》卷一引《五運歷年紀》差不多全同，唯一差別在：徐整說左眼成太陽，右眼變成月亮，而畬族說左手與右手，很可能是受了祖圖影響，祖圖上他左手是日，右手是月。

　　與畬族有親戚關係的瑤族也有身化型神話，廣西西林縣流傳的歌本云：盤古爲造天地，即將自己解體幻化，左眼變成太陽、右眼變成月亮、頭髮變雲霧、頭髮上的露珠變星辰、骨頭變石山、皮肉變泥山、指甲變采礫、牙齒變金銀等等。[135]

---

[129] Meletinskij E. M., "Ymir"-Mify narodov mira, t. 1, p. 510。

[130] Tiamat-同上，t. 2, p. 505。

[131] Toporov V. N., "Purusha" 一 同上，t. 2, p. 351。

[132] 同上。

[133] 同註 42，頁 536。

[134] 同上，頁 540。

[135] 同上，頁 654。

苗族大概也有身化型盤古神話的痕跡。開天闢地神話（未註明流傳在何地）中，盤古把天撐起，天升高千萬尺，盤古眨眼成閃電、呼吸成風吹、淌汗成雨水，盤古死後，身體變成山巒、頭髮變成草木、腸子變成江河。[136]

族師公也奉祀盤古，說盤古垂死化身，《中國各民族宗教與神話大辭典》之「盤古條」轉述的與徐整所記全同。[137]

彝族雖沒有盤古神話，但神話中也有身化型的說法，但不是神話人物身體化成宇宙，而是老虎（彝族圖騰之一），可格茲天神取下虎頭做天頭、虎尾做地尾、虎鼻做天鼻、虎耳做天耳、虎左眼做太陽、右眼做月亮、虎牙做星星、虎肚做大海等等。[138]

藏族神話特別哲學化，但也有一些身化型的痕跡，即化世龜神話[139]。白族創世者木十偉巨人也有身化型之類的神話。

可見中國南部民族有這類型神話，北方完全沒有，甚至中原民間流傳的神話也未提盤古身體化宇宙的情節。至於江南，有個不平常的類似例子，即杭州地區流傳的撒尿婆神話說：天地初開時，從天上下來了一個頂天立地的撒尿婆，她的尿成了江河，沖走的泥土成了一座座山。她的肚子裡爬出許多人，人一出來，撒尿婆就化了。她的肉化成了泥、血化成了水、骨頭成了山的骨架[140]。這都證明盤古神話是從南方民族來的，吳地徐整很可能記錄南部流行的神話（但不一定像茅盾所說是從兩粵），大概通過道教宣傳，盤古這個神話人物列入漢族民間文學與一些章回小說（如明周游《開闢演義》），在民間神話傳說中，有時也代替了伏羲，與女媧一起造或整理世界。

聞一多以為盤古形象地位比伏羲高，有道理。現在全國盤古廟大概比伏羲廟

---

[136] 同上，頁484。

[137] 同上，頁784。

[138] 同上，頁676。

[139] 同上，頁746。

[140] 《女媧的神話與信仰》，頁30。

多，據劉雁翔搜集的資料，伏羲廟主要在西北甘肅省[141]，換言之，有地方性；盤古廟及祭盤古儀式除了漢族之外，瑤、壯等族都有，大概比伏羲信仰與神話流傳得廣。至於民間流傳的伏羲與女媧神話，據筆者所見的材料，女媧神話比伏羲多。因爲古代中國很早就有了歷史概念，所以古代中國神話都歷史化了，至今有不少人以爲古神話人物都是歷史人物，所以用時間把他們安排，編一個年代表，以創世者盤古居首。

肆

　　上文論及伏羲、女媧、盤古三位大人物神話特點時，每次都提到原始神話。近七年筆者搜集研究台灣原住民神話，研究的結論是：台灣原住民神話非常原始，特別是布農、泰雅族。如果把台灣原住民神話與最原始的澳大利亞原住民神話比較一下，得知有很多不同。澳州原住民神話大多數解釋山丘、湖、泉、巖、坑窪、大樹等地形與名稱來源，常常說神話時代（他們稱爲「夢中時代」）祖先流浪活動的結果。神話人物大多數是圖騰先祖，一方面是圖騰動物，另一方面是人，如野貓人、蒼鷹人、狗人。這些圖騰祖先流浪時，也建立各種禮俗，表現文化英雄的作用，如灰袋鼠圖騰從另一個巨大袋鼠身體取火，或兩個從北方來的蒼鷹人教人用石斧。

　　西方學者通常以美國印第安人神話爲原始神話之例，印第安人比古埃及、古中國、古希臘等文明社會民族的神話當然原始得多，但不及澳州原住民神話那麼原始。北美印第安人差不多所有的部落都有宇宙起源神話，不少部落也有創世者（或人格化的，或動物，或無個性的），澳州原住民神話說祖先流浪，而印第安人神話則會講到部落的起源，如何從他們的傳說故鄉遷移到現在住的地方，印第安人神話中常會說人或部落如何得到神奇護符。印第安人神話情節複雜得多。

　　學者也常以大洋洲諸族神話爲原始神話之例，但事實上仍不如澳洲原住民那麼素樸。玻里尼西亞人神話有高級的眾神，也有許多文化英雄。他們的神話情節與美國印第安人一樣，古怪，充斥誇張（hyperbole）性[142]。總的來說，玻里尼西亞神

---

[141] 同註 20，頁 192-198。

[142] Meletinskij E. M., "Polinesijskaja Mifologija" [玻里尼西亞神話] – Mify narodov mira, t. 2, p. 319。

話有些類似古代中國、印度或地中海文明民族神話。[143]

　　陳奇祿教授和其他台灣學者研究台灣土著，認爲他們的文化代表南島文化的基本形態。台灣土著於五、六千年之前，分批進入台灣。由於台灣的特殊歷史地理位置，一直到漢人大量移入之前，與外界甚少接觸，不受影響。因此台灣土著獨能保存最純淨的南島文化[144]。其神話故事也就得以保持非常原始的型式，好比：台灣原住民沒有創世神話，只有調整宇宙，即舉天的神話。又好比：布農與泰雅兩族沒有文化英雄盜火神話。

　　火的來源神話比較簡單，如泰雅族神話說：古時人以 piko 和 sinkorahon 兩種硬木摩擦生火[145]。澳洲原住民一些部落也說火是摩擦兩個木桿得到的，但是用這個方法得火的不是一般的人，而是鳥或鳥型的圖騰祖先[146]。台灣原住民大部分有已變形的（transformeting）取火神話，講的不是祖先取火的故事，而是因爲發洪水，人類原來有的火熄了，或逃往高山時，忘記帶火，所以人類命鳥（阿美、鄒、布農神話）或什麼動物，如羌（鄒族）從另一個地方取火，或從蒼蠅旋轉、擦腿獲得啓示，仿效牠把松木旋轉得火（魯凱）。要注意，所有的神話中取火的不是一種鳥（有固定的文化英雄的功能），而是幾種，第一種鳥任務未竣，第二種或第三種才帶來火。很可能鳥取火母題是最古老的取火神話的「遺物」，後來與洪水神話粘合了。

　　如果我們把古代中國燧人造火神話比較一下，得知這神話一方面保存最原始的因素，人類鑽木取火。但是另方面取火的已是神話人物燧人，非動物。但《拾遺記》記載保留較原始的取火神話痕跡：燧人看到「有鳥若鴞，以口啄樹，粲然火出……因取小枝以鑽火」[147]。這棵巨大的火樹（屈盤萬識[頃]，雲霧出于中間）一定是神話中的宇宙樹（cosmic tree），所以可以假設原來有鳥從宇宙樹取火，後來說聖人（《拾遺記》把燧人稱「聖人」）仿效牠。雖然宇宙樹的概念是比較原始的，但在

---

[143] 同註 22，頁 69。

[144] 陳奇祿，《文化與生活》（臺北：允晨文化實業股份有限公司，1994），頁 94。

[145] 同註 117，頁 30。

[146] Tokarev S. A., "Ogon" (火)-Mify narodov mira, t. 2, p. 239。

[147] 李昉，《太平御覽》（臺北：臺灣商務印書館，1992），卷 869，頁 3983。

最古老的神話大概還沒有形成，如舊石器時代的岩畫沒有宇宙樹，在非常原始的布農或泰雅族神話及信仰中大概也沒有，但鄒族神話觀較特殊，比布農發達得多，其儀式中有，排灣族神話也有連接台灣與紅頭嶼一株大榕樹，大概是連接天與地的宇宙樹概念的變形。綜上所述，燧人神話雖然是發達文明社會神話，但其中也可以發現原始取火神話的痕跡。

　　文明社會神話通常有偉大英雄，他建立不少功勳，最有名的例子是古代希臘、羅馬神話中的赫克利斯（Hercules）立下十二功績。學者早把中國的后羿與赫克利斯相比，后羿有名的功績是射太陽，但根據《淮南子・本經》，他也「殺猰貐，斷脩蛇於洞庭，禽封豨於桑林」[148]，即為人民除害。射日神話從黑龍江到越南與台灣，差不多所有的民族都有，緬甸的 Kachin（景頗）、印度東部也不例外。可以說這個神話流行的範圍與上面分析的洪水之後兄妹結婚差不多，但是射太陽的人物不同，這個地區最原始的台灣原住民（鄒族除外）神話中並沒有形成英雄形像。在一些布農與泰雅神話中，射太陽不是一個人的功績，而是集體行為。因為兩個太陽並出，世上太熱，人類派三批人：老人、中年人與少年人，到日出之地射太陽。因為路太遠，老人死於路上，中年人老了，只有少年人到達，遂射下了。

　　中國古代神話中后羿不只善射，也是文化英雄，根據《墨子・非儒下》與《呂氏春秋・勿躬》的記載，他作弓[149]，還教人射箭（《孟子・告子章上》）[150]。很可能作弓的功能是後來粘合在他身上，因為他精于射，特別據《荀子・解蔽篇》說他「倕作弓，浮游作矢」。[151]

　　從比較神話學來看，最早的救世英雄通常是禽獸，所以射太陽的原先不是人，而是鳥（庫頁島 Nivkhu 族神話）或青蛙（印度東部、錫金神話），中國大陸土家族神話中，吞多餘太陽的也是青蛙。但其他民族救世英雄都是人，其中較原始的是黑龍江一帶的那乃（赫哲）族與 Orochi 族創世者 Hadau，或貴布依族祖先力嘎，其

---

[148]　同註 47，頁 118。

[149]　同註 16，頁 207-208。

[150]　《孟子正義》，《諸子集成》，第一冊，頁 473。

[151]　《荀子集解》，《諸子集成》，第二冊，頁 267。

他一般是射箭能手，如傣族神話中的巨人惟魯塔等等。由此可以得知后羿形象是較晚期的產物。《山海經·海內經》：「帝俊賜羿彤弓素矰」，證明在中國古代神話中已有天帝、天神的概念，羿是天帝（帝俊）手下的天神[152]，奉命降下，爲人類除害，射太陽。在原始的台灣原住民神話（如布農）沒有天神，沒有天帝，這都是較晚期社會神話的特徵。

　　中國古代神話所述兩大災難，十日並出，草木焦枯以外，另一是洪水。除了澳洲與非洲，全世界都有洪水這個神話題目。但有的地方描寫洪災範圍是普世性的，當然古代人世界概念限於他們住的地方，有的地方描寫洪災範圍是地方性的。

　　目前我們關注的是退水的辦法。世界許多民族神話僅說過了七天、四十天或半年水退而已。台灣原住民，如布農與鄒族，大概保留最古老的形式。在布農神話裡，一條巨蛇堵住水流，引發洪水。世界不少民族，如印第安 Hapi 人，也說洪水是巨蛇引發的，古代神話思維中，蛇與水有密切的關係[153]。在布農神話中，停止洪水的是一隻螃蟹，牠把蛇剪成兩段，幫助人類退卻洪水。鄒族的洪水也是由巨大的動物——巨鰻引起的，退卻洪水的同樣是螃蟹。但在打敗鰻魚之前，牠提出一項條件——人類要給牠幾根女人的陰毛。[154]在最原始的神話中，動物幫助人不提什麼條件，不要什麼報酬，所以鄒族神話大約不如布農的那麼原始。螃蟹爲什麼要女人的陰毛？在世界各族的民間文學中，故事人物擁有一隻動物（經常是一匹馬）的幾根毛，以證明自己占有牠。在這裡，螃蟹要女人的陰毛，大概是要以她爲妻。有的異文說：螃蟹要的不是女人陰毛，而是一些獸身上的毛，後來用獸毛解救了自己的性命，但怎麼救命沒有說清楚，浦忠成以爲獸毛之說比女陰毛之說較原始，很可能是對的。[155]魯凱族神話裡，洪水（因海水上漲）是祖先 suabu 停的，但是與鄒族神話差不多，也先提出條件：人類要作牲禮供奉他。他也不是自己除害，而是派狗喝盡

---

[152] 袁珂，《中國古代神話》（北京：中華書局，1961），頁 177。

[153] Propp V. Ja., Istoricheskie korni volshebnoj skazki [神奇故事歷史根源], Leningrad, 1946, p. 23。

[154] 同註 98，頁 86。

[155] 同上。

水[156]。這都證明魯凱族的洪水神話也不是像布農的那麼原始。泰雅族洪水神話與其他族不同，爲了停止洪水，人們要以人爲犧牲。先把醜女投入水裡，洪水沒有退，直到投了美人之後，水才退。這個說法大概不那麼原始，據 V. Propp 教授的研究，水神得姑娘而助人的母題只存在於農業社會，如古代埃及、墨西哥、印度及中國（如西門豹停止這類習俗的故事）。泰雅族沒有神的概念，當然也就沒有神婚的說法，所以爲什麼要把美女投到水裡是個問題。如 Propp 的結論是對的，那麼，可以假設泰雅族幾百年前開始種地之後才有這個說法。

　　古代中國洪水神話故事本身盡人皆知，毋庸辭費，只想補充一點。美國學者 A. Armstrong 的研究結論：「從舊石器時代藝術及神話許多證據顯示……人類先想到獸類有超自然之力，後來才描述人格化的神，因此如創世或洪水神話中，創世者或其他協助者是動物……這些神話大概較早於人格化的人物神話」[157]。按照這個角度，固然可看出布農與鄒族洪水神話是最原始的，因爲退卻洪水的不是人格化的神或文化英雄，而是螃蟹。同時也可推斷：首先嘗試治水的鯀，大概在最古老的神話也不是人，而是動物。根據《玉篇》，鯀是大魚、根據《山海經・海內經》，他的父親是白馬。神話中人物死了之後變回原形，根據《山海經・海內經》郭璞注引的《開筮》，鯀死之後化爲黃龍，屈原〈天問〉說：「化爲黃熊」，但袁珂以爲不是化爲熊，而是化爲能，即三足。[158]無論如何，可說鯀原來是動物，大概是水族，因爲在古代中國馬也與水有關係，如龍馬。然後在神話發展中他變成黃帝孫兒，一個天神。

　　《山海經・海內經》說：「鯀竊帝之息壤，以堙洪水」。如果帝（黃帝，上帝）真的命他治洪水，爲什麼他還須要竊上帝的息壤？筆者以爲這裡還保留原始神話思維的痕跡。上面已說過，在最原始的神話裡，人類要用的財產（包括火、穀類等等），或在不那麼原始的神話中神奇的東西，通常是從另一個世界盜取的。在最原始的思維中，竊盜是得到東西的辦法之一，無可非議。後來倫理思維發展，竊盜

---

[156] 《台灣山胞各族傳統神話故事與傳說文獻編纂研究》，頁 269。

[157] Armstrong A, The Folklore of Birds, New York: Aover, 1970, p. 91。

[158] 同註 152，頁 211-212。

才變成受斥責的行為，大概就是這個原因，鯀竊息壤，卻不能停水。

　　鯀的兒子禹是從鯀的腹中出來的（《山海經·海內經》），這是典型的從母系制度過度父系制度時代的說法，一定不是最原始的神話。根據「禹」的字形解釋，他原來也不是人，而是鯀生的虯龍（有角的龍）[159]。所以可說也保存動物的樣子，但後來變成人格化的英雄。大禹停洪水的辦法一定與晚期的農業社會有關係，他治水，即整理土地，應龍（一說黃龍）與玄龜助他（《拾遺記》卷二）。在古代神話中，神話人物（動物）人格化之後，他原來的樣子通常轉移到他的助手身上，所以很可能助他的一條龍與他的原形有關係，也可能與化黃龍的鯀有關，特別在民間故事，死亡的母親或父親經常救助孩子。因此從世界洪水神話發展史角度，可以這麼說：古代中國治水神話雖有較原始神話概念的痕跡，但應形成在最晚的階段，為文明社會的產物，因為只有在中國，退卻洪水的方法是水利。

※　　　　　　　　　　　※　　　　　　　　　　　※　　　　　　　　　　　※

　　古代希臘神話與印度神話，這兩國在神話基礎上產生了偉大的敘事詩，吸進與發展神話形象和情節，也影響造型藝術。中國漢族沒有形成敘事詩（epic poetry，epos），所以中國古代神話沒有希臘或印度神話保存的那麼好，只有分散在許多古書中的簡短記載，但是中國大陸、台灣、日本及西方學者在近一百年中（第一本中國神話研究是 1892 年俄國聖彼得堡大學出版，由 S. georgievskij 教授所寫的《中國神話及神話觀》）作了許多復興（reconstruction）古神話系統的工作，不過用一九八〇、九〇年代採錄民間流行的古代神話人物故事及比較神話學的方法，還可以繼續研究許多問題。

---

[159] 同上，頁 211、214。

新古典新義
頁 33～44
臺灣學生書局　2001 年 9 月

楚帛書神話系統試說

曾憲通[*]

　　1942 年秋，在湖南長沙子彈庫的一座楚墓中，出土了好幾種書於縑帛上的古代文本，其中保存較爲完好的是一幅構圖奇特、上書蠅頭小字近千文的楚帛書。由于這幅帛書的內容十分奧秘，故自出土以來，學者們從不間斷地對它進行探索和研究。目前，雖然某些細節尚待進一步理清，但人們終於可以透過那古奧的文辭瞭解楚帛書的大致內容了。帛書的文字包括甲、乙、丙三篇：甲篇（8 行）位于帛書的中間，主要描述四時和曆法形成的過程，稱爲「四時」篇；乙篇（13 行）文字正好與甲篇順序顛倒，講的是天象變化與地上災異的關係，宣揚「天象是則」的思想，故稱爲「天象」篇；丙篇文字隨周邊十二個月神循環往返，周而復始，帛文于每個月名之下，說明當月的行事宜忌，稱爲「月忌」篇。三篇分別反映天上、社會和人間，前後聯成一個有機的整體，體現「天人感應」的思想。其主宰者則是乙篇所反復強調的「帝」和「神」。甲篇和丙篇則涉及多位古史傳說中的神秘人物，包括甲篇的雹戲、女媧、四神、炎帝、祝融、帝俊、共攻（工）和夸步（父）；丙篇的少昊和句龍。而以甲篇的雹戲和女媧以及他們所生的四子作爲整個神話世界的主體。下面，試就帛書的有關文辭，結合伏羲、女媧等傳說資料，加以梳理和研究，以揭示帛書所見的神話體系，並就正于各位方家。

一、楚帛書的雹戲、女媧與四子

---

[*] 曾憲通，廣州中山大學中文系教授。

　　現將帛書〈四時〉篇中與雹戲、女媧以及他們所生四子的有關文句摘錄如下
（爲方便印刷，釋文摘取其成句者采用寬式標記）：

　　日古[天]熊雹戲，出自□霆，處于䨲，厥□魚魚，夢夢墨墨，亡章弼弼，
　　風雨是於。
　　乃娶且徙□子之子曰女媧。
　　是生子四……四神相戈，乃步以爲歲，是惟四時。長曰青榦，二曰朱四單
　　[檀]，三曰翏黃難[橪]，四曰㳆墨榦。

雹　戲

　　雹字從金祥恒先生釋（見〈楚繒書「雹戲」解〉）。雹戲即今本《周易‧繫辭》
的包犧。陸德明《經典釋文‧周易系辭》下第八云：「包，本作庖，孟、京作伏；
犧字又作羲，孟、京作戲。」《說文》：「賈侍中說此犧非古字」，張揖《字詁》：「羲
古字，戲今字。」從帛書作「戲」字觀之，知賈說是而張非。後來一般通用「伏
羲」的寫法。

　　「□熊」乃包犧之號。傳包犧之號有「黃熊」（《帝王世紀》）及「有熊」（《易
緯‧乾鑿度》）二說，然上字皆與帛文殘畫不類。疑殘文是「天」字，或古有「天
熊包犧」之稱。下文有包犧所出之氏及所處之地，可惜關鍵之字適殘泐，無從得
知。帛書言包犧降生之時，天地尙未成形，夢夢墨墨，一片混沌，與《淮南子‧
俶真訓》謂：「至伏羲氏，其道昧昧芒芒。」正相吻合。

　　考包犧故事，最早見于《周易‧繫辭》下：

　　古者包犧氏之王天下也，仰則觀象于天，俯則觀法于地。觀鳥獸之文與地之
　　宜，近取諸身，遠取諸物。於是始作八卦，以通神明之德，以類萬物之情。
　　作結繩而爲網罟，以佃以漁。蓋取諸「離」。

後出諸書則諸多演繹，踵事增華，如云：

> 伏犧燧人子也，因風而生，故風姓。（《古三貫》）
>
> 雷澤中有雷神，龍身而人頭，鼓其腹。（《山海經・海內東經》）郭璞注引《河圖》云：大迹在雷澤，華胥履之而生伏犧。（《詩含神霧》同）
>
> 仇夷山四絕孤立，太昊之治，伏犧生處。（《御覽》七八引《遁甲開山圖》）
>
> 伏犧人頭蛇身，以十月四日人定時生。（《御覽》七八引《帝王譜》）
>
> 庖犧氏、女媧氏、神農氏、夏后氏，蛇身人面，牛首虎鼻，此非人之道而有大聖之德。（《列子・黃帝篇》）
>
> 伏犧氏有龍馬負圖之瑞，故以龍紀官。（《通鑒外紀》）
>
> 包犧氏始受木德。（《漢書・郊祀志》）
>
> 伏犧氏以木德王天下。（《御覽》七八引《春秋內事》）
>
> 天地開闢，五緯各在其方，至伏犧乃合，故以為元。（同上）
>
> 太昊帝庖犧氏風姓也，蛇身，首有聖德，都陳，作瑟三十六位。燧人氏沒，庖戲氏代之，維盡而生，首德于木，為百王先。帝出于震，未有所因，故位在東方，主春，象日之明，是稱太昊。制嫁娶之禮。取犧牲以充庖廚，故號曰庖犧。（《御覽》七八引《帝王世紀》）

以上所引，包犧之名雖頗多歧異，然皆名異實同，身世事迹所記亦復有異同。這些都是古史傳說本身的性質所決定的，是普遍存在的現象。至于蛇身人面，牛首虎鼻云云，則純屬神話。

女　媧

「女媧」的「媧」帛文本從王從曰出聲，從「出」得聲的字古與「媧」音極近，例可通假，故讀為女媧。（此從何琳儀釋）〈四時〉篇的女媧有如下幾點值得注意：

　　一是女媧之上有「某子之子」的字樣，說明女媧所從出，雖因「某」字殘去，不明所出，但它至少說明女媧與包犧所出不同，由此可見，《路史‧後紀》卷二引《風俗通》所謂「女媧，伏希之妹」的說法是另有所本的。

　　二是「乃娶」的「娶」字，它表明女媧是包犧正式「娶」來的媳婦，他們二人不是兄妹關係，而是夫妻關係。傳說包犧「制婦娶之禮」，于此可以得到印證。

　　三是「娶」下的「且徙」二字，它意味著女媧與包犧結爲夫婦之後，有過遷徙活動，這同人類早期的生活環境是密切相關的。

　　四是女媧與包犧結爲夫婦之後還生下四個兒子，並且各有自己的名字，這是過去的記載所沒有的。從帛書可以看到，「四子」在包犧、女媧的創世活動中發揮了重大的作用。

　　五是「女媧」之名最早見于屈原《楚辭‧天問》篇，楚帛書與《楚辭》關于女媧的記載，當屬同源，它反映有關包犧、女媧的神話傳說，在楚國有很深厚的土壤。

　　相傳女媧是創造人類的女神，她用黃色泥土揉成了人類（見《風俗通義》），並且在天崩地塌洪水泛濫的時候，煉成了五色石塊修補蒼天，《淮南子‧覽冥訓》有一則關于女媧補天的故事：

> 往古之時，四極廢，九州裂。天不兼覆，地不周載。火爁炎而不滅，水浩洋而不息……于是女媧煉五色石以補天，斷鰲足以立四極，殺黑龍以濟冀州，積蘆灰以止淫水。蒼天補，四極正，淫水涸，濟州平。……考其功烈，上際九天，下契黃壚，名聲被後世，光輝重萬物。

《淮南子》女媧補天故事中有「四極廢」、「定四極」、「四極正」；楚帛書有「奠三天」、「奠四極」。補天故事中有「九州裂」、「冀州平」；楚帛書有「九州不平」、「山陵備邺」。補天故事中有「上際九天，下契黃壚」；楚帛書有「非九天則大邺，毋敢冒天靈。」文意和語氣都極其相似。

四　子

　　楚帛書的四子即四時之神，故亦稱爲「四時」或「四神」。他們的名字分別叫青榦、朱檅檀、鬻黃橪和瀙墨榦。（四木之名據饒宗頤先生釋）在帛書裏，他們協助包犧和女媧，開天闢地，化育萬物：袪除凶厲，斬殺猛獸的是他們；跋涉山陵，疏通山谷的也是他們；爲山川四海命名，調和燥氣、滄氣，采青木、赤木、黃木、白木、墨木即五木之精的還是他們；規測天蓋，在天地之間上下騰傳，以及奠三天、奠四極的更是他們。

　　從〈四時〉篇以上的內容可以看出，由包戲、女媧及由他們所生的四神，組成一個神通廣大的創世家族。他們從迷蒙一片，晦明難分的渾沌世界中，定立天道，補天修地，化育萬物，建立年歲，形成春、夏、秋、冬，輪流轉換。宇宙和人間，開始正常地運行。

二、《武梁祠畫像》的啟示

　　現在，讓我們從現存最早刊刻包犧、女媧故事的漢《武梁祠畫像》中，考察它與楚帛書的神話故事之間存在著怎樣的關係。

　　《武梁祠畫像》有兩處圖像與包犧、女媧及其所生的四子有關。一處在第二石第二層：此層上有山形橫列，第一段畫二人，右爲包犧，冠上方下圓，左手平舉，右手執矩，下身鱗尾環繞向左。左爲女媧，面殘泐，身同包犧，尾亦環繞與右相交。中間一小兒，向右，手曳二人之袖，兩足卷起。左有隸書榜題一行十六字云：「伏戲倉精，初造王業，畫卦結繩，以理海內。」　另一處在左石室第四石第三層：一男人執矩向右，一婦人執十十（似規）形器向左，身皆如蛇，其尾相交向上。中間二小兒有翼，尾亦相交，兩手相向搏。又左右二人皆蛇尾有翼，及有雲鳥擁之。一榜無字。疑是包犧、女媧及其所生之四子。（見附圖）只要我們將《武梁祠畫像》中的伏戲、女媧和四子的圖像，同〈四時〉篇的黿戲、女媧及其所生四子的內容加以比照，便不難發現，它們所描述的是同樣的題材，而且，從

中可以得到不少啓示：

其一，包犧、女媧人身龍尾相互交合的畫像，是戰國秦漢以來普遍流行的神話作品，其同樣畫像應見于戰國時期的楚國。根據有二：一是在戰國早期曾侯乙漆箱上就有包犧女媧人首蛇身交尾的圖飾；二是見于差不多與帛書同時的《楚辭》，漢王逸注《楚辭・天問》云：屈原「見楚有先王之廟及公卿祠堂，圖畫有山川神靈，琦瑋僑佹，及古賢聖怪物行事。」因而向天發問，作〈天問〉篇，其詞有云：「登立爲帝，孰尙導之？女媧有體，孰制匠之？」王注：「言伏羲始作八卦，修行道德，萬民登以爲帝，誰開道而尊尙之也？」又注云：「傳言女媧人首蛇身，一日七十化，其體如此，誰所制匠而圖之乎？」宋洪興祖嘗獻疑曰：「『登立爲帝』，逸以爲伏羲，未知何據？」瞿中溶釋之曰：「楚國先王廟及公卿祠堂壁畫必有伏羲及女媧，故逸云然。」並舉王延壽〈魯靈光殿賦〉有「伏羲鱗身，女媧蛇軀」以證之。（見《畫像考》一・七）又馬邦林《漢碑錄文》謂「往在蘭山，見古墓中兩石柱刻羲皇、媧皇、農皇及堯、舜像，伏羲、女媧亦鱗身，兩形交尾；又予家西寨裏，伏羲陵前石刻畫像亦兩形並列，人首，一男一女，龍身交尾。予意古之畫羲、媧者皆類此。」（《漢碑錄文》一・四三）可見，人首龍身交尾的伏羲、女媧畫像由來已久，他們是無法分開的連體，故屈原舉其一即可賅其二。瞿氏以女媧前句之「登位爲帝」屬之于包犧是很有見地的，亦是符合屈詩和逸注的本意的。

其二，從伏戲手執矩尺，女媧手執規形器的圖像來看，他們應是共造天地的創世之神。在古人的心目中，天圓而地方，而規儀和矩尺則分別是圖畫圓形和方形的工具，故用伏羲、女媧手執規矩來隱喻他們是營造天地的主神是非常巧妙的。伏羲、女媧創世主的傳說來源于古老的苗族。據人類學者的實地調查，苗族傳說中認爲苗族人全出于伏羲和女媧。他們本爲兄妹（或姐弟），遭遇洪水，人煙斷絕，僅存此二人。他們配爲夫婦，綿延人類。（參芮逸夫〈苗族洪水故事與伏羲、女媧的傳說〉）按照苗人的說法，伏羲和女媧就是人類最早的祖先。苗族傳說中的男女始祖與漢族古書記載中的始祖居然同名，這不會是偶然的巧合。漢族古書中最早提到伏羲與開闢天地有關的是《莊子・大宗師》，篇中把狶韋氏和伏戲氏排在眾聖

人的最前面，用「挈天地，襲母氣」六個字來形容開闢天地時的情境。由于女媧一名女希，故有學者懷疑開頭的豨韋氏也許和女媧有關。（參徐旭生《古史的傳說時代》頁 239）苗人說他們最初出于伏羲和女媧，《淮南子‧覽冥訓》的說法同他們很相似，《周易系辭》雖然沒有談及女媧，但包戲是最古的帝，同苗族傳說的意思也可以說是相近的。在這方面，有一歷史現象值得注意，就是在戰國中葉楚國的勢力深入湖南以後，苗族的傳說逐漸輸入華夏。首先受它影響的是莊子一派的人，莊周雖然不是南方人，但他游心遠古，苗族的傳說正好投合他的嗜好。《楚辭‧天問》篇的作者屈原是南方人，在他的作品裏本來就吸收了不少苗文化的有益成份，對于先王廟和公卿祠堂裏這種反映邃古神話的壁畫，更是他遠搜近討的對象。屈原看到壁畫上那伏戲、女媧的畫像而不禁向天發問是很自然的。發現于子彈庫的長沙楚帛書，正是在這樣的歷史和文化背景下產生的。楚帛書中的伏羲作「雹戲」，女媧作「女娍」，「娍」從「出」聲，與苗族傳說中男子叫 bu-i，女子叫 ku-eh，古音十分接近。伏羲、女媧的傳說在楚國的流行情況，據古籍所見，戰國早期還不見踪影，當是戰國中期以後的事，這同楚帛書的年代是相吻合的。現在看來，楚帛書吸收苗族的傳說是有所選擇並加以改造的，它把苗族傳說中的伏羲、女媧是兄妹結爲夫婦的關係，改爲由不同所出而結成的夫妻關係，顯然是受到漢族傳統思想的影響的。

其三，圖像中，伏羲、女媧上下共有四個兒子，即他們所生的四子。古書有帝堯命四子掌管四季的記載。《尚書‧堯典》：「乃命羲和」。傳云：「重黎之後，羲氏、和氏世掌天地四時之官。」又引馬云：「羲氏掌天官，和氏掌地官，四子掌四時。」下文分別敘述四子之職，即春分神羲仲宅暘谷，以正仲春；夏至神羲叔宅南交，以正仲夏；秋分神和仲宅昧谷，以正仲秋；冬至神和叔宅幽都，以正仲冬。四神分別住在東、南、西、北很遠的地方，分管著春分、夏至、秋分和冬至。所以，所謂四子，實際上是分管四季的分至之神。帛書四神分別以四色之木命名，即春分神青榦，夏至神朱橠檀，秋分神鶿黃櫟，冬至神溴墨榦，分別以青、朱、鶿（白）、墨，配東方的暘谷，南方的南交，西方的昧谷和北方的幽都，正好與四

方配色一一對應。帛書云：「四神相戈，步以爲歲。」楚文字戈與弋常相混，弋讀
爲代。意思是說：四神分掌春、夏、秋、冬，遞相交替，推步四時以成歲。這可
以作爲四神即分至之神的最好注腳。至于四神因何以木爲名，是否與伏羲「首德
于木，爲百王先」有關？帛書以四色命四木之名，是否與帛書四隅繪有施色之木
有關？凡此種種，尚須進一步研究。

三、帶楚系神話色彩的南方諸神

在楚帛書的神話世界中，除上述宧戲、女媧和四神之外，還有炎帝、祝融、
帝俊、共工、夸父、少昊和句龍。其相關文辭有如下四組：

第一組

　　炎帝乃命祝融，以四神降。奠三天，□思敦，奠四極。

《史記・五帝本紀》以黃帝代炎帝而興；《潛夫論・五德志》以炎帝神農氏代
伏羲氏而起。戰國以後講「月令」的書，如《呂氏春秋・十二紀》、《禮記・月令
篇》、《淮南子・天文訓》等，皆以炎帝、祝融作爲南方、夏季的帝和神，如《呂
氏春秋・夏三紀》云：「其日丙丁，其帝炎帝，其神祝融。」高誘注：「丙丁，火
日也。黃帝少典之子，姓姜氏，以火德王天下，是爲炎帝，號曰神農。死托祀于
南方，爲火德之帝。」炎帝是戰國以後按照五行觀念以五色配五方的南方之神，
亦就是後來流行的赤帝。銀雀山漢簡《孫子兵法》佚文有〈黃帝伐四帝〉篇，中
有「赤帝」，「赤帝」乃「炎帝」之訛，古文字炎、赤二字形近易混。帛書將炎帝、
祝融與四神聯繫起來，四神爲伏羲之子，這使炎帝繼伏羲而起之說更有說服力。《楚
辭・遠游》：「指炎神而直馳兮，吾將往乎南疑。」屈原心儀炎帝而隨之南馳九疑，
亦說明炎帝確是南方之神。在帛書裏，祝融似亦炎帝之佐，帛文說他受命于炎帝，
遣四神把三天的軌道和四極的天柱固定下來。

第二組

帝俊乃爲日月之行

　　帝俊是傳說中一位十分煊赫的至上神，根據《山海經》的記載，他還是太陽和月亮的父親。因爲他有兩個妻子，一個叫羲和，一個叫常羲。「有羲和之國，有女子名曰羲和，方浴日于甘淵。羲和者，帝俊之妻，生十日。」(〈大荒南經〉)「有人反臂，名曰天虞，有女子方浴月。帝俊妻常羲，生月十有二，此始浴之。」(〈大荒西經〉)可見日和月都跟帝俊密切相關。但從「十日」和「十二月」的數位來看，似乎不是指日月天體本身，而是指記日記月的曆法。「十日」爲旬中之日，「十二月」爲歲中之月。《離騷‧天問》：「夜光何德，死則天育」，是說月死竟能復生。若依次「生月十有二」，就是一年。帛書上文，從言「未有日月」到言「日月允生」，都是指記日記月的曆法從無到有的過程。因爲如果沒有記日記月的曆法，日和月之間的關係就無法確定，日月就不能正常運轉。反之，如果有了記日和記月的曆法，日月的運轉便井然有序，故帛文云「帝俊乃爲日月之行」。

第三組

共攻（工）、夸步（父），十日四時，□□神則閏。

　　文獻中的共工，一爲官名(見《尙書‧堯典》)，一爲神名。《淮南子‧地形訓》：「共工，景風之所生也。」高誘注：「共工，天神也，人面蛇身。」帛書之共工當屬後者。

　　「夸步」，劉信芳讀爲「跨步」，謂推步曆法。他指出：《山海經‧大荒北經》所記「夸父追日景」之神話應源于「夸步」，追日影者，以晷儀跟踪觀測日影也。劉氏所說極是。但以夸父追日影源于「夸步」，不如將「夸步」直接讀爲夸父。考

「步」爲魚部（一說爲鐸部）幷母字，與魚部幷母字的「父」字聲紐相同，韵部亦同（或爲陰入對轉），例可通假。很可能夸父之名即來源于夸步。若將帛文讀爲「夸父」，則追日影之事不言而自明。如此，帛書群神譜中又多了一位「夸父」的成員。據《山海經・大荒北經》記載，共工、夸父均爲祝融之裔脈，帛書將二者並提，亦在情理之中。

「十日」，古代有「十日並出」和「后羿射日」的傳說（見《淮南子・本經訓》），這是爲了解決傳說中的「十日」與現實中只有「一個太陽」的矛盾而產生的。古代還有「九日居下枝，一日居上枝」和「一日方至，一日方出」的傳說（〈海外東經〉及〈大荒東經〉），《楚辭・招魂》則云「十日代出」，其意思都是指十日輪流在天上出現。這傳說在馬王堆帛畫中得到了形象的體現。十日輪流出現一次，在曆法上就是一旬，是記日法的誕生。所以，饒宗頤先生謂「此處十日以指自甲至癸十干較合」是很正確的。然則〈大荒西經〉的常羲「生月十有二」，亦有可能是指自子至亥「十二支」的誕生。

「閏」是處理回歸年與具體曆法存在餘分的一種辦法，與曆法的精確性密切相關。帛文「□□神則閏」似乎說明當時已掌握了曆法置閏的辦法。總之，這條帛文中的「十日」、「四時」與「閏」，都與曆法有關。

第四組

曰余：不可作大事。少杲（昊）其□，句龍其□。取（娶）女爲邦笑。

此組帛文見于帛書丙篇邊文。少杲、句龍，從曹錦炎釋（見〈楚帛書《月令》篇考釋〉），二「其」字下均有缺文，曹氏擬補爲「少昊其帝，句龍其神」。《爾雅・釋天》四月爲余，知此組帛文應屬于四月。《左傳》成公二十九年「國之大事，在祀與戎。」此謂夏曆四月，不可從事兵戈戎伐及大型祭祀活動。少昊，金天氏。在「余」月中，少昊應屬于西方、秋季之帝，然其神爲蓐收，不是句龍，此條當

另有來歷。句龍即后土，又叫社神，爲共工之子，《漢書·郊祀志》：「自共工氏霸九州，其子曰句龍，能平水土，死爲社祀。」帛文下半的大意是，由于少昊和句龍的緣故，四月娶女爲國人熟知之大忌，若犯忌則難免爲國人所譏。

綜上所述，在楚帛書所涉及的十三位神秘人物中，有半數來自苗蠻土著的傳說，是楚人勢力到達兩湖之後吸取本土文化的結果；另半數來自炎帝的後裔。他們都屬于南方之神。炎帝後裔祝融八姓的一支，經過悠長的歷史階段，南下到湖北江漢一帶，成爲後來的楚國。在這個遷移流徙的過程中，産生了許多互有血緣關係的氏族和富有神話色彩的傳說。見諸《山海經》的，如〈海內經〉云：「炎帝生炎居，炎居生節並，節並生戲器，戲器生祝融，祝融降處于江水，生共工，共工生術器，術器首方顚。是復土壤，以處江水。共工生后土，后土生噎鳴。噎鳴生歲十有二。」其中兩度提及祝融、術器處于「江水」，頗值得注意。又〈大荒北經〉云：「有人珥兩黃蛇，把兩黃蛇，名曰夸父。后土生信，信生夸父。夸父不量力，欲追日景，逮之于禺谷。將飲河而不足也，將走大澤，未至，死于此。」這就是著名的「夸父追日」的故事。據《山海經》以上的炎帝世系，與帛書有關諸神的世次爲：

炎帝——祝融——共工——后土（句龍）——夸父

蒙文通先生早就指出，「炎帝」、「祝融」、「共工」屬于江漢民族。今按之楚帛書中的神話傳說，結合《山海經》的記載，蒙氏此說可謂真知灼見。至于帝俊和少昊二神，雖然找不到他們與楚族有任何直接的關係，但從楚帛書所見，他們屬于楚系神話世界中的人物，當是沒有問題的。

參考文獻

容　庚　　《漢武梁祠畫像錄》　　北京：哈佛燕京學社石印本　　1936 年

芮逸夫　　〈苗族洪水故事與伏羲、女媧的傳說〉　　北京：中央研究院歷史語言研究所　　《人類學集刊》第一卷第一期（1938 年）

徐旭生　　《中國古史的傳說時代》（北京：科學出版社，1960 年）

嚴一萍　　〈楚繪書新考〉　　《中國文字》第 26 冊（1967 年 12 月）

金祥恒　　〈楚繪書「雹戲」解〉　　《中國文字》第 28 冊　（1968 年 6 月）

李學勤　　〈談祝融八姓〉　　《江漢考古》第 2 期（1980 年）

何琳儀　　〈長沙帛書通釋〉　　《江漢考古》1-2 期（1986 年）

饒宗頤　　〈楚帛書新證〉　　《楚地出土文獻三種研究》（北京：中華書局，1993）

劉信芳　　〈楚帛書解詁〉　　《中國文字》新 21 期　（1996 年 12 月）

附圖：伏羲女媧與四子

新古典新義
頁 45～72
臺灣學生書局　2001 年 9 月

撈泥造陸──鯀、禹神話新探

胡萬川[*]

（一）

　　在中國古代文獻中，鯀、禹通常被認為是一對父子，而且是一對關係非常特別的父子。因為除了有禹是從鯀的尸腹剖出的孩子這種很奇怪的記載之外，[1]父子相繼受命治理洪水，一敗一成的說法，更襯映出一個「父頑子賢」的典型。一個愚頑固執的父親，居然養出一個有著超凡的見識氣度，且任勞任怨的賢能兒子，這就是傳說中鯀、禹父子的形象。然而這只是傳說化了的，或者說是歷史化了的鯀和禹。鯀、禹的原來面貌，應當是神話的角色。

　　上古的神話傳說被轉化為歷史，歷史又被簡化或定位為朝代交替，世系轉換的時候，時空背景輪替，交錯穿插的是賢君能臣或昏君奸相的身影。鯀自戰國以後，大部份就是被定位為盛世賢君之前的一個頑臣，剛愎自用。而禹則是中國第一個朝代的開創者，和堯、舜同列古代三大聖王。直到 1920 年代《古史辨》的疑古學派興起之前，中國人對「鯀禹父子」的看法大概就是如此。[2]

---

[*] 胡萬川，清華大學中文系教授。

[1] 禹為鯀尸腹中出生之記載，見《初學記》等書引《歸藏》，參看袁珂、周明編，《中國神話資料萃編》成都四川省社科院，1985 年 11 月，頁 240。

[2] 顧頡剛編，《古史辨》，第一冊，收顧頡剛〈討論古史答劉胡二先生〉一文，論「禹是否有天神性」、「禹與夏有沒有關係」等問題，開始了對鯀、禹的歷史性的懷疑。《古史辨》第七冊下編又收顧頡剛、

　　在《古史辨》疑古學者們啓發之下，對於鯀、禹父子身份的認識，才漸漸有了不再完全拘泥於「歷史」的觀點，改從神話或傳說的角度來看問題。不再爲「歷史」所拘絆，是一個很大的突破，學者們從此有了更爲開闊的視野。

　　然而這並不代表對於鯀、禹的研究從此就步入了新方向，或者因此而有了重大的發現。古來文獻傳統的力量畢竟很大，有些學者雖然已不再把鯀、禹當做朝代信史人物，卻仍將他們當作某種部族傳說的世系中人，希圖在部族世系中爲他們找到定位。但是「層層累造的上古史」常是不同來源觀念和傳說的互滲雜陳，因此，原本以爲簡單的「鯀、禹」世系，其實就再理也理不清。[3]因爲鯀、禹的本來面目，畢竟是神話人物。神話在被傳說化、歷史化的過程中，或因流傳變異、或因特殊原因而多所附會，是很正常的一件事。傳說化了的鯀、禹當然有從傳說觀點來研究的價值。但是若要推其原始，見證鯀、禹本來面貌，卻還是得從神話的角度來切入，才能見出真章。

　　由於傳世的鯀、禹重要事蹟，都和「洪水」、「治水」之事有關，因此研究者以這方面當作問題的切入點，就是很正常的事。但是上古洪水神話或傳說，由於流傳變異，加上各種附會比附，見於後來典籍記載者已多失本來面目。若不溯其本初，釐清各自本相，便可能在不同人物，不同事蹟當中糾纏不清。[4]

（二）

　　童書業合寫的〈鯀、禹的傳說〉，將禹和夏朝本不相涉的關係，作了深入的考證。《古史辨》分冊刊行於 1920 年代至 1930 年代。本文所據爲 1970 年臺北明倫出版社影印本。

[3] 以鯀、禹爲部族領袖，歷史世系中人的說法，所在多有，如：森安太郎著，王孝廉譯，《中國古代神話研究》有〈鯀禹原始〉一篇。臺北，地平線出版社，1979 年 2 月，頁 67-87。田兆元著，《神話與中國社會》，有一節〈鯀、禹聯盟與重黎聯盟〉，上海人民出版社，1998 年 11 月，頁 121-127。

[4] 鯀、禹原爲神話人物，在被歷史化的過程當中，由於事蹟傳說的附會轉化，不同人物因此有時會有相似之感，有人在尚未釐清各神話人物或傳說人物本相時，即將各人物等同、串連，例如：陳炳良著，《神話、禮儀、文學》書中〈中國古代神話新釋兩則〉一文，〈鯀禹的傳說〉一節即以爲鯀即共工，又鯀、禹、祝融是三位一體，而鯀又是窫窳等等之說法。臺北，聯經出版公司，1985 年 4 月，頁 11-14。

雖然在傳統文獻中鯀、禹常以父子行的方式並見流傳，但由於兩人的性格、命運及功業事蹟大相逕庭，因此各自分見的記載也還不少。也就因此而以神話觀點來研究鯀及禹的人，便常將他們分開討論，似乎有他們二者原本不相關聯，因此不必合而論之的想法。

以神話的角度來研究鯀、禹事蹟，是切近問題本原的正確做法，但是論及其一而不兼其二，卻就不一定恰當，因為這二者既被扯做「父子」一對，又都和洪水或水有關，原本也應當有著特別的關係。所以研究的過程中，以為原來應當是獨立的神話人物，完全不顧及二者的可能關係，也就不大妥當。因為即使追本溯源，能夠證明二者原本是不相干的，各自獨立的神話人物，也應當對這原本不相干的二者，後來何以會湊成如此緊密的一對「父子」有所解說。否則，就不能算是研究的完成。

但是，無論如何，能夠從神話的觀點來看問題，都已經是一個突破。筆者以為在神話的原來本相當中，鯀、禹就是有密切關係的兩個角色，而且也都和水有關係，因此二者應當一併而論。但是由於前賢論述，每每先論其一，或只論其一，因而在此未免也先從其中之一切入，最終再二者併而論之。

明確的以神話角度來論鯀、禹的，總是先鯀，或只論鯀。而之所以會有這種情形，大概是由於禹被歷史化得太成功，要將他從定型的歷史認知當中抽離，真的很不容易。而鯀則還留著不少神話的身影，雖然這身影也已有些模糊。因此下文也先從鯀說起。

從神話的角度來論鯀的形象常先就《山海經》立論，因為在上古典籍中，《山海經》保留了較多的神話，然後才是《楚辭》、《詩經》，以次及於其他。《山海經》〈海內經〉云：「洪水滔天，鯀竊帝之息壤以堙洪水，不待帝命，帝令祝融殺鯀於羽郊。鯀復生禹。帝乃命禹卒布土以定九州。」這一段就是保留鯀之神話的最主要記載之一。神話學者袁珂認為這一則神話中的鯀，形象上有點類似希臘神話中的普羅米修斯，雖然一者因為水，一者因為火，似不相侔，但同樣皆不忍下民之苦，而做出了有違上帝威權的事，終於受到最嚴重的處罰。那種形象，真像為人民的利

益，敢於反抗權威，犧牲自己的文化英雄。[5]

　　這是一個擺脫歷史拘絆，重新解讀古代神話的嘗試，從學術發展的觀點來說，是一個好的開始。但由於這只是一個新的開始，因此對於神話本身所含的一些根本問題，還是未能有較好的解答。譬如說大洪水何由而至？能生長不息的息壤何由而來？除了可用以「堙水」之外，是否還有其他作用？而鯀如果真是如此的爲民犧牲，在古代的傳說中理應會有正面的形象，何以竟然一轉而成爲剛愎頑固的負面人物？難道古代人民既已傳下他爲民犧牲之勇烈，卻又隨即更而之他，將英雄說成狗熊？抑或本相原來並不如此，而是另有隱情？

　　以上這些疑難如果不能得到恰當的解答，則鯀的神話，便仍然是包裹在層層迷霧當中的迷團。

　　袁珂對於鯀之神話所以能夠提出這樣的解釋，也不是憑空臆想，而是來自比較神話的啓示，只不過他用以比較解讀的方向不很恰當，因此對於神話中的種種情節要素，也就是母題（Motif），未免有些對應不上。

　　由於傳說化、歷史化的歷程已久，許多保存在古代典籍中的神話資料，多已成片段，或已被附會轉換，因此要撥開雲霧見真章，還是得從比較神話學的角度來著手。只有從歷史——地理學派的角度、類型、母題的比較，才能重構出被遮住的神話真形。如果只根據古書記載的某一文本（text），然後套用某一理論來作分析，最多也只能解說出文本記載當時的意義，而不能揭示文本背後的神話原貌。

　　對於鯀的神話終於提出較有說服力的討論的，是日本的神話學者大林太良，他從比較神話學的觀點，提出鯀的原型應當是創世神話中一個角色的說法。他的說法之所以較有說服力，是因爲基本上他把握了鯀之神話的幾個重要母題。在《神話學入門》這一本書裡，他指出在阿爾泰地區廣爲流傳的潛水造陸神話中，潛水撈泥的那個角色，就是鯀的本來面目。這種神話通稱大地潛水者（Earth-diver）神話，實際上就是入水取土，創造大地的神話，當然也可意譯爲潛水造陸或撈泥造陸神話。以下本文皆以撈泥造陸神話稱之，因爲筆者以爲這一用語更能精確表達此一神

[5] 袁珂，《古神話選釋》，臺北，長安出版社，1982 年 8 月，頁 295。

話意涵。其流傳地區從東歐而至亞洲大陸，以至北美大部份印地安人分布區。其中因流傳而生變異，而有著各地不同的多少差別，但主要內容則仍大同。依照大林太良的轉述，這一類型神話內容大要如下：

> 　　最初，世界只有水。神和最早的人（或者是惡魔）以二只黑雁的形體，盤旋在最初的大洋上空，命令人從海底拿些土來。人拿來土以後，神把它撒在水上並命令說：「世界啊，你要有形狀。」說罷又讓人再一次送些土來。可是人為了把土藏掉一些來創造他自身的世界，只把一只手中的土交給了神，而把另一只手中的土吞進了自己口中。神把拿到手中的那部份土撒在水面上之後，土開始漸漸變硬變大。隨著宇宙的成長，人嘴裡的土塊也越來越大，簡直大到足以使其窒息的程度。這時人才不得不向神求救。被神盤問的結果，人才坦白了自己所做惡事，吐出了口中的土塊，於是地上便出現了沼澤地。

大林太良指出：「中國古代的洪水神話，鯀從上帝那裡盜走了叫做息壤的永遠成長不止的土，並用它平息了洪水。此事惹怒了上帝，命令火神祝融，在羽山將鯀殺死，把餘下的息壤要了回來。」[6]他認為鯀的神話原來應當就是撈泥造陸神話。

由這個觀點來看鯀的神話，讓人有耳目一新的感覺。因為如此一來，「息壤」這種能「生長不息」的土壤，就有了基本可信的背景，而鯀何以會偷息壤的原因，也找到了恰當的理由依據。

既然撈泥造陸神話流傳遍及歐亞北美大陸，處於這廣大領域之中的中國，如果說原本也有這樣的神話流傳，實在是一件很正常的事。雖然說現在留傳下來的有關鯀之神話的各種資料，表面上看來似乎未有與上述撈泥造陸神話完全相應的文本，但從「竊息壤以堙洪水」一則所含的「息壤」、「洪水」、「偷竊」、「處罰」

---

[6] 大林太良著，林相泰、賈福水譯，《神話學入門》，北京，中國民間文藝出版社，1989 年 1 月，頁51。

等幾個主要情節單元和撈泥造陸神話的相對呼應來看，大林太良之所以會以爲鯀之神話原本亦是撈泥造陸神話，應當可以說是言之有據。

　　但是由於《神話學入門》一如其名，是一本入門的概論之作，對於鯀之神話就僅在相關章節中大略提及，對其他細節，未能有較爲深入的討論。而且論述中只提到了鯀，而不及於禹，也是一個缺點。他大概不知道，不只鯀是撈泥造陸神話中的角色，禹也是這一神話中人物。

（三）

　　不久之前，大陸李道和在大林太良著作的啓發之下，發表了〈昆侖：鯀禹所造之大地〉一文，以撈泥造陸神話的觀點，對鯀之神話，作了更進一步的討論。這一次他一併討論了禹，把禹也同時當作撈泥造陸神話的角色來處理。李道和從撈泥造陸神話觀點並論鯀、禹的方向是正確的，可惜的是他不知道鯀、禹在神話中各自不同的角色定位，因而有將二者混同爲一的情況，是很遺憾的一件事。而且他的文章重點又不止在於鯀、禹創世，更在於昆侖、黃帝、玄冥、共工、后土、禹彊等其他神話或傳說概念及人物的探討，涉的面頗爲繁雜。用心雖然可感，但衍生的問題亦多，因此對於鯀、禹神話原始的探討，就未免仍多可待塡補的空白。稍後，葉舒憲在《中國神話哲學》中也有專章從同樣的撈泥造陸觀點，分析息壤神話的意義，他主要從文化哲學的大角度來論這一問題，時有啓發之見，但對於其中鯀、禹關係，特別是禹在神話中的角色定位仍未清楚，尚待進一步的澄清探討。[7]也就因此而筆者才敢不揣淺陋，嘗試就這一論題更作討論，希望藉此能對鯀、禹神話本貌，提供一些看法。

　　如果要從撈泥造陸神話來看鯀、禹之原貌，首先得對這一類型神話有更爲具體而詳細的了解。不論大林太良或李道和的文章，對這一神話的介紹都稍嫌簡略。

　　如前所述，撈泥造陸神話分布極廣，從芬蘭以東，而西亞、中亞、印度、東

---

[7] 李道和，〈昆侖：鯀禹所造之大地〉，《民間文學論壇》，1990 年 7 月，總第 45 期。

　　葉舒憲，《中國神話哲學》，中國社會科學出版社，1992 年 1 月，頁 317-363。

南亞、西伯利亞，以至北美大陸，可以說是橫跨大部份北半球地區的神話。而對於這一神話內容及流傳情形的了解，大部份來自近代的田野調查。古代文獻明白記錄這一神話的（或說這一神話的一個異文），依前賢所見，似乎只見於印度。[8]

由於分布範圍廣大，這一創世神話在歐美早已成為神話研究的一個重要課題，湯普遜（Stith Thompson）的《民間文學母題索引》（索引含神話及傳說類，共六巨冊），其中的「A」類神話部份，就有幾條和本文所論有關的母題。為說明方便，且將這幾條列舉於下：

A.810　　原水（Primemal Water），當初世界只是一片水或全部為水所淹蓋。

A.811　　大地從原水中帶上來。

A.812　　大地潛水者（Earth diver）（即本文行文指稱的撈泥造陸）。在原水之上，造物者派動物到水中撈泥上來，以之生成大地。

在 A.812 之下的一個亞型，即 A.812.1，大地潛水者是魔鬼（Devil as Earth-diver），他私藏了一部分泥土。

和本文最有直接關係的就是 A.812 和 A.812.1 兩型。

不論在神話或民間故事，母題（Motif）不等於類型（Type），這是研究者都知道的事。但是有時候一個單一的母題就構成一個獨立的故事，可以成為一個類型，也是不容否認的事實。在此我們就藉引這種觀念，稱 A.812 是這個類型的原型，A.812.1 則是這個類型的亞型。

雖然說撈泥造陸神話由於分佈範圍廣大，其中會有許多變異的異文自是正常，但是大體說來，卻又可概括的分為 A.812 和 A.812.1 兩大類型。而兩大類型中的 A.812，不含上帝或神佛與惡魔等二元對立觀念；A.812.1 則強調神、魔二元對立

---

[8] "The Mythology of All Races" Vol. IV. "Finno-Ugric, Siberian" by Uno Holmberg, Cooper Square Publishers, Inc, New York, 1964, p. 328.

而古代印度的這一神話，似乎是指毗濕努（Vishnu）率眾神從深水中引出大地的事，參見：

Theodor H. Gaster, "Myth, Legend and Custom in the Old Testament," Harper & Row Publishers, New York, 1969, p. 3.

的觀念。A.812 分佈於大部份或可以說幾乎全部的北美印第安人地區，以及亞洲的部份西伯利亞、東亞地區。強調二元對立的 A.812.1 則只見於歐亞舊大陸。

湯普遜之所以會以不含神魔二元對立的神話爲原型，應當是認定這就是這一神話的原始樣貌。而強調神魔對立的 A.812.1 之所被列爲亞型，也就等於說明了他以之爲後起的想法。

雖然說這一神話起源於何時何地，各家有不同的猜測，至今莫衷一是。[9] 但其較早形態，應當就是未含二元對立因素的 A.812 類型，則是許多研究者的共同看法，不只湯普遜有此觀點而已。[10]而由這一神話傳布的廣泛，遠從東歐以至北美印弟安人區，可以推知這是一個非常古老的神話。當初它的流傳情形如何已不可知，但必然起源很早，久經流傳，才會既在歐亞大陸流傳，又在白令海峽彼岸的北美大陸流傳。[11]

後來，在歐亞舊大陸不確知什麼時候漸漸產生了二元對立的認知體系，這種認知模式表現在和宗教信仰有關的方面特別的鮮明。上帝或神、佛等代表善與正義，對立面就是惡與邪的魔鬼等。一方面是光面，一方面就是黑暗。在許多撈泥造陸神話還沒消失的地方，它的流傳發展很自然地就和二元對立的觀念相互結合。神話的流傳會吸收新的文化要素是很正常的事情。這種結合就產生了 A.812.1 類型，

---

[9] 如前引大林太良，《神話學入門》頁 52，以爲這種神話是「狩獵民族創造的世界潛水神話」，Anna B. Rooth, "The Creation Myths of the North American Indians" 一文以爲這類神話起源於東亞沿海，該文收於 Alan Dundes ed. "Sacred Narrative" p. 170。而前引 "The Mythology of All Races" Vol. IV, "Finno-Ugric, Siberian" p. 322 則以爲這種神話起源於近東地區。另外，從性心理分析的觀點提出解釋的，對於這種神話的起源及特性，更有不同的看法，參看如下資料：

Marta Weigle, "Creation and Procreation", Univ. of Penns. Press, Philadelphia, 1989, p. 69.

Alan Dundes, "Earth-Diver：Creation of the Mythopoetic Male," in "Sacred Narrative" ed. by Alan Dundes, Univ. of California Press, Berkeley, 1984, pp. 270-290.

[10] "The Mythology of All Races" Vol. IV, "Finno-Ugric, Siberian," p. 324-325.

Joseph Campbell, "The Masks of God, Primitive Mythology" Penguin Books, 1978, p. 275.

以上二書亦皆以爲二元對立之這類神話乃後起者。

[11] Marta Weigle, "Creation and Procreation", p. 67.

強調二元對立要素的類型。前文引錄大林太良轉述的神話內容，就是典型的只見於歐亞大陸的強調神、魔二元對立的類型。地理上相對隔絕的北美大陸，就未見這一類型神話的流傳。歐洲人移民新大陸帶來上帝和魔鬼二元對立的觀念，已經是較爲晚近的事，所以北美印弟安流傳的撈泥造陸神話，並未和這種二元對立的觀念有什麼結合。

北美印弟安人流傳的撈泥造陸神話，依照美國神話學者的介紹，主要內容如下：

> 創世之初，文化英雄叫動物們相繼潛入原水或洪水之中，尋取一點泥或沙，以便造出大地。各種野獸、鳥類、水生動物，被遣入淹沒大地的水中。一隻接著一隻的動物失敗了，最後一隻才獲得成功。可是牠浮上水面時已累得半死，僅在指爪中撈到一點點泥或沙。這隻成功的動物有麝鼠、海狸，或者地獄潛鳥、小龍蝦、水貂等不同的說法。在許多動物相繼失敗之後，牠成功的撈上來一小撮的泥土。這小撮泥土放在水面上，就神奇地擴展成當今這樣的大地。[12]

在這裡我們看到了它和大林太良介紹的歐亞地區代表類型的差異。其中主要的不同在於北美地區的神話沒有造物主（神或上帝）與潛水撈泥者的對立，也沒有潛水撈泥者私藏泥土，因而被處罰的母題。這也就是說在這一地區流傳的神話，也就是 A.812 型，是沒有善惡二元對立，沒有罪與罰的觀念的。[13]這些觀念是歐亞大

---

[12] Alan Dundes, "Earth-Diver: Creation of the Mythopoeic Male" in "Sacred Narrative" ed. by Alan Dundes, p. 277.

[13] 在北美印地安人地區的這類神話，也有天上掉下來的女人在讓動物們撈泥造陸之後，不久這個女人生了二個兒子，一善一惡、相互對立的故事，但這和造陸之時的二元對立是不同的。參考以下資料：雷蒙德・范・奧弗編，毛天祜譯，《太陽之歌───世界各地創世神話》，北京，中國人民大學出版社，1989 年 1 月，頁 48 及頁 66。

"The Mythology of All Races" Vol. X, "North American" by Hartley B. Alexander, Cooper Square

陸地區在神話流傳過程中，因應新的文化觀念所產生的新的要素。

然而在歐亞大陸也並不是所有地區的這一神話都已完全變成 A.812.1 這一強調二元對立的類型。在比較不受基督教或佛教及其他體系化宗教影響的地區，特別是在西伯利亞地方的一些原住民，學者們仍然採集到不少保留或接近 A.812 這一原型的神話。爲了能使問題得到更清楚的討論，現在將北亞地區未含二元對立的這一類神話，擇要作一介紹：

> 當初世界只有一片原水，沒有陸地，造物者（大薩滿或其他神）和一
> 些水禽盤旋水上，無歇腳處，他叫潛鳥到水下取土，潛鳥下水幾次，好不容
> 易才口中含少量泥土，浮出水面，造物者將取上來的泥土鋪在水上，泥土長
> 大，造出了浮在水上的大地。[14]

這就是保留著較早期原型的神話，既沒有二元對立，也沒有罪與罰。不只沒有罪與罰，有的神話還特別提到造物者爲感謝潛水撈泥的潛鳥，就賜福給牠，對牠說：「你將有許多後代，而且將永遠可以在水中潛游。」神話藉此順便說明了這種水鳥之所以具有深潛水中能力的緣由。[15]

由這一點來看，這一類神話的早期形態應當是不含二元對立這一要素，是可以更加確定的。

但是這一類神話中扮演入水撈泥角色的，並不是只有以上提到的水鳥、或海狸、水貂等幾種動物而已。其他能潛入水中而又出於水上陸上的動物，也都可能。不論在歐亞大陸或北美地區，烏龜以及蛙之屬便都在其中扮演了重要的角色。北美地區有的神話就說，許多水鳥、水獸入水之後都撈不到泥，只有烏龜發現最後下水的蛙（或說蟾蜍）口中含有泥，於是造物者從蛙口中取出泥，放在龜的背上，土地

Publishers, Inc. New York, 1964, p. 36.

[14] "The Mythology of All Races" Vol. IV. "Finno-Ugric, Siberian" by Uno Holmberg, pp. 323-325.

[15] "The Mythology of All Races" Vol. IV. "Finno-Ugric, Siberian" by Uno Holmberg, p. 324.

就在龜的背上逐漸生長，成了如今的大地。當今的大地就是由龜駝負著浮在水上的。[16]

西伯利亞布里亞特人（Buriats）以及鄰近地區的一些民族，流傳的神話，或者說造物者將龜背朝下，在它的腹部放上泥土，造出大地；或者說神發現龜自水中取來泥土，神將這泥土放在蛙的腹上，造出大地；或者說神取來泥土放在龜背上，造出大地等等。[17]相近的神話在中國境內的一些少數民族之中，其實也都還有所流傳，主要的角色同樣是龜或蛙一類。[18]

後來在二元對立觀念的影響下，某些歐亞地區的這一撈泥造世神話，就有了改變。原始的造物者（早期有的也還是動物形）被轉化成上帝、神、佛，入水撈泥者被轉化成和神佛對抗的角色。當然對抗的強弱，也因流傳地區的不同而有個別的差異。有的地區，就像前文引述的大林太良所介紹的內容一樣，那個入水撈泥的角色就直接被說成是「最早的人（或者是惡魔）」，而不說是水鳥水獸，一開始二元對立的形態就很明顯。

有研究者認為，二元對立的母題之所以會攀附上撈泥造陸神話，可能是早期某些地區的這一神話就已隱含二元對立的要素。研究者指出，在采集到的布里亞特人的一個異文中，潛鳥下水撈泥時，曾受到螃蟹的威脅。螃蟹要潛鳥回去，因為螃蟹認為水中根本沒有泥土。螃蟹說如果潛鳥不回去，而繼續搜尋的話，就要用利剪咬死牠。潛鳥受到威脅，感到害怕，但是後來還是在神的祝福下，再度下水，終於取出一點泥土，造出大地。

研究者以為像這個異文中的螃蟹，就可能發展成後來二元對立的魔鬼一方。[19]但是由於後來神話中二元對立的雙方是造物者和潛水撈泥者本身，而不是另外有一個破壞的第三者，因此這個說法的正確性，就有頗可置疑之處。但由於這個問題不

---

[16] "The Mythology of All Races" Vol. IV. "Finno-Ugric, Siberian" by Uno Holmberg, p. 327.

[17] "The Mythology of All Races" Vol. IV. "Finno-Ugric, Siberian" by Uno Holmberg, p. 327.

[18] 滿漢呼主編，《中國阿爾泰語系諸民族神話故事》，北京，民族出版社，1997年2月，頁148、207、208、300。

[19] "The Mythology of All Races" Vol. IV. "Finno-Ugric, Siberian" by Uno Holmberg, p. 325.

是本論文的重點所在，所以可以不再深論。重要的是後來在許多地區流傳的神話，就變成了強調二元對立的這一形態。

在這些強調二元對立的神話中，通常還另外有一個相應的母題，即造物者（上帝或神、佛）用潛水者取出的泥土造成的是平坦的大地；而那心懷不軌、私藏泥土的潛水者，最後被迫不得不交出或吐出的泥土，放在大地上就成了沼澤地或山谷等不平的土地。有的甚且說佛以土造陸，魔以土造洞，洞中多毒蛇；或者說魔想顛覆上帝所造的大地，不能成功，於是在地上造出各種毒蛇猛獸。總之，是在撈泥造地之外，又解釋了何以大地會坎坷不平，或何以會有不好的各種毒物的緣由。[20]

相應於以上這個特點的，強調二元對立的神話通常還有一個常見的母題，就是造物者對私藏泥土的潛水撈泥者的處罰。神話中一般是說潛水者之所以會私藏泥土，即已顯現其有自大之心及邪惡之念，而未經造物者同意（也就是不待帝命）而私藏泥土，即等於偷竊，造物者因此將他打入地底深淵，讓他永世在下。有的神話說，從此他就成了地底死亡世界的統治者，也就是撒旦。[21]

這種因私心作祟使大地坎坷不平，以及相應的罪與罰的母題，在早期的 A.812 原型神話中，是都沒有的。

（四）

以上用稍多的筆墨來介紹撈泥造陸的創世神話，目的當然在於爲鯀、禹神話的重新解讀，提供一個較爲詳實可靠的背景。而雖然鯀、禹最終還須合論，但初步分開討論，有其資料處理上的方便，因此在此重點仍是先從鯀討論起。

由以上介紹，綜合而觀，這一撈泥造陸的創世神話，大概可歸納出幾個重要母題：

1. 當初世界只有一片原水，沒有陸地。
2. 造物者讓動物進入水中取泥或土，以便造地。

---

[20] "The Mythology of All Races" Vol. IV. "Finno-Ugric, Siberian" by Uno Holmberg, pp. 314-320.

[21] "The Mythology of All Races" Vol. IV. "Finno-Ugric, Siberian" by Uno Holmberg, p. 316.

3.　動物相繼入水，一個個先後失敗，最後一個才在口中或爪子裡銜著一小塊泥上來。

4.　造物者把撈上來的這一小塊泥土放在水面上，由於這是會生長不息的泥土，因此就長成如今這樣的大地。

以上就是構成撈泥造陸神話的基本母題。一個完整的神話記錄，大概都會有這四項。而另外有的神話則會在第四項上稍有變異。神話中不是說造物者把泥土直接放在水面上，而是把泥土放在龜的背上，長成大地，從此龜就駝負著大地。有的則是說把土放在蛙或蟾蜍的腹上，長成大地。湯普遜的母題索引 A.815，大地立在龜背上就是這一類。在此我們可以把這樣的一個母題列為 4.1 如下：

4.1 造物者把撈上來的泥土放在龜背上，長成大地，從此龜就駝負著大地。

不含二元對立的撈泥造陸神話，常見的重要母題就是以上四項。強調二元對立的神話，則在此之外，則更有如下幾個母題：

5.　潛水撈泥者只把部份泥土給造物者，自己私藏一塊，由於泥土會長大，藏不住，被造物者發現，命他交出。

6.　私藏的泥土撒在造物者已經造成的平坦大地上，就成了山谷或沼澤等不平之地。

7.　造物者見潛水撈泥者既偷竊又自大，就將之罰入地底深淵之中。

筆者之所以抱持著和大林太良相同的看法，以為鯀原來就是撈泥造陸的神話角色之一，原因就在於鯀竊息壤神話，雖然記錄保存已非神話本來面目，但原來神話中的重要母題，卻都依然可尋。只不過由於中國古代到了文獻進入稍為系統整理的時代，也就是春秋時期前後，主流文化早已是以現實關懷為重心，以歷史論證為依傍的時代。「不語怪力亂神」不只是後來才成為儒者述作的圭臬，早期的諸子百家，也同樣的從來就不曾在意「怪力亂神」，除非可以拿來當作自家理論的論證之所需。也就因此而即使像《山海經》、《楚辭》等較不受當時中原主流文化拘束作品，雖然保存了較多的古神話的資料，但那些資料，如非僅存吉光片羽，就是在長期歷史化的浸蝕之下，而面目難辨。也就是說《山海經》、《楚辭》等雖然保有較多古神話的資料，但因為都屬戰國中後期結集的著作，因此其中記存的神話，已難

免是長久向傳說化、歷史化傾斜之後的資料。因此若要從中識取神話本來面目，就只好重新爬梳清理。而筆者認爲從各地神話中常見的相似母題來作對比分析，是很有啓發性的方法。

　　但是在從母題的對比分析來確認鯀的本相之前，還是需要將一些相關的觀念加以澄清。首先是「鯀竊息壤、以堙洪水」，表面上似乎以「洪水」的觀念來解讀，也可以通的，因爲世間本來就有「洪水神話」。袁珂就是從這個觀點來看這個神話的，他的部份意見，如以鯀比擬普羅米修斯的部份前文已經引述，在此不必再談。但是現在還是可以藉著他對「洪水」本質的認識來談這個問題。

　　洪水神話是在世界各地流傳很普遍的神話，其中最主要的類型就是基督教聖經《舊約》所記的「諾亞方舟」型的洪水神話，代表的是人類的毀滅與再造。這一類型在中國各地也保存很多，就是「伏羲、女媧兄妹洪水厥遺，再生人類」的神話。這是屬於創世紀階段的洪水神話。

　　此外，和創世紀有關，也和「大水」有關的神話，就是本文論題重點所在的撈泥造陸神話。只不過這一類神話中的水，不是淹沒人類的「洪水」，而是世界創生之初就已存在的「原水」。

　　另外，和洪水有關而同樣普遍流傳的還有一種講述個別地方地陷水淹，城陷爲湖的傳說，這種傳說和創世之初的神話已大不相同，而且和本文所論也不甚相關，因此下文不再提及。[22]

　　和大水有關的神話或傳說，普見於世的就是以上這些。袁珂以神話的觀點解讀「鯀竊息壤」故事，他以爲鯀所對抗的既是上帝，因此神話中的洪水應當就如同《舊約》所記「耶和華見人在地上罪惡很大，就後悔造人在地上，便使洪水氾濫在

---

[22] 有關世界各地洪水神話資料齊全，很可參考者爲弗雷則之以下著作：

James G. Frazer, "Folk-lore in the Old Testament." MacMillan & Co. London 1919, pp. 104-360。弗雷則該書以各地諾亞方舟型洪水神話爲主，但也包含撈泥造陸神話，特別是北美印地安人的資料部分。

關於個別的、小地方的洪水傳說，作者本人有〈邛都老姥與歷陽嫗故事研究〉一文，即論中國古來陷湖沈城傳說，文見《中央研究院第二屆國際漢學大會論文集》，臺北，南港，中央研究院，1989。

地上，毀滅天下」的大洪水。[23]這一個說法看似言之成理，其實大有問題。因為在中國普遍流傳，至今還在境內少數民族地區廣為流傳的伏羲、女媧兄妹型洪水神話，就是諾亞方舟型的神話。伏羲兄妹型洪水神話即使古代記錄多有不全，但近代采錄資料已累積相當多，任何對神話稍有興趣的人都能知道其中內容大概。這一類的神話中從來不見有什麼特別的「英雄」盜「息壤」以止洪水的母題。不只中國各族的這一類神話中沒有這個母題，全世界各地的這一類神話中也都沒有。因此筆者不認為「鯀竊息壤」神話是屬於諾亞方舟型的洪水神話。

　　或許有人會說難道洪水神話一定就只有幾個類型，沒有其他的例外？對於這個問題的回答是這樣的：神話和其他民間文學一樣，由於基本原則上原來是口口相傳的，因此反映的通常就是群眾或民族的集體共性與觀念的投射，而不是個人的特性。這也就為什麼神話常見跨時空的共同母題，而少見「惟一僅見」的特例。這也是神話以及其他民間文學和作家文學很不一樣的地方。我們雖然也可以從時代背景和風氣來談作家，但一個作家之所以受到肯定，卻往往更在於他個人的風格和創見。

　　當然這並不就等於說全世界的神話都只有共性，而無殊性，因為例如希臘神話、印度神話、中國神話就各有各自的民族風格是很清楚的。只不過這個表現各民族不同風格的神話，往往是就民族神話的整體性而言的，若就其中單一神話而言，如宇宙創造、人類由來等創世的基本項目而言，常見的仍是基本的一些母題，不同的是細節的變異。越是原生的神話，特別是口傳的時代，共同性越大，相似的母題越常見；越是衍生的神話，特別是經過文字整理的神話，就更見出各民族不同的特性。

　　我們現在嘗試的就是鯀、禹神話的推原工作，要從歷史化構思的文字迷霧中找尋神話的本來面貌，就得想法看到文字表象的背後。在這種情形下，從神話母題的對比中來尋找見證，就是一個很有用的法門。因為神話的傳說化或歷史化，初期的階段一定還是從原有的母題特性去生發、聯想而後轉化。也就因此，而筆者認為

---

[23] 袁珂，《中國神話通論》，成都，巴蜀書社，1993 年 4 月，頁 252。

「鯀竊息壤」神話，原來不可能是諾亞方舟型的洪水神話（在中國的相應神話就是伏羲兄妹洪水厥遺神話），因為其中除了「洪水」是共同的母題之外，其他神話構成的重要母題，都毫無相通之處。

相對而言，撈泥造陸神話，特別是歐亞地區廣為流傳的，強調二元對立的類型，就和「鯀竊息壤」神話，有著不少相同的母題。只不過原來大地未形之先的太初「原水」，在鯀的神話中變成了「洪水」，稍有不同，因而創世神話有轉而成為洪水神話的趨向而已。其餘母題，即使或也稍有轉化，但原本特點，卻總還清晰可辨。其中第一個重要的代表母題當然就是「偷竊息壤」。為了使對比討論更加清楚，我們可將這一母題再為細分，先說「息壤」，再說「偷竊」。

息壤就是會生長不息的土壤，[24]在中國的神話中，以古代文獻來考察，這一母題似乎唯一僅見，因此顯得非常的特別。但是如果把它放在「撈泥造陸」神話的背景下來看，卻就不為覺得有什麼特別，因為在橫跨北半球的歐、亞、北美大陸，到處流傳著用「生長不息的土造出大地」的創世神話。息壤既是屬於這一廣大神話文化圈的常見觀念，地處這一文化圈中的中國，其中的「息壤」應當不會是另外生發，別有他意的神話母題。其底層本來也應當就是這一共同文化圈中的「撈泥造陸」神話。

我們之所以可以作此認定，當然不只「息壤」這一非常特別的母題而已，接

---

[24]　《山海經》〈海內經〉記「鯀竊息壤」條，郭璞注：息壤者，言土自長息無限。

至於為何會有這種生長不息的土壤這樣的觀念，有各種不同的說法，闢如：Alan Dundes 以為這種觀念是由人類糞便排泄聯想而來，因為這排泄物總是由小變大，而其性質又與泥土相近，因此而有息壤創世等觀念。見：

Alan Dundes, "Earth-Diver：Creation of the Mythopoeic Male" in "Sacred Narrative" ed. by Alan Dundes, p. 280.

葉舒憲則以為是上帝用吹氣的方式把生命靈魂賦予泥土，使成為有神秘力量的泥土，這就是息壤觀念的由來。見：

葉舒憲，《中國神話哲學》，頁 358。

這些不同解說不論確有所見或仍待商榷，以其非本文重點，故但為引述不做申論。

下來的其他連續母題，也都指向它原來就是歐亞大陸流傳的，強調二元對立的撈泥造陸神話。在這一類型神話中，潛水撈泥者除了交出一部份「息壤」給造物者之外，還別懷私心的私藏了一小塊。這一私藏的動作，當然沒經過造物者的同意。這種動作的強化說法，便是「不待帝命」而「偷竊」。「鯀竊息壤、以堙洪水，不待帝命」，這是這麼轉化出來的。

　　「不待帝命」在統治者至尊，上帝至尊的威權觀念底下，實際上就代表了抗命，是犯罪的行為，因為這觸犯了權威。加上「偷竊」了只有上帝能夠擁有的「息壤」，當然就罪加一等，因此接下來的當然就是處罰。撈泥造陸神話中，上帝對私藏泥土者的處罰是把他打入地底深淵。在鯀的神話中，鯀被殺於北極之陰，不見天日的羽淵。[25] 實際也就是被罰於幽冥地府的深淵。兩者的母題，正復相似。

　　由以上的對比解說，我們大概可以確認，鯀的神話，原來就是流傳於歐亞大陸，強調二元對立的撈泥造陸神話，因為從母題的連續構成對比中，其相似重疊之處，如此之多，要說二者沒有關係，實際上是很難的。

（五）

　　前引李道和〈昆侖：鯀禹所造之大地〉一文，在重點論述鯀之神話與撈泥造陸神話的關係之後，接著指稱鯀被殛羽山，或「永遠在羽山」，就是被罰「在地下永遠托舉大地之意」。因為「鯀字從魚，為魚身」，「鯀又作鮌，即玄魚合字」，「還有說鯀是鱉的」，「又有說他是龍的」。「要之魚、鱉、龍都是水中動物，可以推知就是先潛水帶土，后托負大地的神。」[26]

　　中國各族至今普見流傳大地是浮在水上，由龜、鱉、魚、牛之屬托負的神話，[27]但是鯀的神話，是否和這一種神話觀念有關，卻還需要更多的論據才能證明。首先，從神話資料所見的各地撈泥造陸神話中，那些明白指出造物者把泥土放龜、蛙

---

[25] 羽山、羽淵、羽郊，為古書中所謂鯀被殛之處，學者已經考證，即北極之陰的地下黃泉，見以下資料：袁珂，《中國神話通論》，頁253。李道和，〈昆侖：鯀禹所造之大地〉，頁18。

[26] 李道和，〈昆侖：鯀禹所造之大地〉，頁15。

[27] 陶陽、鍾秀，《中國創世神話》，上海人民出版社，1989年9月，頁172-175。

之類身上，生長成大地，大地因此是由龜、蛙之類駝負的神話，絕大部份都不是二元對立的類型。也就是說，那些神話中造物者把泥土（息壤）放在龜等身上，長出大地，並不是對龜等的處罰。而那些包含罪與罰的類型，也只強調把私藏泥土者（後來常被轉化強調為惡魔）打入地底深淵，有的說他後來成了幽冥之主，並沒有說把他罰作大地的駝負者。這兩類型神話，前文引證論述時，都已各引有例證，在此不必再行重覆引述。

因此，即使鯀可能真的後來就是被罰入地底水中，永為托負大地的駝獸，但是在做這樣的認定之前，一定要有更為充分的論證。否則但以中國「古代又有鰲托大地神話」，而鯀死後「永遏在羽山」，這樣的觀點，就直接指出鯀「其實是在地下永遠托舉大地」[28]是比較不具說服力的。

（六）

除了鯀之外，李道和的文章也一併討論了禹的問題。論鯀而並及於禹是正確的作法，只不過他對禹的論述，大有問題。

他以為「禹身也為魚、龍」，「身為水物的禹也該和其父一樣是托地神」。不論禹是否本為魚或龍，要證明他也是托地之神，卻絕對不能只是因為「身為水物」，就確認他和鯀一樣也是托地之神。[29] 這樣的推論未免太過牽強。而且如果說鯀是因為「竊息壤」而被罰為大地的駝負者，而禹又為什麼也成了同樣的大地駝負者？並且，同樣一塊大地，為什麼既已有鯀來駝，又會需要禹來駝？世界各地雖然屢見大地駝負者神話，卻少有一個神話說大地是由兩隻駝獸同時駝負著的。因此，以為鯀、禹同時是大地駝負者的說法，是難以成立的。

從比較神話學的觀點來看，我們從撈泥造陸神話中看到了鯀的原形，再經仔細翻尋，就會發現原來禹的身影也在其中。不過他扮演的是和鯀很不相同的角色。

在歷史化了的有關禹的文獻中，禹是治水成功的典範。而他治水之所以成功，

---

[28] 李道和，〈昆侖：鯀禹所造之大地〉，頁15。

[29] 李道和，〈昆侖：鯀禹所造之大地〉，頁15。

除了任勞任怨的努力之外，更由於所用方法得當。他用的是所謂疏導的方法，和鯀正好形成對比。鯀用的方法是所謂的防堵。這是歷史化體系已經確定了之後，禹的定位。

其實，從更早一點的資料，也就是歷史化定位之前的記載來看，禹的治水，用的也是和鯀一樣的是填堵之法。而且，如果更仔細的檢驗一下那些還保留古神話特質的資料，我們就會發現，資料所說的其實不是「治理洪水」，而是另有其事。經由神話母題的對比研究，禹的神話本相也就隱然而現。原來禹就是撈泥造陸神話中，那位把入水撈泥者取上來的泥土（息壤）鋪在水上，造出大地的造物者。

《詩經》〈商頌・長發〉：「洪水芒芒，禹敷下土方」，在芒芒大水之上，敷下土方，即鋪上泥土的說法，大概就是在一片原水之上，鋪上可生長的泥土，造出大地的古神話的遺存。這裡所說的，比較不可能是治理洪水的事，因為接著的下文「外大國是疆，幅隕既長」，據鄭玄注解「外」指的是「諸夏」所在之地之意。[30]因此這裡的意思應當是說「禹敷下土方之後，有了大地，幅圓廣大，我們在這裡建立了國家」。也就是說因為禹鋪下土方，造出廣大的土地，人們才可以生息繁衍其上。

《山海經》〈海內經〉：「禹、鯀是始布土，均定九州」。這一句話的前後文，都和洪水無關，也和鯀、禹其他事蹟無關，因此這一句話顯得有點特別，我們也只能把它當作一段獨立的敘述話語。

所謂的「始布土」，對照《詩經》〈長發〉的內容，以及從撈泥造陸的神話觀點來看，我們可以知道，這就是神話中把撈上來的息土鋪放水面上的意思。而「九州」在古代原來指的就是「天下」的意思，因此「均定九州」的原意便是「從此便有天下大地，有了九州」。[31]

---

30 鄭玄箋注，孔穎達疏，《毛詩正義》，臺北，藝文印書館，1965年6月影印十三經注疏本，頁800。

31 袁珂，《山海經校注》，頁469。

　按〈天問〉有「禹之力獻功，降省下土四方」之句，當亦同樣的指禹之偉大功績，在於鋪下泥土，造出廣大陸地之意。

　而九州之意，據姜亮夫〈九州說〉所考，「九」非數名，乃「冀」之音轉，冀州即九州，即中州。參

　　又〈海內經〉中「鯀竊息壤」一節，在鯀被殺之後，有「鯀復生禹，帝乃命禹卒布土以定九州」一段。這一段鯀禹關係，當然已是牽扯到後來衍生的觀念，其中複雜的關係，不是此處論述重點，可暫不論。重要的是雖然禹已經被當作了鯀之所生，但他的主要事蹟，卻仍然是「布土以定九州」，也就是敷下土方造出大地的意思。只不過這裡的禹變成受命於超越存在的「帝」，而不是自己實行「布土」動作的人。這已是後來把禹轉化為歷史人物趨向的一個階段性現象。

　　筆者之所以敢於提出禹是撈泥造陸神話中之造物者的說法，當然不只是因為有「敷下土方」、「以定九州」這樣的記載，其他上古文獻中，可以引以為證的資料，可能才是更為有力的證明。

　　原來在「禹定九州」之外，《山海經》〈海外東經〉又有如下的記載：「帝命豎亥步，自東極至于西極，五億十萬九千八百步。豎亥右手把算，左手指青丘北。一曰禹命豎亥。一曰五億十選九千八百步。」[32]相似的記載在《淮南子》〈地形篇〉，中說：「禹乃使太章步，自東極至于西極，二億三萬三千五百里七十五步；使豎亥步，自北極至於南極，二億三萬三千五百里七十五步。」[33]相對照之下，〈海外東經〉中「帝命豎亥」中的「帝」，應當就是「禹」。

　　這樣的資料乍看之下沒有人會覺得和撈泥造陸神話有什麼關係，但是只要細讀相關資料，就會發現原來派人丈量大地，以確定天下幅圓大小，早在撈泥造陸神話中即已有之，而且是神話中一個重要的母題。至今有些地區的神話還保留了這一個母題。依前文已列母題次第，我們也可以把這個母題定為第8個母題。在這些神話中，相關的大意是說：造物者將入水撈泥者撈上來的泥鋪在水面上，生長成大地之後，因為大地很大，造物者的眼睛已經看不到大地的邊緣，為了知道大地的大小，就派一個人或動物沿著新創造的土地走一圈，查看陸地的規模大小；有時候是造物

見：姜亮夫，《古史學論文集》，上海古籍出版社，1996年6月，頁222。

又，據葉舒憲《中國神話哲學》中所考，「州」字造字本意是「大水中有塊陸地」之意，反應的是息壤造陸的觀念，其說頗有啟發，可為互証。見該書頁352。

[32] 袁珂，《山海經校注》，頁258。

[33] 劉安撰，劉文典集解，《淮南鴻烈集解》，臺北，臺灣商務印書館，1974年1月，卷四，頁26。

者親自繞陸地巡視一圈。[34]

　　禹「敷下土方」、「均定九州」之後，派豎亥或太章出去步量天下幅圓大小的作爲，和撈泥造陸神話中造物者造出大地之後，派人（神話中或是動物）丈量所造土地大小的母題，實在是同出一轍。二者之間爲同一類型神話的關係，已很清楚。而且在古代的觀念裡，大概也只有具造物者身份的人物，才有資格叫人步量天下，也惟有知道天下廣狹的人，才配稱天下之主。

　　由以上的說明，我們可以知道禹和鯀一樣，原來也是撈泥造陸神話的一個角色。只不過神話中的配對，和後來歷史化之後的配對，關係大不相同。從古文獻遺存的神話，我們看到了禹原是撈泥造陸話中的那位造物者，而鯀則是那位入水撈泥者。這樣的關係，何以後來會被轉化成一頑一賢的父子關係，是另一個複雜的問題，我們將於下文再稍作討論。

<h1 style="text-align:center">（七）</h1>

　　在古代文獻中講述鯀、禹事蹟，而保留較多神話色彩的還有《楚辭》的〈天問〉一篇。而因爲〈天問〉所記，上從天文，下至地理、歷史，牽涉問題頗爲廣泛，而且其中多的是古來失傳已久的神話、傳說，因此很難對證求解。因此歷來解《楚辭》者，多半以爲〈天問〉最難解讀。特別是在講天文星象之後有關鯀、禹的那一個段落。

　　〈天問〉中有關鯀、禹的部份，雖然小部份已受歷史化趨勢的影響，但從「不任汩鴻」以下至「其衍幾何」一段，卻大部份保留了神話的內涵。但是，由於以前的研究者往往受到鯀、禹爲歷史人物成說的拘限，不知原來的神話特質，因此對這一充滿神話色彩的段落，就感到索解爲難。而由於但知有歷史，不知有神話，因此

---

[34] "The Mythology of All Races" Vol. IV, "Finno-Ugric, Siberian", by Uno Holmberg, p. 326.

　　Anna B. Rooth, "The Creation Myths of the North American Indians" in "Sacred Narrative" ed. by Alan Dundes, p. 169.

　　James G. Frazer, "Folk-lore in the Old Testament." p. 306.

以爲這一段必爲錯簡，須移置有夏歷史段落中方能解讀者，更所在多有[35]。但是這種移文解經的工作，卻常常迷糊了真相，最終還是不得真解。以下，我們就試著從撈泥造陸神話來了解〈天問〉所載這一段鯀、禹事蹟，看看是否能有更切近本意的認識。這一段落，是緊接在首段講述天文星象問題之後，從「不任汩鴻，師何以尙之？」以至「南北順隓，其衍幾何？」這一大段，其實正是循著正常的敘述次序，緊接著天體萬象之後，講述大地由來的段落，可是以前的學者往往昧於「歷史」的成見，卻反而認爲屈原何以但知談天，不知言地，如孫作雲《天問研究》討論到這一段文字時就說：「屈原在問到大地時，不問大地如何形成，不言神造大地，而首先問鯀、禹如何治水。」[36]這就是很不正確的說法。其實這一段討論的正是大地如何形成的問題，是宇宙天地生成的創世神話中很重要的一部份。〈天問〉先論天，接著論地，敘述結構次第完全正常，本文既無錯簡，應當也無脫漏。雖然神話的流傳本身會有所變異，戰國時傳下至今的文本，多少會受歷史化等因素影響，更或難免，但這一段文字，從撈泥造陸神話觀點來看，仍能大致看到作爲神話人物的鯀、禹的本相。底下就試著從這一神話觀點，依文字先後，逐段對照，來探看其中可能的意涵。

　　　　「不任汩鴻，師何以尙之，僉曰何憂，何不課而行之？」

　　　　這幾句話的意思，大約就是神話中所說：當初只有一片原水，沒有陸地，造物者（早期的神話中，他也是動物形態的，後來才發展成人形的神或上帝），和一群水鳥或水獸都只能漂在空中或水上，很不方便，很覺苦惱，於是造物者問大家怎麼辦，誰有辦法到水下尋找看有沒有泥土？大家互相說，一定有辦法，不必憂煩，

---

[35] 以下諸著作，皆以為該段落乃夏史部份之錯簡者：

　　臺靜農，《楚辭天問新箋》，臺北，藝文印書館，1972 年 5 月。

　　蘇雪林，《天問正簡》，臺北，文津出版社，1992 年 5 月。

　　金開誠、董洪利、高路明著，《屈原集校注》，北京，中華書局，1996 年 8 月。

[36] 孫作雲，《天問研究》，北京，中華書局，1989 年 3 月，頁 140。

何不就讓大家依次下去？

> 「鴟龜曳銜，鯀何聽焉？順欲成功，帝何刑焉？永遏在羽山，夫何三
> 年不施？」

這幾句的意思，在神話中大約就等於：鴟（按此字今指貓頭鷹一類，而非水鳥，但據《說文解字》古代「鴟夷鳥」為聯用詞，夷鳥又寫作鵜，即鵜鶘，一種大嘴的水鳥，鴟字若非誤字，亦當原指如鵜鶘一類水鳥而言）和龜先後下到水中去，或用爪撈，或用口銜，看是否能撈或銜到一點泥土。（大概都沒撈到）鯀跟在他們之後也依照指示下到水裡去了。他按照造物者的希望，成功的取上了泥土，可是為什麼造物者（上帝）卻又處罰他，將他永遠的罰在地底深淵的羽山之下，一年又一年，卻總不放了他？

> 「伯禹愎鯀，夫何以變化？纂就前緒，遂成考功。何續初繼業，而厥
> 謀不同？」

這幾句中歷來最以難解的就是首句的「伯禹愎鯀」，研究者多半以為「愎」字當是「腹」字，並認為這是指鯀生下禹之意。[37]按這一段是說禹改變了方式，終於造地成功之意，不論是「腹」字或「愎」字，在神話中原來也都可以找到相關可以互為呼應的母題。在中國部份少數民族地區及西伯利亞一帶流傳的造物者將泥放在龜或蛙的腹上，終於造出大地的神話，可能就是「伯禹腹鯀」的意思。而在這一類神話中，那隻蛙（或其他動物）常常是首先反抗，不願抱住泥土，造物者生氣，就用箭射他，他才不得不遵命。從這一個觀點來看，這種行為實是逼迫他人，可能就是這裡「愎」的意思。

這幾句話的意思因此可以解讀為：後來又有不同的說法，說大禹這位造物者

---

[37] 金開誠、董洪利、高路明著，《屈原集校注》，頁 308。

逼迫鯀，將土放在鯀的腹上，造出大地。這種說法是有所不同，是改變了方式，但仍是繼續造陸的工作，最後還是終於成功了。為什麼同樣是創造大地，而會有種種不同的說法？

　　「洪泉極深，何以窴之？地方九則，何以墳之？河海應龍，何盡何歷？」

　　這幾句的意思，依照神話的觀點來看，應當就是說：當初一片那麼深的洪水，是用什麼放在上面，造出如今的大地?大地深厚廣大，是怎麼填高起來的？其中「河海應龍，何盡何歷」，歷來從文字校勘到辭意解說，亦甚紛紜。但如果以神話中有造物者叫人（或動物）丈量所造陸地大小的母題來作參考，這或許說的就是：「應龍丈量大地，盡頭在何處？所經歷的地方有多長？」的意思。

　　「鯀何所營，禹何所成？康回憑怒，地何故以東南傾？九州安錯？川谷何洿？東流不溢，孰知其故？東南西北，其修孰多？南北順隋，其衍幾何？」

　　這幾句，不只講到鯀、禹所造大地，並提到九州大地何以西北高、東南低，水多往東南流的地形特性。這一部份和造陸神話原不相干，但由於問到大地長短，與撈泥造陸神話亦有關係，因此也就要同時論及。這幾句話的意思原來應當指的是：這個大地是經過鯀怎麼辛苦，禹怎麼用心才造成的，誰知又怎麼康回（共工）一怒，撞了撐天柱，就把大地弄傾斜了，河川因此一直往東流，而東海水為什麼都不會滿出來？誰知道其中原因？這個大地東南西北的長短又多少？南北幅圓綿延有多大？

　　完整的撈泥造陸神話最後是造物主派人丈量所造土地大小之後才算結束，因此，〈天問〉中大地長短，幅圓廣狹的一段，原來應當是這一神話的結尾。

　　〈天問〉所記神話，當然不像後來人類學家或民間文學工作者一樣的田野調查記錄，因此有些母題或細節未免模糊不清。但是，像鯀、禹一段，緊接在問天之後，問的正是創世神話中的大地起源神話，由以上解讀分析，已可無疑。而這也就說明了歐亞大陸各地流傳的撈泥造陸神話，在〈天問〉寫作的當時，同樣的在中國大地流傳著。所以〈天問〉在問天體天象的問題之後，接著問到大地的起源會提到

鯀、禹之事，就是一件很自然的事，因為鯀、禹正是當時尚在流傳的解說大地生成的撈泥造陸神話的兩位主角。

<h1 style="text-align:center">（八）</h1>

神話是文化的反映，因此是隨著文明發展的軌跡而變異的。圖騰（Totem）信仰當道的時代，神話中造物者的形象就常是動物，或動物形的神。後來生產方式逐漸進步，社會組織趨向複雜，人們能夠藉著群體組織而發揮更大的力量，人對自我的信心逐漸加強，造物者的形象也就漸漸的變成人的形象，或人樣的神。當然，在人間有了帝王一類觀念的時候，造物者便可能就變成了上帝或至尊之神。

關於鯀、禹的最初本相，由以上的研究分析，已大致可以確認，原來他們都是撈泥造陸創世神話中的角色。而由各地同類神話的對比中得知，保存較早期特色的神話，不論是潛水撈泥者或將土鋪放在水面的造物者，原來都是動物或動物形態的神。後來逐漸轉化，首先是造物者轉化為人形的神，後來才漸漸連入水撈泥者也被說成人。而神話中的鯀、禹當初最早原形應當是那一類或那一種動物，不論是從字形或字源上以及神話中，其實都已難推測確定。但對於鯀這位原初的入水撈泥者，因為其字從魚，我們因此大體可以推定是水族或龜鱉之類，而不是水鳥。但推測也只能僅止於此而已。至於禹這位鋪土水面的造物者，則更因文獻所記，及神話比對，都少有線索可資推論最初可能具何種動物之形[38]，因此筆者也就不敢強行比附。重要的是我們已經從神話中找到了他們原來的角色定位。

在此還可以一談的倒是這樣的神話人物，後來何以被轉化成父子關係，並且成了「歷史朝代」中的重要人物。

鯀、禹之所以被轉化成歷史人物，當然是歷史概念形成之後，以歷史替代神話，將神話人物歷史化的結果。神話的超現實屬性和歷史的現實特質是不相容的。

---

[38] 關於鯀、禹的本相為動物之說，自從前引顧頡剛、童書業著的〈鯀禹的傳說〉一文以來，許多學者即多有推測。前引李道和文亦有討論。馬昌儀編，《中國神話學文論選萃》中收有：程薔，〈鯀禹治水神話的產生和演變〉；涂元濟，〈鯀化黃龍考釋〉，二篇文章，亦皆論及鯀、禹動物本相之事。該書為北京，中國廣播電視出版社，1994年2月出版。

神話的超現實特質如何消融轉化爲歷史的事態，並沒有一定軌跡，因此我們就只能盡量的從可能的線索做推敲。

　　首先談鯀、禹何以被轉化成父、子關係。筆者以爲撈泥造陸神話中許多地方流傳的造物者將泥土放在蛙或龜等動物腹上的異文，可能爲後來這種轉化留下了基因。在這些神話裡，造物者是用強勢的手段，逼迫蛙龜等動物用腹部抱住泥土，造出大地的這個母題，在流傳過程中，經文字寫定，再精練成詩化文字，就可能是〈天問〉的「伯禹腹鯀」或「伯禹愎鯀」。而「伯禹腹鯀」這樣的文字，對於一般未知神話背景，只能就文本求解的人來說，實在很難了解原來的本意。而古來的各種文獻又已多記載鯀後來被罰羽山三年不死或不施的事，因此「腹鯀」就可能被流傳成「鯀殛死，三歲不腐，副之以吳刀，是用出禹」[39]，成了鯀腹中生出禹這樣的說法。這種說法當然是充滿神異味道的。這種說法又被寫成「鯀復生禹」，怪異性就減少了許多，因爲「復生禹」與「腹生禹」不同，是比較中性的說法。後來，在歷史化的世系定位中，鯀終於被安排成「娶有莘氏女」而生禹的「禹父」。[40]

　　另外，依按神話探原，禹既是在芒芒洪水中「敷下土方」的造物者，何以又變成治水的英雄兼朝代起始的聖王？這就要從「治水」的性質談起。在世界各地的洪水神話中，從來沒有一個神話是和人類「治水」有關的。因爲「治理洪水」代表的是對現實的世間關懷而不是天地由來或屬性的認知。它是屬於社會發展到一定階段，可以用政治的手段，發動集體的力量來「疏濬」或「治理」洪水的歷史時代。因此和「治水」有關的英雄事蹟，就只能是偏向歷史範疇的「傳說」而不會是神話。

　　在神話中，禹是大地的創造者，因爲有他，才有「九州」，因此在歷史化的過程中，他就可能是「朝代」之始的創始者。因爲有地才能有國。而神話中造物者的形象總是正面的，因此被轉向歷史化的時候，也就會是正面的形象。由於他和鯀在神話中既已相聯出現，又都和水有關，在多水患的中原，因此將他轉化爲治水的

---

[39] 袁珂、周明編，《中國神話資料萃編》，頁 240。所錄《初學記》及《全上古三代秦漢三國六朝文》等書引《歸藏》文。

[40] 袁珂、周明編，《中國神話資料萃編》，頁 243、244 錄《世本‧帝系篇》及《吳越春秋》文。

英雄，相信最能將他突顯成爲理想中憂國憂民的聖王形象。而既已漸被轉化爲歷史人物，因此原來「敷下土方」的造物者身份，自然也要改變。這時候上帝是天地主宰的觀念已經確立，於是就有了「帝乃命禹卒布土以定九州」的說法，變成他是受上帝的命令來敷土的人。

　　另外，在歷史被定位爲朝代交替，世系輪換的時候，君王至高的權威成了不可觸犯的禁忌，神話中「不待帝命」的鯀，終於被轉化成敢於違抗帝命的愚頑之大臣，也就不足爲奇。因爲「不待帝命」而做自己想做的事，在威權的時代，正是犯了藐視帝王權威的大忌。在帝王專制的時代，這樣的形象終被形塑爲愚頑之大臣，也就不足爲奇。因爲這種行爲既觸犯了上帝的權威，又違背了做爲屬下的忠誠原則。

　　後來，神話轉向歷史傾斜，「息壤造陸」神話本相漸失，創世之初的洪泉，成了爲患人間的洪水，息壤生長成大地，成了息壤治水。而爲了強調「不待帝命」者的愚頑形象，息壤治水就變成了「堙堵洪水」。這種「擋土」之法，其實在歷史化的初期，也還不被當做是壞事，因爲正如前述資料已經指出，早期的禹其實也是被認爲是同樣的用防堵之法治水的。[41] 但是後來爲了強化父頑子賢的對比，就將鯀說成了只會防堵之法的愚頑之夫，所以治水無功；而禹則是聰明的用了疏導之法，才終於治平洪水，成爲一代偉人。

　　在傳統的中國，文化主流的特點是以現實的人世關懷爲導向，以政治或社會倫理爲依歸，以「立德、立言、立功」爲人生最終價值所在的。在這種情況底下，神話不可能受到重視，歷史就成了生命安頓的寄託。因此許多的「歷史」，特別是未有記錄時代的上古歷史，在重新建構的過程中[42]，民族集體的價值觀自然就反映在上頭。黃河水患自古爲患中原，人們渴望洪水得治，祈盼治水英雄出現，自是常理，因此，古神話中在芒芒大水中給人們鋪造出大地，讓萬物可以生息長養的禹，轉化爲歷史人物，就當然可以轉化爲既「立功」又「立德」的治水英雄。而由於他

---

[41] 顧頡剛、童書業著，〈鯀禹的傳說〉，《古史辨》第七冊，下編，頁 146-162。

[42] 顧頡剛「古史是層累地造成的」的說法正是此意。見《古史辨》第一冊〈自序〉。

既有德有功，又是始定九州的人，因此，把他當作第一個朝代的創始者，也就理所當然。只不過，這麼偉大的人，卻又有一個那麼愚頑的父親，這種「歷史」卻就未免有點不好寫。而今，在嘗試揭開「歷史」迷霧，直探神話本原的這一個新的探索之後，希望能對神話歸神話，歷史歸歷史的認知，有一點點的幫助。

新古典新義
頁 73～94
臺灣學生書局　2001 年 9 月

殷墟甲骨文所見夜間時稱考

黃天樹[*]

　　殷人對於一天廿四小時以內的各個時間階段都有專門的名稱，本文稱之爲「時稱」。最早比較系統地研究甲骨文時稱的學者是董作賓先生。他說：「古者『日出而作，日入而息』，故其對於時之區分，重在晝，不重在夜。殷代通常稱晝爲『日』，稱夜爲『夕』，紀時，則以日爲限而不及於夕。……其紀時之法：曰明，曰大采，曰大食，曰中日，曰昃，曰小食，曰小采，一日之間，分七段；夜則總稱之曰夕也。」[1]又說：「殷代古法全日分爲七段，全夜不分。」[2]繼董氏之後，陳夢家、宋鎮豪、李宗焜、常玉芝等先生又先後對此作了專門研究，其大致情況已逐漸明朗。[3]

　　但是，各家對於夜間時稱的研究或注意不夠，或語焉不詳。董先生「全夜不分」的觀念至今在學術界仍影響很大。1998 年新出版的《殷商曆法研究》（第 180 頁）仍然認爲：「殷人對時段的劃分是不均匀的。……白天共分七段，……而整個黑夜

---

[*] 黃天樹，首都師範大學中文系教授。

[1] 董作賓，《殷曆譜》（李莊：中央研究院歷史語言研究所，1945 年），上編卷一，頁 4。

[2] 董作賓，〈殷代的紀日法〉，《臺大文史哲學報》第 5 期（1953 年），頁 388。

[3] 分見陳夢家，《殷虛卜辭綜述》（北京：科學出版社，1956 年）頁 229-233；宋鎮豪，〈試論殷代的記時制度〉，胡厚宣主編，《全國商史學術討論會論文集》《殷都學刊》增刊，（河南：殷都學刊編輯部，1985 年），頁 302-336；李宗焜，〈卜辭所見一日內時稱考〉，《中國文字》新 18 期（1994年），頁 173-208；常玉芝，《殷商曆法研究》（長春：吉林文史出版社，1998 年），頁 135-180。

統稱爲『夕』，不再進行分段」，這種觀念是不符合卜辭實際的，應該予以糾正。實際上，殷人有不少活動如祭祀、戰爭、出行、生育、田獵等等，都是在夜間進行的。[4]《周禮·夏官》云：「挈壺氏……懸壺……以水火守之，分以日夜」。據我們初步考察，殷人對於夜間時段的劃分是比較細密的，這表明殷人很可能已有了計量夜裏時間的手段，諸如漏壺之類。

　　目前，雖然已有不少甲骨學者對卜辭的紀時法進行了相當深入的探討，卻還沒有人對卜辭夜間時稱作專門的研究。有鑒於此，本文擬在前人研究的基礎上，對卜辭的夜間時稱試作比較全面的整理和考察，並提出一些不成熟的意見，向學術界請教。爲排印方便，引用卜辭字形儘量用通行字。

　　（一）黄（ 　 、 　 ）

　　甲骨文稱：

　　（1）甲子卜貞：今 　 王勿 　 歸？九月。　　　　　　　合 10719[師賓間]

　　（2）□□[卜□貞]： 　 ☑今十二月 　 [有]聞？　　　　　英 905[賓二]

　　（3）□戌卜㱿貞：王于生七月 　 ☑

　　　　乙亥卜㱿貞：生七月 　 ☑　　　　　　　合 7781（7782=39817）[賓一]

　　（1）中「今」下一字上端稍殘，原字補全當作 　 ，從「夕」從「 　 」。「 　 」字，舊釋「交」。裘錫圭先生認爲 　 字「非『交』字而是『黄』字的異體」，[5]可從。故此字可隸定作「黄」。甲骨文偏旁的位置，在內與在外往往無別。例如： 　 字也作 　 ；豚字也作 　 ； 　 也作 　 ，可以爲證。因此（1）（2）中的「 　 」字與（3）中的「 　 」字應爲同一個字。「黄」字從「夕」「黄」聲，在此可讀爲「黄」，所指時段估計就是黄昏。

　　（二）黄昃

---

[4] 依次參看合 5141、6834、5065、14003、屯 2383。

[5] 裘錫圭，《古文字論集》（北京：中華書局，1992），頁 217。

「黃昃」之「黃」本作「」或「」，或即黃之異體，當是其聲旁，字在此可讀爲黃。「黃昃」一語見於下列師組卜辭：

(4)⧄黃昃？　　合 20260 [師組][6]

(5)……乙丑黃昃雨自北。丙寅大⧄　　合 20962 [師小字]

(6)⧄盖日大啟，昃亦雨自北，黃昃啟。　　合 20957 [師小字]

(7) 癸酉，万入，畋。余女曰：「宜。」黃昃雨自東，休敝大寢。

(見李學勤《四海尋珍》238 頁，清華大學出版社，1998) [師小字]

(4) 至 (6) 是李宗焜先生指出來的。[7] (7) 是李學勤先生舉出來的。根據 (6) 辭，可以看出，「黃昃」是時稱。「昃」爲太陽偏西之時，「黃昃」從時序上看，較「昃」更晚，估計也是黃昏。這個時稱只見於師組卜辭。

(三) 晻 ()

(8)其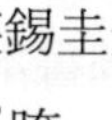酒？　　合 30956=粹 466 [無名組]

(9)惠丁亥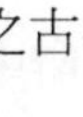？　　合 31824 [無名組]

字，宋鎮豪先生認爲「是記時之字」，[8]其說可從。郭沫若先生釋會，學者多從之。近來，裘錫圭先生認爲：「此字也可能不是『會』字，而是从『日』『合』聲之字，疑即『晻』之古字。」[9]《廣雅・釋詁四》：「晻，冥也。」大約是指日入天黑的時候。

---

[6] 關於殷墟卜辭的分組分類，參看黃天樹，《殷墟王卜辭的分類與斷代》(臺北：文津出版社，1991 年)，頁 15-297。

[7] 〈卜辭所見一日內時稱考〉，《中國文字》新 18 期 (1994 年)，頁 189-190。

[8] 〈試論殷代的記時制度〉，頁 309-310。

[9] 《古文字論集》，頁 43 注 (9)。

（四）冞（ ![字] ）

有一條賓組早期的卜辭說：

（10）壬辰卜，內：翌癸巳雨？癸巳 ![字] 允雨。   合 12971[賓一]

![字]字，于省吾先生釋冞，當「天氣陰蒙」講，《說文》訛作冞。[10]李宗焜先生認為應是一個時稱。他說：

> 《說文》：「冞，突前也，从見冃。」段注：「與冡音義略同」。冡，經
> 傳皆以蒙為之。《爾雅·釋言》：「蒙，奄也。」郝懿行義疏：「奄者……
> 通作掩……又通作弇。」疑此字與「![字]」所指時間相當，亦指昏暮之時。[11]

李說可從。

（五）月出

殷墟花園庄新出卜甲上首次出現「日出」一語：

（11）甲午卜：歲祖乙牝一，于日出改？用。   H3：1347[花東子組][12]

在《睡虎地秦簡》有「日出」（日書乙 156），《馬王堆帛書》隸書本〈陰陽五行〉有「日出」、「日入」，都是確切的時稱。[13]據此，（11）辭中的「日出」也應該是時稱。卜辭又有「月出」一語：

---

[10] 于省吾，《甲骨文字釋林》（北京：中華書局，1979 年），頁 114。

[11] 仝註 7，頁 193。

[12] 本文所引 1991 年花園庄東地新出資料請參看劉一曼、曹定雲，〈殷墟花園莊東地甲骨卜辭選釋與初
步研究〉，《考古學報》第 3 期（1999 年），頁 251-310。這種卜辭與 YH127 坑子組的字體風格等
有所不同，暫稱之為「花東子組」。

[13] 于豪亮，《于豪亮學術文存》（北京：中華書局，1985 年），頁 159。

（12）于月出迺往，亡災？　　　　　　　　安明 1918+2096 [無名組]

對照「日出」來看，（12）中的「月出」可能也是夜間時稱。

（六）小夜（ 夾 ）

裘錫圭先生指出：「《合》13135 有『 夾 攴（啓）』之文，疑『啓』上一字為『小亦（夜）』合文。」[14]現將這條殘辭寫在下面：

（13）☒今夕☒？之夕☒，小亦（夜）啟。　　　　合 13135[賓出類]

啓，是一個氣象詞。據我們的考察，「啓」是指「雲開」而非一定「日出」。下列卜辭可以為證：

（14）辛亥卜歴貞：今夕啟？　　　　　　　　合 30200 [何組]
（15）不啟？今夕啟。　　　　　　　　　　　合 30219[無名組]

（14）（15）占卜「今夕」（夜晚）會不會啟。夜晚當然不會有日出，因此，卜辭的啟主要是指「雲開」。在白天則雲開日出，在夜晚則雲開星現。上引（13）是占卜氣象的卜辭。卜辭卜問今夕天氣如何？驗辭則記載這天晚上到「小夜」時烏雲散開，滿天繁星。因此，「小夜」應是夜晚的一個時段，指夜未深時。

（七）寐人（卯人、拆人）

「卯（拆）人」一詞只見於下列二條師組小字類卜辭中：

（16）癸丑卜貞：旬？五月。庚申拆人雨自西， 雨 既。

---

[14] 參看裘錫圭，〈殷墟甲骨文字考釋（七篇）〉，《湖北大學學報（哲學社會科學版）》第 1 期（1990年），頁 51。

合 20964+21310 [師小字]

（17）癸丑卜王貞：旬？八庚申⿰冖人雨自西小，[𒀸] 既。五月。

合 20966 [師小字]

（16）和（17）是同文卜辭，因此（16）中的 ⿰ 是（17）中的 ⿰ 的簡寫，當爲一字。⿰字，宋鎮豪先生釋「寤」；[15]《殷墟甲骨刻辭摹釋總集》釋寍；[16]施謝捷先生釋「瘖」。[17]各家考釋，按之卜辭文義，均欠妥帖。我們認爲：⿰即「寐」字的初文，理由如下。此字的字形結構可以分析如下：

由「⿰」、「人」、「口」三個部件構成。在甲骨文中往往可以看到有的字加「口」與不加「口」，其義不變，「口」旁成了文字中的增飾成分。例如：⿱（旬）字也作 ⿱（合 20064）；⿱ 字也作⿱；⿰（才）字也作⿱（合 14201）；尋字也作⿱（合 28749）；⿰（石）字也作⿰（合 376）等等，可以爲證。據此，⿰字裏面的「口」旁，也當爲飾畫，與構形無關。⿰旁，字形表示房子裏有一張床，可能是「寢室」之「寢」的初文。⿰字字形象一個人在寢室的床上睡眠，當是「寐」字的初文。[18]甲骨文⿰字是個會意字，其後改造爲从「⿱」、「未」聲的形聲字，當「臥息」講。[19]

---

[15] 宋鎮豪，〈釋寤〉，《殷都學刊》第 4 期（1984 年），頁 9-13。

[16] 姚孝遂主編，《殷墟甲骨刻辭摹釋總集》（北京：中華書局，1988 年），上冊，頁 459。

[17] 施謝捷，〈釋甲骨文字“寤”、“瘖”及相關問題〉，《考古與文物》第 1 期（1993 年），頁 60-63。

[18] 甲骨文⿱、⿱、⿱諸字，羅振玉釋寐，非是。參看《甲骨文字集釋》，頁 2483-2484。

[19] 《說文》寐字篆文作⿱，誤；泰山刻石作⿱，从“宀”、“未”聲。參看裘錫圭先生，《文字學概要》，（北京：商務印書館，1988 年），頁 158。

「寐人」指哪一個時段呢？雲夢秦簡乙組〈日書〉有一條記時的簡文：

> [雞鳴丑，平旦]寅，日出卯，食時辰，暮食巳，日中午，日昳未，下市申，舂日酉，牛羊入戌，黃昏亥，人定[子]。[20]

這是把一晝夜分為十二份，並以十二辰來表示。「寐人」指人臥息睡眠之時。其所指時段大略介於「黃昏亥」和「人定子」之間。（16）（17）中的「〥〥」字，我們過去推測「大致相當於前半夜」，[21]不確。我們認為：殷人劃分兩個相鄰的干支日的界線是在夜半，可能已把一個黑夜一分為二。[22]〥〥字，從字形看，正由兩個「夕」字構成。從上引（16）（17）看，〥〥的時段又位於「寐人」之後，可能是指庚申夕和辛酉夕相交接之時。（16）（17）中記錄氣象的驗辭「庚申寐人雨自西小，〥〥既」，是說「到了庚申日『寐人』（「睡眠」之時）時，從西面下起小雨來，到庚申和辛酉交接的『〥〥』時，雨才止住。」

（八）厄（ 〔字〕人、〔字〕）

現將刻有「〔字〕」字而且作時稱講的有關卜辭抄錄於下，然後加以說明：

（18）辛丑卜：奏嬰北？甲辰 〔字〕 雨小。四月。　　　　合 20398[師小字]

（19）□卯卜王[貞]：旬？五月。□ 〔字〕 大雨。　　　　合 20945[師小字]

（20）乙亥貞：賣 〔字〕 于祭，〔字〕 雨？　　　　　　合 32291[歷一]

（21）甲辰☒至戊☒ 〔字〕 人[雨]？　　　　　　　　合 1079[師賓間]

（22）□辰卜：翌□弜田□啟？ 〔字〕 人雨。　　　　合 4315[師賓間]

（23）癸未卜貞：旬？甲申 〔字〕 人雨，☒雨☒，十二月。　合 21021[師小字]

（24）☒夕，丙子唯大 〔字〕 人雨自北以風。□雨。戊寅不雨。二月。

---

[20] 參看睡虎地秦墓竹簡整理小組，《睡虎地秦墓竹簡》（北京：文物出版社，1990 年），頁 244。

[21] 黃天樹，〈甲骨新綴 11 例〉，《考古與文物》第 4 期（1996 年），頁 69。

[22] 黃天樹，〈殷代的日界〉，紀念甲骨文發現一百周年國際學術研討會論文，1999 年 8 月，安陽。

合 21013[師小字]

（18）至（20）作「 ⻊ 」。（21）至（23）作「 ⻊ 人」。（24）作「大 ⻊ 人」
（也可能「 ⻊ 人」上的「大」字應與「雨」字連讀）。李宗焜先生根據相關辭例
認為「 ⻊ 」是「 ⻊ 人」的省稱。「大 ⻊ 人」當亦「 ⻊ 人」之別稱，其義相同，
是同一個時段的不同叫法。他說：「『 ⻊ 人』無疑是時稱，具體代表什麼時段不
詳。」[23]李文推定「 ⻊ 人」是時稱，可從。但未作隸釋，也未注意到這個時稱還見
於西周中期銅器《穆公簋》。該銘文最早著錄在《考古與文物》1981 年第 4 期上：

唯王初女（如）⻊，廼自商師復還，至于周。王夕饗醴于大室，穆公侑 ⻊，
王呼宰利易（錫）穆公貝廿朋。穆公對王休，用作寶皇簋。

銘文中 ⻊ 字，學者已指出見於甲骨文，但未加隸釋。本文對此字試作考釋，向學
術界請教。

　　《穆公簋》先言王在「夕」時舉行饗醴，到「 ⻊ 」時王又賞賜穆公。對照上
引（24）「☑夕，丙子唯大 ⻊ 人雨自北以風」，都是先言「夕」，後言「 ⻊ 」，
詞義相銜。卜辭「夕」可以指整個黑夜；也可以指天黑後的掌燈時分。此用後一義。
可見「 ⻊ 」的時段比掌燈時分的「夕」要更晚一些。

　　（25）其侑妣庚，惠入自己夕祼酒
　　　　　惠 ⻊ 酒？
　　　　　惠入自 𣆶（夙）祼酒？　　　　　　　　　合 27522＝粹 393[無名組]

（25）「 ⻊ 」字，從字形和卜辭文義考察，我們認為應該就是上引（21）至（24）
師組等卜辭中「 ⻊ 人」的合書形式；或是（18）至（20）「 ⻊ 」的繁體。宋鎮豪

先生釋「住」，「疑住時相當於後世的『人定』時，……約當今之 21 至 23 時」，[24]尚值得商榷，詳下文。（25）中的三條卜辭是圍繞同一件事情進行占卜的一組卜辭，即卜問將對妣庚舉行侑祭，是在什麼時間酒祭妣庚比較合適（酒祭是附屬於侑祭的）。「入自己夕祼」、「𣝅」、「入自枛（夙）祼」分指酒祭的三個不同的時間，是占卜者關心的焦點。其時序可以由近到遠依次排列為：

　　　「入自己夕祼」→「𣝅」→「入自枛（夙）祼」

無名組卜骨的卜辭一般都是由下往上讀，上引（25）即是。郭沫若先生《殷契粹編考釋》第 393 片即上引（25）辭釋文，也是由下往上讀的。但是，宋鎮豪等先生改為由上往下讀，他說：

　　　　　枛、住、夕為彼此相近的三個時候。枛是天黑後掌燈時，住當在稍晚
　　　人定安息之時，夕則比住要更晚些，或指夜半時了。[25]

看來是為遷就「枛是天黑後掌燈時」的時序來排列。近來，沈培先生把「枛」釋為「夙」，[26]其說可從。因此上引（25）這版卜骨上的三條卜辭仍應由下往上讀，其時序可由近到遠依次排列為：

　　　「夕」→「𣝅」→「枛（夙）」

其所代表的時段是一個比一個晚。夜間時段「𣝅」正介於「夕」與「枛（夙）」之間。那麼，「𠁁人」和「𣝅」中的「𠁁」字到底是後來的哪一個字，下面試作討論。

　　　上引（18）至（24）及《穆公簋》中的𠁁字，于省吾先生《甲骨文字釋林·序》（第 8 頁）釋𠂤，謂「指陷人以祭」。郭沫若先生《殷契粹編考釋》（第 67

[24] 〈試論殷代的記時制度〉，頁 307－308；宋鎮豪，〈釋住〉，《殷都學刊》第 2 期（1987 年），頁 20-21。

[25] 〈試論殷代的記時制度〉，頁 308。

[26] 〈說殷墟甲骨卜辭的“枛”〉，《原學》第三輯（北京：中國廣播電視出版社，1995 年），頁 75－110。

頁上）隸定作「迎」，無說。唐蘭先生《甲骨文自然分類簡編》（第75頁）隸作《說文‧卩部》之「厄」（唐氏把 ⿰、⿱、⿲ 等不同的字都釋作「厄」，非是）。

　　上引（25）中的「⿰」字，郭沫若先生《殷契粹編考釋》第393片隸定爲仰，無說。李孝定先生《甲骨文字集釋》第2673頁隸作仰，云「從人從卩，《說文》所無。」宋鎮豪先生釋「住」，「疑『住』類似後世的『人定時』……約當今之21至23時。」

　　按各家釋字，皆不可據。只有宋鎮豪先生根據卜辭文義懷疑此字字義「類似後世的『人定』」，是對的。請看下列《歷代時稱對照表》：

時代	歷代時稱對照				資料
殷代	夕	⿰人			合21013
	夕	⿱		枫（夙）	合27522
西周	夕	⿰			穆公簋
秦代	黃昏	人定		雞鳴	睡虎地秦簡日書乙種
漢代	昏時 夜食	人定 夜少半	夜半 夜大半	雞鳴	居延漢簡甲編
晉代	黃昏	人定	夜半	雞鳴	左傳昭公五年杜注

從上表可知卜辭、金文中的時間詞「⿱」或「⿰」字，與後世「人定」之時相當。

　　「⿱」或「⿰」字，究竟是哪一個字呢？《說文》中有三個字與此字字形上有聯系，值得考慮，即《卩部》之「厄」和「⿰」以及《厃部》之「厃」。

　　裘錫圭先生在1999年8月提交給「紀念甲骨文發現一百周年國際學術研討會」的論文〈釋「厄」〉裏，認爲黃組卜辭中屢見的「茲⿰」之「⿰」應釋爲《說文》分析爲從「卩」「厂」聲的「厄」。我們要討論的這個字左邊一點在跪坐人形的膝蓋部位，與「茲⿰」之「⿰」左邊一點刻在跪坐人形左上方的字形迥然不同，不會是「厄」字。

　　甲骨文有指事字，例如：⼆（上）、⼀（下）、⼤（亦）、⼃（刃）等（依次參見《殷墟甲骨刻辭類纂》字頭1116、1117、215、2480號）。這類指事字都是

在象形字的形符上加指示符號以示意。據此，我們曾經懷疑 $\quad$ 字也是指事字，在跪坐的人形「 $\quad$ 」的膝蓋部位加上象徵膝關節的指示符號「ﾚ」而造成的，疑 $\quad$ 是 郤 的初文。[27]大家知道：先秦文字在發展過程中常由象形、指事等轉化爲形聲字，這可以說是一條規律。所以「膝」字字形的演變過程當爲：由指事字「 $\quad$ 」演變爲从「卩」、桼 聲的 郤（見睡虎地秦簡 49．81 和《說文・卩部》），其後又用形旁「肉」代替「卩」而演變爲「膝」（見《鄭固碑》），因爲「肉」的含義與膝有關。綜上，$\quad$ 可隸作「 郤 」，讀爲「曦」或「晞」，指天將拂曉之時。但是，與前引（25）辭及《穆公簋》的時序不合，存此待考。

我們認爲 $\quad$ 字（ $\quad$ 之簡體），應即《說文・厄部》从「人」从「卩」之「厄」。古音「厄」在章紐支部，「定」在定紐耕部。二字聲皆爲舌音，韻爲陰陽對轉，所以「厄」可以讀爲「定」。$\quad$ 字（ $\quad$ 之簡體）讀爲「定」，與後世「人定」（夜深安息之時）時稱相當，約當今之 21 至 23 時。

（九）中彔（ $\quad$ 、 $\quad$ 、 $\quad$ ）

卜辭有「中彔」一語，據我們初步考察，一類是地名。例如：

（26）乙亥卜：今日至于中彔（麓）☒　　　　　　　　　　屯 2529[無名組]

（27）惠中彔（麓）先鼎？

　　　惠東彔（麓）先鼎？　　　　　　　　　　　　　　　合 28124[無名組]

（27）的「中彔」與「東彔」見於一版卜骨之上，卜辭還有「射大彔兕」（屯 1098）、「[王田]大彔」（合 37582）、「☒北彔，擒」（合 29409）等，可以斷定（26）（27）中的「中彔」應是地名。值得注意的是：當地名講的「彔」字（讀作「山麓」的「麓」），其字形一律作不加「夕」旁之「彔」。

另一類是時稱。例如：

---

[27] 甲骨文有 "疾 $\quad$ "（合 13693）、"疾 $\quad$ "（合 13670）， $\quad$ 、 $\quad$ 也是指事字，是 " 郤（膝）" 的異體字。

（28）丁酉中彔卜，在兮貞：在狀田莫（？）其以右人𣦵，亡災？

合 35344 [黃組]

（29）☒𢆉☒壬其雨，不☒中彔允☒辰亦☒風。　　　合 13375 [典賓]

饒宗頤先生在《殷代貞卜人物通考》（第 1169 頁）一書中對（28）這條卜辭加有按語，說：

> 按原拓本模糊不明，董氏《甲骨學五十年》引此，謂「中彔」為卜人名，屬帝辛時。卜辭所見卜人名無兩字者，此屬僅見，姑附於末。

因此，董氏把（28）的「中彔」當作貞人名，實屬可疑。據考察，黃組的前辭常附記占卜地名，其形式作「干支卜在某貞」。地名前都加「在」字，這是黃組前辭的特點。上引（28）的前辭中，已有地名「兮」；「中彔」前又沒有加「在」字，所以這裏的「中彔」不會再是地名了。從下列卜辭看，它很可能是一個時段名稱。

在卜辭的前辭中，干支與「卜」字之間所刻之字，除了刻記貞人名之外，有時也刻記占卜的時間。例如：

（30）癸丑夕卜：辛日迺酒宜羌？　　　　　　　　　英 2466[歷一]

（31）甲子夕卜：侑祖乙一羌歲三牢？　　　　　　　合 32171 [歷一]

（32）壬辰夕卜：其宜牝一于狀，若？用。　　　　　H3：1325[花東子組]

（33）癸亥夕卜：日延雨？子占曰：其延雨。用。　　H3：661[花東子組]

（34）甲夕卜：日不雨？　　　　　　　　　　　　　H3：793[花東子組]

（35）戊戌夕卜：翌日己[亥]子☒豕，遘？子占曰：不其擒。用。

H3：1199[花東子組]

（36）己酉夕：翌日舌歲妣庚黑牡一？庚戌酒牝一。　H3：1406[花東子組]

（37）乙亥夕：歲祖乙黑牝一，子祝？　　　　　　　H3：224[花東子組]

（38）辛囮（向）壬午王貞：［字］不 囚 ？　　　　　　　　合 21374 [子組]

（39）丙午 （（（ 卜：侑歲于父丁羊一？　　　　　　　　　合 22093[午組]

（30）至（39）前辭中的「夕」、「辛向壬午」、「 （（（ 」都是表示夜間的時稱。
（38）「辛向壬午」，猶言「辛巳夕向壬午」，指辛巳日即將結束壬午日即將開始
之時。[28]（39）中的 （（（ 也是指夜裏的一個時段，詳見下文。綜上來看，殷人占卜往
往在白天進行，一般不記占卜的時稱；[29]如果夜間進行占卜，往往附記時稱。因此，
上引（28）「中彔」應該也是一個表示夜間的時稱。（29）是一版記錄氣象的卜辭，
稍有殘缺，其中「中彔允……」當是驗辭，是說到中彔時辰天氣果然如何如何。

　　卜辭中表示夜間的時稱往往加上「夕」旁。如賓組卜辭裏「昧爽（爽）」的「爽」
字，或寫作「喪」（合 6037）；或寫作从夕、从爽（合 15738、13751、13752）。
上引（28）（29）中的「中彔」之「彔」， 是一個表示夜間的時稱。但「彔」字
都不加「夕」旁，都寫作 ［字］，當是「［字］」或「［字］」之省寫，詳見下文。下列這
條記有「中彔」的卜辭，在「彔」字旁邊加上「夕」旁寫作「［字］」：

（40）▢唯▢中［字］▢宧▢嘉？二日▢　　　　　　　合 14103[典賓]

這是一條占卜生育的殘辭。其中有「嘉」字，據合 14001「其唯甲寅娩不吉，宧唯
女」和合 14002「三旬有一日甲寅娩，允不嘉，唯女」來看，生男孩稱「嘉」，生
女娃稱「不嘉」，可見重男輕女的觀念，早在商代已是如此。在天水放馬灘秦簡中
有如下一段簡文，簡文把一日的時間劃分爲十六個時段，各賦以一定的名稱。不同
時段所生的嬰兒性別不同。該簡文曰：

---

[28] 參看裘錫圭，〈釋殷虛卜辭中的 "［字］" "［字］" 等字〉，《第二屆國際中國古文字學研討會論文集》
　　（香港：香港中文大學，1993 年），頁 83。

[29] 卜辭前辭偶爾也有附記白天時稱的。如："辛酉戾：歲妣庚黑牝，子祝"（H3：540）、"丁未卜戾
　　卜：翌日雨小采雨東"（合 21013）。"戾"是白天時稱，這兩條前辭的文例甚怪，待考。參看〈殷
　　墟花園莊東地甲骨卜辭選釋與初步研究〉，頁 292。

平旦生女，日出生男，夙食女，莫食男，日中女，日西中男，昏（應為昳）
則女，日下則男，日未入女，日入男，昏女，夜莫男，夜未中女，夜中男，
夜過中女，雞鳴男。[30]

可知古人對於生育的時段十分重視，認爲一日之內某個時段分娩，吉利，能得到男
孩；某個時段生育，倒楣，只能生女孩，所以占卜生育的卜辭，往往附記時段。

（41）☑亡𡆥？乙卯夕向丙辰婦鼠☑[乙]卯夕向丙辰婦鼠娩，嘉。五月。

合 13472+14020 筆者綴[師賓間]

（42）壬寅卜殻貞：婦好娩嘉？壬辰向癸巳娩唯女。　　　　合 6948[賓一]

（43）戊辰卜殻貞：婦好娩嘉？丙子夕向丁丑娩，嘉。　　　合 14003[賓一]

（41）至（43）記分娩的時間，其中「甲子夕向乙丑」詞組，指甲子日即將結束乙
丑日即將開始之時，說明（41）至（43）婦鼠、婦好生育的卜辭是在夜半時分。對
照（41）至（43），知道（40）之「中𝌆」的含義與「甲子夕向乙丑」詞組的性質
是一樣的，很可能也是夜間時稱。（40）的「中𝌆」之「𝌆」，從「夕」從「彖」，
從字形从「夕」這一點上也透露出它是一個夜間的時稱。

商代的日界以夜半作爲分界點。甲骨文所見時稱，白天的時段，基本框架是太
陽的位置。而作爲「中日（或作「日中」）」的對蹠點——夜半，這種觀念在商代
也可能已經有了。根據「中𝌆」的字形，結合卜辭文義來考慮，我們推測卜辭中
表示「中夜」的語詞很可能就是「中𝌆（𝌆）」。「中𝌆」之「中」表示夜間
之中點，等于「中日」之「中」表示白天之中點一樣。

大家知道：甲骨文偏旁的位置，在內與在外往往無別。因此，𝌆字也作𝌆，

---

[30] 秦簡整理小組，〈天水放馬灘秦簡甲種〈日書〉釋文〉，甘肅省文物考古研究所編，《秦漢簡牘論文
集》（蘭州：甘肅人民出版社，1989 年），頁 2。

應爲同一個字。

　　（44）癸卯卜貞：旬？四月。乙巳 [字] 雨。

　　　　　癸丑卜貞：旬？五月。庚申 [字] 人雨自西，[字] 既。

　　　　　癸未卜貞：旬？　　　　　　　　　　　合 20964+21310[師小字]

　　（44）的「[字]」可能是「中㝃」之省。綜上，從字形和卜辭文義推測，「中㝃」可能是表示夜半的一個時稱。不過，限於資料不足，目前尚難以論定。

　　此外，刻有從「夕」從「彔」的「[字]」字和「[字]」字的卜辭還有一些，見合 18727、19715、18515、19492、《甲骨文合集補編》3256 等，因殘缺過甚，存此待考。

　　（十）夙（[字]）

　　「[字]」字，《甲骨文字詁林》（第 1124 頁）認爲：「此乃『多』字之異構」。檢視甲骨文，「多」字是一個常見字，諸如「多子」、「多姄」等，這些「多」字的兩個偏旁作上下相疊式（偶爾作左右並列形，見合 2607），其構形均爲「從二『肉』會意」。[31]與由兩個月牙形左右並列構成的字形截然不同。所以，《甲骨文字詁林》把「[字]」釋作「多少」之「多」，既不合卜辭字形，又不能讀通記有「[字]」字的卜辭（詳下文），顯然是不對的。因此，本文把 [字] 暫隸定作從二「夕」的「夙」。

　　今將刻有「夙」的卜辭全錄於下，然后加以討論：

　　（45）己亥卜：庚子有雨？其夙允雨。

　　　　　于辛雨？庚夙雨，辛啟。　　　　　　　合 20957[師小字]

　　（46）癸丑卜貞：旬？五月。庚申 [字] 人雨自西，夙既。

　　　　　　　　　　　　　　合 20964+21310（20996 同文）[師小字]

---

[31] 王國維說，參看李孝定，《甲骨文字集釋》（臺北：中央研究院歷史語言研究所，1965 年），頁 2287
　　－2288。

（47）☑于壬雨？庚夕雨；于壬陰，不雨。　　　　　合 11845[師小字]

（48）丙午夕卜：侑歲于父丁羊一？　　　　　　　　合 22093[午組]

（45）是李宗焜先生舉出來的。他認爲「從其字從二夕看來，它應該是指夜裏的一個時段。」[32]這個意見是正確的。（46）是筆者所綴。把原先分裂異處的兩個「夕」字，破鏡重圓，拼合成一個完整的 𑀫 字。（48）是午組卜辭，𑀫 字出現在前辭中，有的學者認爲（48）的 𑀫 是貞人名。[33]據筆者考察，午組沒有貞人。[34]因此，我們認爲（48）的 𑀫 不是貞人名，而是指夜裏的一個時段。

那麼，夕 到底是表示夜裏的哪一個具體時段呢？在前文中，我們已經指出「寐人」所指時段大略介於「黃昏亥」和「人定子」之間。從上引（46）看，夕 從時序上比「寐人」更晚，可能是指庚申夕和辛酉夕相交接之時，與當夜半講的「中𢆷」時段相當。

（十一、十二、十三）鼓、三鼓、五鼓

甲骨文「鼓」字，或作 𑀪 形，或作 𑀪 形。已有學者指出卜辭中有一些記「鼓」之辭，是表示一種時間概念。[35]

（49）貞：㫃入，王侑報于之，亦（夜）鼓？　　　合 14932 [典賓]

沈建華先生〈甲骨卜辭中所見的鼓〉一文中對（49）解釋說：

---

[32] 見《中國文字》新 18 期，頁 195。李文所舉另一例合 21016 的 "丁卯 𑀫 雨" 之 "𑀫"，檢視拓本，實際上是 "明" 字，此例當刪。

[33] 參看《古文字研究》第 13 輯，頁 62 和頁 80 注 14。

[34] 詳黃天樹，〈關於午組卜辭貞人的考察〉，待刊。

[35] 參看沈培，《殷墟甲骨卜辭語序研究》（臺北：文津出版社，1992 年），頁 82；沈建華，〈甲骨卜辭中所見的鼓〉，《于省吾教授百年誕辰紀念文集》（長春：吉林大學出版社，1996 年），頁 21－25。

由「昃入」至「亦（夜）鼓」皆與時序有關，明顯看出不是指鼓樂，而是表示一種時間概念。《周禮・地官・鼓人》曰：「凡軍旅，夜鼓鼜」。鄭玄注引《司馬法》云：「昏鼓四通為大鼜，夜半三通為晨戒，旦明五通為發昫，是一夜三擊，備守鼜也。」

其說可從。這是一條祭祀卜辭。「入」當是指商王在祭祀時的行動，可能指進入宗廟。侑、報，皆祭名。之，代詞，指代商人的祖先。鼓，動詞，從下文看，可能指敲擊「鼓」一通之時。這條卜辭由「昃」與「亦（夜）鼓」對文，與時序有關，推測「夜鼓」也應與時間有關。這條卜辭卜問：商王在昃（昃為太陽過午偏西之時）時進入宗廟，到天黑敲擊「一鼓」的時候對祖先舉行「侑報」之祭好不好。

　　（50）祖丁舌，惠㞢（夙）？
　　　　祖[丁]舌，其鼓？　　　　　　　　　　　　　　　屯 435 [無名組]

舌，《甲骨文字釋林》（第 170 頁）認為典籍通作磔，祭名，是就割裂祭牲的肢體言之。殷人占卜的時候，往往采取「惠……，其……」的選貞方式來選擇祭祀的時間。「惠㞢」之「㞢」，沈培先生釋為「夙」（詳下文），是一個時間詞。其說可從。因此與「㞢（夙）」對貞的鼓也應是一個時間詞。（50）的占卜焦點是卜問究竟是在「夙」時對祖丁舉行「磔牲」之祭好，還是到擊「鼓」一通時對祖丁舉行「磔牲」之祭好。

　　卜辭除了「[一]鼓」外，還有「三鼓」、「五鼓」之語：

　　（51）□未貞：昇束于茲三鼓？　　　　　　　　　　　屯 2576 [歷二]
　　（52）[貞]：惠五鼓□，上帝若，王[受]有佑？　　合 30388＝甲 1164 [何二]

《殷虛文字甲編考釋》（第 168 頁）對（52）的甲 1164 這片卜辭考釋說：「五鼓，蓋謂擊鼓五通。」可從。中國古代一夜分為五更，每更約兩小時。上引「[一]鼓」、

「三鼓」、「五鼓」，可能指更鼓，是指夜間計時的單位，以擊鼓的數字來計時。

（十四）夙（ᴰ竹、粉竹、竹竹）

甲骨文ᴰ竹字是大家公認的「夙」字，大約指下半夜至天明前之間的時段。甲骨文「夙」字習見，茲舉一例以示之：。

（53）癸，戌夙伐，峨，不雉[人]？

癸，于旦廼伐，峨，不雉人？[36]　　　　　　　　　　合 26897[無名組]

（53）以「夙伐」與「于旦廼伐」對貞。占卜的焦點是卜問什麼時機發起進攻比較好。這對卜辭卜問在癸日這一天「戌」（殷人的軍事人員）究竟是在「屬夜間」的「夙」時發起進攻好，還是等到日出天明之時的「旦」再發起進攻好。值得注意的是：（53）中的「夙」和「旦」同屬癸日，這一點很重要。據此，可以得到這樣一個明確的認識：即在「癸」日這天，其時序是先「夙」後「旦」，也就是說殷代的日始不會是「旦」時，殷代的日界至少應該向前推進到夜間的「夙」時。主張「旦」時是一日的起點，非是。

甲骨文裏還有粉竹、竹竹等形的字，應該是同一個字的異體。暫隸作枫。關於這個字，唐蘭先生在《天壤閣甲骨文存考釋》（第46頁）中說：「其本義則人持屮、木為火炬也。……或以紀時，……殆如上燈時候矣。」唐說影響很大，其實是有問題的。沈培先生在〈說殷墟甲骨卜辭的「枫」〉一文中，通過對「枫」和「夙」用法的對比，把「枫」釋為「夙」，我們認為是可信的。本文採用這一釋讀。

（54）戌，王其田虞，枫（夙），亡災？

于旦，亡災？　　　　　　　　　　　　　　　　合 29373[無名組]

（55）戌，王其田，湄日不遘大雨？

其遘大雨？

<hr />

[36]　“戌”、“伐”、“不”諸字原辭缺刻橫畫，故各家釋文互有出入。今釋文據學者的研究重新寫定。

王其田，枫（夙），亡災？

于旦，亡災？　　　　　　　　　　　　　　　　　　合 28514[無名組]

（54）（55）中的「枫」與「旦」對貞，可見「枫」應是時稱。「枫（夙）」與「旦」同在戊日這一天，故可推定其時序一定是「枫」在「旦」之前。可見戊日之始不在「旦」，至少是在夜間的「枫（夙）」時。（54）（55）兩辭大意是說，在戊日這一天商王要去田獵，是在「仍屬夜間」的枫（夙）時出發好，還是等到太陽初升的「旦」時出發好。

（十五）喪（ 𣎴 、 𣎴 、 𣎴 ）

賓組卜辭裏有一個從「月」從「喪」的字：

（56）癸卯卜殻：于翌 𣎴 酒□燎？　　　　　　　　合 15738[賓一]

（57）……五旬有一日庚申 𣎴 。　　　　　　　　　合 13751 正[近賓一]

（58）……二旬有一日庚申 𣎴 。　　　　　　　　　合 13752 正[近賓一]

（56）至（58）是裘錫圭先生舉出來的。他說：「這大概是從『月』『喪』聲的一個字，在上引卜辭中似可讀為昧爽之『爽』。」[37]可從。

（59）甲子卜爭：（以上反面）

　　翌乙[丑]不其雨？（以上正面）

　　王占曰：其雨。乙丑夕雨小，丙寅喪雨。（以上反面）　合 6037[典賓]

（59）是李宗焜先生舉出來的。「喪」字不加「夕」旁。從（59）中「乙丑」之「夕」與「丙寅」之「喪」相接，表明這里的「喪」字是時稱，也應讀為昧爽之「爽」。「昧喪（爽）」也見於周代金文。如在西周康王時記載在宗廟舉行獻俘禮的《小盂

---

[37] 《古文字論集》，頁 89。

鼎》銘文云：

> 唯八月既望，辰在甲申，昧喪（爽），三左三右多君入，服酒；明，王格周
> 廟……大采，三周入，服酒，王格廟……用牲褅周王、□王、成王……

銘文大意是說：當甲申日天將放明的「昧爽」之時，參加獻功的群臣先進入周廟內等候。天亮的「明」之後，王來到宗廟就位，由軍隊統帥匯報戰功。……上午八時左右的「大采」之時，三老才進入宗廟。據此，其早晚時序可排定如下：

> 昧爽→明→大采

可見，昧爽在旦明以前。此詞又見於西周中期銅器《冕簋》、春秋中期銅器《化子受鐘》。「昧喪」即文獻之「昧爽」，見《書·牧誓》、《逸周書·酆保》等。

※　　　　　　　　　※　　　　　　　　　※　　　　　　　　　※

綜上所論，關於殷代夜間時稱的特點，可小結如下：

第一、殷人對於一天 24 小時之內時稱的劃分是比較均勻的。白天分段細密，夜間分段也同樣比較細密。認為殷人「全夜不分」的觀念是不符合卜辭實際的，應予以糾正。

第二、卜辭所見商代白天的時稱，其觀察點是太陽，如旦、朝、中日、晝、昃、昏、莫等，字多從「日」。所見夜間的時稱，其觀察點是月亮，如：瀆、月出、殢、夘、夙、㜪等，字多從「月（夕）」。此外，則取之於人們日常生活習俗，如：大食、小食、寐人、三鼓、五鼓等。

第三、各組（類）或同組（類）卜辭對於同一個夜間時段，叫法往往不盡相同，詳見下表。

最後，為了使大家對殷墟甲骨文夜間時稱以及各個夜間時稱所占時間的情況有一個總的瞭解，列表如下，以便省覽：

十二時辰		戌	亥	子	丑
二十四小時		19—21點	21—23點	23—1點	1—3點
殷墟卜辭	師組	黃昃	▯▯寐人	▯、▯	夙
	師賓間類	▯	▯人		
	賓組	鼓、冥、▯、▯	小夜	中▯、中▯	夙、喪、▯、▯
	歷組		▯	三鼓	
	何組				五鼓
	無名組	鼓、會、月出、夕	▯	中▯	▯（夙）▯（夙）
	黃組			中▯	
	午組			▯	
西周銅器《穆公簋》		夕	▯		
《居延漢簡甲編》		昏時夜食	人定 夜少半	夜半 夜大半	雞鳴
左傳昭公五年杜預注		黃昏	人定	夜半	雞鳴

附記：本文蒙裘錫圭師和鍾柏生、李家浩先生審閱初稿，是正多處，謹致謝忱。

新古典新義
頁 95～106
臺灣學生書局　2001 年 9 月

陸游與《易》

三浦國雄[*]

小　序

　　我在此想要論述的主題是，對于陸游（1125—1209）這樣個性的人來說，《易經》[1]意味著什麼？因為筆者這些年來一直在思考：書籍對于中國近代的士大夫來說，究為何物這個問題。

　　對于中國近代的士大夫來說，古典書籍所具有的意義顯然與我們今日所想像的有間，其意義超越了被多種媒體和大量信息所包圍著的那種東西。這一點不限于儒教的典籍。與今天的我們相比，他們與書籍之間肯定有著一種更為親密的聯係。雖說如此，如果問陸游，何者為「終極之書」，似乎有些過于性急了。陸家身為越地三大著名的藏書家之一，[2]陸游這個人正是從埋首書堆中形成的。

　　在陸游八十五年的生涯中，各類書籍都曾為他的生活增添了色彩，然而作為陸游親炙之書籍而言，當首推道教經典。玉笈齋（陸游之書齋）中，陸游自誇藏有

---

[*] 三浦國雄，日本大阪市立大學文學部。

[1] 『易』這一詞，並不僅限于《易》這文本，還包含了多樣意義，由于在本文中，將重點置于文本上，故用表示書名的雙括號《》來表示。

[2] 請參閱拙作，〈陸游與養生〉，《朱子、氣與身體》（東京：平凡社，1997 年），頁 297。

道書二千卷，[3]道教經典常置于他的案頭，以至於具有道教經典意義的「道書」、「丹經」、「素書」之語頻頻出現於《劍南詩稿》中。其中「隱書」一詞尤其頻出，如卷二〈玉笈齋書事〉：「隱書不厭千回讀，大藥何時九轉成」等，但它不是如錢仲聯所說的：指某一特定的道教經典，[4]而應作爲道教經典的泛稱來理解。但另一頻出的「黃庭經」則確實是專稱：

> 勸君勿虛死，萬過誦《黃庭》。　　　　（《劍》卷四四〈夜寒燃火有感〉76）

等只不過是其中一例而已。將自己的居室命名爲「心太平庵」，也是語出《黃庭經》。[5]眾所周知，這是道教上清派的最重要經典。它通過存思這樣一種影象訓練而希望達到長生不老的目標。王羲之曾書寫過《黃庭外景經》，此事即使在書法界以外的人士中，也耳熟能詳。此經在宋代廣爲人們所傳閱。歐陽脩爲此寫過一篇序文，蘇軾模仿此文體寫過文章。因此，陸游的愛好當然是與宋代的《黃庭經》熱有關了。

　　陸游將這些道教經典作爲實用性的養生法文本來閱讀，[6]而本文所要論述的《易》又如何呢？中國的士大夫大體上對這一文本採取了許多不同的對峙性態度。筆者認爲，基本上可以下四種態度來概括：

　　（一）作爲研究乃至注解的對象。

　　（二）在構築某種系統（中醫學、風水等）時將其作爲汲取理論框架的源泉。

　　（三）作爲預知未來、獲知前進道路的占筮系統。

　　（四）在籌劃現實生活方面作爲富于啓示性智慧乃至慰籍心靈的書籍。

對於陸游而言，很難單一性地予以歸類，如果堅持要歸類的話，筆者覺得第四種傾

3　陸游，《渭南文集》（臺北：商務印書館，1979），卷二十六〈跋老子道德古文〉，頁 234。另外，此「玉笈齋」乃專爲讀道教經典的書齋，請參閱錢仲聯，《劍南詩稿校注》（上海：上海古籍出版社，1985 年。以下簡稱《劍》），卷二〈玉笈齋書事〉錢注，頁180。以下引文詩題後的阿拉伯數字乃作詩時的年齡。

4　《劍》，卷一，〈夜讀隱書有感〉，頁 106-7，注。

5　《黃庭外景經》，《正統道藏》（臺北：新文豐出版公司，1977），第七冊，《修真十書》，卷五八，頁789：「閒暇無事心太平」。另參《劍》，卷九〈心太平庵〉，頁715、卷一〈獨學〉，頁 116-7，錢注。

6　仝注 2，頁 303。

向最強。

從《劍南詩稿》來看，最初之例如下：

晨占上古《連山易》，夜對西真五嶽圖。　　　（《劍》卷二〈玉笈齋書事〉47）

《連山易》在今天來看，人們只是把它當作傳說而引述，其內容已不得而知。然而由於陸游是這樣說的，因而可能當時它是作爲與《周易》相異的文本而另外存在著的吧。[7]從此以後，《連山易》在《劍南詩稿》中便蹤跡杳然了，而《易經》這一內容則在他最後三十五年生涯中反復出現。最早者爲：

陰陽消長從來事，玩《易》深知屢絕編。　（《劍》卷五〈夜讀了翁……〉50）

從此以後直到八十五歲，陸游對這一文本無法忘懷。比如：

危坐讀《周易》，會我平生心。　　　　　　（《劍》卷二十〈秋夜讀書〉64）

接下來，我想從（一）讀易、（二）占易、（三）玩易這三種觀點出發，將陸游對《易》的認識總結一下。

一、讀易

由於陸游未留下《易》注，因而便無從解答他如何訓解那艱澀的卦爻辭，以哪一家的注釋爲依據等問題。然而由于陸游以詩這樣的形式將自己讀《易》的經歷與感受片段性地表達了出來，反而可能更有利於我們直截了當地知道陸游對于《易》的真實想法。

首先，讀《易》的時間大概是早上吧：

朝讀《易》一卦，時鈔史數行。　　　　　　（《劍》卷三六〈閑適〉77）
研朱朝點《易》，搗藥夜潢經。　　　　　　（《劍》卷十一〈北齋〉55）

---

[7] 鄭樵，《通志》（北京：中華書局，1990），卷六三〈藝文略・經類第一・易・古易〉，頁 755，著錄有「《連山》十卷」。

或許有人會認爲讀《易》的時辰乃無關大體的瑣事，然而在一日之始的清澄時刻即面對《易》，似乎揭示了陸游對《易》的某種敬虔態度。「研朱」這一詞常與《易》一起出現，這在唐朝高駢的〈步虛詞〉中已有先例：

　　　洞門深鎖碧窗寒，滴露研朱點《周易》。[8]

　　陸游之所以對《易》懷有如此特別的感情，是因爲他相信，《易》乃是原封不動地傳遞了聖人言詞的神聖文本：

　　　《易經》獨不遭秦火，字字皆如見聖人。(《劍》卷四〈冬庵讀書示子聿〉77)

「聖人」當指伏羲—文王—周公之「三聖」及孔子。與其同時代相互有往來的朱熹一樣，[9]陸游也相信《漢書・藝文志》所說的：

　　　《易》傳三聖至仲尼，炎炎秦火乃見遺，經中獨無一字疑，正須虛心以受之。
　　　(《劍》卷四九〈誦書示子聿〉77)

此「三聖」乃至四聖中最受陸游注目的乃是伏羲。他對伏羲之思慕當然可以說是繼承了先前的陶潛。[10]陸游將《易・繫辭下傳》[11]予以敷衍，采納了這樣一種歷史觀，即「伏羲一畫」(卦之制作)構成人類史上文明前、後的分野，他認爲，理應讚美將文明利器教給人類的伏羲，當然，他並未單純地將這種邏輯貫徹到底，如：

---

[8]　《全唐詩》(臺北：文史哲出版社，1978)，第九冊，卷五九八，頁6920。

[9]　例如：黎靖德編，《朱子語類》(京都：中文出版社，1984)，卷六六〈易二・綱領上之下・卜筮〉，二十條，頁794。另參拙作，〈易說〉，《朱子、氣與身體》，頁136。

[10]　逯欽立校注，《陶淵明集》(臺北：里仁書局，1985)，卷七〈與子儼等疏〉，頁188：「五六月中，北窗下臥，遇涼風暫至，自謂是羲皇上人。」繼承了陶潛對伏羲的思慕之人，在陸游以前，尚有北宋的邵雍。

[11]　孔穎達，《周易正義》，李學勤主編，《標點十三經注疏》(北京：中華書局，1999)，卷八〈繫辭下傳〉，頁298：「古者包犧氏之王天下也，仰則觀象於天，俯則觀法於地，觀鳥獸之文，與地之宜，近取諸身，遠取諸物，於是始作八卦，以通神明之德，以類萬物之情」。

揖遜干戈兩不知，巢居穴處[12]各熙熙，無端鑿破[13]乾坤秘，禍始羲皇一畫時。

《劍》卷三十〈讀易〉70）

由于不知禮儀（揖遜），也就不知戰爭（干戈）。太古之人便「熙熙」地過著優閑的生活。伏羲通過制易而闡明了包括人類世界在內的宇宙規律。人類在擁有禮儀文明這一正面的同時，也必須承荷戰爭這樣的負面後果。

「畫前之易」這樣的構思發軔於邵雍，再由朱熹深化。[14]然而，他們所稱的「畫前之易」雖然意指未畫以前的某種混沌狀態，但並非意味著由于這「一畫」，人類史便出現了重大轉變這樣一種龐大的歷史觀。陸游嚮往文明以前的狀態，有詩為證：

今日出門天地別，此身如在結繩前。　　　　　　　（《劍》卷三六〈雜感〉74）

然則伏羲乃聖人抑人類之罪人耶？而《易》莫非理應比作貪食智慧果原罪之書乎？不過陸游之本意應非否定《易》，亦無非難伏羲之意。雖然災禍始于「羲皇一畫」，但咎不在羲皇。那麼如何去協調這微妙的矛盾呢？讓我們讀一下這首詩：

太古安知堯與舜，茹毛飲血自消遙，不須追咎為書契，[15]初結繩時俗已澆。

《劍》卷三四〈太古〉72）

在此，首次以文明化之罪為前提，通過「為書契……」，替文明化的先導者伏羲與堯、舜作了辯護。對民眾來說，他們既不懂《易》，也不懂文字，然而早在結繩（文明化）階段，就已經墮落了。陸游的這一邏輯是多麼不自然，而伏羲這「一畫之禍」

---

[12] 陸游對「巢居穴處」時代與生活的憧憬可以從《劍》，卷六三〈自詠〉，頁3602：「素慕巢居穴處民，久為釣月臥雲身」得窺。

[13] 此「鑿」之文字，似本於郭慶藩，《莊子集釋》（臺北：貫雅文化事業有限公司，1991），卷三下〈應帝王〉，頁309，有名的寓言中的「日鑿一竅」。

[14] 程迥，《周易古占法》（臺北：藝文印書館，《百部叢書集成》，1966），卷下，頁17a：「邵堯夫曰：『誰信畫前元有易，畫之前豈無天地陰陽乎？』」有關朱熹，請參閱《朱文公文集》（臺北：商務印書館，1979），卷三八〈答袁機仲第七書〉，頁615-6。

[15] 《周易正義》，卷八〈繫辭下傳〉，頁302：「上古結繩而治，後世聖人易之以書契」。

便如此留存了下來。但也讓我們隱約接觸到陸游心中的兩種不同感慨：既憧憬伏羲以前之太古，同時又被「鑿破」「乾坤之秘」的《易》所吸引。

視「羲皇一畫」爲「禍」只有剛才一例。伏羲好不容易「鑿破」了「乾坤之秘」，後人卻讀不懂。從伏羲這一方面來說，後人也有許多可責備之處，例如：

　　羲皇一畫開百聖，學者即今誰造微。　　　　　（《劍》卷五五〈雜感〉79）

還批評了王弼、何晏：

　　大易中含造化機，王、何元未造精微。　　　　（《劍》卷五十〈讀易〉78）

不僅僅是王、何，陸游認爲，真正傳遞了《易》之信息者寥寥無幾：

　　伏羲三十餘萬歲，傳者泰山一毫芒。　　　　（《劍》卷六一〈元日讀易〉81）

從這樣的詩句深處，我們可以看到陸游自負地認爲，自己才是真正地傳達了《易》的「精微」之處的人。然而，如剛才所述，他並未以注釋的形式將該「精微」與「造化之機」表達出來，相反，他對這些東西止於「自得」與「默識」，或以詩的形式予以暗示。

言歸正傳，對陸游來說，《易》乃是最神聖而又深奧的經書，不過若是將《易》限定于經書範圍之內，這恰恰是誤解了陸游的《易經》觀。在《劍南詩稿》中，常常將《易》與別種書籍相對照。與《春秋》、《漢書》並提的有三處之多，[16]這大概是想通過《易》找出歷史發展規律這樣的東西吧。將《易》與歷史聯係起來，乍視之下或許爲之驚奇，實則北宋已有先例。《資治通鑑》編者司馬光也對《易》有著強烈的興趣，晚年模仿《太玄》作《潛虛》。[17]尤其是陸游在晚年時還寫了如下詩句：

　　架上《漢書》渾忘盡，床頭《周易》卻常看。　　（《劍》卷五十〈雜興〉78）

可見其對《易》之迷戀與對歷史和現實世界的關心是成反比的。

---

[16] 例如《劍》，卷二一〈讀書〉，頁 1578：「床頭正可著《周易》，架上何妨抽《漢書》」。

[17] 關于司馬光與《易》的關係，參拙作〈資治通鑑考〉，《日本中國學會報》第 23 集（1971 年），頁 132。

與《易》關係最密切的作品當推《楚辭》，共有八處提過它。大部份是在他八十歲以後的歲月中寫下的。反過來也可以說，《楚辭》是陸游晚年最愛讀的書之一。

> 藥名尋《本草》，蘭族驗〈離騷〉。　　　（《劍》卷六一〈初夏幽居雜賦〉81）

將《楚辭》當作蘭譜這一點，與通常的文人極不同。當然，陸游並非只這樣將《楚辭》視爲實用性的書籍來讀。從「飲酒」與「醉」這樣的詞語[18]也經常伴隨著一起出現：

> 研朱點《周易》，飲酒讀〈離騷〉。　　　（《劍》卷五九〈閑門〉80）

可知：陸游讀《楚辭》是將其作爲跳板，以便能夠飛逸出令人憂慮的現實世界。在這種以《周易》與《楚辭》對仗的脈絡下，後者的特性亦投射到了《易》身上，使之從嚴肅的經書中超脫出來，帶上濃厚的方外之書的色彩。實際上，陸游以魏晉玄學者之口吻[19]將《易》與老、莊之書視爲同類，如：

> 精心窮《易》、《老》，餘力及《莊》、〈騷〉。（《劍》卷六八〈雨欲作……〉82）

若益以下列詩句：

> 玩《易》焚香消永日，聽琴煮茗送殘春。　　　（《劍》卷十六〈閑居書事〉60）

則根本看不出經書的神聖跡象。

二、占易

對陸游來說，《易》並非僅僅是閱讀的對象，在《易》所具備的義理、象數、卜筮這三個特性中，他對卜筮情有獨鍾。伏羲從起初就認爲《易》是一種完備的裝置，只要對它有所詢問，便會獲得適當的指示。《易》乃卜筮之書這一點對陸游來說是不言自明的，故曰：

---

[18] 《楚辭》與飲酒的關係，參《劍》，卷七〈小疾謝客〉，頁 568-9，錢注所言。余嘉錫，《世說新語箋疏》（臺北：華正書局，1989），下卷〈任誕〉，條 53，頁 764，中亦有先例。

[19] 《世說新語箋疏》，上卷〈文學〉，條 6，劉孝標注，頁 196：「何晏……善談《易》、《老》」。

雷雨含元氣，著龜決大疑。　　　　　　　　　（《劍》卷六十〈勉學〉80）

宋人偏重將《易》視爲義理之書。朱熹與之相異，他主張應將《易》之文本回歸于卜筮的脈絡。[20]在這一點上，陸游不但與朱熹意見相仿，也像他一樣，喜愛玩占筮竹：[21]

窮每占《周易》，閑惟讀楚〈騷〉。　　　　　（《劍》卷七八〈遣懷〉84）

大概是前一晚作準備，隔日早上操作：

露著[22]朝筮《易》，掃地[23]晝焚香。　　　　（《劍》卷五十〈自述〉87）

筮草晨占大易爻，松肪夜借隱書抄。　　　　（《劍》卷八四〈野興〉85）

陸游病中亦曾求助于《易》占：

倦榻呻吟每自哀，占著來告出餘災。　　　　（《劍》卷三八〈病愈〉74）

有關這部份的資料，下一節還會談及。

《劍南詩稿》中也有提及具體卦名的詩句：

筮《易》常逢〈坎〉，推星但值箕[24]。　　　（《劍》卷六三〈貧居即事〉81）

〈坎〉卦一般被認爲是象徵艱難之卦，因而此詩接下去說：「老雖齊渭叟，窮不減湘纍」，自然不受陸游歡迎，但他對由此卦所獲得的啓示似乎一點也不懷疑。另外還提到過兩個卦：

筮遇風山第六爻，翛然盡謝俗間交。　　　　（《劍》卷六一〈道室〉81）

---

[20] 請參拙作，〈易說〉。

[21] 廣收古占例的尚秉和，在其著作《周易古筮攷》中，陸游的占例未收入。

[22] 王先謙，《漢書補注》（臺北：藝文印書館，1972），卷八一〈張禹傳〉，頁 1461：「擇日絜齋露著」，根據顏師古引服虔注：使用前一晚，將著草露于星光之下，這樣著草便具天之氣了。

[23] 「掃地」不是單純地打掃之意，它是陸游養生法之一。請參拙作，〈陸游與易〉，頁 289。

[24] 錢注曰：「《詩緯》云：『箕為天口，主出氣』，是箕有舌，象讒言。」

所謂「風山」即〈漸〉卦；「謝俗間交」必是指巽（風）下、艮（山）上的〈蠱〉卦，因爲此處顯然在溶用該卦第六爻的爻辭：「不事王侯，高尚其事」。〈蠱〉卦第六爻爲變爻，〈之〉卦爲巽（風）下、坤（地）上的升卦。參照此詩後半有「露下丹芽生藥壟」暗示煉丹的句子，陸游很可能也將此〈之〉卦考慮進去，則未始不可能暗含白日飛昇之意。[25]

去世那一年，陸游在覺得自己病已小康後，曾賦詩：

病減停湯熨，[26]身衰賴按摩，睡比故年多，龜卜占休泰，醫方校闕訛，[27]有時還一笑，書虧平日課，隔浦起漁歌。　　　　　（《劍》卷八四〈病減〉85）

可知，陸游直至最後還將自己的命運託付于筮占。

三、玩易

以上從「讀易」和「占易」的觀點出發，大致看到了：對陸游而言，《易》既是經書，又是超越乃至脫離經書的作品。本章打算更進一步深入其內心世界，從《易》作爲一種帶有宗教性的書籍這一層面來考察。

陸游是個對各類健康長生法都做過探索的偉大養生家，[28]也許他對自己身體的關心程度比別人要強一倍。上一節曾言及他於病中占卜，但這類詩句僅此一見，大多數例子都是病中「讀《易》」。[29]《易》似乎既是他病中的知己，又是其伴侶和母親。與其說通過占卜來了解自己的病勢與病因，還不如說通過讀《易》（讀哪些部

---

[25] 尤其是陸游對于煉丹（外丹）的熱情，至晚年後冷卻下來。請參拙作，〈陸游與養生〉，頁 306。

[26] 用湯與熨使患部變暖的方法。

[27] 醫學乃陸家家學之一，從唐代開始，《陸氏集驗方》這種經驗醫學書便流傳。詳參《渭南文集》，卷二七〈跋續集驗方〉，頁 239。

[28] 拙文〈陸游與養生〉從這一觀點作了論述。

[29] 在《劍南詩稿》中，病中之《易》與醉中（或醉後）之《楚辭》這種特殊的組合常常出現，尤其是從五十歲到八十歲這期間。如《劍》，卷十八〈讀書〉，頁 1439：「病裏尤須看《周易》，醉中亦復讀《離騷》」。陸游此處所用的兩個典故，詳參吳士鑑、劉承幹，《晉書斠注》（臺北：藝文印書館，1972），卷七十五〈王湛傳〉，頁 1298、《世說新語箋疏》，下卷〈任誕〉，條 53，頁 764。

分以及怎樣讀尚不明瞭）而慰撫自己那顆不安之心。當然此處問題已由身轉向心了，從這個意義上而言，《易》乃「良藥」：

床頭《周易》真良藥，不是書生強自寬。　　　　　（《劍》卷六五〈難老〉81）

陸游曾對兒子說：

汝少知讀《易》，外物莫能搖。　　　　　　（《劍》卷二八〈寄子虞〉81）

認為《易》能夠涵養心的主體性，這種主體性使我們不被欲望與誘惑所左右，正是宋代士大夫所汲汲追求的。但對陸游來說，這只是《易》的一種功能，它尚有「洗心」的作用。本來這是《易・繫辭上傳》的話，即除去由「外物」帶來的種種污染，從而使心回到虛靜狀態：

先生道心平如砥，秋毫忿欲何須起，漫將《周易》著床頭，本不洗心那洗耳。

（《劍》卷三七〈寄題周丞相平園〉74）

另一處也提到洗心：

報國有心身潦倒，養生無術病侵尋，晨興聯取經遮眼，夜坐時憑《易》洗心。

（《劍》卷十二〈自詠〉56）

此處例外地晚上讀《易》，至於早晨讀的「經」恐怕仍是儒教經典，也許是《春秋》，也許是《孟子》，從本詩首句來看，相信內容不外乎與「經國」有關。

可以說，陸游與《易》乃「心交」的關係，表現這種親密關係的詞語之一便是「床頭」。從文學用典的角度來說，這雖出自注29所說晉代王湛的故事，但是當我們看到陸游對《易》的那種特別喜歡的樣子，我們不難想像箇中蘊含著遠為深刻的含意。我們試舉數例：

床頭《周易》尊中酒，猶賴渠儂不負人。　　　　（《劍》卷十八〈次韻王給事見寄〉62）
賴有床頭《周易》在，不妨清坐忍朝飢。　　　（《劍》卷二二〈城東逆旅〉67）

《易》能夠使其忍飢這一主題，在二十年後以不要「束薪」這種方式又一次表達了

出來：

> 三日斷行路，束薪無處求，床頭《周易》在，且復送悠悠。　　　（《劍》
> 卷八一〈大雨排悶〉85）

再加上下面的詩句：

> 病骨未鎖讒未已，聊須《周易》著床頭。　　（《劍》卷二十〈閑中戲書〉84）

可知陸游當陷入疾病或其他磨難時，常將《易》當作護身符。然而，不管《易》是
否常置于床頭，我認爲「床頭」一詞具有一種超越現實的象徵性意義—最親密最值
得信賴之物。試看：

> 出仕謝招麾，還家羨蕨薇，深居全素志，大路息危機，世變生呼吸，人情忽
> 細微，床頭《周易》在，捨此欲安歸。　　　　（《劍》卷四八〈寓言〉77）

在一年後，又吐露了同樣的感懷：

> 莫笑窮閭叟，人生亦已稀，眾中容後死，險處得先歸，初服還韋布，晨飧羨
> 蕨薇，床頭《周易》在，捨此復疇依。　　　　（《劍》卷五十〈莫笑〉78）

可見他將《易》視爲其窮極時之依據，而所謂窮極不僅僅是疾病與種種處世方面的
窘境，也包含著生死問題。最後，引用以〈讀易〉爲題組詩中的詩句：

> 羸軀抱疾時時劇，白髮乘衰日日增，淨掃東窗讀《周易》，笑人投老欲依僧。
> 老喜杜門常謝客，病惟讀《易》不迎醫，冬來更愧乖慵甚，醉過收蕎下蔘時。
> （《劍》卷三三〈讀易〉66）

前詩表示：只要有《易》，便不需要「僧」；後詩說：「醫」也不需要。這些詩表明，
陸游以《易》爲據而欲超脫生死。換言之，對陸游而言，《易》時常帶有一種宗教
之特點。雖說如此，他並未認爲《易》的背後有何神明存在。將「太極」予以神化
之類的詩句未曾發現。陸游所要依賴的不是神，而是由《易》所隱含的宇宙之規律。
用他的話來說，便是「造化之機」。既然我們自身也溶于其中，不也就因此超越了
自我死亡這種個體生命的終結嗎？我們從陸游的處世之中，難道不應該承認那種儒

教式的─更廣泛地說應是中國式的，救度方式嗎？這種方式不同于佛教、道教，更不同于基督教。

新古典新義
頁 107～112
臺灣學生書局　2001 年 9 月

出土筮數與三易研究

李學勤[*]

　　本文所講的"筮數"，即很多學者近年討論的"數字卦"，指在甲骨、青銅器、陶器、石器等文物上面看到的占筮所得數字。關於筮數的發現和研究經過，北京大學李零教授 1993 年出版的《中國方術考》有很詳細的敘述，[1]在此無須重複。

　　吉林大學金景芳教授曾引據《儀禮・士冠禮》注疏，指出這類數字應是用以記爻，其存在不能說明當時沒有卦畫，[2]是非常正確的。因此，我覺得"筮數"一詞要更恰當一些。

　　上引李零書的一項貢獻，在於他以謹嚴的態度推定"現已發現的數字卦，尚未發現早於商代晚期的材料"。[3]這樣，我們就避免了有關筮法和易學的若干猜測。由此可見，有關筮數等問題還有一些基本點尚待澄清。

　　本文想討論三個問題，即（一）青銅器銘文中的所謂卦畫，（二）戰國楚簡中的所謂筮數，（三）《歸藏》簡中的卦畫。其間必有不妥，敬希指正。

一

[*] 李學勤，中國社會科學院歷史研究所研究員，北京清華大學思想文化研究所所長。

[1] 李零，《中國方術考》（北京：人民中國出版社，1993 年），頁 235 - 255。

[2] 金景芳，《學易四種》，（長春：吉林文史出版社，1987 年），頁 195 - 196。

[3] 同註 1，頁 241。

　　北宋時編撰的《博古圖錄》卷九第 16 至 17 頁著錄 "卦象卣" 一件，定爲商器。該卣蓋器對銘，銘文看刊本，作四條橫線，最上最下兩條是連通的直線（蓋銘最上一線中斷，或係除鏽未盡所致），中間兩條則由三短線構成。此卣銘文又見于《嘯堂集古錄》卷上第 32 頁、《歷代鐘鼎彝器款識法帖》卷三第 24 頁。清代《西清古鑑》卷十五第 8 頁所載，乃是僞作。[4]

　　《博古圖錄》說：「蓋器二銘皆作卦象。觀古人畫卦，奇以象乎陽，偶以象乎陰，一奇一偶而陰陽之道全，一虛一實而消息之理備。然易始八卦而文王重之爲六十四卦。夏曰《連山》，商曰《歸藏》，周曰《易》。是卦也，上下爻皆陽，有乾之象；中二爻皆陰，有坤之象。虛其中，亦取象於器，所謂黃流在中者，義或在焉。雖不見於書，惟漢揚雄作《太玄》八十一首，擬《易》，曰方、州、部、家，今《爭》首一方三州一家，與此卣卦象正同。雄於漢最號博聞，殆亦有自而作耶？」[5]《博古圖錄》的這種說法，近年得到一些學者的支持。[6]

　　和《博古圖錄》該卣銘文相同的，有一件簋，著錄於《歐米蒐儲支那古銅精華》47。[7]由之可以知道，卣銘實際上是誤轉了九十度，應將橫線改正爲縱線，這大約是因爲宋人好談卦象的緣故。

　　與上述兩器銘文相似的，有 1927 年陝西寶雞戴家灣出土的一鼎、一甗，[8]陝西涇陽文化館舊藏的甗[9]和山西翼城鳳家坡發現的甗。[10]這幾器銘文都作五條縱線，即在上述兩器銘文的中央再加一條連通的直線。器的年代，都在周初。

　　《殷周金文集成》第 17 冊 10765、10766 兩件商晚期的戈，足以作爲解讀上述銘文的鑰匙。10765 戈曾著錄於《巖窟吉金圖錄》下 32，傳係 1939 年河南安陽

[4] 劉雨，《乾隆四鑑綜理表》（北京：中華書局，1989 年），頁 78。

[5] 薛尚功，《歷代鐘鼎彝器款識法帖》（北京：中華書局，1986 年），頁 12。

[6] 張亞初、劉雨，〈從商周八卦數字符號談筮法的幾個問題〉，《考古》第 2 期（1981 年），頁 163。

[7] 孫稚雛，《金文著錄簡目》5047（北京：中華書局，1981 年）。

[8] 王光永，〈陝西寶雞戴家灣出土商周青銅器調查報告〉，《考古與文物》第 1 期（1981 年），頁 1，6。

[9] 段紹嘉，〈介紹陝西省博物館的幾件青銅器〉，《文物》第 3 期（1963 年），頁 44。

[10] 李發旺，〈翼城縣發現殷青銅器〉，《文物》第 4 期（1963 年），頁 51–52。

出土，另一戈估計來源相同。戈銘作五條縱線，最外兩條是連通的直線，中間三條由三短線構成。在右側直線外面，與中間三線的兩處斷口相對，有一半環形曲筆。《殷周金文集成》正確地釋此銘為"冊"字。[11]原來，銘文縱線上的斷口實象簡冊的編組，如由半環形筆向左延伸，正好成一"冊"字。

　　現在我們把上面談到的三種銘文排在一起，不難看出，它們其實都是"冊"字：

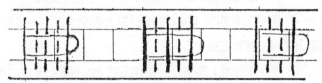

按照當時銘文體例，"冊"應為作器者的族氏，和卦畫沒有任何關係。

二

　　七十年代末筮數問題成為有關學者討論的焦點，是受到兩項發現的刺激，一是 1977 年陝西歧山鳳雛出土的西周甲骨，另一則是 1978 年春湖北江陵天星觀一號墓出土的戰國楚簡。後者所起的啓發作用或許更大，但材料長期沒有正式發表，多數人只能引用一些文章的敘述。這批簡曾經荊州博物館滕壬生、彭浩和北京大學王明欽等先生先後整理考釋，[12]知道可分為卜筮記錄與遣策兩部分，在卜筮記錄中，有被認為筮數的八例，每例兩條。

　　1987 年初，在湖北荊門包山二號墓出土的戰國楚簡，也有類似的卜筮記錄，[13]已全部發表。其中有被認為筮數的六例，亦係每例兩條。由于其年代、性質均同

[11] 我過去讀《嚴窟吉金圖錄》，也悟出這一點，並與所謂卦象卣聯繫，七十年代末為研究生講課時曾經論及。

[12] 王明欽，〈湖北江陵天星觀楚簡的初步研究〉，（北京：北京大學碩士研究生論文畢業論文，1989 年），頁 5。

[13] 湖北省荊沙鐵路考古隊，《包山楚簡》，（北京：文物出版社，1991 年），頁 32-37。

於天星觀簡，可以一併研究。

　　這兩批簡的所謂筮數，學者以爲包含著一、五、六、七、八、九等數字。[14]細察照片，除"一"以外，都與簡中常見的數字形體不合：

　　所謂"五"，僅見包山簡229，作兩斜筆上部交叉，而包山簡其他"五"字皆有上下兩橫。[15]

　　所謂"六"，作兩斜筆上端相連，其他"六"字均有四筆。[16]

　　所謂"七"，僅見天星觀簡150，作兩斜筆上部交叉，左一筆較右筆爲短，其他"七"字爲一橫一豎兩筆正交。[17]

　　所謂"八"，多作兩斜筆上端略分，僅包山簡245有處和其他"八"字相似。[18]

　　所謂"九"，僅見天星觀簡45，諦視恐係"一"，同其他"九"字相異。[19]

　　值得注意的是，"五"、"六"、"七"、"八"實際上都是由兩斜筆組成的。在這些之外，所謂筮數的這些例中，尚有很像楷書"人"字或"入"字的結構，也是由兩斜筆組成，學者都釋爲"六"。

　　我認爲，這些所謂筮數事實上只包括兩種符號，一種是一橫筆，有的稍長，有的稍短，還有的略歪；另一種是兩斜筆，有的上連，有的交叉，有的分開。這並非數字，而是卦畫。

　　卦畫，如眾所習知，有"——"、"--"兩種，一陰一陽。竹簡非常狹窄，又要駢書兩行，所以把"--"改爲兩斜筆，以避免誤連，至於是連是分，或者略有交叉，信筆所之，就無須細計了。

　　戰國簡上有卦畫，歷史上曾發現過，即西晉初年汲冢竹書的《穆天子傳》。該書卷五記載：

---

[14]　同註1，頁254。

[15]　張守中，《包山楚簡文字編》（北京：文物出版社，1996年），頁220。

[16]　同註15。

[17]　同註15。

[18]　同註15，頁13。

[19]　同註15。

天子筮獵蘋澤，其卦遇《訟》，逢公占之曰：「《訟》之繇：藪澤蒼蒼，其中……，
宜其正公。戎事則從，祭祀則憙，畋獵則獲。」

在 "其卦遇《訟》" 下有卦畫　，郭璞注云：「坎下乾上。」[20]《穆天子傳》出於戰
國，正可同上述卜筮記錄參照。

三

1993 年，湖北江陵王家臺十五號墓出有戰國晚期秦簡《歸藏》，已經王明欽等
幾位學者論定。[21]

《周禮・太卜》云：「掌三易之法，一曰《連山》，二曰《歸藏》，三曰《周易》，
其經卦皆八，其別皆六十有四。」賈公彥疏引鄭玄《易贊》云：「夏曰《連山》，殷
曰《歸藏》。」戰國簡《歸藏》不可能是殷易，但應該是桓譚《新論》所載傳流至
漢的《歸藏》的前身。[22]

《歸藏》簡各卦都冠以一條符號，學者也認爲是數字，即筮數，其例見於王
明欽先生的論文。[23]看王家臺十五號墓發掘簡報所附簡的照片，[24]符號也由一橫筆、
兩斜筆兩種組成，兩斜筆同樣有上連、分開和做 "人" 字等等型式，與天星觀、包
山簡全無二致。

大家瞭解，三易的差別在於《連山》、《歸藏》用七、八，以不變爲占，而《周
易》用九、六，以變爲占。天星觀、包山簡的占筮，駢列二卦，表示卦變，合於《周
易》，《歸藏》簡只有單卦，表示不變，均與文獻相符。如果其符號確是筮數，《周
易》當用九、六，《歸藏》當用七、八，不管怎樣，彼此一定不同。現在看到的卻

---

[20] 參見李學勤，《周易經傳溯源》（長春：長春出版社，1992 年），頁 187－188。

[21] 李零，〈跳出《周易》看《周易》〉，《傳統文化與現代化》第 6 期（1997 年），頁 22-28。

[22] 同註 19，頁 36。

[23] 王明欽，〈試論《歸藏》的幾個問題〉，《一劍集》（北京：中國婦女出版社，1996 年），頁 101-112。

[24] 荊州地區博物館，〈江陵王家臺 15 號秦墓〉，《文物》第 1 期（1995 年），圖一二，頁 41。

彼此無別，這說明都是卦畫，不是筮數。

　　西漢早期長沙馬王堆帛書《周易》的卦畫，陰爻也作"八"字形，自即沿自竹簡而來。同時的阜陽雙古堆竹簡《周易》，陰爻上連或分開的兩斜筆，也是戰國卦畫傳統的繼續。當時人為了方便，把"－－"寫成兩斜筆，不能說是後人將兩斜筆拉平才變成了"－－"。

　　根據以上的討論，我們可以看到，迄今已發現的筮數的時代限於商代晚期到西周中葉；[25]卦畫在出土文物中的出現，則只能追溯至戰國中晚期，和筮數並不相接，也沒有傳襲的關係。這樣說，當然不能否定卦畫有更古遠的起源，進一步的探討有待於新的考古發現。

---

[25] 四川理縣西漢板岩墓出土陶罐上可能有筮數的孑遺，同註20，頁173－178。

新古典新義
頁 113～150
臺灣學生書局　2001 年 9 月

同時性與感通
——榮格與《易經》的會面

楊儒賓[*]

　　榮格思想的晦澀是有名的，但他的晦澀思想中似乎沒有一個概念比「同時性」（synchronicity）這個概念更晦澀的了。《易經》的晦澀也是一樣有名的，但《易經》的晦澀概念中似乎沒有一個概念比「感應」原理更難把握。然而，無巧不成書，榮格這個晦澀的觀念卻是從東方這本極晦澀的經典得到印可的——如果用榮格的話語表達這個現象的話，那麼，這正是「同時性」的一個典型例子。「同時性」牽涉到榮格思想最麻煩的區域——本我（self）、集體無意識、原型，這幾個概念類似康德所說的限制性概念，榮格探討這些概念時，用語相當小心，很擔心自己被劃歸為形上學家而不是經驗科學的研究者。但只要他談到「同時性」的概念時，他即免不了要踏進他自己所劃定的禁區，而這個禁區卻是《易經》一書往來自由的遼闊天地。榮格與《易經》的會面是個頗饒趣味的思想史問題，前人雖已注意[1]，但可論者仍

---

[*] 楊儒賓，清華大學中文系教授。

[1] 參見 Von Franz, M. L. *On Divination and Synchronicity: The Psychology of Meaningful Chance*（Toronto: Inner City Books,1980）。W. Mc-Evilly, "Synchronicity and the I Ching", *The philosophy East and West*,1968。山口久和，《C. G. エンクと易經》，東方宗教，60，1982。湯淺泰雄，〈生命と時空――易の心理學と共時性〉，《共時性の宇宙觀》（京都：人文書院，1995），頁 122－162。中文著作專門論

多，以下試闡釋之。

一、是奇蹟亦是科學

「同時性」一詞顧名思義，它當指同時（simultanious）呈現之事，但同時呈現這話指涉的只是時間的意義，它不足以窮盡「同時性」一詞之內涵，所以榮格更進一步規定，認爲它指的是種「有意義的巧合」（meaningful coincidence）。一般而言，巧合即無多大的意義，有意義即不算巧合，但榮格卻將這兩個詞語結合起來。依據這樣的定義，有些事情即使看起來很奇特，如殞石天外飛來，擊中路人，這是巧合，但可能算不得是有意義的巧合。新政府首長一上任，即交通事故不斷，颱風地震連袂而至，從政敵的眼中看來或口中說出，這是有意義的必然；但依常情判斷，這種必然恐怕沒什麼理據，它應該還是偶然。然而，底下的這些例子比較怪，爲配合榮格身爲心理醫師的行文習慣以及《易經》注重具體的占卜案例，我們將從案例的羅列談起，筆者認爲它們似乎很難以純粹的巧合看待。

假如您是位醫生，某日清晨，您剛看過一件半人半魚的圖像；午餐時，魚排就送上桌來了；吃飯時，有人告訴您一些有關魚的奇風異俗；下午，有人送了一件魚龍圖案的刺繡給您；隔日，您給病人看病，病人悉悉嗦嗦告訴您晚上夢見一條巨魚之事；您被這些偶發的事情惹毛了，所以離開屋子到湖邊散步。就在防波堤旁，您赫然發現一尾一尺長的魚躺在那邊，而平日這種景象是從來未曾出現的。

假如您還再繼續給人看病，有次看的病患是位受過高等教育的上流階層婦女。她的爲人理智的不得了，意識潔淨如消過毒的手術房。您勸她不要太理智，人世不是無菌室，也不是溫室，笛卡爾那套思想是無法應付事情的，但她老是聽不進去。有一天，她又來看病了，她告訴您她昨晚夢見有人贈她一隻金甲蟲狀的珠寶。她滔

及兩者關係者尚少，姜允明，〈曼陀羅與自我——容格與中國哲學〉，《當代心性之學面面觀》（臺北：明文書局，1994）及劉耀中，《榮格》（臺北：東大圖書公司，1995）皆有觸及《易經》與「同時性原理」的關係，但著墨不深。

滔不絕，意興遄飛，旁人很難勸得動她。聽著，聽著，您忽然聽到背後有物拍擊窗戶。打開窗戶，一隻昆蟲飛進來了，您隨手一抓，抓到的是一隻與金甲蟲極為相似的玫瑰金龜子。您把這隻昆蟲遞給這位出身高貴的病患，要她細參此事的意義。大家當然都知道：金甲蟲在古埃及是個極重要的宗教象徵，它是聖物。這個聖物似乎帶來新的訊息，此後，她再也不冷漠抗拒新鮮的事物，也不認為宇宙就是理性所理解的秩序，她漸漸相信人世真還有另外的律則。

假如您的學生告訴您：他的父親答應他，只要他通過大考的話，他可以去西班牙旅行。隨後，他作了一個夢。他夢見自己到了西班牙的一個城鎮，鎮上有條街通向廣場，廣場旁邊有座歌德式的建築。他隨之右拐，進入另一條街道，看到兩匹駿馬拉著一輛豪華的馬車。此時，他就醒過來了。不久，他果然通過了考試，他父親也履行了承諾，他果真去西班牙旅行了。在某城鎮的街上，他認出這正是他的夢遊之境，他看到了一樣的廣場與教堂。他本想走進教堂內，但靈機一動，記起夢中的途徑。所以他就右拐，進入另一條街道。果不其然，兩匹駿馬拉著豪華的馬車，正停在那兒。

以上所說的「您」，即是榮格。三件故事，都出自他親身體驗或親耳聽聞。[2]論者也許會認為這純粹是巧合，但「巧合」的解說只是將問題解消掉罷了，換算概率，我們也知道「巧合」的可能性有多大！另外，也許還可以有別的解釋，比如第三例也許可以用「記憶錯誤」這個原因將問題解決掉，第一、二例也許可以用地緣位置等種種原因解釋這些「偶合」的案例怎麼會偶然聚結在一起。然而，榮格沒辦法接受「解消即解釋」的方式。身為心理醫師，他應當有能力判斷他的學生是否記憶錯誤。即使他退一步，承認他的學生有可能在記憶上出了差錯，但一般而言，這種差錯的程度能有多嚴重呢？就算他的學生的報導真的不能採信了，榮格還是可以告訴我們他自己親身經歷的類似事情。他的回憶錄《記憶、夢、思考》一書提供了不少這樣的例子，他告訴我們他怎樣在古老的教堂裡，看到業已不存在、但中世紀初期

---

[2] 參見榮格（Carl Gustav Jung），拙譯，《東洋冥想的心理學》（臺北：商鼎出版社，1995），頁251-257。

曾掛在教堂壁上的畫；他怎樣在一次大戰發生之前，即時時幻覺腥風血雨，瀰漫天地，後來的發展證實歷史果然可以這麼血腥。[3]對他說來，要找到巧合的例子，實在太容易了。

　　第三個例子比較特別，「預知」所引發的理論難題也比較麻煩，此處我們姑且不論。第一、二個例子似乎比較常見，但解釋起來一樣困難。事實上，類似的巧合案例可能見於你我之間，但我們通常在驚訝一番後，即讓事件從手指縫中溜走，甚至將它合理化了。難者對榮格例子的質疑，榮格在某個程度內不是不能接受。他應該可以同意這些案例中的相關因素可以分別開來解釋，一有解釋，即沒有奧祕。但問題是：這些乍看下不太相關的因素是怎麼湊在一起的？類似甲蟲的玫瑰金龜子有它自己的生存軌道，榮格的病患有她自己的情感歷程，這兩個不相干的因素怎麼會在榮格的診所裡會合，而且會合以後還帶來豐富的訊息呢？「意義」是在兩條獨立的線索會合以後產生的，沒有會合，所謂的「偶合」的問題自然也就消了。

　　依據榮格的解釋，有意義的巧合的現象確實是存在的，宇宙無限遼闊，人的心靈無限深沉，我們解釋一件影響深遠的事件時，怎能將範圍限制在意識範圍內的因果法則呢？我們既然發現原本各不相干的因素匯聚一起時，帶來了深刻的內涵，我們怎麼不承認這樣的「匯合」需要嚴肅看待呢？事實上，這種類型的匯合是反覆出現的，它可以視為一種原理，榮格即稱之為「同時性原理」，同時性原理的要義如下：

一、觀察者的心境與和此心境相應的外在事件是巧合的，但兩者沒有因果的關聯。

二、和心境相應的外在事件往往發生於觀察者知覺領域之外。換言之，兩者隔著空間的距離。

三、與心境相應的事件可能是未發生的，但事後驗証，我們發現兩者是有意義的相

---

[3] 榮格，劉國彬、楊德友譯，《回憶、夢、思考》（遼寧：人民出版社，1988），頁 297-299、468-472。

關。換言之，兩者隔著時間的距離。[4]

心理與外在的事件相關，而且不經由我們的感官知覺，不受時間空間的限制，這不是巫術的形式嗎？說的好聽一點，這不是屬於超心理學（parapsychology）的範圍嗎？它離開我們的因果、時空世界不是太遠了嗎？事實上，榮格思想受到最多質疑的，往往就是「非理性」這樣的因素。而「同時性原理」因為一舉要使時空相對化，並在因果原理之外，另樹一支可以與它對抗的赤幟，這當然會使得接受現代科學理性洗腦的人士惶恐不安。榮格面對這些批評，他並沒有退縮。當別人批判他搞巫術時，他以他自己可以理解的方式坦然接受之，並宣稱人類心靈本來即有種「巫術效應」（magic effect）或「奇蹟原型」（the archetype of the miracle）。[5]奇蹟原型是對意識心靈的理性法則之顛覆，只要理性法則照耀不到的地方，奇蹟原型即可以伺機而起。同時性原理預設了心理事件或物理事件的關聯，甚至同構，就意識層面而言，這樣的法則自然可算是奇蹟，但無意識領略世界的格式不一樣，在此一層面內，心理與物理間，不見得此疆彼界。西洋人由於受理性之神控制太久了，他與自己的底層的本我疏離得太遠了，因此，不能瞭解人自己本身的實相。

凡讀過榮格自傳或傳記的人，很難不感受到榮格的經歷之怪及興趣之雜。有些証據顯示：榮格可能具有一些超知覺（ESP）的能力，而這種能力可能來自遺傳，她母親一系的宗族成員似乎多少具有特異功能，可以用心靈威脅自然律。[6]這種帶有超知覺的人格再落實下來講，我們可以說他缺乏近代西洋人我執甚強的人格同一性（self-identity）。他的人格特質似乎特別容易與外界的訊息感通，這種感通的能力太強了，它往往不必透過感官知覺，直覺的就可以呈現。榮格認為他這種能力不是後天培養出來的，也不是出自意識層的構造，而是紮根於生命的極深處，這生命

---

[4] 同注 2，頁 257-258。

[5] 參見 I・Progoff, *Jung, Synchronicity, and Human Destiny* (New York: Dell Publishing Co., Inc., 1973), pp. 105-107.

[6] 參見種村季弘，〈影女〉，《現代思想》，4 月號，1979 年，特集。

的極深處即他所說的「無意識」。他的回憶錄開宗明義即說:「我的一生是個無意識自我充分發揮的故事。無意識裡的一切竭力作出種種外在性表現,而人格也強烈要求逐漸從無意識狀態中成長起來,並作爲一個整體來體驗自身。」[7]榮格這段夫子自道是瞭解他的思想的最好寫照。我們如果不瞭解榮格本人的獨特體質人格,我們就缺少一種親切的入手線索。我們如果不扣緊「無意識」——尤其是「集體無意識」——我們即無法瞭解所謂的同時性原理到底是怎麼回事,榮格的一生與同時性原理的會合也可以說是同時性的,而非因果系列的。

　　榮格解釋同時性原理時,其觸角已伸進超自然的領域,榮格一生對超自然現象深深著迷,他之不見容於佛洛依德圈子,這恐怕也是其中一個原因。[8]然而,對榮格而言,同時性原理之「超自然」其實仍舊屬於自然,爲了證明「同時性」可以成爲和因果性平起平坐的科學性定理,他不惜引進相對論與量子論,以澄清圍繞在此原理週遭的奇異氛圍。

　　榮格與愛因斯坦、波里遇合,這是個極饒趣味的現象,二十世紀上半葉,蘇黎士因爲特殊的地理位置,吸引了一批重量級的物理學家投身其中,愛因斯坦即是其中最重要的一位。榮格好幾次邀請愛因斯坦聚餐,他對愛因斯坦當時正在蘊釀發展的相對論極感興趣,心理學家要了解物理學重要理論的相對論,可想見的不會那麼容易,同樣可想見的,榮格的興趣不會在此。據榮格的說法,他與愛因斯坦相會,「首先讓我思考可能的時空相對性,以及它們的心靈條件。」[9]「時空的相對性」與「它們的心靈條件」這恰恰好是同時性原理成立的前提。據說,榮格與愛因斯坦的長談對兩人分別提出的同時性原理與相對論皆有助益,而榮格有意無間即視心

---

[7] 同注 3,頁 15。

[8] 佛洛依德在 1909 年 4 月 16 日,1911 年 5 月 21 日及 6 月 15 日寫給榮格的信已透露了簡中消息,詳參《回憶、夢、思考》,頁 580-585。馬丁‧布伯及佛洛姆對榮格的批判,大概也是針對他的「非理性」。

[9] 榮格致希立格(C. Seeling)書信裡的話,引自 M. Stein,朱侃如譯,《榮格心靈地圖》(臺北:立緒出版社,1999),頁 260。

理學的同時性概念略同於物理學的相對論之概念，地位與影響皆可比埒。[10]

榮格對相對論甚感興趣，但愛因斯坦是否曾熱烈擁抱同時性原理，恐不可知。然而，量子論的波爾、海森堡、波里等人的回應即大不相同。榮格討論相對性原理最重要的著作，即是由榮格與波里兩人合作而成。

1952 年，榮格與量子論大將、諾貝爾獎得主波里聯合出版《自然與心靈的詮釋》，[11]此書可視為榮格將同時性原理提昇到科學原理的有趣嘗試。榮格提的文章是〈共時性：非因果的連結原理〉此一長文，其內容散見底下諸節，此處不表。波里提的是〈原型觀念對喀卜勒科學理論的影響〉，波里所以選擇此題目，其動機既非緣於科學史的興趣，也不是純粹只想探討喀卜勒其人其學。波里的選擇顯然是將喀卜勒當作一個範例，探討在近代科學（十八世紀以後）興起前另一種重要的科學典範，當時「雖然因為知識大幅擴張，形成了全新的科學思考方法，但這些方法仍是在魔術的－－物活論的自然觀之豐饒土壤上成長起來的，它的目的是要結合原型的觀念與自然的科學知識……（喀卜勒）的觀念正處於前代的魔術的——象徵的自然記述與近代的定量的——數學的自然記述之間。」[12]所以特別值得研究。

喀卜勒的科學理論筆者無能讚一詞，但波里所以選擇喀卜勒探討，其目的本來就不是緣於歷史的興趣。我們看到波里所描繪的喀卜勒宇宙圖像：以太陽為中心的準宗教信仰；因神的精神而有觀念，觀念由太陽、行星一路下移，所有的存在物都瀰漫生機；所有的靈魂都是神的不完全之模本；而宇宙間所有的存在物都有相對應的關係等等，不難看出波里是別有用心的，他事實上是要找出一個對稱的完整世界，這個世界可展現出來定量／定性、物理／心理兩種側面，它們似矛盾，但卻可在某一個特殊層面下——如心理學的集體無意識層面，以及物理學的量子層面，被

---

[10] 同注 5，頁 147-158。

[11] 筆者參考的是河合隼雄、村上陽一郎譯，《自然現象と心の構造》（東京：海鳴社，1989），第 11 刷。

[12] 同上，頁 154-155。

統一起來。[13]就這個意義而言，喀卜勒和現代量子論的距離，遠比十八世紀以後的科學和當代物理學的距離來得近，而且理論的血緣更親。

　　量子論和榮格思想，尤其是「同時性原理」的結合，是個奇特的文化現象，所謂的「新科學」引發的各種爭辯，筆者既無能也無意妄讚一詞。[14]但我們由榮格極力援引量子力學進入他的學問光譜之內，而且當代重量級的物理學家如波爾、波里亦不惜為榮格的理論背書，由此，我們可以看出「同時性原理」引發的效果有多遠。事實上，它所代表的不只是心理學意義下，心物交感、同時生起的現象——這是狹義的用法；它事實上還代表宇宙一項施用範圍極廣的非因果性定理——這是廣義的用法。這種層面的同時性定理顯然踏入榮格思想最核心的禁區，它與本我（self）、原型、心如（psychoid）的概念分不開。

二、萊恩與萊布尼茲

　　榮格為了闡述同時性原理不是他個人的玄思幻想所致，我們自然不宜忘了他如何假借萊恩（Rhine）所作的有名之超心理現象實驗，此實驗顯示時空的相對性、以及意識可以介入物質性的客體的現象，同時更隱含因果律則不足以視為至高無上的準則。萊恩的實驗相當有名，他將 25 張卡片（星形、四角形、圓形、波線、十字形的各五張）打散，然後隨意抽取一張，在受試者不知道的情況下，讓他們猜測卡片裡面的內容為何。有些受試者的命中率遠比概率高，其中有位年青者成績尤為傑出，他反覆的被測了好幾回，每回的命中率都在 10 次以上，有時還廿五張全部猜中，這樣的概率據統計是 298023223876953125 之 1，顯然，這樣的現象必需有個較合理的解釋，否則，很難理解這樣的事情居然會發生。作完第一系列的臨場試

---

[13] 同上，頁 207-208。

[14] 有意者不妨參考《現代思想》，12 卷 1 期，1984 年，所收吉田夏彥、池見西次郎、武藤重治所撰諸文。反面的意見參見《科學と思想》，第 67 號，「新科學及其周邊」專號，1988，所收大沼正則、山崎正勝、仲本章夫、藤井陽一郎等人批判性的文章。

驗後,萊恩再將受試者與卡片置放的地方之距離拉大,有的試驗甚至拉大到兩百五
十哩之遠,然而,受試者的成績竟然不變。萊恩後又將時間的因素放進去,結果依
然如此。

萊恩的實驗即超心理學所謂的「千里眼」(telepathy)現象,telepathy 現象顯示
某些人可以不經由感官知覺,不受時空的阻隔,見者與被見者之間也沒有傳達的物
理性管道,他即可獲得正確的訊息。這樣的現象經由實驗證實後,它確實帶給我們
一種世界觀的改變,它當然衝擊了心理學的許多理念,但更重要的,它也挑戰了許
多哲學體系的基本預設。

哲學體系的基本預設受到了挑戰,人類經驗的解釋往往也就受到了挑戰。布羅
德(C. D. Broad)探討包括萊恩在內的超心理學研究時,即指出了這些研究的深遠
影響,因為人類的經驗是建立在一些自覺或不自覺的原則上的。比如:我們總認為
有個普遍性的因果法則,事情的前後因果不可以顛倒,否則,知識的秩序就沒辦法
成立了;我通常也認為心是心,物是物,心對物不起作用,否則,物理的法則就很
難運作,至少,它的性質必須作大幅度的修正;通常,我們也認為心要依賴大腦才
能存在,腦死即心死,生命即終結;我們一般還認為學者獲取知識,必須經由感官
─大腦的媒介,他不可能跳過中介性質的事物,直接取得外在的知識。上述的四項
原則,布羅德稱之為「基本限制原則」。[15]我們當然可以設想:基本限制的原則決不
只這四條,只要有所謂的超自然現象存在,它必然就會打破原有的一些自然律,否
則,它就不會被視為超自然現象,需要一再的被解釋了。

布羅德所說的基本限制原理至少有兩項明顯的與同時性原理相關,同時性原理
顛覆了獲得知識的途徑及因果律這兩項原理。就萊恩的實驗結果而論,少數具特殊
預測能力的人之所以能預測得準,他顯然不依賴感官知覺,不依賴其他知識來源的
轉述(羅素所謂的「述知」),他的腦中似乎也沒有推論的過程。從卡片圖式到受試

---

[15] C. D. Broad, *Religion, Philosophy and Psychical Research* (London: Routledge & Kegan Paul Limited, 1953), pp. 9-12。布羅特對第 1 項及第 4 項右作了更細微的區分,他最後一共舉了九項。

者之獲得知識之間，時空似乎也是透明的，變得不相干。

　　時空透明化以後，因果的探索變困難了，我們一般總設定，因在果前，而且因果之間的時間演變是在一定範圍，而且是可以追蹤的。否則，知識性的因果律很容易衍變爲印度宗教式的因果律。同樣的，因果律設定的空間似乎也有一定的範圍，而且從 A 點到 B 點的作用過程是可以追蹤的。否則，知識性的因果關係很容易衍變爲神話的——巫術式的因果觀念，一場儀式上的錯誤被視爲宇宙全體災難的起因。

　　「同時性」觀念顧名思義，乃是同時發生的諸事件是有意義存乎其間的。然而，當榮格將此現象提昇到一種普遍性的法則的層次時，它所指涉的範圍廣多了。筆者認爲：它指涉的是種宇宙一體的想法，一體內的各種事物、各個事件彼此間都有種潛存的繫聯，這種潛存的繫聯提供了各種事件成爲「有意義的緣會」之理論依據。換言之，每種事物或每個事件在極隱微的意義下，它與全體宇宙相關，時空完全不成爲障礙。萊恩的實驗案例已經顯現了這一點，我們在第一節引用的榮格所述之第二及第三個案例，更顯示時間的前後順序和事件所透露的訊息無關。

　　「事件如何發生」，這種知識的興趣會帶給人神秘感，但「事件本身之如如呈現」，這樣的如如（that 本身）更是神秘。對「事件」的解釋有幾個方向，我們可以去除其心理與物理的關聯，如郭象將一切的現象孤立化，所有的現象個個獨立，個個平等，一切皆是自生，獨化。所以因果破了，世界一體平舖。僧肇亦主一切法各住於一世，前法非後法，古今相續流，每件事即是諸因緣會合而成，破除自性與會納各因素同時而來。自性沒了，因果的強制性格也減殺了，世界成了宛爾呈現的世界。郭象與空宗可以說都是現象主義，只是層級不同而已。[16]

　　質疑因果律的學者不只限於東方，西方學者休姆就是一名悍將。休姆認爲因果的建立沒有什麼必然性，它只是一種「思維習慣」而已，此事知者已多，不煩贅述。

---

[16] 參見唐君毅先生，《哲學概論》（臺北：學生書局，1974），冊下，頁 689-690。

康德將因果律視爲知性的一種範疇，它用於建構知識的有效性。康德對因果律的理解，榮格不見得有興趣。但因果律既然收到主體上來解釋了，榮格很自然的就消化這種「攝客入主」的基本預設，但卻消解了此概念爲自然立法的嚴謹性，基本上，他還是站在休姆的立場，認爲因果律只是種習慣而已，但這種習慣不只是個人性質的，它是奠立在西方歷史風土上的思維產物。如果學者不受限於這樣的思考，他別具隻眼，那麼，一種對世界的不同理解方式是可能出現的，榮格認爲道家的老莊與萊布尼茲正是這樣的人。

老莊（尤其是老子）是除了《易經》以外，榮格認爲最足以闡發他同時性觀念的中國思想家，他徵引《道德經》11、14、21、25、32、37諸章，證明老子的用意是在感覺世界背後尋找一種共同的基礎，它非感官所能及，所以稱作「無」，但這樣的「無」不是虛無，它是一切存在的組織者，而萬物皆立足於無中。因此，任何個體雖皆爲個體，但它的底層卻進入無限之中，而影響萬物存在者，原則上也當考慮到宇宙全體——雖然這些因素不見得全自覺的到。

個體一旦被建立在全體性的「無」之基礎上，論及因果，其視線焦點遂不免是擴散式的，很難集中在定點定線上面。用榮格的話說：「道的觀點是典型的中國思想，它盡可能的從全體性的觀點思考事情……在我們看來，細節非常精確，問題直截了當，但中國人回答時卻絞盡腦汁，苦得不得了。好像我們要索取一根草，卻得到了整座牧場一樣。我們認爲細節本身是重要的，對東洋人而言，細節卻是構成一幅完整的圖畫。即使看來僅是『巧合』，其意義純屬機緣湊巧而相互關聯的事事物物，也都被包含在這種全體性之中。就像在原始或者我們中世紀前科學性質的心理學中的情況一樣，這正是對應性理論，尤其是事物的共感性這種古典的思考方式之勝場所在……」[17]道家是共感論之大宗，但西方前近代科學的思想家，從菲洛、柏拉圖主義者以至喀卜勒，無一不持此種理論，但最典型的代表非萊布尼茲莫屬。

我們都知道萊布尼茲的「預定和諧說」，他認爲宇宙之間有種預定的和諧，這

---

[17] 《自然と現象心の構造》，前引書，頁99。

種和諧的秩序是上帝設定的，但上帝設定了這種秩序後，祂即不再干涉世界的事物。因爲世界的每一單元（單子）是彼此相繫聯的，任何的單子皆有其本性，亦皆有其特性，它是個沒窗戶的個體。但很弔詭的，每一單子雖有其特性，彼此的關係卻又相互協調。更重要的，每一單子自身之內都反映了全體的宇宙，「每個單子都是宇宙永恆的活鏡子」。人自身亦是單子，他參與宇宙的運行，而且也反映了宇宙的全體，任何個體都與宇宙所生之物相呼應，所以各地所發生、曾發生或將發生之事，他皆可解讀之。

　　如果每一單子皆反映了全體宇宙，爲什麼我們沒辦法覺察這種成分呢？這個問題就像我們問榮格：如果我們每個人都有集體無意識，爲什麼我們沒辦法察覺到它呢？榮格的回答很清楚：因爲集體無意識是個限制性的概念，它存在，但我們沒辦法察識它，亦即對它沒有積極的知識。萊布尼茲的回答有些類似，他說：單子對它自身的宇宙性了解非常稀少，它只有一種極輕微的知覺，隱約知道有這回事。因爲我們的意識覺察的範圍很有限，我們的單子的底層深遠多了，它通向無限，意識之光照不到黝黑的底層。然而，單子的本性總會趨向完美，它會使原本只有「一小撮知覺」可以覺知的成分，充分的攤廣開來，實現它原本具有的本質。

　　榮格在萊布尼茲思想上看到和老子思想及同時性原理相似的成分，事實確是如此。就「預定和諧」而論，道家和萊布尼茲無疑都有全體論的立場，宇宙都被他們視爲完整而和諧的整體。宇宙內任何事物的變化雖然依照它們自己的本性進行，但每一事物的運行事實上又構成全體宇宙運作的有機成分。尤有甚者，事物間的變化與其說是因果間的影響，倒不如說是模態間的共振。我們前文提及榮格引用的《老子》諸章節，已觸及此義，莊子所說「萬物皆出於幾，皆入於幾」、「神奇化爲臭腐，臭腐化爲神奇，游乎天地之一氣」云云，更是點明宇宙乃是一體而化的有機體，它永遠處在變化的和諧中。

　　萊布尼茲和中國思想及同時性原理的相關性，可能比榮格所知道的還要深。萊布尼茲論單子爲活生生的宇宙之明鏡，每一單子雖無窗戶，但它們都反映了全體的

宇宙云云，我們一看到這樣的語言，很容易想到：其面貌與華嚴宗及朱子所說曷其類似。朱子論物與太極的關係有言「統體一太極，物物一太極」，每一事物都反映了宇宙整體的面貌。然而，雖說枯槁有性，任何事物在「理上」都具備太極，但現實上，它卻無法將它呈現出來。植物勝枯槁，動物勝植物，人自然又勝動物，不同階層的存在物「體現」太極的能力不一樣，這些想法不是與萊布尼茲論「知覺」極其近似嗎？萊布尼茲與朱子的思想確存近似之處，難怪兩者有無影響關係，總是惹人猜疑。[18]

如果我們從單子論的眼光看世界諸事的抑揚浮沉，那麼，宇宙間的每一事物可以說都是同時發生的，沒有前後因果這回事──因為單子是反映全體宇宙的明鏡。任何發生於不同個體或不同位置的事件也可以說是一併生起的，沒有相互影響的關係──因為單子的世界是預定和諧的世界。萊尼布茲設想心物關係時，設想了上帝精製心物兩錶，他透過儀器精密的設計，這兩隻錶始終能平行運轉，相應一致，永無差謬。萊布尼茲這個設想有些機械，但他想破除因果影響的觀點卻相當清楚。我們也可以把他這個有名的「身心平行論」之隱喻用到一切事件的解釋上去：上帝極巧妙，祂是位偉大的工匠，祂使得所有事件都各自依其本性獨立發展，但諸多平行的事件 A、B、C、D 匯在一起了，它們卻成了有意義的結合，它帶來了新的訊息。

榮格的同時性原理需要的就是這樣的思想夥伴。

三、原始心性

榮格闡述同時性原理的途徑有好幾條，科學與西洋哲學的進路自然是他相當重視的兩條，但由於癖性使然，榮格很自覺的從初民、神話、或所謂的原始科學那邊找證據，這一條進路我們不妨稱之為「原始心性」的進路。事實上，榮格的「科學」

---

[18] 李約瑟即認為西方從懷海德往上追溯萊布尼茲的機體哲學有可能都受到朱子的影響，參見陳立夫主譯，《中國之科學與文明》（臺北：商務印書館，1975），冊二，頁 483-487。另參見朱謙之，《中國思想對於歐洲文化之影響》（臺北：眾文圖書公司，1977），頁 141-172。

進路與「原始心性」進路不見得那麼容易分清楚，即使包括波里這樣的大科學家也不見得可以完全分清。榮格與他的會面以及波里一生的行事即充滿了許多離奇的色彩，甚至他一生最重要的幾個事件都可解釋成為「同時性」原理作見證。[19]為免滋蔓過甚，波里的例子姑且擱置不論。

　　榮格的「同時性原理」是對照著「因果原理」而發的，榮格強調前者，但他不否認後者。就像他特別強調無意識的重要性，但他從來不認為意識可以忽視一樣。在榮格的人格藍圖裡，意識和無意識互相配合，這才是理想的存在模態。同樣的，因果原理和同時性原理互相配合，這才比較符合世界的實相。我們這裡將意識和無意識的關係引進「同時性——因果性原理」的討論中，不是類比的用法，而是兩者之間真有密切的關係，榮格為阿貝格女士著的《東亞的心靈》一書寫序時，曾說道：

> 　　在東洋，攝取整全的是意識，這是意識的特色。但在西洋，意識所發展出的卻是分殊化的功能，因此，也必然是落於一邊的意向或覺識。隨著此種意向或覺識的興起，西洋發展出因果律這種觀念。此認知法則和同時性法則恰好對反，不容並存。同時性法則卻成為東洋人「不可理解」的根基泉源，它也可以用來解釋我們在西洋不免觸及到的無意識為什麼會那麼「稀奇古怪」的原因所在。總之瞭解同時性原理，即尋著了鑰匙，它可以打開我們認為神祕難解的東洋如何領略整全性此問題之大門。[20]

榮格這裡明白說出：因果法則是理智意識高度發展下的必然結果，它事實上是近代西方的產物。在意識的構造上，因果法則固然有它潛在的位置，但理智意識充分發

---

[19] 有意者不妨參考 F. D. Peat, *Synchronicity*（New York: Bantam Books, 1988），頁 14-26，所說的一些事例。

[20] 《東洋冥想的心理學》，前引書，頁 154-155。

達，發達到凡事都要由因果律決定才能算數，這卻是晚近西方歷史才有的，它不是先驗的真理。面對著因果律這種貌似客觀、永恆的問題，我們不能站在純粹知識論或形上學的觀點著眼，而忽視了因果心性特別發達，這也是歷史的現象而已。

榮格這種比配很有啓發性，如果因果法則在近代西方才蔚然興起，那麼，東方或者所謂的原始民族，他們看待事物的方式，應該就不是用因果律強加在事物的上面，而是依照另外的原則作事了。榮格的回答正是如此，他認爲原始民族表現出來的正是一種「神祕的參與」。「神祕的參與」一詞出自法國人類學家布留爾（Levy-Bruhl）的用法，依據布留爾的觀點，原始民族的心靈與我們不同，他們的思考方式是前邏輯的，不受同一律、排中律、矛盾律的限制，所以他們才可以一方面自認爲人，一方面又說自己是鸚鵡。他們這種奇怪的認同方式其來有自，因爲他們頭腦使用的是種「神祕參與」的律則。布留爾提出這個觀點後，倍受抨擊，他自己後來使用這個概念時，也小心翼翼，以免落人口實。最後，他顯然放棄了「前邏輯的思維」這種概念，他似乎覺得硬說原始民族不懂邏輯，這顯然講不通。但他沒有放棄「神祕的參與」這個概念，直到臨終前夕，他仍試圖將這個概念表達的更清楚點。[21]

榮格雖然對「神祕」這個形容詞稍有意見，但他堅持這個概念不能放棄，[22]他甚至認爲布留爾在這點上真是天才，他這個概念一語解開了初民思維的奧秘。因爲在初民身上，無意識仍佔上風，此時「無意識投射爲客體，客體也內射到主體中去，亦即，心理化了。於是人們認爲，植物和動物也像人一樣行動，人同時是他們自己也是動物，世上萬物都與鬼神生活在一起。」[23]這就是所謂的「無意識的同一」之

---

[21] 根據布留爾晚年的筆記，他基本上沒有放棄神祕參與的觀點，很可能還思考的更周密。他放棄的乃是「前邏輯的」（prelogical）概念或「參與律為一種律則」這樣的想法。關於他晚年對原始心性的省思參見 M. Leenhardt, "Prface," in Levy-Bruhl, *The Notebooks on Primitive Mentality,* (New York: Harper & Row, 1978), xi-xxiv。

[22] 據說布留爾後來放棄了「神祕參與」這個概念，榮格聽到這個消息，大表惋惜。參見《東洋冥想的心理學》，頁 146-147，注 43。榮格聽到的這個傳聞不可靠，但當時相信此說者人數不少。

[23] 參見榮格、尉禮賢譯著，通山譯，《金華養生祕旨》（北京：東方出版社，1993），頁 115。

現象。「神祕的參與」、「無意識的同一」這些概念很重要，有各種的涵義，但放在我們本文探討因果律／同時性原理的脈絡下看，我們藉榮格的質問再問一次：

> 是否心靈——即精神，或無意識——通常是源自吾人心中？或是否在初期的意識階段中，精神確是以隨心所欲的絕對力形式存在於吾人形體之外？是否它後來在心靈的發展過程中方慢慢進入我們心中呢？是否那些互不連貫的心靈內涵——套句我們現代的用語——曾經是屬於個人心靈的一部份，或是否是根據原始觀念而認為，心靈實體一開始即以幽魂、祖先魂魄等形狀存在於人體之內？是否這些內涵在發展的過程，慢慢與人融為一體，以致日後漸漸在人體內部形成了一個我們所謂的精神世界？[24]

榮格這種質問很有意思。依他的設想，原始宗教一些帶有能量或人格性的概念，比如說「瑪娜」（Mana）、氣、靈魂、鬼神等等概念，很可能一開始即與人類的精神是同質的。由於主、客觀的分別尚未明顯興起，或者尚未頑固的固定下來，所以初民看到的自然都是種精神化、魔力化、流動化的自然。在流動化的自然觀之基礎上，人不穩定的精神不由自己地會投射（或許該說「流出」）到外界，而與外界「同化」。

　　由於原始人看自然，一切都帶有精神性、能量性、魔力性，因此，如果有些跟日常事物不太相同的特例突然發生了，他們一般不會將它歸到「偶然」的範疇——因為他們本來就沒有明確的因果律的概念。他們會認為所謂的「偶然」，其實是有意義的，它在傳達某些特殊的訊息。其實不只古代人，即使現代人，假如他碰到的事情太古怪了，而且出現的次數很密集，那麼，他也有可能認為有些事情是有「超乎因果」以外的意義。榮格認識一位婦女，這位婦女某日清晨被叮噹聲吵醒了，她張目一看，發現大玻璃杯破了四分之一英吋寬。她馬上換個杯子。約五分鐘後，她

---

[24] 參見榮格，黃奇銘譯，《尋求靈魂的現代人》（臺北：志文出版社，1974），頁176。

又聽到破裂聲，杯子果然又破了。她再換上一個杯子，二十分鐘後，杯子再度破裂。她告訴榮格：此後，她再也不絕對相信自然的因果律。[25]當理智無法詮釋，而事件又一件接一件的發生時，我們通常傾向於這可能在傳達一些超自然的特殊的訊息。這些訊息不是依一般的因果律可以解釋的，它來自物理法則以外的一些力量。當然，不同反應的人肯定是有的。具有濃厚科學心態的人看到了，很可能會耐心的擴大因果律的解釋——將這些目前視為神祕的案例包括進來。神祕事件一被收編到因果律後，它自然再也不神祕了，因果律之有效最後還是有效。然而，榮格認為多數人不一定這樣想，原始人更不會這樣想。更重要的是，他們不這樣想，並不表示他們錯了。相反的，他們無意中看到了宇宙另一半的實相。只是他們對這實相的解釋帶有原始文化素樸的神祕性格，所以籠統看來，彷若籠罩在魔咒的氛圍中。如果我們驅散魔咒，問題的真諦就凸顯出來了。

　　依據榮格的說法，原始人在心智上、行動上其實和現代人沒有什麼兩樣，甚至在心思靈敏、意志集中、知覺細密的傾向上，猶勝過現代人。榮格說原始人最顯著特色乃是：

> 他主張意外巧合之不定性遠比自然因果律佔有更大之重要性。意外巧合有兩方面的道理：第一，它們通常都接二連三地來到；第二，它們都是經由無意識之心靈內涵投射來——換言之，即「神祕參與」——，因而有其特殊的意義。然而，古人本身並沒有這種觀念，因為他心理的動向投射工作做得極為圓滿，因而已與外體事物融合為一了。對他來說，某種意外事件便是一種絕對的，預謀性的行為——是某種極活生生之實體的干預現象。[26]

　　非因果律和因果律的家宅分別位於無意識與意識層。凡依意識行事、或者其行

---

[25] 同上，頁 163-164。

[26] 同上，頁 172。

事沒有脫離無意識母體太遠的人，其行爲與思想都會受非因果律的滲透。反之，如果其人意識過度發達，其行事往往就會採取堅強的因果律，現代西方人正是典型的代表。初民與東方人則隸屬前者。

　　榮格沿著「原始人」這條線索搜查「同時性原埋」的歷史痕跡，很快地，他就想到了「占星術」這個古老的「謎語」。榮格來不及寫出專著討論「同時性」原理，[27]但他寫的兩篇論同時性的專文中，卻大量使用占星學的例子以爲佐證。事實上，他只要一提到同時性原理，即會聯想到占星術。他第一次提出「同時性」這個概念，乃是 1931 年在慕尼黑發表的一篇追悼辭上講的。這篇追悼詞爲是紀念他的老友、也是他中國思想的主要提供者——尉禮賢（R. Whilhelm）而寫的。文中，榮格讚美他翻譯的《易經》揭露了同時性原理的祕密，他並且說：

　　占星術也是展現同步原理的一個精彩例証，當然，這還需要它有足夠的經得起檢驗的証據。不過，至少已經有一些事實經過了嚴格的檢驗，並有大量的統計材料做後盾。由此看來，對占星術作一番哲學探討還是有一定價值的。占星術的心理學價值則是顯而易見的，因爲占星術代表了古代一切心理學知識的總和。

　　實際上，根據一個人的生辰數據判斷他的性格並非完全是無稽之談，事實也表明了占星術有一定的效力。不過，生辰數據從來不是依據真實的天文學意義的星座確定下來的，而是依據一種主觀臆測的，純概念的時間體系，由於兩分點的歲差作用，春分點早已移出了零度白羊宮（Aries）。至於說占星術所做的任何準確的判斷，那都不是依據天體的作用，而是依據我們所設定的時間特徵。換句話說，在這一時刻無論生出什麼或做出什麼，都帶有這一時

---

[27] 榮格原本有意寫專著，討論他晚年最關心的這個概念。可惜天不假年，未能畢其志。

刻的特性。[28]

　　榮格費盡心思，找出占星術與同時性的關係。在〈論同時性〉與〈同時性，一個非因果性的聯結法則〉兩文裡，他以婚姻爲例，探討星座、男女生辰與婚姻的關聯。占星術是座迷宮，除非專家，否則，很少人不會被其間的術語及操作法則搞得暈頭轉向。筆者不能不承認：面對此有字天書，筆者一樣是一頭霧水，無法掌握一大堆圖表與數據的意義。但榮格結合占星術與同時性原理，兩者一併討論，他的一些基本設定還是很清楚的。首先，榮格不認爲占星術是種前科學或僞科學，至少它主要的功能不是這樣，而是「代表了古代一切心理學知識的總合」。其次，占星術不能化約爲星座決定論，它帶有確定的時間特徵。「在這一時刻無論生出什麼或做出什麼，都帶有這一時刻的特性」。第三，他認爲星占顯現的意義與日月星辰位置不是種因果的關係，而是偶然的，但又呈現了共同的意義。換言之「同樣的含義也許會同時在人類心靈和一個外在的和獨立的事件中顯露自己」。[29]占星術真是神奇魔術，不太好懂。但看看占星術顯現的這些特徵，我們不難發現榮格看待煉丹術及占卜也是這樣看的。他把這些一般視爲「準科學」、「前科學」甚或「僞科學」的邊緣學科意識化了，視爲他的心理學的分支。他這種思維方式和他說初民總是把外在的自然意識化或心像化似乎沒有兩樣。榮格一再強調東洋思想沒有脫離無意識的母體，它們所說的精神要包含無意識到意識的全幅展現，看來，榮格本人可能也是如此。

　　我們對榮格的「原始人」──無意識──同時性的觀念論之已詳，沒有必要再費筆墨了，但也許我們可以舉一則小軼事結束本節，藉以凸顯榮格本人人格體質在「同時性」這個概念上所扮演的角色。

---

[28]　〈紀念尉禮賢〉，《金華養生祕旨》，頁 144。

[29]　參見榮格，〈占星術和共時性〉，此文爲《同時性，一個非因果性的聯結法則》的節文，《天空中的現代神話》，《金華養生祕旨》（北京：東方出版社，1989），頁 171。

　　1925 年，榮格決定到非洲去，榮格之於非洲，就像康拉德之於這塊黝黑大地一樣。兩者都在這塊大地上看到理性抑制不住的豐盈，兩者也都在這裡暫時得到心靈的平衡。榮格到了非洲，他先坐船，又坐火車，火車開到內陸的目的地去。清晨到來，初日東昇，剛睡醒的榮格從車窗向外看，看到一位細高的黑人一動不動，站在一塊峻峭的岩石上。他倚著長矛，望著火車，身旁聳立燭台形的仙人掌。榮格被這景象迷住了。他提到這個意象：

　　　　帶來了一種極為強烈的似曾相識情感。我覺得我已經感受過了這一瞬間，我
　　　　從來都是理解這個同我只有時間距離的世界的。似乎此刻我正在返回我青年
　　　　時代的土地，似乎我早就認識這個黑膚色的人，而他等待我已有 5000 年之
　　　　久。在荒莽的非洲旅行全程中，這一奇異體驗的感覺一直伴隨著我。對於這
　　　　種自古以來所共知的現象的認識，我能記起的還有僅僅一例。這就是我同我
　　　　以前的上司，歐根・勃羅伊勒教授一起首次觀察到了一種心理玄學現象。在
　　　　此之前我曾想像，如果我見到這種奇幻現象我會瞠目結舌的。但是，這一現
　　　　象一出現，我卻不感奇怪，我覺得這完全合乎情理，視其為理所當然，因為
　　　　我對它早已熟悉。我不能斷言，見到這個孤獨黑膚獵人之時我的哪根心弦被
　　　　撥動了。我只知道，千萬年來，他的世界也一直是我的世界。[30]

榮格在什麼地方都可以見到同時性的現象，但在原始社會裡見到的尤多。他在什麼地方也都親身經歷過同時性原理的案例，但在非洲大陸上似乎特別容易體驗出來。外地旅遊，他的世俗人際網脈暫時被打斷了，他的無意識很自然地釋放出來，時間的向度在無意識的作用下，變成一種沒有決定性的向度，所以他就與五千年的自己同一了。

---

[30] 《回憶、夢、思考》，前引書，頁 427。

四、《易經》的感通原理

榮格「同時性原理」的概念醞釀已久，但他所以不顧世俗非議，願在晚年公佈此義，《易經》是最重要的一個因素。榮格很早就注意到《易經》，但他當時所用的理雅格的譯本並不理想。更嚴重的，理雅格本人對《易經》並沒有多大的興趣，[31]而且他對中國人居然會對這本書大感興趣，覺得非常不可思議。榮格當時正在和近代西洋的主流思潮奮戰，他對理雅格的想法可大不以爲然，他發現《易經》占卜的現象有意思極了，很值得體玩。一件完整的占卜行爲由兩個不同性質的系列所組成，占卜者有問題要問，他的主觀心境牽涉到種種複雜的情緒，這是心靈事件的系列。占卜的「神物」──不管是蓍草、龜甲、錢幣或其他的雜占工具──所顯現出來的徵兆也是一個系列，一個由「神物」加上當時各種物理現象：速度、空間、高度、神物的物理質性等等組成的物理系列。我們不妨以《易經》爲例子，占卜的工具如蓍草或錢幣在地上翻來翻去，它最後指向了某一個卦及其卦象，卦象的意義則由原已記錄的六十四卦之卦爻辭及大小象所決定。我們發現：詢問者占卜時，一連串心理事件系列匯聚在占卜的當下，一連串物理事件系列也凝聚於占卜所得之當下。兩者交會後，結果產生了。問題是：這樣的結果代表什麼？胡適說：這只是「巫術魔咒集，沒有什麼重要意義！」[32]榮格真會問人，他居然一問就問到當代最喜歡抓妖伏魔的大師。榮格的問題令胡適不快，這是可以預期的。但反過來說，胡適的回答一定也會令榮格大吃一驚，這也是確定無疑的。

事實上，榮格當時對世間一些偶發的事件已深爲著迷。早在尉禮賢的譯本出現以前，他早已親自下海占卜。對榮格這種喜歡強調「經驗」、反對玄思的心理學家而言，論者不管將《易經》吹得如何天花亂墜，還是沒有用的。「我惟一關心的問

---

[31] 理雅格承認當他翻譯完《易經》此書時，對此書了解相當有限。即使後來能進入此書系統時，他仍不能理解此書何以得名爲「變易之經典」，參見 *The I Ching*, trans. J. Legge, (New York: Dover Publications, 1963), p. 26.

[32] 《回憶、夢、思考》，前引書，頁 600-601。

題乃是：《易經》的占卜方法到底能不能利用？它到底有沒有效？」所以榮格有模
有樣，照本宣科，依樣畫葫蘆，他果真使用五十根草莖占卜，後來才改用三枚硬幣
投擲的方式。他自己實驗的結果，發現命中率奇高，事後都應驗了，「命中的比率
遠遠超過了偶然的概率，其比率甚高。」[33]他的一批病人作這種實驗，結果命中率
也很高。榮格還記得有位強烈戀母情節的年輕病患想結婚，但心裡又忐忑不安。榮
格給他作了實驗，結果爻上顯示道：「這個女孩兒太有威力了，一個人不該要這種
女孩子！」好事當然就吹了。[34]前前後後，榮格占卜問卦，其結果多很理想。榮格
顯然沒辦法接受胡適的觀點，問題只是：這樣的現象該如何解釋？

　　面對著命中率這般高的事實，榮格相信這絕不可能是偶然的，它一定依照著我
們目前尚不清楚的「規則」運作。榮格帶著反諷的語氣說道：西洋人被因果、規則
壓得太久了，弗洛依德不是認爲連誤讀、誤說等等差錯都是種徵兆，都不是偶然的
嗎？榮格就這樣被夾在兩難的處境。如果依現代西洋的「科學」標準來看，占卜的
成果是偶然的，它除了精神自慰的效果外，一點功能都沒有。但我們如果從占卜的
成果超過一般概率甚多來看，它又似乎具有法則的性質，不純粹是偶然的。然而，
如有法則，它能否重複實驗呢？如果沒辦法抽象化，沒辦法重複實驗的話，它爲什
麼不是偶然的呢？榮格在左衝右突中，終於想到這是另外一種特殊的法則，一種沒
有法則的法則，它是種「有意義的偶合」。我們不妨說：這是榮格的詭辭爲用，這
種詭辭非辯証的統合了互斥的雙邊。

　　「有意義的偶合」沒辦法規則化，也沒辦法重複，最根本的原因是任何一次占
卜的事件都是由隨時變化的概率決定的。物理面的「神物」與心理面的「意圖」隨
時在變，其決定意義只有在占卜行爲發生的刹那才能確定，前乎此，問者不知下一

---

[33] 以上所說參見榮格著，湯淺泰雄譯，〈易の現代〉，《東洋冥想的心理學》（東京：創文社，1983），頁
　　272-273。這段文字在英譯本及中譯本中都沒有出現，日譯本據德文稿本譯出。

[34] 《回憶、夢、思考》，前引書，頁600。

步會有什麼辦法，誠如榮格所說：

> 《易經》對待自然的態度，似乎很不以我們因果的程式為然。在古代中國人
> 的眼中，實際觀察時的情境，是機率的撞擊，而非因果鍵會集所產生的明確
> 效果：他們的興趣似乎集中在觀察時機率事件所形成的緣會，而非巧合時所
> 需的假設之理由。當西方人正小心翼翼地過濾、較量、選擇、分類、隔離時，
> 中國人情境的圖象卻包容一切到最精緻、超感覺的微細部分。因為所有這些
> 成分都會會聚一起，成為觀察時的情境。[35]

榮格這種觀察是對的，每一次的占卜都是種新的創造，亦即每一次的情況都是新穎
的，一次性的，無法重複的。因此，理論上講，問者即使針對同一件事，問了兩次，
兩次的答案是不會一樣的。依據第一次通常意識較清明及對「神物」應該有起碼的
尊重，不宜窮問下去，所以第一次所得的訊息當然是比較值得重視，第二次、第三
次顯現出來的，一般不會認為它們可以帶來太強烈的訊息。《易經‧蒙卦》說：「初
筮告，再三瀆，瀆則不告。」所說即是此義。

　　每次占卜都要包含不可形式化的精微的變化在內，這只是占卜成功的必要條
件。但占卜到底要依據在什麼樣的基礎上才能成功呢？我們很容易想到底下的一種
假設：心理事件與物理事件居然能夠「偶合」，而且這種「偶合」是有意義的，那
麼，這種「偶合」大概不只是一般的巧合，而是顧名思義：在兩「偶」之後，有使
兩者「合」的另一種實在存焉。《易經》的立場確實如此，榮格說道：

> 古代中國人心靈沈思宇宙的態度，在某點上可以和現代的物理學家比美，他
> 不能否認他的世界模型確確實實是心理──物理的架構。微物理的事件要包
> 含觀察者在內，就像《易經》裡的實在需要包含主觀的、也就是心靈的條件

---

[35] 《東洋冥想的心理學》，前引書，頁 219-220。

在整體的情境當中。正如因果性描述了事件的前後系列，對中國人來說，同時性則處理了事件的契合。因果的觀點告訴我們一個戲劇性的故事：Ｄ是如何呈現的？它是從存於其前的Ｃ衍生而來，而Ｃ又是從其前的Ｂ而來，如此等等。相形之下，同時性的觀點則嘗試塑造出平等且具有意義的契合之圖象。ＡＢＣＤ等如何在同一情境以及同一地點中一齊呈現。首先，因為物理事件ＡＢ與心理事件ＣＤ具備同樣的性質；其次，它們都是同一情境中的組成因素，此情境顯示了一合理可解的圖象。[36]

換言之，所謂的心理事件Ｃ、Ｄ與物理事件Ａ、Ｂ，這只是表面的看法，如果翻到它們背後一看，我們發現兩者事實上都是心理／物理連續體實體的一種面相而已。

　　將世界的各種差別的現象視為僅是表象，或是相對的實在，它們背後有種統一的原理，這才是真正的實在。上述這種想法並不特殊，凡是追求統一原理的唯心論哲學，很可能都有類似的主張。柏拉圖在現實世界上安裝個理型的世界；整個印度哲學不用談，大體屬於這個系統；中國儒家、道家的形上學也強調雜多中之統一；與榮格同期或稍前的德國哲學家持此義者尤多。叔本華主張「意志」貫穿世界所有的表像；哈特曼主張「無意識」才是雜多世界背後的真相；黑格爾認為「精神」會開出繁複的文化世界，展現宏偉的全體大用。這些人士的哲學雖然不一樣，但整個思維的匡架卻頗相似。《易經》特殊的地方，不僅在於它主張一種心理／物理連續體的實在觀。它特殊的地方，更在於它從占卜的原始洞見中，發展出一套高深的哲學出來，這套哲學與占卜有連續性，但又大幅度的跨過了占卜文化的門檻。

　　榮格對《易經》史的瞭解可能相當有限，從《易經》到《易傳》如何發展，他也不見得知道。但他對《易傳》如何得以有效運作的理論，理解的倒不差，榮格上述的論點確實含在《易傳》的解釋中。《易傳》解釋《易經》，其中最主要的一個貢

---

[36] 同上，頁 221-222。

獻，乃是指出世界的實相是陰陽氣化交互作用的有機體，這種陰陽氣化的歷程既顯現在物理的世界，也顯現在心理的世界。《易傳》不厭其煩，再三重複此義，它讚道：「一陰一陽之謂道，繼之者善也，成之者性也。」（〈繫辭上‧第五章〉）；「闔戶謂之坤，闢戶謂之乾。一闔一闢謂之變，往來不窮謂之通」；「易有太極是生兩儀，兩儀生四象，四象生八卦。」（同上，第十一章）；「日往則月來，月往則日來，日月相推而明生焉；寒往則暑來，暑往則寒來，寒暑相推而歲成焉。往者屈也，來者信也，屈信相感而利生焉。」；「天地絪縕，萬物化醇，男女構精，萬物化生。」（〈繫辭下‧第五章〉）；「乾坤，其易之門耶！乾，陽物也；坤，陰物也。陰陽合德，而剛柔有體。以體天地之撰，以通神明之德。」（同上，第六章）。[37]若此種種，引不勝引。

　　《易經》的世界是個永恆的變動之流，任何經驗性事物皆不可常在自體，因為構成其體的乃是陰陽二氣。[38]陰陽交感，推動新新不已的世界；但同時，我們也不宜忘掉：新新不已世界之成亦為舊有世界之死。因為在化的歷程中，沒有舊之化為新，即沒有一個繼起的秩序隨之生起。這種變化的歷程不僅見於物理的世界，人的存在也是陰陽二氣組成，人的身心展現，也是屈伸相感、智藏往神知來的過程。因此，我們看到了《易傳》的 unus mundus。這是個獨特的世界圖像，表層的世界是「物以類聚，方以群分」的物象並列世界；但底層的世界卻是不斷交感，所有的關係皆在一有機的互相滲透中，變成變化連綿、互相指涉的多重、多面之一體流行。

　　由於陰陽氣化是構造萬物的因素，因此，原則上萬物內部有種互相流通的訊息，如果有人能撞開隔閡訊息之門閘，訊息即可不斷湧出。依同時性理論的觀點，

---

[37] 以上引文字及分章皆參見朱熹，《易本義》（臺北：世界書局，1979），頁 58、62、65、67。

[38] 《易傳》當然也提出一種形上學的觀點，認為世界乃由道體下貫為萬物之性的個體所組成，所以所有的個體都是「保合太和，乃利貞」、「一陰一陽之謂道，繼善成性」，這就是「天下雷行，物與無妄」，換言之，萬物的本性是存有的真實，它不會無故生起或消滅。依據《易傳》的詮釋傳統，「萬物為存有論之真」及「萬物不斷交化」一向被視為並行不悖的兩個觀點。他們提出來的主要論據是：常在變中顯，一在多中見，所以矛盾非矛盾。

心如無意識即扮演著這撞擊門閂的角色（見下段）。榮格對集體無意識有個最基本
的規定：它帶有宇宙的性格（cosmic character），但它不只是靜態的反映著大宇宙，
它還是動態的，帶有「神聖」（numinosity）的性質。榮格說的「神聖」，類似奧圖
（Otto）所說，是超乎個體、超乎理性的。學者只要有機會碰觸到此一層面，即會
感到一種極強烈的情緒，會覺得這才是最真實、最超越、最不可褻瀆的。[39]更重要
的，它具有強烈的能量，這種強烈的能量與原型一併運作，它會喚醒藏在物質面一
種相對應的類型，並使之具體成型。換言之，物質世界被喚醒的類型其實即「潛存」
在原型中（我們當然不會忘掉「原型」的空間結構、一多關係不同於經驗世界中的
空間結構、一多關係）。但其類型爲何，我們不得而知，只有經由原型無意識之作
用後，對應的物質世界才可以呈現出相應的類型。由於原型即有這種喚醒物質世界
的能量，它可改變物質世界的圖式，所以榮格認爲它具有一種「巫術因果力」（magic
causality）。然而，說是「因果」，其實此因果非彼線型系統、機械因果論的因果。
在「小周天帶宇宙性，蘊含大周天」、「世界每一事物皆蘊含全宇宙」的原型無意識
當中，世界很難講有「從無到有」的新的意義。筆者覺得比較切合的隱喻也許是「萬
花筒」。我們預期萬花筒可以有無窮的變化，但每次的變化其實都是一些預先有的
因素重新排列組合，再加上不同光線互相折射造成的多重角度之互相輝映所致。換
言之，這種原型「巫術因果力」能量帶來新秩序的轉換，我們不當將它視爲個體式
事件外部的原因，而當視爲內在的秩序原理（ordering principle）。內在的秩序原理
繫聯住內在的圖式與相應的圖式之臍帶。[40]

　　我們如果借用《易傳》的語彙解釋，或許可以比較清楚的闡明學者站在機體宇

---

[39] 榮格和奧圖的思想背景自然相差甚遠，但榮格強調宗教心靈是非理性的，它極強烈，極神祕，這點事
　　實上與奧圖對「奧祕（numinous）」的分析相當接近。榮格甚至將宗教定義爲「一種體驗奧祕的獨特
　　心態」參見 Jung, *Psychology and Religion*, (Princeton: Princeton University Press), p. 108。

[40] 榮格處理原型的能動力以及它如何影響物質世界的對應模式，相當晦澀，這可能與他來不及寫成專書
　　有關。以上觀點主要參考 Progoff 之說，前揭書，頁 77-92。

宙的前提上，他如何使內／外或心理／物理的事件一同呈現，並帶來有意義的訊息。依據《易傳》的基本構想，宇宙本來就是個感應的系統，陰陽交運是宇宙內部的基本韻律，人（小周天）與天（大周天）本體論意義上即是同拍的。因此，當我們問：如何才能傳達內外呼應的有意義圖式時，我們的立足點不是在一空白的大地上，而是有一本體論意義的前架構（fore－structure）替我們鋪了路。但心理事件與物理事件，雖說同步呈現，有意義的巧合之圖式仍然不能沒有發動者，發動者在人這邊。人怎麼可能帶動新的圖式，使它由潛存變為現實呢？《易傳》的回答是人當深入到人的本質，當他深入到這層次時，他即可由此基地出發，找回它想尋得的戰利品。這個深層的基地即是「神」的世界。神在《易傳》的用法中，既可以指涉道體的功用，所謂「神也者，妙萬物而為言也。」但「神」也可以指涉心體的感應、創造能力，所以說：「陰陽不測之謂神。」問題是怎樣才可以至誠如神？

　　《易傳》的作者認為問者要有種工夫，他要洗滌意識的俗慮，讓它寧靜地下沉到底層的意識去，這樣的工夫就是所謂的「潔淨精微」的易教。當問者的意識一沉到感應能力最強、陰陽氣化韻律最原初的發源地時，訊息自然而然的就呈現了。《易經》提到這種過程的文字不少，其中有些思想影響後世儒道思想甚大。比如說：「問焉而以言，其受命也如嚮。無有遠近幽深，遂知來物。非天下之至精，其孰能與於此……唯深也，故能通天下之志；唯幾也，故能成天下之務；唯神也，故不疾而速，不行而至。」（〈繫辭上‧第十章〉）。占卜靈不靈，問題不在技術行不行，占卜不是一般理論型的技術，它與人的存在息息相關。能體現自己本質者，也就能參與萬物之深層，也就能得到問者所要的訊息，關鍵在問者本身自己的「修養」。[41]我們引文中漏掉的那段名文「易無思也，無為也，寂然不動，感而遂通天下之故。非天下之至神，其孰能與於此！」談的更是這個道理，後儒往往將此段話往心性論的體驗工夫及境界上作解，此段話引申而論，固可如是詮釋，但就本義而論，這當

---

[41] 湯淺泰雄曾比較占卜所代表的這種知識與現代一般所謂的科學知識之異同，參見《エングと東洋》（京都：人文書院，1989），頁 268-282。

是占卜的工夫語彙。[42]此處我們再度看到「神」字了，它意指人的精神對占卜事件之靈效與否，具有絕對的影響力，所以《易傳》後來總結此義道：「神而明之，存乎其人」（〈繫辭上・第十二章〉）、「既有典常，苟非其人，道不虛行。」（〈繫辭上・第八章〉）人能深入神明多深，神明所帶來的訊息即有多大。如果我們不嫌辭費的話，我們可以翻譯成這樣的榮格語言：人能深入到集體無意識有多深，它所凝聚並形成的新的物理世界之對應圖式即有多完美！

　　同時性原理是種原理，狹義上看，它意指心理事件與物理事件間的有意義巧合；廣義上看，它意指宇宙間事事物物有意義的緣會。但不管是以主體為中心，還是以世界為中心，嚴格說來，「集體無意識」、「神」這樣的概念才是關鍵，因為它們運作的法則才是同時性法則。而且，包含「集體無意識」在內的心靈是呈現原則，同時性原則有待於它才可以如如呈現。由於同時性不可預測，因此，它也不可重複，如果重複了，通常也只有第一次最可靠。也由於心靈的運作不可能均質化，通常只有在第一次時，直覺的寶刀剛出鞘，機鋒未老，最能切入事物內部。一旦直覺後，意識介入此事，訊息就模糊了。為了使氣勢新新不已，甚至於超過一般第一次占卜時的凌厲勁峻。以往的占卜行為往往伴有一套嚴謹的占卜儀式，且看下文所述：

> 擇地潔處為蓍室，南戶，置床於室中央。蓍五十莖，韜以纁帛，貯以皁囊，納之櫝中，置于床北。設木格于櫝南，居床二分之北。置香爐一于格南，香合一爐南，日柱香致敬。將筮，則灑掃拂拭，滌硯一注水。及筆一，墨一，黃漆板一，于爐東上，筮者齊潔衣冠，北面盥手焚香致敬。兩手奉櫝蓋，置於格南爐北，出蓍於櫝，去囊解韜，置于櫝東。合五十策，兩手執之，薰於

---

[42] 朱子說：「『寂然不動，感而遂通天下之故』，與『窮理盡性以至於命』，本是說易，不是說人。諸家皆是借來就人上說，亦通。」又說：「『感而遂通』，感著他卦，卦便應他，如人來問底善，便與說善，來問底惡，便與說惡，所以先儒說道『潔靜精微』，這般句說得有些意思。」參見黎靖德編，《朱子語類》（臺北：漢京出版社，1980），卷七五，頁9。

爐上。命之曰：假爾泰筮有常。假爾泰筮有常，某官姓名，今以某事云云，未知可否，爰質所疑于神之靈，吉凶得失，悔吝憂虞，惟爾有神，尚明告之。乃以右手取其一策，反於櫝中。而以左右手中分四十九策，置格之左右兩大刻……凡十有八變成而成卦，乃考其卦之變，而占其事之吉凶。禮畢，韜著襲之以囊。入櫝加蓋，斂策硯墨版，再焚香致敬而退。[43]

上述的作法帶有相當濃厚的宗教神祕氣息，著室人格神化了，但寫出這段〈筮儀〉的不是別人，正是宋朝理學大師的朱子。朱子寫的這段話顯然不是他憑空捏造的，這應當是占卜這行業代代相傳的儀式。儀式神祕化了，但它的意思很清楚：問者要收斂身心，意識下沉，神氣顯現。此時，感通的訊息才會呈現。我們如果將這儀式和《易經》的忠告：「初筮告，再三瀆，瀆則不告。」（〈蒙卦〉）及 ESP 實驗的「遞減效應」作一比較，即可更進一步瞭解這儀式的祕密何在了。我們如果將朱子的「筮儀」和煉丹術常見的儀式作一比較，其相似性就更堪玩味了，此義瓜葛已甚，此處姑且不表。

五、一體世界的形成

　　榮格為了闡釋他的同時性原理的假說，他四面作戰，但他也四處尋找同盟軍，以證成此一不世出的偉業。筆者認為原始心性（以神話、諾斯替教、占星術、煉丹術為代表）、現代科學（以相對論及量子論為代表）、前近代東西洋哲學（以道家及萊布尼茲為代表）及《易經》是他的四大盟軍，超心理學則是提供他適時支援的預備部隊。[44]其中，《易經》一書尤其起了貫穿全局的作用。但在總結《易經》一書的

---

[43] 參見《易本義》，前揭書，頁 2。

[44] 榮格雖多怪力亂神之言，但為了證成同時性原理可以和因果律抗衡，他似乎有意和「超自然現象」保持距離，所以一開始，他對萊恩的實驗保持緘默，態度保守得不得了，晚年時才鬆綁手腳，將他的實驗結果引進了作品中。參見湯淺泰雄，〈共時性と超常現象〉，《共時性の宇宙觀》，前引書，頁 163-192。

作用時，我們有必要回過頭來，重新反省同時性原理所產生的理論效果。

荣格在〈心理學的精神〉一文中，曾定義「同時性」為「時間空間因依附在心上所顯現出來的相對性」。[45]換言之，時空不是牛頓物理學意義下的抽象時空，它可以視為受「主觀的心靈」制約下的某種形式，它們相對化了，甚至可以變形。在最完美的透視經驗情況下，時空這兩個經驗成立的先行形式甚至變的沒有意義，它們完全透明了。主體的受試者與客體的被視察者一體呈現。

這種一體呈現的意識到底是什麼樣的意識狀態呢？甚至這樣的狀態能否稱為意識呢？

依照同時性的理論，一件心理事件和物理事件是同時生起的，兩者互不相屬，但卻構成共同的意義場。顯然，兩者背後應該有個統一的基礎。

荣格的主張很清楚，同時性原理的依據在於集體無意識。集體的無意識恍兮惚兮，接近於康德所謂的限制性的概念，我們的感性主體對此已束手無策。但荣格更進一步規定，在集體無意識的底層還有一心如狀態（psychoid），這就是所謂的心如無意識。「心如無意識」（psychoid unconscious）一詞因為用到「無意識」一詞，因此，它不免帶有精神的屬性。但荣格使用這個概念時，其用意不在此，它在於強調此無意識介於心理與物理之間或超乎心理與物理之分的獨特性質。簡而言之，其義有三：

一、它是種限制性的概念，意識永遠無法接近之。

二、它與有機世界底層的質性相同，心理與物理世界可以視為一體的兩面，用隱喻的說法，則是一個銅板的兩面。因此，「心如無意識」不會是徹底的心理的，也不會是徹底的物理的。

三、心理／物理或心／身狀態的聯結是透過原型的形式展現出來的。原型如同光譜，生理本能的一極是紅外線，精神意象的一極是紫外線，從紅外線到紫外線

---

[45] 引自《自然現象と心の構造》，前引書，頁 25。

構成一個完整的光譜。[46]

準上所述,「心如無意識」乃是「集體無意識」的更精密的規定,兩者同層。如果說有差別的話,「集體無意識」一詞通常指向所有人類意識共同的底層,而「心如無意識」指的卻是世界共同的底層。理論上講,「人類意識共同的底層」與「世界共同的底層」不無可能指涉相同,主體與本體在深層的構造上也許毫無差別──東方思想家持此種論點的人多的是。但榮格使用這兩個概念的時候,問題情境的脈絡不同,這兩個概念提出來的解答也不一樣。

講到「心如無意識」,底下就很難再推了。再推下去,跟著來的一定是終極的、超越的那些永恆問題,亦即上帝、道、實體等等的領域。榮格承認這些都是限制概念的領域,我們既無法親身驗証,也無法找到相對應的証據以證成它。但由「心如無意識」包含心理層與物理層這點特殊的規定看來,我們看到榮格還是沒辦法抑制他自己不想跨進的形上學的領域,果不其然,既然有「心如」,所以就有超越「心物」之上、世界合一的「同體世界」(unus mundus)的概念。

「同體世界」是個前科學或前牛頓的概念,中世紀煉丹術常用此詞語。榮格談到限制性的概念時,不得不引進這個語詞。但榮格使用這個語彙,他不是強調一種形而上的實體,他比較重視的是「事物之間」一種「和諧的關係」,以及各種「關係之間」的「和諧關係」。換言之,他強調的是種「多元的機體」觀念,機體本身雖然不是純一,但機體內的諸分子彼此相互協調,自然可以同步。如果我們知道萊布尼茲的「預定和諧」觀,大概可以猜測榮格所說何事。然而,就像萊布尼茲的理論不能沒有一種全知的神意貫穿所有單子一樣,榮格的「同體世界」恐怕很難完全繫住在多元的機體觀身上,它不免上下移動,在「關係的關係」與「關係的超越依據」之間移動。[47]

榮格提出這些概念,主要的目的就是要解決「同時性」原理的問題,但他討論

---

[46] Progoff 前引書,頁 80-92。

[47] C. G. Jung, *Mysterium Coniunctions,* (Princeton: Princeton University Press, 1976), pp. 457-553.

《易經》與「同時性原理」的關係時，上述的論點卻隱而未發。然而，我們有充分的理由論道：《易經》對於「同時性原理」的幫助很大，它的內涵可以串聯起「原始心性」、ESP 現象、機體世界觀等各層面的解釋，其作用遠超過榮格所理解者。

《易經》號稱難讀，但它的大方向倒也不是那麼難懂。《易經》成書當然有個發展的歷程，簡單的說，我們可劃歸為占卜的階段、符號的階段、義理的階段。占卜階段的《易》可用「變易」解釋之，符號的階段《易》可用「簡易」解釋之，義理階段的《易》可用「不易」解釋之。變易階段的《易》著重的是占卜時，主體心靈與客體訊息在直覺中的一體呈現，因為每次占卜時，情境都是新的，都會有偶然的「機」介入，所以此一階段當家作主的是變易。關於此點，我們在第三節已有較詳細的說明。

在符號的階段，我們發現《易經》將宇宙視為由基本象徵所涵攝的全體世界的系統，這個基本象徵的符號有八，此即八卦，我們都知道八卦的乾卦代表天，坤卦代表地，震卦代表雷，艮卦代表山，離卦代表火，坎卦代表水，兌卦代表澤，巽卦代表風。天地、山澤、風雷、火水是宇宙間最重要的意象，它們可視為原型的象徵。既然是原型的象徵，所以其對應物遂不是一對一的自然物，而是可輾轉引申到其它性質相類似的事物上去，如乾卦除了可以象徵天外，也可象徵君、父、長子、陽剛等等。[48]意象的聯類既然無窮，這些原型象徵自然可以「窮盡」天地間的事物。[49]

從八卦此原型象徵入手，我們可以從另一個角度了解榮格所謂「同體世界」的另一種解釋。我們此處所說的另一個角度乃指思維方式的問題，李約瑟在《中國之科學與文明》中曾引用 H・Wilhelm、Fberhard、Jablonski、Granet 等人的說法，指出中國思想的特色是「關聯性思考」，這種思考方式有自己的邏輯及因果關係，它

---

[48] 八卦的指涉可大幅度的擴充，最早而且最清楚的說明當是〈說卦〉傳所述。

[49] 上述說法參見拙作，〈從氣的感通到貞一之道〉，拙編《中國古代思維方式探索》（臺北：正中書局，1996），頁 135-182。

與歐洲特有的「從屬性思考」成一強烈性對比，後者偏重於事物外在的因果關係。
對照之下，

> 在「關聯式的思考」，概念與概念之間並不互相隸屬或包涵，它們只在一個
> 「圖樣」（pattern）中平等並置；至於事物之相互影響，亦非由於機械的因之
> 作用，而是由於一種「感應」（induction）……中國思想裡的關鍵字是「秩序」
> 和（尤其是）「圖樣」。符號間之關聯或對應，都是一個大「圖樣」中的一部
> 分。萬物之活動皆以一特殊的方式進行，它們不必是因為前此的行為如何，
> 或由於他物之影響；而是由于其在循環不已之宇宙中的地位，被賦與某種內
> 在的性質，使它們的行為，身不由己。如果它們不按這些特殊的方式進行，
> 便會失去其在整體中之相關地位。（此種地位乃是使它們所以成為它們的要
> 素），而變成另外一種東西。所以萬物之存在，皆須依賴於整個「宇宙有機
> 體」而為其構成之一部份。它們之間的相互作用，並非由於機械性的刺激或
> 機械的因，而是出於一種神祕的共鳴。[50]

關聯式的思考確實是中國思想的一大特色，可以想見的，《易經》是其中的一個主
要源頭。[51]我們有理由認定：「關聯」不只是個思維方式的問題，它是「整個中國宇
宙論最基本的因素，它意指全宇宙的各層面及各種實相的各種向度，無一不相互符
應，秩序儼然」。[52]

　　這種既是思維方式又是宇宙實相的「關聯」因素到底怎麼產生的呢？放在《易

---

[50] 李約瑟，陳立夫主譯，陳維綸等人合譯，《中國之科學與文明》（臺北：商務印書館，1975），第二冊，
頁 466-467。

[51] 李約瑟當然認為道家，尤其是莊子，扮演的角色也許更重。

[52] J. B. Henderson, *The Development and Decline of Chinese Cosmology*, (New York: Columbia University
Press, 1984), p. 1.

經》的例子上考察，我們當然知道：如果八卦之間毫無交涉，那麼，這種「神祕的共鳴」的同體世界就不可能形成。事實當然不是這樣，〈說卦〉有言「天地定位，山澤通氣，雷風相薄，水火相射」，[53]「通氣」、「相薄」、「相射」云云，自然指的這幾個原型象徵兩兩之間的相互感通。進一步而論，相互感通的何止是這四組原型象徵，我們都知道：《易經》是將陰陽視為宇宙最基本的動力，一陰一陽，一陽一陰，這種陰陽交互的過程推動了宇宙的變化。一陰一陽當然也可以逆推到「氣」的展現。但《易經》的重點不在「氣」，它視一陰一陽乃是道的展開。更嚴格的講，乃是「道」即在「一陰一陽」之中，兩者詭譎的同一。「所以一陰一陽」者為「道」，「陰陽」是「然」，但「所以然」與「然」在現實上永難分離。

由此我們談到《易經》「不變」的概念，我們都知道：即《易經》從占卜到卦爻到十翼，每個階段都是個飛躍，《易傳》出現，更進一步將《易經》一書提昇到性命之書的層次。《易傳》的內容相當豐富，但其原則無疑是為人文活動及世界的存在找到「貞一之道」，這種貞一之道或稱作「乾元」：「大哉乾元，萬物資始，乃統天……保合太和，乃利貞。」；或稱作「太極」：「易有太極，是生兩儀，兩儀生四象，四象生八卦」；或稱作「形上之道」：「形而上者謂之道，形而下者謂之器，化而裁之謂之變，推而行之謂之通。」「乾元」、「太極」、「道」這些概念內涵相同，它們落實在萬物之上，即成為「貞夫一者」的「性」；落實到人的身上，即成為「陰陽不測」之「神」。由於道體生生不息，遍於一切存在，所以這個世界才是「無妄」的世界，是個不斷生起的「善」之世界（「一陰一陽之謂道，繼之者善也」）。

《易經》的成書是個歷史的歷程，《易經》一書的內容自然不會成於一時一人之手。但就整體架構來看，《易經》還是可以視為一本有機而聯貫的典籍。我們看到從占卜到象徵到義理，每個階段《易》的發展都預設了一種萬物一體的世界觀，

---

[53] 現在通行本《易經》作「水火不相射」，然馬王堆出土《易之義》此句作「水火相射」，顯然，《易之義》的文句是正確的。

而且，後一階段的發展是建立在前一階段的發展上，換言之，《易傳》的世界是變易－簡易－不易三者詭譎同一的圖像。傳統的術語稱之爲體用一如、道器不二或道即氣——氣即道。

如果我們比較榮格的同時性原理與《易經》的感應原理的話，筆者認爲狹義的同時性原理強調心理事件與物理事件的有意義巧合，它類似於占卜時的「變易」之情境。[54]廣義的同時性原理強調全體宇宙間是個不斷交換訊息的系統，任何事物之間原則上都可傳達有意義的訊息，它的地位與因果律相當，這種同時性原理類似於《易傳》所說的「感應原理」，「感應」無疑被《易傳》視爲宇宙的實相，而且此一原理被提昇到前所未有的高度。但榮格和《易傳》談到存在最終的依據時卻分家了，榮格視「心如無意識」爲同時性原理存在之安宅，但「心如無意識」是個限制性的概念，其內涵頗爲晦澀。《易傳》卻明白的主張：不變即在變化中，道即在器中，同時性的現象也是道體展現的一個特殊面相，先天之道是世界一體的依據。

最後，我們以兩個圖形作結。榮格和波里在他們合作的書中，曾共同勾勒了世界的實相，時空連續體與守恆的能量是縱貫軸，它們可視爲萬物運動的場所。因果性與同時性則可視爲任何事件發生的兩種解釋法則，它們是橫攝軸。榮格十字打開，面面俱到，它是個「四象性」（quaternity）的構造。[55]這種縱貫－橫攝軸其實是種「對位演出」，[56]因果／同時、意識／無意識，部分／全體、時間型／空間型，兩

---

[54] 有效的情況我們不妨稱之爲「孚」或「有孚」，參見陳鼓應與趙建偉合著，《周易注釋與研究》（臺北：商務印書館，1999），頁 6-8。

[55] 「四」是神祕數字，「四象性」是種平衡的構造，榮格的曼荼羅圖形常伴隨著四方撐開的格局，煉丹術著作亦常見此形狀。榮格與波里合著，前引書，頁 224-232，即附有〈四という數の特性についてのフラッドの論點〉一文。

[56] 馬樂伯（R. Magliola）比較佛洛依德與榮格的學說，主張佛洛依德藉著將「原始現場」提昇至意識層面來達成心理治療；榮格則藉「對位演出」來完成，「對位演出」發生於意識中，並以對位的方式呈現位於無意識中永不爲人知的過程。馬氏的觀察甚具理趣，參見其著作〈轉化理論與後殖民言說〉，《中外文學》，第 20 卷，第 8 期，1992 年，頁 33-57。

兩相攜而來，這樣的架構近乎神祕之美。筆者相信《易經》可以欣賞這種圖式，但它會將這種十字撐開的架構收攝在太極之圓圈內，因為道氣一如，體用不二，道體於十方世界縱橫自在，每一時空之點的事件都是普遍與特殊的統一。如果論者對東方思想及分析心理學不陌生的話，不難發現我們畫的圖形其實就是曼荼羅的圖形，榮格對曼荼羅當然也是嗜之若狂，甚至將它視為本我（self）的象徵。但由於榮格視終極實相（道體、太極、天、上帝）為限制性概念，它也許存在，但卻又瞻望渺難及。榮格的曼荼羅總是缺少「本體」意味，所以其圓畢竟朦朧恍惚，對照之下，《易經》的太極圖卻生生不息，它始終是兩千年來儒家形上學最重要的象徵。

附錄：

（Ａ）榮格之世界圖像：對位演出之四象性

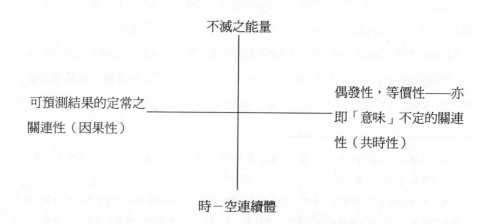

（B）《易經》之世界圖像：太極曼荼羅

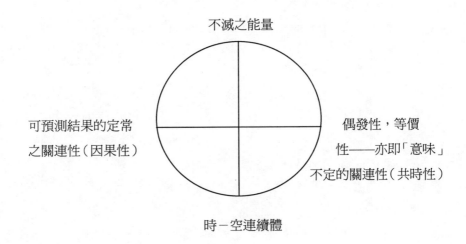

新古典新義
頁 151～164
臺灣學生書局　2001 年 9 月

《詩經》學的神聖化與
元代《詩經》研究

趙沛霖[*]

　　《詩經》研究發展到宋代出現了兩個重要的變化和轉折：

　　一、宋人解《詩經》，直是自我作法，前無古人，以致新說迭出，各自標榜，于漢、唐詩學之外，另闢蹊徑而自成一派。這種情形自宋初即已開始。「學者解經，互出新意，視注疏如土苴，所謂宋學者，蓋已見其端矣。」[1]

　　二、自南宋開始，出現了對《詩經》及其研究的神聖化。與前者相比，這個變化和轉折更爲深刻和複雜。應當說明，從「三百篇」被尊爲「經」的那一天起，就有某種神聖化的傾向。不過，從南宋開始的神聖化傾向則與此不同，它不是指把《詩經》奉爲經典，而是另有所指，即賦予《詩經》以超然神秘的屬性，認爲它體現了神秘的天理，「凡天人相與之理莫不畢備于一經」。[2]在理學家看來，超現實的天理是人間世道所遵循的原則，「三百篇」因而也就成爲萬世法程的聖典。同時《詩經》學的傳授也不同于一般的師生關係，而以追求聖人之心傳和道統之純

---

[*] 趙沛霖，天津社會科學院文學研究所研究員。

[1] 馬宗霍，《中國經學史》（上海：商務印書館，1937 年），頁 111。

[2] 劉瑾，〈詩集傳序注〉，《詩經通釋》，永瑢等，《四庫全書・經部》（上海：上海古籍出版社，1987），
　　第七十六冊，頁 263 上。

正爲宗。這一根本觀點的變化，又引起了一系列相應的重大變化。

　　前一個變化和轉折前人早已注意到，並作過很多系統的論述，而第二個變化和轉折迄今爲止尚未引起充分注意，沒有進行系統的考察和研究。忽略這個變化和轉折不但不能深刻理解宋代《詩經》學的基本特徵和成就以及相應的變化，而且也很難理解緊承其後的元代《詩經》研究。因爲宋代對元代《詩經》研究的影響不只是在學術見解上，更在詩學觀念和思想觀點上，帶有根本和方向的特質。鑑於這種情況，本文即以此爲題，試作一些探索。（當然，在宋代被神聖化的不只是《詩經》學，而是全部經學，《詩經》學的神聖化只是其中一部分而已。）

　　爲了清楚地了解宋代《詩經》學神聖化的具體情況和特徵，有必要先看一看宋代之前，人們怎樣看待《詩經》學，也就是不同的歷史時代給予《詩經》學以怎樣不同的定位。

　　《詩》、《書》、《禮》、《易》、《樂》、《春秋》本是殷周時代流傳下來的幾部有關哲學、政治、歷史、宗教、道德、禮儀、文學、藝術的文化典籍，直到春秋時代，經過孔子整理加工作爲教育學生的教材，從不叫什麼「經」，更沒有什麼神聖性。尊六藝爲經始見于《莊子‧天道》：孔子「繙十二經」。《荀子‧學》云：「學惡乎始？惡乎終？始于誦經，終于讀《禮》。」荀子爲戰國末期人，《莊子‧天道》屬外篇，作者非莊子本人，當爲其後學。可見，把六藝尊之爲經，稱之爲「六經」，最早也是戰國末期以後的事。在六藝被尊爲經之初，也僅僅是一般的經典，並沒有什麼特別尊崇的地方，甚至對它的譏諷和微詞也時有所見。例如，就在它開始被尊爲經的當時，韓非子在他的著作《商君‧靳令》中稱六藝爲「六蝨」，對它明顯表現出大不敬。至于秦始皇作爲治國重大措施的焚書坑儒之舉，以六經爲主的儒家著作更是首當其衝，挾書獲罪之令直到漢初仍然延續。這說明當時六藝不但沒有受到尊崇，反而備遭歧視和打擊，只能在暗中流傳。

　　六經的真正尊榮是漢武帝「罷黜百家，獨尊儒術」之後隨著儒家地位的變化而出現的。爲了適應漢武帝建立高度專制的「大一統」的漢帝國的需要，大儒董仲舒吸收了道家、陰陽家的思想，對傳統儒學加以重構，特別是改變了儒家罕言天道的主張，而大談天道、陰陽，並從天道推論人道，證明「道之大原出于天」，

「天不變道亦不變」以及君權的合理性和永恒性。儒家因而也由原來被排擠和打擊的子學一躍而成爲獨尊的「經學」，六經因爲與孔子有著特殊的關係（當時都相信五經爲孔子所作或經過孔子修訂）也隨之雞犬升天，取得空前的尊榮。正是從這時開始，經才成爲「中國封建專制政府‘法定’的以孔子爲代表的儒家所編書籍的通稱」，[3]經學也才成爲對上述「經典」著述的闡發和議論。

十分明顯，這裡賦予經和經學的僅僅是尊榮和顯貴，是官方的尊嚴和法定的性質，而不是神聖化。由官方的法定的尊嚴到把它神聖化，即賦予它以神聖道統的宗教尊嚴，那是數百年以後的事情。

魏晉至南北朝，老莊方熾，玄學盛行，儒家失去漢時的顯要，經學地位隨之衰落，其頹勢至唐初始得扭轉。唐初統治者爲了加強思想統治，維護政治大一統，下力量振興儒學。首先詔令顏師古訂正經書文字，成《五經定本》，又肯定南朝陳國子助教陸德明《經典釋文》關于經書版本源流和音韻的成果，統一了經文的讀音。貞觀年中，敕令國子祭酒孔穎達領銜撰寫《五經正義》，此書在理解方面，大力消除宗派異說，廣泛吸取各家之長，特別是顏師古和陸德明的研究成果，對五經的內容和思想作了權威性的詳細解說。此書後經當朝重臣長孫無忌等人的修訂，成爲朝廷欽定的五經讀本。至此，唐代統治者終於完成了對經學的統一工作。

由于統治者的重視，經學在唐朝一改其被排斥的命運，地位得到空前的提高。但是，唐朝統治者對五經的態度完全是出于政治功利和實用目的。全部《五經正義》都貫串著「上裨聖道，下益將來」（《周易正義序》）的思想，即既要豐富孔孟儒家思想精神，又要有補于治國的政治措施，也就是要完善封建思想體系，從根本上規範世道人心，爲唐王朝的長治久安服務。

十分明顯，「三百篇」在唐代統治者的心目中，不是神秘化的聖書，而是「論功頌德之歌，止僻防邪之訓」（《毛詩正義序》），維護統治的實用化的工具而已。

給《詩經》及其研究真正披上神聖光環的是南宋時期。從這個時期起，理學家開始介入《詩經》學領域，他們用理學的神秘觀點審視《詩經》，得出了一系列

---

[3] 朱維錚編，《周予同經學史論著選集》（上海：上海人民出版社，1983年），頁656。

有別于傳統《詩經》學觀點的新見解，使《詩經》學從傳統的政治倫理實用傾向轉爲向以理學觀念爲基礎的神聖化的方向發展，並對以後特別是元代的《詩經》研究產生了深刻的影響。當然南宋時期出現這個變化不是偶然的，歸根到底，是時代思想領域發生重要變化的必然結果。

　　那麼，理學家是如何看待經學的呢？理學家經學觀點的一個基本特徵就是從道、天理、聖人與經之間的關係來提出問題：具有世界本體和思辯特徵意義的道和天理是高度抽象的存在，人們不能直接認識它，只能通過聖人的言行理解它。聖人之所以爲聖就是因爲他的一行一言、心思智慮無不合于道和天理，而這一切又都集中在他所作的諸經之中。因此，讀經也就成爲認識天理的唯一途逕，具有超越一般讀書的神聖意義。關於這一點很多經學家都作過論述。元代著名經學家郝經說得更是明確：

　　　　天地萬物者，道之形器也；六經者，聖人之形器也。道爲天地萬物以載人；
　　　　聖人書以載道。[4]

道體現于天地之中，聖人將它們集中于六經，六經因而成爲聖人用以載道之具。

　　那麼，理學家又是如何看待《詩經》的？《詩經》是如何載道的？它與聖人又是什麼關係？這主要體現在朱熹的論著中。朱熹是《詩經》學史上里程碑式的人物。一方面提出了很多符合詩歌藝術規律和作品本來面貌的新見解，極大地推動了《詩經》研究的深入發展；另一方面又從理學觀點出發對《詩經》的思想性質作了比較系統的闡明，提出了很多有別于前人觀點的全新見解，把《詩經》學引上了神聖化的歧途。

　　首先，朱熹認爲「三百篇」是聖人感物的產物，因而先天地符合神聖的原則，具有「正」的品格。他說：

---

[4] 郝經，《陵川文集》，《四庫全書》第 1192 冊，卷十八〈五經論〉，頁 194。

詩者人心之感物而形于言之餘也。心之所感有邪正，故言之所形有是非。唯聖人在上則其所感者無不正，而其言皆足以為教……。[5]

「三百篇」既是聖人感物的結果，而聖人是天生神聖和超驗的，因而「三百篇」也就被賦予神聖的品格，成為人間是非、善惡、正邪的標準。這是朱熹從總體上對「三百篇」性質的說明，根據作品作者和歷史時代背景的不同，他又分別作了具體的解釋。關於「二南」，他認為：「〈周南〉、〈召南〉親被文王之化以成德，而人皆有以得其性情之正，故其發于言者，樂而不過于淫，哀而不及于傷，是以二篇獨為風詩之正經。」[6]按傳統認識，文王是「郁郁乎文哉」的大聖人，被其教化的「二南」詩人當然也就具有盛德並得性情之正，其所感當然也就像聖人感物一樣，內在地決定了其詩的「正」的品格。

至于〈雅〉、〈頌〉，朱熹認為那是成周之世朝廷郊廟樂歌之詞，「其語和而莊，其義寬而密，其作者往往聖人之徒，故所以萬世法程而不可易也。」[7]既是聖人之徒所作，所以作品也就天生的符合天理，為人間一切是非、善惡、正邪的永恒標準，歷萬世而不會改變。

「三百篇」的這種神聖、超然的品格，除了以上說的作者的原因之外，朱熹認為還與孔子有關。他說：

孔子生于其時，既不得位，無以行勸懲黜陟之政，于是特舉其籍而討論之，去其重複，正其紛亂，而其善之不足以為法，惡之不足以為戒者，則亦刊而去之，以從簡約示久遠，使夫學者即是而有以考其得失，善者師之，而惡者改焉，是以其政雖不足以行于一時，而其教實披于萬世，是則詩之所以為教者然也。[8]

[5] 朱熹，《詩集傳》(上海：上海古籍出版社，1958年)，頁1-2。

[6] 仝註5。

[7] 仝註5。

[8] 仝註5。

《詩經》既經孔子之手加工、整理和刪除，那麼，保留下來的自有其神聖之處，即使是變風、變雅也是如此：「其忠厚惻怛之心，陳善閉邪之意，尤非後世能言之士所能及之。」[9]在對各部分分別論述的基礎上，朱熹進一步揭示了「三百篇」與理和天道的關係：

　　　此詩之為經，所以人事浹于下，天道備于上而無一理之不具也。[10]

這就是說，天理和人事統統包含在「三百篇」的思想內容中，而這些天理和人事不是來自于現實，而是來自聖人，是聖人感物而賦予的。按照當時的觀念聖人本來就是半人半神，全知全能，具有超現實的特徵，其一言一行無不是天理的表現。「三百篇」作為聖人精神的產物因而先驗地符合天理和道，這絕不是一般的詩歌作品所能比擬的。

　　隨著對《詩經》性質認識的變化，讀詩的目的也相應地發生了根本變化。「聖人明道設教，制為六經，故後之欲聞道者，必求諸經。」[11]這關係到作人和事業，即立身之本。

　　按照道學家的見解，六經與道和天理的關係是全面的，不同的經從不同的側面體現了道和天理：「《易》，即道之理也；《書》，道之辭也；《詩》，道之情也……」[12]《詩經》既然在「情」的方面充滿了天理和道，充滿了聖人精神，那麼，讀《詩經》的目的，在這些道學家看來也就具有了新的內容：即不只是傳統的封建詩教和興、觀、群、怨功能，更重要的是在于明理和求道，即認識、理解、體悟天理和道。這樣就把本來是屬於審美認識的讀詩活動變成了具有宗教哲學意味的道德修養實踐工夫。道德修養實踐首先要誠心敬意，從思想和精神上向聖人靠攏。只

---

[9] 仝註5。

[10] 仝註5。

[11] 仝註5。

[12] 《陵川文集》，卷十八〈五經論〉。

有這樣才能承接聖人之心傳，得「三百篇」之微言大義，把握其精髓。

　　既要得聖人之心傳，在經義的傳授上就有一個承傳的純潔性和正統性問題，即道統問題，道學家無不以維護道統的純正爲己任。他們公認的得道之正統，得經義之真髓的是程朱，特別是朱熹。在道學家看來，道之正統由孔子而後，曾子、子思繼其微，至孟子而始著；由孟子而後，周、程、張子繼其絕，至朱子而始著。這就是說，道學的承傳分爲兩個階段：由孔子至孟子爲第一個階段，由孟子至朱子爲第二階段。朱子是第二個階段的集大成者。那麼，朱子之後即第三個階段道學如何發展，顯然是這個新階段的重要問題。

　　元承宋後，這個任務歷史地落在了經學家的身上。如何繼承朱子之學維護道學的正統性和純潔性，使道統承傳下去是元代道學家必須面對的問題。這一點關系到元代思想的發展，同時也是構成元代《詩經》研究的重要學術背景。

　　爲得聖人之心傳，道學家十分重視師承關係，從師道統不純，就會偏離聖心，有失經之本義。實際上元代經學家都有清楚的師承關係即明確的道統承傳。這種關係大體有三條脈絡：一是趙復一線，趙復是朱熹的私塾弟子，元朝建立前後，他由南方到北方，帶去很多程朱著作，向弟子傳授朱子之學。他的弟子很多，如許衡、郝經、劉因、竇默等，大多是很有影響的理學家。一是黃榦——吳澄一線，黃榦是朱熹的親傳弟子，闡發師說的著作頗多。其後學弟子饒魯、吳澄，其中吳澄是元代三大學者之一，從學者很多。一是黃榦——許謙一線，這一線上著名學者除許謙外，還有金履祥等人。

　　可以看出，元代道學的傳播直接間接都是源于朱熹。在道學家看來，只有師從朱熹，承接朱熹的道統，才能得聖人之心傳，理解經書的真義，從而保持道統的純正：「堯、舜、禹、湯、文、武、周公相傳之道至孔子乃集其大成……至朱熹氏又集其大成者也……程氏之道至朱氏而始明，朱氏之道至金氏（履祥）、許氏（衡）而益專用，使百年以來學者有所宗鄉，不爲異說所遷，而道術必出于一，可謂有功于斯道者矣。」[13]道術出于一，思想不旁逸，保持道統的純正性，在道學家看來

---

[13] 王禕，《王忠文集》，《四庫全書》第 1226 冊，卷十一〈元儒林傳〉，頁 302。

是天經地義的事。

　　道統的純潔性和正宗性既被如此重視，而朱熹又被奉爲得聖人之心傳的正宗道學，因此，有元一代師從和追隨朱熹及其學說，思想觀點和學術見解上奉朱熹爲圭臬，按朱熹觀點去闡發經義，早已是翕然成風，在學術研究中形成了向朱熹一邊倒的局面。元代學者當時對此即有說明：「群經、四書之說，自朱子折衷論定，學者傳之，我國家尊信其學，而講誦授受，必以是爲則，而天下之學皆朱子之書。」[14]這種一邊倒的情況在《詩經》研究中表現也十分突出。

　　縱觀元代《詩經》學園地，可以說是朱熹《詩經》學觀點的一統天下。盡管其前有漢、唐和兩宋諸家大量的研究成果，但元代《詩經》學者卻少有興趣，而于朱熹的《詩集傳》卻情有獨鍾。他們以極大的熱情和興趣對朱傳展開疏解、考釋、論證和推演。可以說，元代全部《詩經》研究著作幾乎都是圍繞朱傳而撰寫的，都是朱傳的追隨者和衍生物。像這樣一家之說獨擅《詩經》學領域的局面，在《詩經》研究史上可謂絕無僅有。

　　元代《詩經》研究著作流傳下來的大約十餘部，現僅舉其中兩部以窺一斑。

　　先說劉瑾的《詩傳通釋》。

　　這是一部嚴守朱學體系的《詩經》研究著作。書前首列朱熹〈詩集傳自序〉，次列他的〈詩傳綱領〉，藉此表明著者是以朱熹的《詩經》學觀點作爲全書的指導思想以及對于朱熹崇尚和追隨。以發明朱傳爲己任，《詩傳通釋》對《集傳》的注文全部錄下，並引各家之說爲之注釋、闡明、推演和分析。凡朱傳所涉及的史實、名物、禮儀、典制、曆算、成說，均不回避，而一一加以考訂。遇有朱說與前人之說抵牾處，則全力爲朱說尋找根據進行辯解，以維護其權威地位。

　　劉瑾運用朱熹的理學觀點分析詩義，在注釋中發揮理學思想，使本書帶有鮮明的理學色彩。

　　這突出地表現在從朱熹所倡導的儒家政治倫理道德說《詩經》，〈小雅·角弓〉本是一首告誡貴族不要疏遠兄弟親戚而親近小人的詩，劉氏卻根據朱熹的思想以

---

[14] 虞集，〈考亭書院重建文公祠堂記〉，《道園學古錄》，《四庫全書》第 1207 冊，頁 515。

親親爲仁之本，把它與治國平天下聯繫起來，賦予作品以政治功利的性質。其次，劉氏用理欲之辯的觀點說《詩經》,〈大雅・抑〉本是衛武公刺厲王，亦以自警的詩，在涉及個人的品德修養時，完全用「存天理，滅人欲」的觀念進行解說，把詩義納入程朱理學所規定的「正心誠意」的觀點，使之成爲證明理學的具體例證。還有，在解釋有關歌頌先王的詩篇時多運用程朱所倡導的「居敬而持志」的主體修養方法，極言「敬」之重要，把它作爲立身處世齊家治國的不可或缺的基本功。在有關先王的詩篇注釋中，把先王作爲居敬消欲窮理的偉大實踐者，並以這一思想觀點作爲理解和評價先王的根據。

可以看出，劉氏解釋《詩》義，不過是朱熹思想的具體運用，他對理學思想的闡述和發揮，有時比朱熹有過之而無不及。[15]

再說朱倬的《詩經疑問》（以下簡稱《疑問》）。

在元代《詩經》學著作中比較別致的是朱倬的《詩經疑問》。這是一部以問答體撰寫的《詩經》研究著作。有的有問有答，有的只是提出問題，有問無答,「其間有問無答者，豈真以爲疑哉，在乎學者深思而自得之耳。」[16]其所提問題的範圍絕不像《四庫提要》所說僅僅限于「略舉詩篇大指發問」，而是廣泛涉及到有關作品的各個方面，諸如歷史背景、詩義題旨、名物訓詁、典章制度以及成書過程和編訂體制等等。所提問題一般來說能超出表面的常識範疇，而有一定的深度和啓發性。特別是作者常常將不同的詩篇前後聯繫起來進行對比提問，自然也就抓住要害。這種提問方式和提問角度說明作者力圖從整體的高度來把握局部，以便更準確地把握局部。

《疑問》在對前人著作的態度上，沒有完全固守朱熹一家，書中除朱說之外，還引用過鄭玄、孔穎達、王通、歐陽修、程頤、程顥、嚴粲、輔廣、董氏、張氏、陳氏（原書未具名，不詳何人）等。在「朱學幾如日中天」、崇尚朱學翕然成風的

---

[15] 關于《詩傳通釋》，拙作，〈劉瑾《詩傳通釋》淺說〉，楊晉龍主編，《元代經學國際研討會論文集》（臺北：辰益出版有限公司，2000），下冊，頁 469，有較具體論證，請參閱。爲避免重複，這裡只簡要介紹要點。

[16] 永瑢，《四庫全書總目》（北京：中華書局，1965 年），卷十六，頁 127。

情況下，像這樣兼顧各家之說，廣求真切之解的作法，尤其顯得難能可貴。

當然，這僅僅是比較而言，即與元代的一般《詩經》學研究著作相比，例如與劉瑾《詩傳通釋》、梁益《詩傳旁通》、劉玉汝《詩纘緒》等注疏和推演朱傳的著作相比，它的學術視野顯得比較廣闊，思想觀點比較開放，然而，就其本身看，它也沒能完全擺脫元代《詩經》學墨守朱子風氣的強大影響。特別是在《詩經》學的總體觀念上也是認爲唯有朱子能得聖人之心傳，把握《詩經》之真髓，而其他各家，從毛《傳》、鄭《箋》，一直到時人，都程度不同地稍遜于朱子。

這首先表現在對一些有爭議的問題上，以先入爲主的成見代替具體的分析，例如對〈周頌〉、〈時邁〉、〈執競〉、〈思文〉的寫作時間，未作充分論證，便下結論，否定了韋昭、呂叔玉等各家的見解，而以朱熹之說爲「不易之論」。對一些問題在無明文可據的情況下，常以朱熹的論斷爲根據進行推論，例如對于雅詩，有的言樂歌，有的只言樂，有的只言詩，對其原因的分析就是如此。

本書是以提問的形式展開撰述，因此，如何提出問題，提哪些問題也就成爲決定本書性質和成就的重要關鍵。本書中的很多問題都是就《集傳》的分析和注釋發問，凡《集傳》所論，從時代背景、詩旨、題意，到詩樂關係、藝術特徵和名物訓詁都提出不少，例如關於工歌和升歌的區別，就是朱熹所論提出問：「〈鹿鳴〉諸詩，朱子以爲工歌；〈清廟〉之詩，朱子以爲升歌，抑有分歟？」（卷三）事實上二者是有區別的，作者十分清楚（從他的回答可以看出）。這樣明知故問，無非是提示和加深對于《集傳》的理解。

除了就朱說提出問題之外，還有很多問題專門是爲解釋朱說而提出的。朱熹《集傳》謂〈商頌‧長發〉爲「祫祭之詩」。祫祭是對列祖列宗的合祭，而詩中只稱契、相土和成湯，似乎是矛盾的。《疑問》就此提問，並進行解釋：「雖合群廟之主而祭之，而以肇基之主與顯王言之亦足矣，豈能一一及之也。」接著又舉其他詩篇來證明這一點。又，朱熹根據《儀禮》將以下詩篇的順序排列爲〈南陔〉、〈白華〉、〈魚麗〉、〈由庚〉、〈南有嘉魚〉、〈崇丘〉、〈南山有台〉、〈由儀〉，而《春秋傳》以〈武〉爲〈大武〉之首章，〈桓〉爲六章，〈賚〉爲三章，同樣見於經，朱子卻沒有據以正其順序，《疑問》就此提出問題，並解釋道：

《儀禮》之說，明白可據，故朱子厘正之；《春秋》傳之說〈大武〉諸章，
既不全，其武王時作者有已誤，如之何而正之哉？

找出這樣的根據和理由，使人覺得《集傳》出語有據，嚴謹可信。

　　凡遇到朱子說詩前後矛盾處，《疑問》總是千方百計為之辯解，或證明前後一
致，或證明事出有因。《集傳》於涉及商周先王的歷史時世，前後抵牾。《疑問》
云：「……《集傳》中亦明言，詩之文意類可以思而得，其時世名氏不可以強而推，
今朱子從史以釋經，雖有可疑，亦非鑿空妄說以欺人。蓋有本矣，當闕所未詳。」
實在找不出辯解的理由，便以猜測的口吻加以肯定。反正《集傳》是絕對的正確，
只是我們不知罷了。

　　可以看出，與元代其他各家相比，盡管《疑問》在對待前人的研究成果上比
較開放，有時能吸收一些不同的見解，但在《詩經》學基本觀點和很多具體見解
上極力和追隨朱熹的觀點，並極力維護朱熹的學術思想權威地位，在這方面，它
與元代其他《詩經》學著作完全一樣。就是說從總體上看，《疑問》仍屬朱子《詩
經》學體系中的著作。這樣一部基本上圍繞著《集傳》而展開的著作，在幫助人
們深入閱讀《集傳》，理解朱熹的《詩經》學觀點上，確是起了一定的作用。

　　元代《詩經》學研究著作，《四庫全書》收七部，除前邊提到的兩部之外，另
外還有五部：一是許謙的《詩集傳名物鈔》，此書以《集傳》為中心，專門從音訓、
名物方面補《集傳》之闕，卷末譜作詩時世，引證資料雖不株守一家，但皆歸宗
《集傳》，以朱說相統馭。一是梁益《詩傳旁通》，此書也是補益朱傳之作，「朱子
詩傳，詳于作詩之意，而名物訓詁僅舉大凡。益是書仿孔賈諸疏證明注文之例，
凡《集傳》所引故實，一一引據出處，辨析源委。」[17]一是朱公遷《詩經疏義》，
這也是一部專為發明朱子《集傳》的研究著作，「其說墨守朱子，　　尺寸」，[18]間

---

[17]　《四庫全書總目》，卷十六，頁 126-8。

[18]　仝註 17。

有辨證，以補朱子之闕。一是劉玉汝《詩纘緒》，此書與《集傳》的關係與前幾部
相同，「凡《集傳》中一、二字之斟酌，必求其命意所在……于朱子比興協韻之說，
皆能反復體究，縷析條分，雖未必合詩人之旨，而于《集傳》一家之學，則可謂
有所闡明矣。」[19]一是梁寅《詩演義》，「是書推演朱子《詩傳》之義，故以『演義』
爲名」。[20]至於《四庫全書》未收錄的，如胡一桂《詩集傳附錄纂疏》、許謙《詩集
傳音釋》等，顧名思義，即可知道它們與《詩集傳》的關係。

　　可以看出，這些著作像《詩傳通釋》、《詩經疑問》一樣，都屬於朱熹《詩經》
學體係的著作，它們爲了承傳聖心，維護朱熹的權威，不遺餘力地解說、推演和
補充《集傳》，最終形成眾多學者追隨一人，圍繞一部《集傳》形成一代《詩經》
學的奇特局面。

　　總而言之，由南宋至元的一百年，我國的《詩經》學發展經歷了一段十分特
殊的歷史道路。由於理學家的介入，從理學的觀點審視《詩經》，引起了《詩經》
學觀念和一系列具體觀點的深刻變化。在朱熹及其追隨者看來，《詩經》是聖人感
物的產物，體現著道和天理，具有萬世法程的意義。讀《詩經》則是爲了體悟天
理，爲了明道和行道，而《詩經》研究則是爲了承傳聖人之心，使聖人的精神發
揚光大。《詩經》及其研究既被如此神聖化，被賦予如此聖潔的重大使命，因而傳
統《詩經》學也就改變爲體悟聖心（即明道）的修養工夫，原來具有實用功利色
彩的詩教和美刺理論也就改變爲具有思辯因素和宗教色彩的《詩經》學理論。與
此相應的是，爲了得聖人之心傳，嚴守道統及其純潔性，《詩經》學家十分重視師
承關係，並以直接、間接承繼集理學之大成的朱熹詩學爲榮耀。有元一代緊承宋
後，自然也就形成朱熹一家之學獨擅的局面。學術領域一旦盛行權威崇拜，學術
活力就會立即消失，自由爭辯隨之偃旗息鼓。更何況元人所崇拜的不止是一代《詩
經》學巨擘，更是公認的得聖人之心傳的理學大師。元代《詩經》學唯宗朱傳，
少見異說，嚴重流於封閉化和狹隘化，極大地束縛了學者的創造性和開拓精神。

---

[19]　仝註 17。

[20]　仝註 17。

對此，前人曾有尖銳的批評：「宋末元盛之時，學者于六經四書，纂訂編綴，曰集義、曰附錄、曰纂疏、曰集成、曰講義、曰通考、曰發明、曰紀聞、曰管窺、曰輯釋、曰章圖、曰音考、曰口義、曰通旨、棼起謂興，不可數計。六經注腳，抑又倍之，茲相立名，則其依人成學，鮮所心得，不待讀其書而故可知也。」[21]這種仰息前人，在前人劃定的圈子內摸索，走前人的老路，重複相同的模式，最終導致千人一面、千部一腔，少有創新，實在值得深思。

---

[21]　《中國經學史》，頁132。

新古典新義
頁 165～194
臺灣學生書局　2001 年 9 月

《詩經‧豳風‧七月》之「公子」及其相關問題

洪國樑[*]

一、前言

　　《詩經‧豳風‧七月》之「公子」何指？自漢以來，已多異說；近人更本諸史觀，以爲即古代「奴隸制」社會中「階級」之證明；迄於今日，學者各騰己說，熒人耳目，莫可究詰。余曩讀此詩，既眩於先儒異說之紛錯，於近人「新說」亦所未安，爰思董理，以釋蓄疑。

　　清人方玉潤有「設色生姿」之說，以爲〈七月〉之「公子」特虛擬人物，毋庸深求。竊頗韙其說，復憾近人於方說雖或述及，惟多未予重視，遑論用以釋此詩者，本文即取方說更予推闡。惟欲述明方說，需先就先儒舊說作一綜理，以見問題所在；繼申明方說後，復需就近人新說試予辨正，以見其得失。本文即就此三部分予以討論。

　　近人欲破舊說牢籠，昌言「卸下有色眼鏡來讀這首詩」，[1]其說是矣。本文刊落各類史觀及古代社會制度之辯，純就詩論詩，就字句訓解論說，就寫作技巧論詩，

---

[*] 洪國樑，世新大學中國文學系教授。

[1] 蘇雪林，《詩經雜俎》（臺北：臺灣商務印書館，1995），卷二，〈詩經所顯示社會各階層的狀況〉，頁 85。

區區鄙意,亦不過呼應方說,試提另一詮釋途徑,以究明此詩真義而已。文中爲討論所需,或不免唐突時賢,尙祈學者諒之,並予指正,實深盼禱。

二、先儒舊說之「公子」辨

　　〈七月〉中之「公子」凡三見,曰「女心傷悲,殆及公子同歸」(二章)、「載玄載黃,我朱孔陽,爲公子裳」(三章)、「一之日于貉,取彼狐狸,爲公子裘」(四章)。古之「子」稱,本通施於男、女,「公子」之稱亦其比,[2]是以先儒舊說,於此三「公子」之訓解,歧互特甚。[3]此三章中,後二章之「爲公子裳」、「爲公子裘」二句,縱其「公子」身分難定,然句意皆謂「奉上」以爲裘裳,於經義尙無大害。至第二章之「女心傷悲,殆及公子同歸」二句則不然,涉及「女心」爲何「傷悲」?「公子」身分爲誰?「同歸」之義何指?此皆關係詩義之大者;而「公子」之身分如何,尤影響上下文義之訓解,與他二「公子」不同;近人之「新說」問題,亦多由此衍生,是不可不辨。

　　「女心傷悲,殆及公子同歸」二句,自毛《傳》、鄭《箋》所釋,已有異同;而後人於毛、鄭之意,理解復頗懸殊。茲依毛、鄭說之次序,分別繫以後人申發、駁難之說,以較論二家得失。

2　〔明〕何楷《詩經世本古義》,《景印文淵閣四庫全書》(臺北:臺灣商務印書館,1986),卷一〈角部‧七月〉,頁 22b 云:「諸侯之子,凡男女皆得稱公子。《左傳》云:"凡公女嫁于敵國,姊妹則上卿送之,公子則下卿送之。于大國,雖公子,亦上卿送之。"〈昭三年〉:"公孫蠆爲少姜之有寵也,以其子更公女,而嫁公子。"又《公羊傳》說築王姬之館云:"于群公子之舍,則已卑矣。"是諸侯之女亦稱公子也。」即其證。

3　如〔宋〕王質《詩總聞》、〔宋〕朱熹《詩集傳》、〔宋〕輔廣《詩童子問》、〔清〕顧鎮《虞東學詩》、〔清〕黃中松《詩疑辨證》、〔清〕牟應震《毛詩質疑》等,以三「公子」均爲男公子;〔清〕魏源《詩古微》則以爲均女公子;〔明〕季本《詩說解頤》以二、四章爲男公子,三章爲女公子;〔明〕何楷《詩經世本古義》、〔明〕張次仲《待軒詩記》、〔清〕錢澄之《田間詩學》、〔清〕戴震《毛鄭詩考正》等,以二、三章爲女公子,四章爲男公子;〔宋〕嚴粲《詩緝》、〔明〕郝敬《毛詩原解》、〔清〕顧廣譽《學詩詳說》等,以二章爲女公子,三、四章爲男公子。其餘尚多,不備舉。

（一）毛《傳》說

毛《傳》云：

> 傷悲，感事苦也。春女悲，秋士悲，感其物化也。殆，始；及，與也。豳公
> 子躬率其民，同時出同時歸也。

毛《傳》所釋，啓後人之疑者三，茲分述之。

（1）「感事苦」是「感蠶事之勞苦」（用孔穎達《正義》說），而「感其物化」
是感物候之變，雖二者均人情之恆有，然義本不相類，於此文中之「傷悲」二字，
何得兼此二義？是以後人多僅就「感事苦」或「感其物化」之一端言之，如鄭《箋》
云：

> 春女感陽氣而思男，秋士感陰氣而思女，是其物化，所以悲也。悲則始有與
> 公子同歸之志，欲嫁焉。[4]

此自「感其物化」一端釋「傷悲」義。而嚴粲云：

> 女心傷悲，念蠶事之勤苦。[5]

乃取「感事苦」之義。胡承珙則云：

> 《傳》但以「傷悲」為「感事苦」，其又云「物化」者，亦祇謂見時物之變
> 而動其勤苦之心耳。……此章求桑、采蘩專言春日蠶事之勤，故「傷悲」者，

---

[4] 鄭既以「感其物化」釋「傷悲」義，惟又繼云：「女感事苦而生此志，是謂豳風。」雖旨釋豳風、
　豳雅、豳頌之別，然牽合毛《傳》二義，於「傷悲」義則為蛇足。

[5] 〔宋〕嚴粲，《詩緝》（臺北：廣文書局，1970），卷十六〈國風‧豳風‧七月〉，頁 6b。

言勞者之作歌。[6]

此彌縫毛《傳》「感事苦」與「物化」二義，然「見時物之變而動其勤苦之心」與「春女悲」固不相屬，說實牽強，惟自其說觀之，實亦取「感事苦」之一端言之而已。胡念貽云：

> 「女心傷悲」，其實只是像〈小雅・杕杜〉詩裏的「女心傷止」、「女心悲止」一樣，不過那裏是表示懷人之情，這裏是表示思春而已。[7]

此即「感其物化」之「女心傷悲」，其說是也。

　　(2)《傳》所謂「豳公子」，為豳公之子抑豳公之女？若為豳公之子，何得率采桑女「同時出同時歸」？顧廣譽有見及此，即云：

> 案蠶桑者女子之事，豳公雖勤民，夫人親蠶即所以率之，何乃使公子舍其本務而終日奔走田野也？《傳》義殊疏。[8]

王質亦見及此，故不從毛《傳》「率民」說，而別為「勞田」之說云：

> 公子適野，勞田者也。女與同歸，喜觀公子之儀容徒御，隨其後而還也。[9]

公子適野以「勞田」（勞耕者），此事理所容有，然謂采蘩（桑）女「喜觀公子之儀

---

[6] 〔清〕胡承珙，《毛詩後箋》，《皇清經解續編》（臺北：復興書局，1972），卷十五，頁10。

[7] 胡念貽，〈關於詩經大部分是否民歌的問題〉，《文學遺產增刊》第7輯（1959年12月），頁9。

[8] 〔清〕顧廣譽《學詩詳說》，轉引自〔清〕抉經心室主人（趙賢），《清儒詩經彙解》（臺北：鼎文書局，1972），卷三一，頁4a。

[9] 〔宋〕王質，《詩總聞》（臺北：大通書局，1970），卷八，頁1。

容徒御」乃「隨其後而還」,豈不愈悖情理?陳奐則云:

> 此(二)章因授衣而言女功始蠶之事。末句承上章之意,言耕者出而歸耳。……
> 公子,猶公孫,〈狼跋〉《傳》:「公孫,豳公之孫。」則公子,豳公之子,謂
> 成王也。經言民與公子,《傳》言公子率民,又補經義。同歸必同出,以箸
> 君民勤於農事如此也。[10]

「豳公之子」是否即成王,此姑不論。然經明云「同歸」者為「女」,陳氏乃曲說
為「民」,且「殆及公子同歸」句明承「采蘩祁祁,女心傷悲」而來,陳氏乃以為
遙接上章(四之日舉趾),其迴護毛說之意甚顯。

　　學者或見毛說之「豳公子」若解為豳公之子,於義難通,遂有作「女公子」
解者,如張次仲云:

> 觀女公子亦為采桑之事,則桑陌間無貴無賤,勤渠往來可知。傷悲,感事苦
> 也。殆,猶將也。及,與也。公子,女公子也。女心傷悲,采桑諸女未必皆
> 悲,感時觸物或有不能自已者。問女何所悲?女亦無所悲也,殆與公子同歸
> 耳。[11]

既云「感事苦」,復云「女亦無所悲」,豈不矛盾?其與「殆及公子同歸」又有何關
係?錢澄之則云:

> 此公女出親蠶事也。懿筐之女忽?祁祁者之眾,為之心傷,傷草野微賤,而
> 今得見貴主之威儀,形影相顧,不覺悲也;目送心隨,不忍舍去,殆欲與祁
> 祁相從還宮,是女子眷戀之恆情也。[12]

---

[10] 〔清〕陳奐,《詩毛氏傳疏》(臺北:學生書局,1978),卷十五,頁2b。

[11] 〔明〕張次仲,《待軒詩紀》,《景印文淵閣四庫全書》,卷三,頁59b。

[12] 〔清〕錢澄之,《田間詩學》,《景印文淵閣四庫全書》,卷五,頁29b-30a。

此說尤爲無謂。「見貴主之威儀」，有何可傷？不惟是也，乃至欲「與祁祁者相從還宮」，寧有是理乎？

知如依毛說，無論釋「豳公子」爲豳公之子抑豳公之女，均不免左支右絀，難洽人意。

（3）無論釋「女心傷悲」爲「感事苦」或「感其物化」，與下文「殆及公子同歸」（與豳公子「同時出同時歸」）均義不連屬，是截上下文爲兩節，蓋二句文氣、文意均緊密承續，斷難割裂。如前引張次仲說，既釋「傷悲」爲「感事苦」，復覺知「女心傷悲」與「（男）公子」、「同歸」之難協，爰釋「公子」爲「女公子」，然其串講文意乃云：「問女何所悲？女亦無所悲也，殆與公子同歸耳」，散漫支離，不成文意。而李樗則自「感其物化」一端論云：

> 「殆及公子同歸」，毛氏謂「豳公子躬率其民，同時出同時歸」，其意以謂：豳公之子躬率其民，共適田野，今則女子與豳公子同時來歸於家。毛氏既以「女心傷悲」爲女子有欲嫁之志，然下文又曰「與子同歸」，則其文不相接。[13]

此就「感其物化」而有「欲嫁之志」之「春女悲」釋「傷悲」義，謂毛《傳》釋「殆及公子同歸」爲「豳公子躬率其民，同時出同時歸」，與嫁娶事無涉，故云「其文不相接」。黃中松說並同。[14]李惇亦云：

> 毛、鄭解「傷悲」同，言「公子」亦同，皆以「公子」爲豳公之女也。但《傳》以「歸」爲采蘩而歸，鄭更訓「歸」爲嫁，與上「傷悲」更爲融貫。[15]

---

[13] 〔宋〕李樗，《毛詩李黃集解》，《通志堂經解》（臺北：漢京文化事業有限公司，1980），卷十七，頁10。

[14] 〔清〕黃中松，《詩疑辨證》，《景印文淵閣四庫全書》，卷三，頁64b。

[15] 〔清〕李惇，《群經識小》，《皇清經解》（臺北：復興書局，1972），卷七二一，頁6a。

毛、鄭是否皆以「公子」爲豳公之女，此先不論，然二家所釋「傷悲」，確均有「感其物化」之一義；鄭訓「歸」爲于歸，其事類正相承。謂鄭「更爲融貫」，無異即謂毛「未能融貫」。是知毛《傳》所釋，實割裂文意。

（二）鄭《箋》說

　　上文評論毛說，固已徵及鄭《箋》，茲爲討論之便，請更引其說。鄭《箋》云：

　　　　春女感陽氣而思男，秋士感陰氣而思女，是其物化，所以悲也。悲則始有與
　　　　公子同歸之志，欲嫁焉。

此釋確較毛說爲「融貫」，然針對後人之疑，亦有二事需待辨明。

　　（1）「春女感陽氣而思男」，是否「失之褻」，或「非豳風淳固之俗」？如輔廣云：

　　　　舊說以「女心傷悲」爲感春陽之氣而然，則失之褻。[16]

嚴粲亦云：

　　　　舊說謂女感陽氣而思男，處子作此想，恐非豳風淳固之俗也。[17]

　　今案：鄭《箋》「陽氣」、「陰氣」之說，或不無可議，然其意即毛《傳》之「感其物化」也。王質云：

　　　　女見物變，覺年長，所以傷悲，人常情也。[18]

---

[16]　〔宋〕輔廣，《詩童子問》，轉引自〔清〕王鴻緒，《詩經傳說彙纂》（臺北：鐘鼎文化出版公司，
　　　1967），卷九，頁5a。

[17]　同註5。

所釋正〈國風〉本色，如〈召南・摽有梅〉云：「摽有梅，其實七兮。求我庶士，
迨其吉兮」，即其例。蓋女子見物變而覺年長，覺年長而思及終身，更念及將遠父
母而悲，此皆人情事理之自然，何「褻」之有？於「淳固之俗」又何傷？輔、嚴二
家實執於後世道學而昧人情。

　　（2）鄭《箋》之「公子」何指？「同歸」何意？蓋鄭既未明指「公子」爲男
公子抑女子；亦未明言「同歸」爲嫁予男公子，抑作爲女公子之媵而與之同嫁？或
與女公子均及時而嫁？是以啓後人諸多懸想。

　　今案：鄭既先云「春女感陽氣而思男」，此「所以悲也」，繼云「悲則始有與
公子同歸之志」，而結云「欲嫁焉」；由「思男」至「公子」至「欲嫁」，文意上下
直貫，而以二「悲」字爲綰合，推其意，似指嫁予男公子。而《正義》申鄭乃云：

> ……以言悲則始有與公子同歸之志，欲得嫁焉；雖貴賤有異，感氣則同，故
> 與公子同有歸嫁之意。……是諸侯之女稱公子也。[19]

於鄭之「有與公子同歸之志」，釋爲「與公子同有歸嫁之意」，顛倒「有」字次序；
又解鄭之「欲嫁焉」爲「欲得嫁焉」，增一「得」字，爰謂鄭之「公子」爲女公子，
與鄭意實相背謬。[20]

　　鄭意之「公子」，當爲男公子，朱熹釋「女心」二句云：

> 是時公子猶娶於國中，而貴族大家連姻公室者，亦無不力於蠶桑之務，故其
> 許嫁之女，預以將及公子同歸而遠其父母爲悲也。[21]

---

[18] 同註9。

[19] 〔唐〕孔穎達，《毛詩正義》（臺北：新文豐出版公司，1977），卷八之一，頁12b-13a。

[20] 《正義》釋毛，未著「女公子」說，殆以為「男公子」。

[21] 〔宋〕朱熹，《詩集傳》（臺北：臺灣中華書局，1973），卷八，頁91。

其中「公子」、「同歸」之義，殆本鄭《箋》。陳啓源致疑朱《傳》「同歸」之義
　　云：

　　　以「歸」為「于歸」，則歸者止是女，何云「及公子同歸乎」？文義不順矣。[22]

此謂「于歸」專用於女子，若訓「歸」爲「于歸」，則「及公子同歸」即當釋爲「及
公子同于歸」，是「文義不順」矣。此雖駁朱《傳》，亦可用於鄭《箋》。

　　今案：「同歸」既上承「女心傷悲」（感物化，覺年長）及「公子」，其義當即
如劉瑾所云：「同歸者，同親迎之公子而歸」；[23]而「及公子同歸」，亦猶〈檜風・素
冠〉「與子同歸」、〈鄭風・丰〉「駕予與歸」之意，[24]宜無不順。

　　鄭釋「女心傷悲，殆及公子同歸」二句之義，雖於「傷悲」、「同歸」二語較能
融貫，然采桑女而欲與「公子同歸」，豈非癡心妄想？則「公子」身分究如何？尚
需通觀上下文及詩之主題，更參以文學技巧，而後可定。

三、方玉潤之「設色生姿」說

　　方玉潤之「設色生姿」說，竊以爲於古今諸說中最爲通達，真所謂「匡說詩，
解人頤」者。茲先具引其說，再予論證。

　　方氏揭陳己說前，先引朱熹「公子，豳公之子。……貴家大族……其許嫁之
女，預以將及公子同歸而遠其父母爲悲」之說；次引輔廣疵議「舊說」之「感春陽
之氣」爲「失之鑿」及「欲與公之女同歸」爲「失之僭」說；繼引姚際恆「公子，
豳公之子，乃女公子也。此採桑之女在豳公之宮，將隨女公子嫁爲媵，故治蠶以備
衣裝之用，而于採桑時忽然傷悲，以其將及公子同于歸也」及「或以爲春女思男，
何其媒慢；或以爲悲遠離父母，又何其板腐哉」之說，而後云：

---

[22] 〔清〕陳啟源，《毛詩稽古編》，《皇清經解》，卷六七，頁 5a。

[23] 〔元〕劉瑾，《詩傳通釋》，轉引自〔元〕朱公遷，《詩經疏義會通》，《景印文淵閣四庫全書》，卷八，
　　頁 6a。

[24] 此參余培林，《詩經正詁》（臺北：三民書局，1993），頁 425。

數說皆泥讀「公子」字，而未嘗體會「殆及」神吻也。以「公子」為「女公子」，是「女」字為後人所添，非詩之所謂「公子」也。以此女為許嫁之女，則「采蘩祁祁」，女子眾多，焉知其誰為許嫁而誰非許嫁人耶？且恐其將與女公子同賦于歸，則所與者不過一二人，豈舉國採桑諸女盡為媵妾哉？諸儒欲求其解不得，於是多方擬議，婉轉以求合經文，皆以辭而害意也。曰「公子者」，詩人不過代擬一女心中之公子其人也；曰「殆及」者，或然而未必然之詞也。女當春陽，閒情無限，又值採桑，倍惹春愁。無端而念及終身，無端而感動目前，不知後日將以公子為歸耶？抑別有謂于歸者在耶？此少女人人心中所有事，並不為褻，亦非為僭。王政不外人情，非如後儒之拘滯而不通也。且著此句於田野樸質之中，愈見丰神搖曳，可以化舊為新，而無塵腐氣，亦文章中之設色生姿法耳，又何必沾沾辯其為男為女公子耶？[25]

云「以公子為女公子，是女字為後人所添，非詩之所謂公子也」，則其意當以為「男公子」也；末句云：「何必沾沾辯其為男為女公子耶」，乃針對前引三家之「拘滯不通」而發（其意實包所有舊說），非真不必辯其為男為女公子也。惟此「公子」，方氏以為：不過詩人「代擬一女心中之公子其人也」，則是虛寫而非實寫；云「采蘩祁祁，女子眾多，焉知其誰為許嫁，而誰非許嫁人耶」，又云「此少女人人心中所有事」，則詩中所述乃泛寫，非專就某人某事之特寫。蓋此詩主述豳民之一般性衣食活動（說詳下），自當及采桑養蠶為衣之事，此（二）章既及采桑女（采蘩亦為養蠶之用），詩人乃順筆就其身上描摹，作為此章之收束，寫「女當春陽，閒情無限，又值採桑，倍惹春愁。無端而念及終身，無端而感動目前」，此乃「文章中之設色生姿法」，以點染詩之色彩與情韻。「設色生姿」何以必代擬一「公子」？蓋言「于歸」必當言其所歸；言其所歸若但云「女心傷悲，殆及人同歸」，則索然寡味，是以詩人必「代擬一女心中之公子」，置於此章之末，確「愈見丰神搖曳」。則所謂

---

[25] 〔清〕方玉潤《詩經原始》，《雲南叢書》（臺北：藝文印書館，1969），卷八，頁20。

「公子」者，其義不過如〈小雅·大東〉「佻佻公子，行彼周行」之「公子」，

爲泛指，爲「貴介之通稱，不必定其爲諸侯之子」，[26]而於此詩則爲虛擬人物耳。

　　方氏之「設色生姿」說，實發千載之覆。至其釋三章「爲公子裳」、四章「爲

公子裘」之「公子」，則不從此說，有云：

> 此二「公子」，與上「公子同歸」之「公子」微有不同，蓋上虛擬公子名色，
> 此實指公家眾公子也。「爲裘」、「爲裳」何不奉君公，而必以奉公子？蓋公
> 子爲公所鍾愛者也，言公子，則公心尤悅；且野人獻忱，不敢直達君上，聊
> 以奉諸公子。其口吻固如是耳。[27]

謂三、四章之「公子」爲實寫，不同於二章之虛擬。信如所說，「野人獻忱」既「不

敢直達君上」，[28]理亦當不敢直達公子；且四章「言私其豵，獻豜于公」句，方氏釋

云：「獻豜于公，忠愛之忱可見矣」，[29]又何以敢直達君上？至「公子爲公所鍾愛者

也，言公子，則公心尤悅」云云，真姚氏所謂「何其板腐哉」。方氏釋三、四章之

「公子」，恐不免「見樹不見林」之譏。竊以爲：三、四兩章之「公子」，應即承二

章而來，屬同一筆法，不至二章之「公子」爲虛擬，而三、四章爲實寫也。三章之

「爲公子裳」，其文字之意固爲「奉上」，然此意於詩之主題實無關宏旨。蓋「衣之

所用非絲即麻，春既養蠶，秋當緝績，絲帛染爲玄黃，乃堪衣用，故三章又陳女功

自始至成」，[30]「爲公子裳」即承「八月載績，載玄載黃，我朱孔陽」三句，作爲「自

始至成」之收束，故又虛擬一「公子」以實其事，此亦「設色生姿」法；否則若但

云「可以爲裳」，亦索然寡味矣。至四章之「爲公子裘」（獸皮亦爲衣之原料之一），

---

[26] 〔清〕牛運震，《空山堂文集·詩志》（〔清〕嘉慶五年校刊空山堂藏版），卷二，頁55。

[27] 同註25，頁21b

[28] 方氏「不敢直達君上，聊以奉諸公子」語，殆本嚴粲「不敢言爲豳公之裳，而託言公子」之說。嚴
　　　說見同註5，頁9b。

[29] 同註25，頁13b。

[30] 孔穎達說，同註19，頁8a。

亦準此例，實不必深究此「公子」爲誰？其身分如何？惟欲申明此旨，尙需就本詩主題及特殊文學技巧論之。

（一）本詩主題

〈七月〉爲農事詩，此古今學者並無異議。至其主題，程頤云：

> 此詩多陳節物，大要言歲序之遷，人事當及時耳。[31]

又嚴粲云：

> 〈七月〉一詩，一言以蔽之，曰「豫」而已。凡感節物之變，而修人事之備，皆豫爲之謀也。（原註：程子曰：「〈七月〉大意，憂深思遠。」）[32]

如二家說，則〈七月〉一詩所陳者，乃豳民之「人事」（農業）活動；此人事活動之特徵在「及時」及「豫」二者，而藉「歲序之遷」、「節物之變」以鋪陳之。是此詩之內容可概括爲二：一曰人事活動，二曰歲序之遷、節物之變。

　　人事活動之內容又爲何？曰：不離衣、食二端。《正義》云：「首章陳人以衣、食爲急，餘章廣而成之。」[33]朱《傳》亦論云：「此（首）章前段言衣之始，後段言食之始；二章至五章終前段之意，六章至八章終後段之意。」[34]此衣、食雙起之意，著於首章之中，而全詩即以此二端爲貫串。雖四章、五章、七章雜擧狩獵、塞向墐戶、乘屋等事，其意義仍可以衣、食統之。如四章專言農畢之狩獵活動，朱《傳》論云：

---

[31] 〔宋〕程顥、程頤，《二程集・河南程氏經說》（臺北：里仁書局，1982），卷三〈七月〉，頁1065。

[32] 同註5，頁3a。

[33] 同註19，頁7b。

[34] 同註21，頁90。

雖蠶桑之功無所不備，猶恐其不足以禦寒，故「于貉」而取狐狸之皮，
以為公子之裘也。……此章專言狩獵，以終首章前段「無褐」之意。[35]

真德秀亦云：

上言……躬蠶桑之勞以為衣者，無所不至，猶恐其未足，「于貉為裘」又有
以補之。[36]

此見「一之日于貉，取彼狐狸，爲公子裘」乃主於衣，而「爲公子裘」則爲前二句
之收筆。又此章既言及「于貉」之私獵，乃繼述「二之日其同」之大規模狩獵，以
終其事，並爲此章之收筆，其意固不專在狩獵之事。若五章「穹窒熏鼠，塞向墐戶」
等語，朱《傳》云：「亦以終首章前段禦寒之意。」[37]至七章「嗟我農夫！我稼既同，
上入執宮功。晝爾于茅，宵爾索綯。亟其乘屋，其始播百穀」云云，《正義》釋「亟
其乘屋」句意云：

下句言「其始播百穀」，則「乘屋」亦為田事。[38]

朱《傳》釋諸句之意云：

言納於場者無所不備，則我稼同矣，可以上入都邑而執治宮室之事矣，故晝
往取茅，夜而索綯，亟升其屋而治之，蓋以來歲將復始播百穀而不暇於此故
也。[39]

---

[35] 同註 21。

[36] 轉引自同註 16，頁 7b。

[37] 同註 21，頁 92。

[38] 同註 19，頁 21a。

[39] 同註 37。

並見所以「亟其乘屋」者，乃因「其始播百穀」之故，是亦主於食，此即所謂「及時」（亟其乘屋），亦所謂「豫」（其始播百穀），乃農業社會人事活動之特徵。綜上述諸家析論，知四、五、七章之人事活動仍可以衣、食統之。前人於此詩篇章主旨、文意脈絡，所見極精，論之至確，此不容輕予否定者也。

衣、食之內容為何？曰：有「正」有「助」。前引真德秀語，謂「于貉為裘又有以相之」，即所謂「助」也。《正義》更明指「正」、「助」之內容云：

> 三章既言絲麻衣服女功之「正」，故四章陳女功「助」（樑案：「功」下疑脫「之」字），取皮為裘，以助布帛。……黍稷麻麥男功之「正」，故六章先陳男功之「助」，七章言男功之「正」。[40]

是全詩實以豳民周歲之衣食活動為敘述主軸。其謀篇之法，則有如牛運震所云：

> 以綱紀月令為章法，以蠶衣農食為節目，以預備儲蓄為筋骨，……以男女室家之情為渲染，以穀蔬蟲魚之屬為點綴。[41]

見此詩結構經營頗具匠心，首尾一氣，條理秩然。而近人或不解此，或拘執文字、誤認主題，乃謂三章「重在為公子祭服朱裳耳」，又謂四章「重在為公與公子獲得肉食與皮裘耳」，[42]反客為主，虛實乖錯。

（二）文學技巧

〈七月〉詩人為鋪陳豳民周歲之衣食活動，復欲免敘述板滯，乃出之以特殊文學技法，即姚際恆所謂「正筆」、「閒筆」是也。姚說至精，茲具錄之。說云：

---

[40] 同註30。

[41] 同註26，頁52。

[42] 陳子展，《詩經直解》（上海：復旦大學出版社，1983），卷十五，頁477-478。

此篇首章言衣食之原，前段言衣，後段言食；二章至五章終前段言衣之意，六章至八章終後段言食之意，人皆知之矣。獨是每章中凡為正筆、閒筆，人未必細檢而知之也。大抵古人為文，正筆處少，閒筆處多；蓋以正筆不易討好，討好全在閒筆處。亦猶擊鼓者注意于旁聲，作繪者留心于畫角也。古惟《史記》得此意，所以傳于千古。此首章言衣食之原，所謂正筆也。二章至五章言衣，中惟「載玄載黃，我朱孔陽」二句為正筆，餘俱閒筆。二章從春日鳥鳴，寫女之採桑，自「執懿筐」起，以至忽地心傷，描摹此女盡態極妍；後世詠採桑女，作閨情詩，無以復加；使讀者忘其為「言衣食為王業之本」正意也。三章曰「條桑」、曰「遠揚」、曰「女桑」，寫大小之桑並採無遺，與上章「始求柔桑」境界又別；何其筆妙！雖正寫「玄黃」帛成，而曰「為公子裳」，仍應上「公子」；閒情別趣，溢于紙上；而章法亦復渾然。「八月載績」一句言麻；古絲麻並舉也，此又為補筆。四章則由衣裳以及裘，又由裘以及田獵，閒而又閒，遠者益遠。五章終之以「改歲」、「入室」，與衣若相關，若不相關。自五月至十月，寫以漸寒之意，筆端尤為超絕。妙在只言物，使人自可知物由在野而至入室，人亦如此也。兩「入」字正相照應。六章至八章言食，中惟「九月築場圃，十月納禾稼，黍稷重穋，禾麻菽麥」四句為正筆，餘俱閒筆。六章分寫老、壯食物，凡菜豆瓜果以及釀酒取薪，靡不瑣細詳述，機趣橫生；然須知皆佐食之物，非食之正品也，故為閒筆。七章「稼同」以後，併及公、私作勞，仍點「播百穀」三字以應正旨。八章併及藏冰之事，與食若不相關，若相關。而終之以田家歡樂，尊君親上，口角津津然，使人如見豳民忠厚之意至今猶未泯也。[43]

此文所揭「正筆」、「閒筆」之說，乃細繹上下文字、掌握文意脈絡而得之者，誠有助本詩「公子」問題之解決。何謂「正筆」？凡能述明正意之描述文字，謂之「正

[43]　〔清〕姚際恆《詩經通論》（臺北：廣文書局，1971），卷八，頁163-164。

筆」，如本詩所述豳民衣食活動而出之以直接描述手法者是也，爲篇旨、章旨之所在。何謂「閒筆」？凡非直接述明正意，然具有襯托正筆、增加情韻或銜續上下文之作用者，謂之「閒筆」。正筆如詩之骨架、血肉，俾詩之內容或意義完整，多客觀描述，意義較明確，文字線索昭然可尋。閒筆如詩之靈魂、情性，俾詩靈動而具情韻之美，多主觀敘述或抒情，意義或具模糊性，文字線索若斷若續，若離若合，需細繹方得；然此乃詩之所以爲詩也，尤以〈風〉詩爲然，此亦所以「正筆不易討好，討好全在閒筆處」之故也。

正筆、閒筆多相間爲用，是以於閒筆之理解不能拘泥，當求其用意所在。其如或置於章首或章中，多起銜續文字之作用，並增情韻之美；如置章末或敘述某事之末，則多作爲文章收束，並使餘韻不絕。至何者爲正筆，何者爲閒筆？則需就文意脈絡予以掌握。依姚氏上文之分析，「二章從春日鳥鳴，寫女之採桑，自 "執懿筐" 起，以至忽地心傷，描摹此女盡態極妍」，使讀者「竟忘其爲 "言衣食爲王業之本" 正意」，則「女心傷悲，殆及公子同歸」二句正所謂「閒筆」也；而三章「雖正寫 "玄黃" 帛成，而曰 "爲公子裳"，仍應上 "公子"，閒情別趣，溢于紙上，而章法亦復渾然」，則「爲公子裳」亦「閒筆」也，與上章之「殆及公子同歸」句同一收束筆法而「設色生姿」。至四章之「爲公子裘」，亦應作如是解。

姚氏正筆、閒筆之說，實具隻眼，惟於詮釋本詩「公子」，猶不脫舊說窠臼，致有「沾沾辯其爲男爲女公子」之譏（已見前引方玉潤語）。

方氏之「設色生姿」說，殆得自姚說之啓發，觀方氏《詩經原始》中全錄姚氏此說可知。而姚、方二家之前，實已有類似之見者，如徐光啓論二章「女心傷悲，殆及公子同歸」二句即云：

此（二）章重治蠶不重末二句，末二句不過因治蠶而模擬一時情事如此；後來作者於體物、敘事之詩，到結句處往往題外生意，以爲警策，蓋祖述於此。即此二語，非遠非近，欲離欲合，如鶴唳高堂，遺音不絕；如曼聲長歌，餘弄未盡；讀者領略此旨，便想見古人才情風韻，飄飄有凌雲之氣。至如「公子娶乎國中」、「貴家力於蠶桑」（樑案：二語均朱《傳》說），此是言外之意，

了與詩旨無干，若用此意入講，粘皮帶骨，便將古人深情遠調埋沒湮沈，殊可嘆也。[44]

謂「此章重治蠶不重末二句」、「至如"公子娶乎國中"、"貴家力於蠶桑"，此是言外之意，了與詩旨無干」，亦就文意脈絡予以掌握；謂「末二句不過因治蠶而模擬一時情事如此」、「到結句處往往題外生意，以爲警策」，即所謂虛筆、閒筆；謂「即此二語，非遠非近，欲離欲合」，即就其文字線索而言；謂「鶴唳高堂，遺音不絕」，即虛筆、閒筆之「丰神搖曳」、餘音不絕也。

徐氏此說，黃中松以爲「頗得詩人之情。」[45]惜後人於姚、方二家說尙多未措意，遑論徐說。

四、近人「階級」說之文字訓解問題

近人頗或援據唯物史觀以研究《詩經》，並用以詮釋〈七月〉，以爲〈七月〉一詩反映古代奴隸（或農奴）之凄慘生活，揭露階級鬥爭之社會本質；而詩中之「公子」即奴隸主或奴隸主之子，「我」爲小奴隸主或小地主，「農夫」爲奴隸或農奴。此說，駸駸乎瀰漫當今《詩經》學界，究其風氣之始，殆肇端於郭沫若。

郭氏於民國十九年出版《中國古代社會研究》，爲「中國第一部馬克斯主義的中國古代史著作」，「他對於傳統的傳疏表示極大的蔑棄」，「廣泛地運用《詩經》、《尙書》中的豐富史料來分析批判殷周社會的社會結構和意識型態的發展變化」[46]，予當今《詩經》學界重大影響。其書中論及〈七月〉之內容及所反映之社會情狀，廣爲學者所援用或申發。爲便於說明近人說之所本，茲引錄其說。郭氏云：

44　〔明〕徐光啟，《詩經六帖》，轉引自〔明〕顧夢麟，《詩經說約》（臺北：中央研究院中國文哲研究所籌備處，1996），卷十，頁 7a。

45　同註 14，頁 65b。

46　夏傳才，〈郭沫若對詩經研究的貢獻〉，《詩經研究史概要》（臺北：萬卷樓圖書有限公司，1993），頁 286、290。

這是一首寫農夫生活的詩。這詩描寫當時的農夫周年四季一天到晚都沒有休息的時候。男的呢種田築圃，女的呢養蠶織布。栽種出來的成果呢獻給公家，而自己吃的只是一些瓠瓜苦菜。養織出來的成果呢是替「公子」做衣裳，而自己多是「無衣無褐」。農閑的時候打點獵，得了狐狸便要送去給公子做衣裳，得了野豬只好偷偷地把豬兒畜了起來，大豬要貢給公家的。自己養的羔羊也要殺了來獻上去，不消說也還要釀酒送酒。公家住的宮室要他們去整理，晝夜兼勤地用茅草蓋好起來（當時的宮室都還是茅屋），而自己住的被耗子打穿成大窟小洞的土屋，只好把點爛泥來塞塞，把煙火來熏熏。不消說蟋蟀是要到頭上來叫，風大哥是要時常來打交道的，管他媽的，也只好得過且過，在這兒過冬了。但是還不夠，到了冬天來還要去鑿凌冰，藏好了，到夏天來獻上去，以使公家的人涼快。女子好像還有別的一種公事，就是在春日豔陽的時候，公子們的春情發動了，那就不免要遭一番蹂躪了。這並不是甚麼稀奇的事情，據近世學者的研究，許多民族的酋長對於一切的女子有"初夜權"（Jus primae noctis），就是在結婚的一夜，酋長先來嘗新的啦。這些就是「七月流火」中所表示的農夫們一天到晚周年四季的生活，這是不是奴隸呢！[47]

郭氏此文，於〈七月〉之主題與內容詮釋，均迥異舊說，而學者乃亟稱其「以新的觀點作了細緻的剖析」。[48]然主題係藉內容組織而呈現，內容係藉文字鋪陳而表達，文字之意義則藉訓解而確定。是以請循其本，謹就近人訓解〈七月〉篇之若干關鍵語句試作討論，則詩之內容與主題自不難尋繹，而郭氏及近人「新說」之得失，從亦不言可喻。

（1）「七月流火，九月授衣。」

胡毓寰云：

---

[47] 郭沫若，《中國古代社會研究》（坊本），第一章〈由原始公社制向奴隸制的推移〉，頁 97、98。

[48] 周錫馥，《詩經選》（臺北：遠流出版社，1982），頁 177。

這是說授衣，不是說受衣，儼然是一個氏族長的口氣。[49]

今案：此詩以豳民（詩中之「我」）口吻敘述彼等一般性之衣食活動。「九月授衣」者，豳民自道至九月當授家人以寒衣，與「八月萑葦」句法相同（「萑葦」作動詞用，謂割取萑葦），爲一般性敘述，何來「氏族長的口氣」？

陳子展、杜月村云：

授衣，奴隸主命女奴為他們縫製冬衣。……或謂「授衣」，即奴隸主給奴隸發制服，這於下文「無衣無褐」於義不順，似以前說為宜。[50]

今案：陳、杜所釋「授衣」，乃本馬瑞辰「授使爲之」說，[51]且釋以「奴隸主」與「女奴」也。然馬說實爲增字解經（「授衣」，「衣」爲「授」之賓語；若如馬說，「之」即「衣」，爲「爲」之賓語，增「使爲」二字，改變原句法結構），不可從。《說文》云：「授，予也。」毛《傳》云：「九月霜始降，婦功成，可以授冬衣矣。」蓋此詩述豳民一年衣食活動之周期，三章云：「八月載績」，是九月婦功成；「七月流火」，天候漸寒，九月則當授冬衣矣。陳、杜於字義訓詁不取「或謂」之又說者（此說乃本《說文》「授，予」義），乃探下文「無衣無褐」句，以爲若如「或說」則是有衣矣，不得謂之「無衣無褐」，故曰「於義不順」，然說實誤，請並詳下條。

（２）「無衣無褐，何以卒歲？」

陳子展、杜月村云：

他們儘管為公子縫裳，為公子製裘，而自己則是衣不蔽體的。[52]

---

[49] 胡毓寰，〈"詩經‧七月"的作者問題初探〉，《文學遺產增刊》第 5 輯（1957 年 12 月），頁 31。

[50] 陳子展、杜月村，《詩經導讀》（四川：巴蜀書社，1990），頁 201。

[51] 〔清〕馬瑞辰，《毛詩傳箋通釋》（北京：中華書局，1989），卷十六，頁 451。

[52] 同註 50。

此乃本郭沫若說，以爲真「無衣無褐」。

　　今案：二句承上「授衣」，謂：於觱發、栗烈之寒冬，苟無衣、褐，將何以卒歲乎？是以九月當授衣矣。此詩言人事活動之要在「及時」與「豫」（已詳上節），鄭《箋》云：「人之貴者無衣，賤者無褐，將何以終歲乎？是故八月則當績也」；「八月當績」、「九月當授衣」，自八、九月言，爲「及時」，自「一之日觱發」、「二之日栗烈」言，則爲「豫」。「九月授衣」，乃自正面說；「無衣無褐」，則自反面說，此藉筆法之變，以強化語氣、凸顯主題，非真「無衣無褐」也。

　　（3）「同我婦子，饁彼南畝。」
胡毓寰云：

　　　　〈七月〉詩中的「我」，是詩的主人，同時也表現出是詩的作者。朱子《詩
　　　　集傳》〈七月〉篇的註釋說：「我，家長自我也。」這話最對。因爲〈七月〉
　　　　產生的時代，是周族滅殷以前的家長奴役制社會，那麼，這生活闊綽的主人
　　　　「我」，說他是氏族社會中一個氏族頭子，同時，那吃荼菜的農夫，說他們
　　　　是畜養在氏族內供役使的奴隸，那是很有理由來肯定它的。[53]

袁寶泉、陳智賢亦呼應胡氏之說云：

　　　　……另一種意見認爲「我」是「農夫」的主人。朱熹《詩集傳》曰：「我，
　　　　家長自我也。」朱熹的時代未能認識中國的古代社會，但他從詩本身的結構
　　　　得出「我」是「家長」，這是難得的。[54]

---

[53] 同註49，頁30、31。

[54] 袁寶泉、陳智賢，〈關於"豳風・七月"的幾個問題〉，《詩經探微》（廣州：花城出版社，1987），
　　頁201。

今案：朱《傳》於「同我婦子，饁彼南畝」二句下註云：「我，家長自我也。……少者既皆出而在田，故老者率婦子而饁之。」[55]釋「我」爲「家長」，爲「老者」，實係誤解，而非「從詩本身的結構得出」者，陳啓源即駁云：

> 「同」，謂婦子同來也。《集傳》曰：「老者率婦子而饁之」，迂矣。經文並不言「老者」，何得彊安蛇足乎？……觀〈甫田〉、〈大田〉、〈載芟〉諸詩，亦止言「婦子」，言「婦」，「士」可見矣。又《漢書‧食貨志》引此詩，師古《注》云：「其婦子同以食來饋之」，正與古注同。朱子甚愛顏說，而此復別爲之解，何也？[56]

朱《傳》增字解經，陳氏駁之至當。此「我」當即耕者，即「農夫」，亦詩人自我也（殆詩人藉「我」之口吻，以述豳民生活者）。且朱熹既「未能認識中國的古代社會」，則其所謂之「家長」（老者），乃取與「少者」之相對意義而言，與近人所說古代社會制度中之「家長」邈不相涉。胡氏諸家巧藉古今名詞之偶同，而以今釋古，實強古人以就我也。

（４）「女心傷悲，殆及公子同歸。」

袁梅云：

> 女，女子，此指女奴。殆，恐，……或爲將、始之意。公子，貴族公子，或指豳公之子。同歸，指女子被公子劫持同歸其家，任其蹂躪。[57]

此本郭沫若說，當今學者之《詩經》論著，亦多從此說。惟亦有不輕苟同者，茲略舉數家，以見一斑。日人白川靜云：

---

[55] 同註 34。

[56] 同註 22，頁 4b。

[57] 袁梅，《詩經譯注（國風部分）》（山東：齊魯書社，1983），頁 387。

中國唯物史家翦伯贊等人，根據「傷悲」和「同歸」之語句，推測可能是領
主對所轄女子有初夜權，這樣的解釋，太受史觀左右。[58]

雖評翦伯贊等說，然翦等之說實本郭氏。此就理論依據，論其先入為主。又金性堯
云：

現代很多學者，也有將「同歸」解釋為被公子帶走或搶了去的。這是以採桑
女為民女，而公子必是統治階級中人物，因此必是一個壞蛋，即仗勢的惡少
之類。郭沫若的《中國古代社會研究》中又將「許多野蠻民族的酋長對一切
的女子有"初夜權"」的故事相比。……但這個時代畢竟和酋長統治的野蠻
時代不同。詩中的採桑女子，可能是上層集團的女兒，出外採桑，在當時是
常事，也可能是幾個女子一同出來。那末，在人群眾多的道路上，就可以公
然搶走麼？這個（原註：或這些）女子既然已害怕採桑後要被搶走帶走，何
必出來呢？這與事先沒有估計的突然遭遇不同。……如果真的是被搶走帶
走，古代解詩諸儒，也會以疾邪懲淫的口吻，對公子加以指斥，並為世道人
心之嘆，儘管他們是站在衛道立場上。[59]

金氏於「採桑女子」之多寡，猶為不敢必之詞（故云「這個」或「這些」），然詩既
云「采蘩祁祁」，可決其為眾多女子。又詩中之「女」，是否即如金說，為「上層集
團的女兒」，亦猶可商榷，然所駁郭氏「初夜權」說，實中情理。此就情理論郭說
之不近事實。又羅文宗云：

（「女心」二句）今人多作「怕被公子帶走」、「只怕公子把人搶」。「帶人」、

---

[58] 白川靜著，杜正勝譯，《詩經研究》（臺北：幼獅文化事業公司，1978），第三章〈詩篇的發展及戀
愛詩〉，頁 132。

[59] 金性堯，〈女心為何傷悲〉，《閒坐說詩經》（臺北：漢欣文化公司，1990），頁 193、194。

「搶人」，詩中何有此義？不合情境。[60]

此就語境論其不合。

上引諸說，皆深中郭氏及近人之弊。本詩三「公子」，宜均是虛寫，「女心」二句爲「設色生姿」之「閒筆」，說已詳上節，不贅。

（5）「嗟我婦子」、「食我農夫」、「嗟我農夫」

始民國二十六年，莫非斯即撰文稱云：

> 〈七月〉中所表現的階級凡有三：一是公子；一是「我」，亦即作者；另一個則是「農夫、婦子」之類。以前的人把後面兩個混亂起來了，以為「我」即農夫，因為（樑案：「為」或為「此」字之誤）遂生出〈七月〉為農夫詩之說來。……作者實在是一個小地主，用古語說便是附庸或子男之流，他下面有「農夫」，有「婦子」，他的上面又有「公子」。……〈七月〉詩真正供給我們一切西周時代的階級關係。[61]

以爲「我」與「農夫」分屬不同階級，並據此分析〈七月〉詩中不同階級之生活，其說亦本郭氏而發。

莫氏爲論證「我」與「農夫」分屬不同階級，所揭證據主要有三：一、七章云：「嗟我農夫！我稼既同，上入執宮功。晝爾于茅，宵爾索綯。亟其乘屋，其始播百穀」，其中「我」（小地主）、「爾」（農夫）相對。二、「亟其乘屋，其始播百穀」，其中二「其」字爲祈求語氣，「自是乞農夫勿偷懶之意」。三、「嗟我農夫」之「我」爲領格，而非主格。（同上註）其後胡毓寰亦沿此說，復益以二證：一、五章「嗟我婦子」、七章「嗟我農夫」之「嗟」，「依照周朝的語文規律，"嗟"是呼喚的發端聲，不是含有可憐意義的慨歎詞」。二、「依照周代的語文規律，凡是"食"字放

---

[60] 羅文宗，《詩經釋證》（陝西：陝西人民出版社，1995），頁 173。

[61] 莫非斯，〈詩經中表現的土地關係〉，《食貨半月刊》5 卷 6 期（1937 年 4 月），頁 40、41。

在句首的，都是他動詞，意義是把東西給他人吃，而不應解作咱農自糊其口。“我農夫”是“我的農夫”的簡詞，不是“我們農夫自己”的簡詞。」〈甫田〉詩第一首（章）“我取其陳，食我農人”，把存積陳舊了的劣米來“食我農人”，和〈七月〉詩把苦菜“食我農夫”是同樣的內容，也是同型的句子。」[62]晚近，袁寶泉、陳智賢亦循上述二家說，以爲「〈七月〉的第一人稱通貫全篇，“我”在詩中先後共出現六次（樸案：當是七次）。因此，弄清楚這個“我”的身份，是正確理解〈七月〉主題思想的關鍵」，[63]惟所揭證據則不出上述二家之外者。以下謹就上述諸證，依次辨之如後。

　　〈七月〉一詩，乃以「我」之口吻陳述，此無可疑者；又全詩七「我」字，其身分應一致，亦確當如此；惟「我」與「農夫」之身分，是否如諸家所說之階級對立，則不無商酌餘地。據莫氏說，若七章之「我」、「爾」對稱，「我」爲小地主，「爾」爲農夫，則「上入執宮功」之主語當承上文（嗟我農夫）而省，爲「我農夫」，或蒙下文（晝爾于茅）而省，爲「爾」（依莫氏說，「我農夫」即「爾」）。此說，若單就七章數句言之，尙可自圓。惟全詩「爾」字，僅見於此章之二字耳，又他處亦別無「我農夫」之語作爲承上或啓下之主語（「采茶薪樗，食我農夫」之「我農夫」乃賓語），則其他不著「我」、「爾」字者，其爲「我」之活動乎？爲「爾」之活動乎？幾無可辨。若必欲強分，惟有純任主觀、自由取舍而已。若以明著「爾」字者爲斷，則「爾」之活動亦豈止此章之數事乎？知不然矣。此「爾」字，當訓作「而」或「語助詞」，非與「我」對舉之人稱代名詞（並詳下條）。此其一。

　　莫氏又謂「亟其乘屋，其始播百穀」二句之「其」字，爲祈求語氣。竊不以爲然。「亟其」之「其」當係語助，用如〈周南‧采蘋〉「誰其尸之」、〈王風‧君子于役〉「曷其有佸」、〈小雅‧正月〉「終其永懷」之「其」；至「其始」之「其」，則將然之辭；二者均非祈求語氣。且「我」若係「農夫」之領主，亦毋庸以祈求語氣「乞農夫勿偷懶」。此其二。

---

[62] 同註49，頁31、36。

[63] 同註54。

　　又謂〈嗟我農夫〉之「我」為領格而非主格。竊以為：「我」字於《詩經》中有作領格，亦有作主格者。「我婦子」、「我朱」、「我床下」、「我稼」，此領格也，「我」下之名詞表所屬，此無可疑者。若「我農夫」之「我」，就語法言，則有二解：一作領格，「農夫」表所屬，意為「我的農夫」；一作主格，「農夫」表身分，意為「我們農夫」，此即所謂「同位詞組」。同位詞組，古書經見，尤以人稱代名詞為多。以第一人稱言之，如《尚書・湯誓》之「台小子」、〈盤庚〉、〈金縢〉、〈康誥〉、〈多士〉、〈康王之誥〉、〈文侯之命〉之「予一人」、〈洛誥〉之「我二人」、《詩經・小雅・青蠅》之「我二人」、〈何草不黃〉之「我征夫」、《左傳・昭公三十二年》之「我一人」、〈哀公十六年〉之「余一人」等，皆是也。蓋人稱代名詞於語言中運用最多，其用法自不拘一例。[64] 至胡毓寰舉〈小雅・甫田〉之「我取其陳，食我農人」以與〈七月〉之「采荼薪樗，食我農夫」相比勘，謂是「同樣的內容，也是同型的句子」，確較易使人信從。蓋：以相同句比辭證義，為乾嘉學者之重要訓詁方法，較具科學性。惟亦不可執著，猶當觀其上下文。就〈甫田〉與〈七月〉之例言之，若單持「食我農人」與「食我農夫」二句相較，其內容與句型確無二致，然此但可謂二者有相襲之跡，或並用當時習用語（實則「我農人」、「我農夫」但為一般性詞語，非特殊詞語），難謂其用法全然相同。〈甫田〉云：「我取其陳，食我農人」，「取其陳」之主語為「我」，「食我農人」之主語亦當是「我」。至〈七月〉之「采荼薪樗，食我農夫」則不然。「采荼薪樗」之主語為誰？若依胡氏說，以「我取其陳」與「采荼薪樗」相較，則「采荼薪樗」之主語亦當為「我」，則二句之意即為：「我」（胡氏謂是「氏族頭子」）采荼薪樗以食「我」之「農夫」；不通甚矣。若以「采荼薪樗」之主語為「農夫」（莫氏說之「爾」），則二句之意為：「農夫」采荼薪樗以食「我」之「農夫」；亦不通甚矣。是以「采荼薪樗」之主語必當是「我農夫」，謂「我農夫」以此自養也。是知：詩中除明著婦子、田畯及女子蠶桑染績之活動外，全屬「我」之活動，故出之以「我」之口吻，泛寫豳民周歲之一般性衣食生活；「我」

---

[64] 除第一人稱外，第二人稱之同位詞組，如《詩經・邶風・雄雉》之「爾君子」、〈小雅・采芑〉之「爾蠻荊」、〈小明〉之「爾君子」；第三人稱如〈鄘風・定之方中〉之「彼倌人」、〈鄭風・狡童〉之「彼狡童」、〈有女同車〉之「彼美孟姜」等皆是也，不備舉。

即「農夫」，即豳民之代表；詩非爲某一特定階級或某人某事而寫，更無所謂階級之對立。此其三。

胡氏又謂：「依照周朝的語文規律，"嗟"是呼喚的發端聲，不是含有可憐意義的慨嘆詞。」今案：謂「嗟」爲「發端聲」，是矣。劉熙《釋名・釋言語》云：「嗟，佐也，言之不足以盡意，故發此聲以自佐也。」是「嗟」字乃用以佐言之不足，多用於發端，猶今語之「啊」，以引起下文，然並無「呼喚」義，《詩經・周南・卷耳》「嗟我懷人！寘彼周行」、〈魏風・陟岵〉「父曰：嗟予子！行役夙夜無已」，[65]即其例。惟其爲發端聲，是以後世演化爲嘆詞，而有贊歎、悲歎二義。或譯「嗟我婦子」爲「可憐我們的老婆兒子」，譯「嗟我農夫」爲「可憐是我們這些農民」，固未精確（此二例，均胡文所舉以批判之例）；而胡氏以「嗟」作「呼喚的發端聲」解，以爲「我」對「婦子」、「農夫」之呼喚，尤鑿。此其四。

（6）「嗟我農夫！我稼既同，上入執宮功。晝爾于茅，宵爾索綯。亟其乘屋，其始播百穀。」

程俊英、蔣見元云：

> 上，同「尚」，還需要。執，服役。功，事。宮功指為貴族修建宮室。爾，語助詞。[66]

釋「執宮功」爲「爲貴族修建宮室」，當今學者亦多作此解。此與「階級」說本無必然關係，然近人頗或舉此以與五章之「穹窒熏鼠，塞向墐戶」相照，以爲即「奴隸主」與「奴隸」生活不同之一證（郭沫若即作此說），故略辨之。

孟子曰：「勞心者治人，勞力者治於人。」「治於人」者有賦役之事，此古今之通例也；本詩四章云：「言私其豵，獻豜于公」，毛《傳》云：「大獸公之，小獸私

---

[65] 數句，或於「役」字絕句，誤，蓋役、已不韻。參屈萬里先生，《詩經詮釋》（臺北：聯經出版事業公司，1984），頁187引〔清〕江有誥說。

[66] 程俊英、蔣見元，《詩經注析》（北京：中華書局，1991），頁415。

之」，所謂「公之」，即賦役之一。然此詩旨在敘述豳民之衣食生活，固不在賦役之事。四章既先言及「一之日于貉，取彼狐狸，爲公子裘」之私獵，乃類及「二之日其同、載纘武功」之大規模狩獵，則所謂「言私其豵，獻豜于公」者，亦不過因其事之類及而已，詩人目的固不在此（已詳上節）。至七章之「上入執宮功」，則與「獻豜于公」非一例。蓋此章自首句「九月築場圃」至末句「其始播百穀」，其內容、文字累如貫珠，皆就豳民本身活動言之，固不暇旁及賦役之事。「古者通謂民室爲宮」，[67]則所謂「執宮功」者，乃豳民自治其宮室之事；釋「宮」爲「豳公之宮」或「貴族之宮」者，殆執於後起「宮」字之義說之。至所謂「入」者，大抵古人農耕生活分野外生活及室處生活二期，[68]秋穫之後至來年之春爲室處生活期，故曰「入」，義猶五章「入此室處」之「入」。「上入執宮功」者，承「我稼既同」而言，「既」、「上（通"尚"）」二字連言（既……尚……），謂：秋穫既畢，尚需入而爲室屋之事；與「爲貴族修建宮室」無涉。

「晝爾于茅，宵爾索綯，亟其乘屋」者，皆「執宮功」之事。張次仲云：「于茅所以蓋屋，索綯所以縛屋」，[69]是也。「上入執宮功」，實統下「晝爾」三句；其句法，猶三章之「蠶月條桑：取彼斧斨，以伐遠揚，猗彼女桑」數句，「取彼」三句即「條桑」之補充說明。[70]「爾」字，裴學海云：「爾，猶而也。爾訓而，猶而訓爾，皆以聲轉而義通也。」[71]程俊英等訓爲「語助詞」，並怡然理順。

是知：「上入執宮功」四句，皆就治其室廬而言，不宜強截爲二；其與五章「穹窒熏鼠，塞向墐戶」之事亦不相妨，蓋所治內容不同，且一主於衣（禦寒），一主於食（始播百穀），意各有在也。

---

[67] 同註 51，頁 466。馬氏舉〈夏小正〉「三月妾子始蠶，執養宮事」及〈昏禮〉「戒女詞曰：夙夜毋違宮事」二例爲證。案：《孟子‧滕文公‧上》云：「舍皆取諸其宮中。」亦其證。

[68] 見孫作雲，〈詩經戀歌發微〉，《詩經與周代社會研究》（北京：中華書局，1966），頁 295。又呂思勉云：「古人除風雨寒暑，蟄處室中之時甚少。」並可參。見《中國制度史》（臺北：丹青圖書有限公司，1986），第六章〈宮室〉，頁 293。

[69] 同註 11，頁 64a。

[70] 見周策縱，〈破斧新詁〉，《新社學報》2 期（1968 年 12 月），頁 18。

[71] 裴學海，《古書虛字集釋》（臺北：泰盛書局，1977），卷七「爾」字條，頁 583。

　　「階級」說之關鍵語句，大抵如上，其餘關涉不大或非屬文字訓解者，固不暇辨，並免橫生枝節。綜上討論，〈七月〉篇之主題與內容自昭然可？詩中之「我」亦即「農夫」，何嘗有「鮮明的階級對立關係」？[72]全詩三「公子」均即虛寫，於豳民生活亦平實記述，焉見「帶有深刻而含蓄的反抗精神」？[73]詩中所見，乃豳民儉樸勤奮之農業生活，何以謂之「終年勞動，過著悲慘的生活」？[74]作者以「我」之口吻記述豳民之衣食生活，筆調平實而時有閒筆以增情韻，何嘗「是站在勞動人民的立場上，敘述農奴的繁重勞動和悲苦生活，抒發他們怨怒的心聲，揭露農奴主的罪惡」？[75]又豈有「以淒楚的筆調抒寫農奴的貧苦生活」？[76]要之，持「階級」說者，有一基本共識，即：「在奴隸社會裏，快樂為奴隸主所專有，而不屬之於奴隸；奴隸們所有的只是熬不盡的痛苦。而這痛苦，則正是奴隸主的快樂之所以得以建立的基礎。」[77]惟持此說以解〈七月〉，其方枘圓鑿而不相入也必矣。趙制陽先生有云：「（〈七月〉作者）不為教化的作用而寫詩，也至於有階級的仇恨心理，他只不過是忠實地記敘當時一般人民的生活。」[78]旨哉斯言。

四、餘說

　　〈七月〉為農事詩，此古今學者所共喻而無異議者也。惟其主題如何？內容如何？古今說解歧異殊甚。

　　竊以為：欲論詩之主題，當先觀其內容；欲觀其內容，當先解其字句。毛、鄭說《詩》，雖或不免囿於教化，然以其去古未遠，所釋字句意義多有可采。惟所謂詩者，必有其特質存焉，即情韻是也；毛、鄭於此，不能無憾。清儒姚際恆、方

---

[72] 楊合鳴、李中華，《詩經主題辨析》（廣西：廣西教育出版社，1989），頁470。

[73] 蘇東天，《詩經辨義》（浙江：浙江古籍出版社，1992），頁209引呂恢文說。

[74] 張西堂，《詩經六論》（上海：商務印書館，1957），二、〈詩經的思想內容〉，頁25。

[75] 尹建章、蕭月賢，《詩經名著詳析》（鄭州：中州古籍出版社，1993），頁188。

[76] 高海夫、金性堯主編，《詩經》（臺北：地球出版社，1994），頁388臧維熙說。

[77] 同註50，頁200。

[78] 趙制陽，《詩經名著評介》（臺北：學生書局，1983），附錄十〈詩經七月篇諸說綜論〉，頁458。

玉潤諸家，於訓詁雖或較疏略，然善以文藝說《詩》，其精到處，往往曠若發蒙，足以解紛，堪補毛、鄭之不足。

　　《詩經》一書，自古學者幼而習之，至老不輟；其中注疏者，無慮千數百家，其精力所萃，識見所及，不容輕予抹煞。竊又以為：欲立新說，當先求諸舊說，訓其文字，通其旨意，衡以情理，驗之文學技巧，以較其利弊得失。若舊說可解，則無待新說；其疏漏者，正之、補之；其醇疵參互者，取其長而棄其短可也；若全不可通，方求諸新說。斯乃薪火相傳、光大文化之真義也。

新古典新義
頁 195～214
臺灣學生書局　2001 年 9 月

戰國秦漢間封禪祀典的構建

徐興無[*]

　　隨著三代以來的族邦國家和以周禮爲代表的宗法封建文化的解體，戰國秦漢時期，新的郡縣制統一國家形態逐漸成立，與之相適應的國家神話和國家祀典也在逐步構建。其中，封禪大典是與帝王接受天命、天下大治的神話相配合的祀典。自齊稷下《管子》學派提出構想，經秦皇、漢武的實踐，至光武而成一代典禮，其構建過程典折而漫長。同時，也正因爲封禪是建立在新天道觀和新歷史觀基礎上的新型國家祀典，缺乏傳統文化的經典根據，因而成了漢代經學致力解決的時代課題，也成了歷代經學爭訟不已、褒貶不一的禮制問題。本文試分析這一構建過程，以期對戰國秦漢間國家祀典的特徵有所闡述。

一、齊《管子》學派發明封禪之說

　　封禪之事，《詩》、《書》不載，《春秋》不記，即後世出土的卜辭、金文亦不見云說，其首見于《管子・封禪》[1]，故爲戰國時代異軍突起之說。其曰：

---

[*]　徐興無，南京大學中國語言文學系副教授。

[1]　顏昌嶢，《管子校釋》（長沙：岳麓書社，1996 年），又，〈地數〉載管子對齊桓公曰：「地之東西二萬八千里……封於泰山，禪於梁父。封禪之王，七十二家。得失之數，皆在此內，是謂國用。」此段文字又見於袁珂，《山海經校注・中山經》（上海：上海古籍出版社，1980 年），頁 179：「禹曰：天下名山……不足記云」之後。郝懿行《箋疏》以為「校書者附著《五藏山經》之末。」畢沅《校正》以為「釋語亂入經文。」

齊桓公既霸，會諸侯于葵丘，而欲封禪。管仲曰：「古者封泰山禪梁父者七十二家，而夷吾所記者十有二焉。昔無懷氏封泰山，禪云云；伏羲封泰山，禪云云；神農封泰山，禪云云；炎帝封泰山，禪云云；黃帝封泰山，禪亭亭；顓頊封泰山，禪云云；帝嚳封泰山，禪云云；堯封泰山，禪云云；舜封泰山，禪云云；禹封泰山，禪會稽；湯封泰山，禪云云；周成王封泰山，禪社首：皆受命然後得封禪。」桓公曰：「寡人北伐山戎，過孤竹；西伐大夏，涉流沙，束馬懸車，上卑耳之山；南伐至召陵，登熊耳山以望江漢。兵車之會三，而乘車之會六，九合諸侯，一匡天下，諸侯莫違我，昔三代受命，亦何以異乎？」于是管仲睹桓公不可窮以辭，因設之以事，曰：「古之封禪，鄗上之黍，北里之禾，所以為盛；江淮之間，一茅三脊，所以為藉也。東海致比目魚，西海致比翼鳥，然後物有不召而自至者十有五焉。今鳳皇麒麟不來，嘉穀不生，而蓬蒿藜莠茂，鴟梟數至，而欲封禪，毋乃不可乎？」于是桓公乃止。

　　這段記載，今本《管子》同于《史記・封禪書》，唐尹知章作《管子》注，始稱原篇已亡，所見乃由〈封禪書〉掇補。然司馬貞《索隱》卻言〈封禪書〉所載，「今《管子・封禪篇》是也」。後世學者如洪頤煊，張佩綸、劉師培等廣徵博求，以為袁準《正論》、盧辯《大戴禮記・保傅注》、孔穎達《尚書序正義》、《禮記・王制正義》、李善《文選羽獵賦注》、〈東京賦注〉等引此皆稱《管子》，故至唐時，《管子》非僅一本，管仲論封禪的文字確為《管子》原本所有[2]。學界公認，《管子》為戰國齊學文獻，與稷下之學關系甚密。顧頡剛先生以其為「稷下叢書」[3]；近時白奚的研究進而認為：《管子》為稷下齊國土著學者們托于管仲的撰著，以其與外來學者爭奪學術地位[4]。觀今本《管子》的篇帙與思想雖有雜亂之處，但其以稷下

[2] 詳見許維遹、聞一多、郭沫若，《管子集校》（北京：科學出版社，1956）下冊，頁796。

[3] 顧頡剛，〈「周公制禮」的傳說和《周官》一書的出現〉，《文史》第六輯（1979年）。

[4] 白奚，《稷下學研究—中國古代的思想自由與百家爭鳴》（北京：三聯書店，1988），頁216-221。

黃老道家、陰陽家的新天道觀熔鑄古代文化和戰國諸子爲一爐，且又處處標舉管仲齊桓之事的特征則相當明顯。管子封禪說出現的背景，亦可推朔于此。

封禪之說，一則起于燕齊黃老文化對古代巡狩之禮的改造。

天子祀泰山，本爲上古巡狩之禮。〈堯典〉載：

> 歲二月東巡狩，至于岱宗，柴。望秩于山川，肆覲東后。協時月，正日，同律度量衡。修五禮、五玉、三帛、二生、一死，贄。如五器，卒，乃復。五月南巡狩，至于南岳，如岱禮。八月西巡狩，至于西岳，如初。十有一月朔巡守，至于北岳，如西禮。歸，格于藝祖，用特。五載一巡守，群后四朝，敷奏以言，明試以功，車服以庸。

因此，巡狩之禮遍行于四岳，非東岳岱宗所獨有。其目的在于燎祭天地，望祀山川，大會諸侯，計功考績，實爲上古酋邦時代大氏族的酋長對其他氏族諸部的巡視，也可以說是一種禮節性的征服。且巡狩不僅非岱宗所獨有，亦非四岳所獨有。《史記·夏本紀》載禹「東巡狩，至于會稽而崩。」《吳越春秋·越王無余外傳》（卷六）載禹「即天子位，三載考功，五年政定，周行天下，歸還大越。登茅山，以朝四方群臣，觀示中州諸侯。防風氏後至，斬以示眾，無不悉屬禹也。乃大會計治國之道，內美釜山州鎮之功，外演聖德以應天心，遂更名茅山曰會稽山。」而這件事，又被融入了《管子》中的封禪說，以其爲大禹行禪禮祭地之處。雖低于封泰山祭天之祀，但卻表露出封禪說是對古巡狩禮的發揮與改造。

值得注意的是《史記·五帝本紀》中所載黃帝之事：

> 修德振兵，治五氣，藝五種，撫萬民，度四方……天下有不順者，黃帝從而征之……東到于海，登丸山，及岱宗。西至于空桐，登雞頭。南至于江，登熊、湘。北逐葷粥，合符釜山，而邑于涿鹿之阿。遷徙往來無常處，以師兵爲營衛。官名皆以雲命，爲雲師。置左右大監，監于萬國。萬國和，而鬼神山川封禪與爲多焉。獲寶鼎，迎日推筴。舉風后、力牧、常先、大鴻以治民。

順天地之紀，幽明之占，死生之說，存亡之難。時播百谷草木，淳化鳥獸蟲蛾，旁羅日月星辰水波土石金玉，勞勤心力耳目，節用水火材物。有土之德瑞，故號黃帝。

　　這一段記載黃帝之事，很符合上古酋邦的情形，但其中「治五氣・藝五種」、「順天地之紀，幽明之占，死生之說，存亡之難」等則爲戰國盛行的黃老、五行、神仙思想。黃帝一統天下，大會諸侯的標志是合符釜山，是其巡狩典禮中最爲隆重者。《索隱》引《洞冥記》云在東海大明之墟；《正義》引《括地志》云在嬀州懷戎縣北。一在齊一在燕，雖爲虛構，卻能證其出于燕齊黃老方士文化。司馬遷認爲自此「鬼神山川封禪與爲多焉。」雖未確載黃帝始行封禪之處，但表明封禪之禮發自黃帝。此後齊地持黃老神仙之說的方士們，則又強調封禪泰山爲黃帝的特權。〈封禪書〉載申公，齊人，與安期生通，受黃帝言，曰：「封禪七十二王，唯黃帝得上泰山封。」黃帝的巡狩尙帶有武力征服的色彩，而封禪則完全是德治的象徵，其條件是「萬國和」、「淳化鳥獸」，天下太平。〈封禪書〉中「太史公曰」云：「余從巡祭天地諸神名山川而封禪焉」，其句式與「鬼神山川封禪」相同，則戰國秦漢間人認爲巡狩與封禪相接近但又有區別，即以封禪爲天下太平的隆祀，是巡狩禮的極至。

　　管子所云封泰山者七十二君。《續漢書・祭祀志上》注引《莊子》佚文曰：「易姓而王，封于泰山，禪于梁父，七十有二代。其有形兆垠堮勒石，凡千八百余處。」司馬相如〈封禪文〉亦云：「續紹夏，崇號諡，略可道者七十有二君。」「七十二」是具有陰陽五行學說色彩的天道成數，實爲五行于一年的五等分數，說見《管子・五行》、《淮南子・天文》等，聞一多先生〈七十二〉一文論之詳矣[5]，其中舉《易緯坤靈圖》曰：

　　五帝，東方木色蒼，七十二日。南方火色赤，七十二日。中央土色黃，七十

[5] 聞一多，《神話與詩》，《聞一多全集》（北京：古籍出版社，1956 年），頁 207。

二日。西方金色白，七十二日。北方水色黑，七十二日。

　　管子所舉十二家亦爲天道成數，十二爲周天十二等分或十二月。《呂氏春秋・序意》載文信侯言嘗學得黃帝教顓頊之法，效法天地，作十二紀，所以紀治亂存亡，知壽夭吉凶[6]。總之，「七十二」與「十二」等皆爲法天之數，亦爲戰國秦漢間流行的思想，如戰國時人稱孔子弟子數，或爲七十（〈韓非子・五蠹〉作此）或爲七十二（《史記・孔子世家》作此）；齊稷下先生員數（見《新序・雜事二》）、秦始皇博士數（見《史記・秦始皇本紀》）亦如此，皆言其成數。後世學者如司馬貞、張守節等，亦據此理解《史記》十二本紀、七十列傳等體例的安排。

　　管子所云十二家中，無懷氏、伏羲、神農爲三皇；黃帝、顓頊、帝嚳、堯、舜爲五帝；禹、湯、成王爲三王。這種說法出自戰國黃老學說中皇、帝、王、霸的歷史觀念。這一歷史觀念中包含兩種思想趨向：

　　其一是消除國家神話中的氏族血緣因素。商周兩代作爲氏族王國，其國家神話建立在祖先與皇天上帝的直接血緣關系上。所謂「天命玄鳥，降而生商」（〈商頌・玄鳥〉）；「履帝武敏歆，攸介攸止」（〈大雅・生民〉）。而皇帝王霸的受命執政廟次則是按曆法排列的，是天道的自然運行。五帝三王的譜系，成說較早，《國語・魯語上》載展禽論聖王之祀即有系統的敘說。三皇之說則紛亂歧出，至東漢《風俗通・三皇》仍在辨說伏羲、神農之外，爲女媧、燧人還是祝融。實則戰國秦漢間的三皇觀念只是無窮遠古自然時代的終極和文明狀態的開始。三皇之前，可以上推至宇宙開闢之際。《莊子・胠篋》中由伏羲氏上推八家古皇至容成氏。漢代讖緯中也有按此思想構建的古皇譜系，如《春秋命曆序》推伏羲以上十四家至天皇氏，云「天地初立，有天皇氏十二頭，淡泊無所施爲而俗化。」[7]。古皇的世系推得越遠，

---

[6] 張政烺，〈「十又二公」及其相關問題〉，張岱年等著，《國學今論》（瀋陽：遼寧教育出版社，1991 年），頁 73，對秦公鐘、秦公簋、《春秋》中「十又二公」以及「十二紀」等問題的信仰根據有所闡述，亦可證管子「十二家」之說。

[7] 詳見徐興無，〈論讖緯文獻中的天道聖統〉，《中國典籍與文化論叢》（北京：中華書局，1995 年），頁 45。又，本文所引讖緯文獻，皆據安居香山、中村璋八輯，《緯書集成》（石家莊：河北教育

氏族的血緣宗法在政治根據中的比重就越輕，這是所有氏族、整個人類受命的神話，而不是某一氏族受命的神話。這樣的國家神話，爲東周姬姓王室之外的所有姬姓和異姓諸侯，乃至象漢高祖這樣的平民帝王的崛起提供了依據；也確立了所有古代氏族的後裔在統一的郡縣制國家中的共和權力。

其二，受命和德治的根據在于天道自然。黃老學說多以皇帝王霸的歷史爲道德遞衰的過程，追求返歸大道的政治理想。《管子・兵法》曰：「明一者皇，察道者帝，通德者王，謀兵者霸。」〈乘馬〉曰：「無爲者帝，而無以爲者王，爲而不貴者霸。」《文子・下德》：「老子曰：帝者體太一，王者法陰陽，霸者則四時，君者用六律。」（《淮南子・本經》同）〈上仁〉曰：「同氣者霸，同義者王，同功者霸。」（《呂氏春秋・應同》同）漢代讖緯文獻中亦有此遺說。如《孝經鈎命決》曰：「三皇步，五帝驟，三王馳，五伯騖，七雄強。」由此可見，黃老的德治境界，遠非儒家所推崇的堯舜三王的仁政，而是天道的自然運行在政治中的體現，是所謂的「順天地之紀」。如此德治的境界，才是帝王聖人受命于天的證明，也是封禪的前提。

舊天道觀中的皇天上帝，說到底皆是祖先神的抽象，因而《詩》、《書》、西周金文中，可以直接宣稱：「文王陟降，在帝左右」（〈大雅・文王〉），「丕顯文王受天有大命」（《大盂鼎銘》），如父之命子。而新天道觀則以自然的運行與人類社會產生感應，以災異和祥瑞警告和啓發人類。《呂氏春秋・應同》曰：「凡帝王之興，天必先見祥乎下民⋯⋯類固相召，氣同則應，聲比則應。」因此，管子所舉諸多祥瑞，也是這種受命說的體現。

然而《管子》的封禪說，雖出自黃老學說的構想，但其將封禪地點確定爲齊國的泰山，且托之于管仲齊桓之事，故封禪之說還出于對齊國文化的標舉，意在爲齊國統一天下制造輿論。雖爲造說，但亦有一定的歷史依據：

首先，以《禮記》〈王制〉、〈曲禮〉諸篇所言，天子祀天下名山大川，諸侯祀名山大川在其封地者，其祀典等級當低于天子。〈曲禮〉云天子祭以犧牛，諸侯

出版社，1994 年），不一一注明。

祭以肥牛；〈禮器〉云齊人將有事于泰山，必先有事于配林。《續漢書・祭祀志上》引盧植注曰：「配林，小山林麓配泰山者也。謂諸侯不郊天。泰山巡省所考五岳之宗，故有事將祀之，先即其漸。天子則否。」然而，《論語・八佾》載孔子以季氏旅泰山爲非禮，則春秋時代，陪臣已僭用諸侯之禮，而在戰國人眼中，霸主齊桓公欲僭行天子之禮根本不足爲怪。

其次，姜姓祖先本爲太岳守神。古代山川之神，即是發祥于此地的氏族祖先，所謂「山川之靈，足以綱紀天下者，其守爲神。」（《國語・魯語下》）陳槃先生考證：姜姓發祥于霍泰山，古稱「太岳」。其後有移徙嵩山的申、呂諸國，以嵩爲岳，即〈大雅・崧高〉所稱：「崧高維岳，駿極于天。維岳降神，生甫及申。」又有建國于齊地者，故尊泰山爲岳[8]。所以太岳崇拜爲姜姓氏族特有的信仰，太岳也是姜姓氏族與上天對話、受天大命的專用通道。

田氏代齊後，亦以紹休桓公霸業爲目標，《陳侯敦銘》中[9]，齊威王自稱「高祖黃帝，邇嗣桓文。」郭沫若釋爲：「遠則祖述黃帝，近則承繼齊桓晉文之霸業。」[10]有趣的是，《管子》中霸業輝煌的齊桓公雖有問鼎之意，但亦自覺德薄，天命未至，時機未到。這曲折地反映出齊國與其他六國爭雄的艱難和對統一天下的強烈期盼。《管子・小匡》也有與〈封禪篇〉類似的記載：

> 葵丘之會，天子使大夫宰孔致胙于桓公，曰：「余一人之命有事于文武。使宰孔致胙。」且有後命曰：「以爾自卑勞，實謂爾伯舅毋下拜。」桓公召管仲而謀，管子對曰：「爲君不君，爲臣不臣，亂之本也。」桓公曰：「余乘車之會三，兵車之會六，九合諸侯，一匡天下……荊夷之國，莫違寡人之命，而中國卑我，昔三代之受命者其異于此乎？」管子對曰：「……昔人之受命者，龍龜假，河出圖，洛出書，地出乘黃。今三祥未見有者，雖曰受命，無乃失諸乎？」桓公懼，出見客曰：「天威不違顏咫尺，小白承天子之命，而

---

[8] 陳槃，〈泰山主死亦主生說〉，《歷史語言研究所集刊》第51本第3分（1980年），頁409。

[9] 羅福頤，《三代吉金文存釋文》(香港：開學出版社，1983年)，卷九，頁4。

[10] 郭沫若，《稷下黃老學派的批判》，《十批判書》(北京：科學出版社，1965年)，頁152。

　　母下拜，恐蹶于下，以為天子羞。」遂下拜。

　　自「桓公曰」至「桓公懼」一段文字，爲《管子》作者所造，此段的前後文字略同于《國語・齊語》，故似造作後插入。顏昌嶢《管子校釋》以此爲〈封禪篇〉脫文，[11]其論雖爲過求，但二者的意緒卻如出一轍。

　　總之，基于戰國齊地流行的黃老思想和齊地的歷史文化傳統，加之齊國標舉齊桓霸業，致力于統一的政治需要，齊國的《管子》學派構想了封禪這一新型的國家神話和祀典，以期待將來的實現。

二、秦皇、漢武探索封禪祀儀

　　《史記・封禪書》曰：「每世之隆，則封禪答焉。」故封禪是受命帝王對上天的匯報。受命的依據是天道和歷史，而不是戰爭暴力。封禪的條件是德洽天地，而不是霸道征服。由于管仲的勸阻，封禪大典仍是一個構想。終戰國之世，齊未行封禪之禮，僅以泰山梁父作地主之祀（見〈封禪書〉）。至秦皇、漢武,則是將此構想變爲現實之際。

　　秦、漢兩代，皆重封禪。然秦始皇以暴力逆取天下，且于統一天下之後的第三年（秦始皇二十八年，公元前 219 年）就急于封禪，并未收到樹立秦王朝威信的效果。封禪時又遭風雨，遂爲儒者譏。而西漢武帝即位時（建元元年，公元前 140 年），「漢興已六十余歲矣，天下艾安，縉紳之屬皆望天子封禪改正度也。」（〈封禪書〉）此後，文學侍從之臣又屢屢鼓動封禪。元狩元年（公元前 122 年），武帝幸雍祠五畤，獲白麟，終軍遂進言封禪（見《漢書・終軍傳》）；元狩五年（公元前 118 年），所忠奏司馬相如〈封禪文〉遺書（見《史記・司馬相如傳》）；而同時之東方朔又有《封泰山》之文辭（見《漢書・東方朔傳》）。至寶鼎出（元鼎四年，公元前 113 年），始議封禪。元封元年封禪（公元前 110 年）之時，距武帝即位已三十年。

　　在實踐封禪祀典時，秦皇、漢武都面臨著如何安排祀典的問題。黃老道家認爲：

---

[11] 顏昌嶢，《管子校釋》，頁 409。

「古之爲君者，深行之謂之道德，淺行之謂之仁義，薄行之謂之禮智。」（《文子・上仁》）故于禮制缺乏設計，因此，秦皇、漢武首先想到通曉古禮的儒生。然而因爲封禪爲後起的神話，六經中不見記載，儒家無法越俎代庖。〈秦始皇本紀〉載始皇二十八年，東行郡縣。「上繹山，立石。與魯諸生議，刻石頌秦德，議封禪望祭山川之事。」這說明，秦始皇與魯地儒生商定封禪儀式，其中包含儒家所知曉的巡狩禮中望秩山川的內容。〈封禪書〉又載秦始皇征齊魯儒生博士七十人至泰山下。儒生們語焉不詳，說了些古者封禪，蒲裹車輪，惡傷草木，掃地而祭，以草爲席之類的話，絲毫不能體會封禪的隆重意義。秦始皇遂以儒生之議乖異而絀之，自行封禪。其儀式有兩項內容，第一，立石頌秦始皇之德，同于他巡狩東南各地刻石紀功之舉（刻石文字見《史記.秦始皇本紀》，《文心雕龍・封禪》以爲李斯所撰。）；第二，祭天封藏，「其禮頗采太祝之祀雍上帝所用，而封藏皆秘之，世不得而記也。」（見〈封禪書〉）。雍祀五帝是秦先公先王陸續構建的祭祀上帝之禮，至秦昭襄王五十二年（公元前 255 年），周之九鼎入秦；五十四年（公元前 253 年），遂于雍行天子郊見上帝之禮。太祝以祝辭事鬼神，祈求福祥（見《周禮・春官》），將祝辭書冊秘封收藏，人不得而見。如《尙書・金滕》所載周公爲武王祈去疾，「史乃冊祝」，「納冊于金滕之匱中」。秦始皇則將祝冊秘封于泰山之上。從此，立石、封藏成了泰山封禪的基本儀式。

此後，漢文帝十五年（公元前 165 年），使博士諸生刺六經中作《王制》，謀議巡狩封禪事，後以誅新垣平而怠于鬼神之事（見《漢書・郊祀志》）。從《禮記・王制》中可見，儒家所刺取六經中的封禪之事，即是《堯典》所載舜巡狩五岳之禮，毫無管子所云封禪之義。說明法古的儒家不知封禪大義，以巡狩代替封禪（此後漢儒終知此義，故《白虎通》分封禪、巡狩爲二）。

漢武帝行封禪，先受齊人公孫卿啓發。自得寶鼎，公孫卿以齊地方士文化中黃帝登仙不死之事誘惑漢武，傳齊人申公之言，云黃帝得寶鼎而登仙，漢興復當黃帝之時，漢主亦當上封，上封則能仙登天。此時，漢武帝開始議定封禪儀式[12]。

---

[12] 錢穆，《秦漢史》（臺北：東大圖書股份有限公司，1992 年），頁 109、103，認為：秦始皇「分求僊與封禪為兩事，而漢武則混同而一之。」又論武帝慕神僊，行封禪受其內廷文學侍從之臣終軍、

　　然而，武帝不願僅僅將封禪作爲祈求個人登仙的祀典，而要將其發展爲最隆重的國家祀典之一。他既「欲放黃帝以上接神仙人蓬萊士，高世比德于九皇」，而又「頗采儒術以文之。」（〈封禪書〉）武帝推崇儒學，以「上參堯舜，下配三王」爲政治理想（見《漢書・武帝紀》），其做太子時的少傅王臧從申公習魯詩。武帝即位後拜郎中令，又用王臧的同學趙綰爲御史大夫（見《史記・儒林傳》）。〈封禪書〉云此二人在武帝即位初，就「欲議古明堂城南，以朝諸侯。草巡狩封禪改曆服色事未就。會竇太后治黃老言，不好儒術」，使人伺得其奸利之事，逼迫二人自殺。其實，王臧、趙綰出于魯學，魯學趨于拘古保守。高祖圍魯，魯中諸生仍弦歌不絕（《史記・儒林傳》）；叔孫通制朝儀，魯有兩生不肯行（見《史記・叔孫通傳》），可見其學術性格。故王臧之輩雖欲有所作爲，但卻無從下手。《史記・儒林傳》載王臧欲立明堂，不能就其事，乃言師申公。武帝以安車駟馬迎申公，對曰：「爲治不在多言，顧力行何如耳。」申公之言一方面體會出了當時的儒學尙不具備制禮作樂的現實條件，另一方面也道了儒學中的魯學尙不具備自身的學術條件。即無竇太后阻撓，也定不出封禪儀式。

　　果然，當制禮作樂的時機真正來臨之際，魯學諸生又一次讓漢武帝大失所望。〈封禪書〉載：「自得寶鼎，上與公卿諸生議封禪。封禪用希曠絕，莫知其儀禮。而群儒采封禪《尙書》、《周官》、《王制》之望祀射牛事。」這說明，儒生們仍然走了文帝時的老路子，以古代巡狩望祀山川和天子郊禘射牛之禮搪塞其事[13]。武帝于是「令諸儒習射牛，草封禪儀。」數年後，至臨行封禪之際，儒生仍「不能辨明封禪事，又拘于《詩》、《書》古文而不敢騁」。武帝迫不及待，親自操刀，「爲封禪祠器示群儒。」可是群儒猶不識時務，「或曰：『不與古同』，徐偃又曰：『太常諸生行禮不如魯善』，周霸屬圖封禪事」。徐偃、周霸均爲申公的學生（見《史記・儒林傳》）。這一次，武帝對魯學博士諸生們失去了信心和耐心，「于是上絀偃、霸，而盡罷諸儒而弗用」。

　　司馬相如、東方朔等人的鼓吹影響，而這些人皆與齊地文化有關聯。

[13] 《國語》（上海：上海古籍出版社，1978 年），〈楚語下〉，頁 564，載觀射父曰：「天子禘郊之事，必自射其牲，王后必自舂其粢；諸侯宗廟之事，必自射牛、刲羊、擊豕，夫人必自舂其盛。」

　　與儒生相反，九十多歲的齊人丁公（疑即方士）卻向武帝提供了方便法明：「封禪者，古不死之名也。秦始皇帝不得上封。陛下必欲上，稍上即無風雨，遂上封矣。」元封元年三月，武帝「東上泰山，泰山之草木葉未生，乃令人上石立之泰山巔。」（刻石文字見《漢書·武帝紀》注引「應劭曰」。又見《風俗通·正失》）至四月，武帝東巡海上而還奉高，武帝覺得「諸儒及方士言封禪人殊，不經，難施行。」遂先至梁父禮祠地主。又「令侍中儒者皮弁縉紳，射牛行事」。接著用郊祠太一之禮，封泰山下東方，以玉牒書秘封。禮畢，武帝獨與奉車郎上泰山秘封。次日下山，禪泰山下東北址肅然山，用祭汾陰后土之禮。在祭祀過程中，武帝，衣上黃，用樂。以江淮間一茅三脊爲神藉，以五色土秘封，縱遠方奇獸飛禽及白雉諸物以爲祥瑞。封畢，坐泰山下明堂（此爲古明堂遺址，趙岐《孟子·梁惠王章句下》云：「泰山下明堂，本周天子東巡狩朝諸侯之處。」據〈封禪書〉，元封二年按齊地方士所上黃帝時明堂圖作明堂于奉高），詔云與士大夫更始，賜民牛酒。又云古者天子五載一巡狩，用事泰山，諸侯各治邸泰山下以爲朝宿地。此後，五年一修封，分別增封于元封五年、修封于太初三年、天漢三年、太始四年、征和四年。

　　《漢書·武帝紀》僅記四月之封，實則三月之封是武帝行丁公之言，一則也是試探自己是否會遭遇風雨，是否有封禪的資格。二則立石之事頗費時工，必須在正式行禮前準備就緒。不難看出，漢武帝的封禪帶有明顯的雜湊的色彩，將諸儒、方士的方案、秦始皇的立石秘封、漢家太一之祀、《管子》所云祥瑞、六經中的巡狩之禮全部囊括。後世之人譏漢武封禪以不經，但平心而論，漢武之舉正反映出秦漢帝國構建國家神話與祀典的探索過程，同時也提出了構建新型國家祀典的時代課題：如何爲這種祀典尋求經學的依據和解釋，使其體現儒學的德治理想和傳統文化的精神，體現國家的意識，去除方士文化中爲帝王個人求登仙的成份。

三、漢代經、緯之學改革封禪之說

　　就在漢文帝謀議封禪失敗之際，漢代的儒學中出現議論封禪的聲音。〈封禪書〉中敘述管仲諫止齊桓公封禪之後，有一段很耐人尋味的文字：

其後百有余年（指管仲之後），而孔子論述六藝，傳略言易姓而王，封泰山
禪梁父者七十余矣，其俎豆之禮不章，蓋難盡言之。……《詩》云紂在位，
文王受命，政不及泰山。武王克殷二年，天下未寧而崩。爰周德之洽維成王，
成王之封禪則近之矣。

　　這一段話傳達了兩個信息：其一，孔子雖不能盡言封禪之儀，但其論述六藝的
傳記中也略敘封泰山七十二家之事。其二，管子所云封禪七十二家中，周成王封泰
山之事最爲可信。司馬遷的這段話，來自韓詩。《正義》引《韓詩外傳》佚文曰：
「孔子升泰山，觀易姓而王可得而數者七十余人，不得而數者萬數也。」《韓詩外
傳》皆證釋《詩》句，陳喬樅《韓詩遺說考》曰：「《白虎通・封禪篇》引《般詩》
（在〈周頌〉）『于皇明周，陟其高山』，爲周家太平封禪之證。則知韓詩此傳，
當亦釋《般詩》爲周家封禪事也。」[14]從其遺說來看，韓詩的宗師韓嬰似乎努力地
將封禪之事與孔子和六經拉上關係。此外，《大戴禮記・保傅篇》云：「成王有知，
而選太公爲師，周公爲令，此前有與計，而後有與慮，是以封泰山而禪梁甫，朝諸
侯而一天下。」〈保傅〉的文字又見于《新書・胎教》。賈誼是文帝時代提倡儒學
的激進人物，是董仲舒之輩的先驅。也是漢代首倡「改正朔，易服色，興禮樂」的
人（見《史記・屈原賈生列傳》）。賈誼、韓嬰俱爲文帝時博士，他們的封禪說開
啓了漢代儒學和經學積極構建國家祀典的過程。

　　《漢書・公孫弘卜式兒寬傳贊》云漢武帝得人之盛，「儒雅則公孫弘、董仲舒、
兒寬」。三人皆出齊學，公孫弘、董仲舒治《公羊春秋》[15]，兒寬從歐陽生受《尚
書》，爲博士弟子時，又從博士孔安國和董仲舒弟子蘭陵褚大等學。董仲舒對策、
公孫弘爲相，標誌著漢代經學的統治地位在政治和文化兩方面的確立，而西漢經學

---

[14] 陳喬樅，《韓詩遺說考》，《皇清經解續編》第四冊，（上海：上海書店影印南菁書院本，1988
　　年），卷一〇七九，頁 1418。

[15] 見班固，《漢書》（北京：中華書局，1962 年），〈儒林傳〉，頁 3615、《史記》（北京：中華
　　書局，1959 年），〈儒林傳〉，頁 3118，廣川人董仲舒與齊人胡毋生同業，俱爲景帝博士。治《公
　　羊》。胡毋生老歸教授，齊之言《春秋》者多受胡毋生，公孫弘亦頗受焉。

又以齊學爲主導，這與其極積用世的有爲精神有關。而董仲舒與兒寬分別在封禪理論和實踐上有著極積的建樹和業績。

董仲舒對封禪之說的改造表現在兩方面，其一是將黃老道家順應天道自然的德治理想改造爲儒家的王道和仁政。《春秋繁露・王道》曰：

> 《春秋》何貴乎元而言之？元者，始也，言本正也。道，王道也。……五帝三王之治天下，不敢有君民之心，什一而稅，教以愛，使以忠，敬長老，親親而尊尊，不奪民時，使民不過歲三日，民家給人足。……故天爲之下甘露，朱草生，醴泉出，風雨時，嘉禾興，鳳凰麒麟游于郊……郊祀天地，秩山川，以時至。封于泰山，禪于梁父。

其二是將黃老封禪說中皇帝王霸的歷史觀念改造爲春秋公羊學的改制論和文質論，爲經學構畫的政治文化制度尋求根據。董仲舒認爲，天不變道亦不變，因此每一代受命之王，只有改制之名而無改制之實。可以更稱號、改正朔、易服色，而不可改變大綱、政教、人倫、道德。天道與歷史以陰陽文質的狀態交替運行，循環往復。陰陽爲天地之道，文質爲人道。效法天地，更用文質，是《春秋》的主旨之一。封禪的祀儀正是對這種天之常道和國家制度的演示。《春秋繁露・三代改制質文》解釋《春秋》三等爵制曰：

> 王者以制，一商一夏，一質一文，商質主天，夏文主地，春秋主人（「春秋主人」即「承周之文而反之質」，見〈十指〉），故三等也。主天法商而王，其道佚陽，親親而多仁樸……封禪于尚位。主地法夏而王，其道進陰，尊尊而多義……封禪于下位。主天法質而王，其道佚陽，親親而多質愛……封禪于左位。主地法文而王，其道進陰，尊尊而多禮文……封禪于右位。

當魯學諸生草封禪儀不成，讓漢武帝失望之際，齊學中的人物作何表現呢？太史公的〈封禪書〉疏忽了一個重要的情節，《漢書・兒寬傳》載：

及議放古巡狩封禪之事，諸儒對者五十余人，未有所定。……以問寬，寬對
曰：「……其封泰山，禪梁父，昭姓考瑞，帝王之盛節也。然享薦之義，不
著于經，以為封禪告成，合祛于天地神祇，祇戒精專以接神明。總百官之職，
各稱事宜而為之節文。唯聖主所由，制定其當，非群臣之所能列。……」上
然之，乃自制儀，采儒術以文之。既成，將用事，拜寬為御史大夫，從東封
泰山，還登明堂。寬上壽。

有趣的是，當時齊學中促進武行封禪，欲搶頭功的還不止一人。〈兒寬傳〉載
其師褚大（董仲舒弟子，見《史記·儒林傳》）聞說弟子兒寬拜為御史大夫，不笑
不以為然。及「與寬議封禪于上前，大不能及，退而服曰：『上誠知人。』」因此，
漢武帝之所以能自定封禪儀式，且沒有完全按照方士的求仙之法行封禪，是由于齊
學的支持與影響。

西漢後期，由于政治危機加深，讖緯之學大行于世，以尋求變革之方。讖緯之
學與齊學關系密切，實為齊學思想的極端化。讖緯中提到的經學人物為公羊高和董
仲舒（《春秋演孔圖》曰：「公羊全孔經。」《論衡·案書》曰：「讖書曰：董仲
舒，亂我書。」）讖緯中有直接引述《春秋繁露》和《尚書大傳》、《京氏易傳》
的文字。西漢中後期已有齊學人物造作讖緯的亦象，如眭弘言繼體守文之君，不害
聖人之受命（《漢書·眭弘傳》），見于《春秋元命包》；翼奉奏《詩》有五際六
情說（《漢書·翼奉傳》），見于《詩緯》。又《隸釋》卷十一《小黃門焦敏碑》
云「其先故國師焦贛深明典奧，讖錄圖緯。」讖緯中的封禪說除了承襲《管子》之
說外，在兩方面有所發展。

首先，讖緯封禪說中綜合了巡狩禮和秦始皇所創刻石、封藏的儀式內容，對其
作經典表述：

刑法格藏，世作頌聲。封于太山，考績柴燎。禪于梁甫，刻石紀號。英炳巍
巍，功乎世教。（《禮緯斗威儀》）

　　封于泰山，考績燔燎，禪于梁父，刻石紀號。（《考經鈎命決》）

　　讖緯封禪之說是東漢時代封禪的定說，因爲讖緯是孔子所作，而且其中有些不見經傳的新制度，是孔子特地爲漢家制定的。荀悅《申鑒·俗嫌》曰：「世稱緯書仲尼之作。」《禮記·王制正義》引鄭玄《釋癈疾》曰：「孔子雖有聖德，不敢改先王之法，以教授于世。若其所欲改，則陰書于緯，藏之以傳後王。」《春秋漢含孳》曰：「孔子曰：『丘覽史記，援引古圖，推集天變，爲漢帝制法，陳敍《錄圖》。』」因此，漢家後王心領神會，光武據讖封禪，明帝以讖定禮（見《後漢書·曹褒傳》），沛王集緯通經（見《後漢書·光武十三王傳》）。在《白虎通》、《風俗通》等涉及東漢經學與制度的文獻中，封禪之說皆依讖緯之說。

　　《春秋漢含孳》中，孔子爲漢帝制法，先援引古圖，再陳敍《錄圖》。這些圖，即是讖緯文獻中講得最多的《河圖》、《洛書》的神話和讖緯文獻中的《河圖》、《洛書》部分。讖緯封禪說的另一發展，就是將封禪與《河圖》、《洛書》相結合。

　　《河圖》、《洛書》本爲古代傳說中的瑞玉嘉祥，是上古先民對河、洛崇拜的產物。儒家經傳中，《尙書·顧命》云：「天球、河圖在東序。」爲天子寶物。《易傳·系辭上》曰：「河出圖，洛出書，聖人則之。」戰國諸子如《墨子·非攻下》云文王受命，「河出綠圖。」《管子·小匡》曰：「昔人之受命者，龍龜假，河出圖，洛出書。」讖緯中以《河圖》、《洛書》爲天道的體現，并且是一切經典的先天形態。《春秋說題辭》曰：「河以通乾出天苞，洛以流坤吐地符。」「《圖》有九篇，《書》有六篇。」《尙書中侯》曰：「伏羲氏有天下，有龍馬負圖出于河，遂法之畫八卦。」又曰：「（禹）乃受舜禪，即天子之位。天乃悉禹洪範九疇，洛出龜書五十六字，此謂洛出書者。」這和劉歆的觀點是一致的。《漢書·五行志上》載劉歆云：「伏羲氏繼天而王，受《河圖》，則而畫之，八卦是也。禹治洪水，賜《洛書》，法而陳之，《洪範》是也。」〈藝文志·六藝略〉又云《易》源于《河圖》，《書》源于《洛書》。對于受命的帝王來說，其所受《河圖》、《洛書》則又是朝代興亡表和輿地圖。《洛書靈準聽》曰：「河圖本紀，圖帝王終始存亡之期。」《春秋命曆序》曰：「河圖，帝王之階圖。載江河山川州界之分野。」即在輯存的

讖緯《尙書中侯》中，從伏羲至漢高祖接受《河圖》、《洛書》的神話，尙有著系統的描述。

　　《河圖》、《洛書》的神話不僅要講述古代帝王的受命，更重要的是爲即將受命的帝王提供神話。因爲現實中的帝王不可能得到由龍馬玄龜負出的《河圖》、《洛書》。可能在戰國時代，帛書形態的《河圖》、《洛書》（又稱《綠圖》或《綠圖書》）已經開始造作。《呂氏春秋・觀表》曰：「聖人上知千歲，下知千歲，非意之也，蓋自有云也。綠圖幡薄，從此生矣。」〈秦始皇本紀〉載燕人盧生入海還，奏《錄圖書》，上書「亡秦者胡。」因此讖緯文獻體系本身的造作也發軔于這個神話，讖緯中所言舜所受河圖爲「赤文綠字」（見《尙書中侯》）、「玄色綈狀」（見《春秋運斗樞》），已非瑞玉，而是帛書卷帙[16]。讖緯文獻由《河圖》、《洛書》和《易》、《書》、《詩》、《禮》、《樂》、《春秋》以及《孝經》、《論語》諸緯構成，但漢人通常將《河圖》、《洛書》與「七緯」「六藝」對舉并稱。因其篇帙多于七經緯，且又是六經的先天形態。如李賢《後漢書・張衡傳》注引《張衡集・上事》云：「《河》、《洛》、緯度」。且在輯存的讖緯《河圖》、《洛書》中，不見引稱七經緯的內容；相反七經緯多有引稱讖緯《河圖》、《洛書》之處。因此，《河圖》、《洛書》的造作要早于經學確立後才開始的七經緯的造作[17]。

　　至此，讖緯提出，新受命的帝王只要得到讖緯之類的人造《河圖》、《洛書》，就有了封禪的根據，也就是說：神話中的《河圖》、《洛書》是孔子所援引的「古圖」，他們是六經的根據和古代五帝三王們的受命根據；讖緯之類的人造《河圖》、《洛書》，則是孔子等聖人所陳敘的《錄圖》，是即將有天下的新帝王的受命根據，同時，還是新帝王行封禪大典的太平祥瑞和經典依據。《春秋漢含孳》曰：

---

[16] 陳槃，〈古讖緯書錄解題（五）、（六）〉，《古讖緯研討及其書錄解題》（臺北：國立編譯館，1991 年），頁 361，于此有論說。

[17] 陳槃，〈秦漢間所謂「符應」論略〉，《古讖緯研討及其書錄解題》，頁 1，對這一現象有所論述。徐興無，〈讖緯文獻與戰國秦漢間的道家〉，《道家文化研究》（第 12 輯）（北京：三聯書店，1998 年），頁 269，對此繼有闡述。

天子受符，以辛日立號。帝宰奉圖，帝人共觀。九日悉見，後世之過，方來之害。以告天曰：「請封禪到岱宗，書期過數，告諸命。」

至光武崛起之際，新帝王的人選已定，《河圖》、《洛書》諸緯中受命封禪的讖語便愈加明確。如《河圖會昌符》曰：「赤漢德興，九世會昌，巡岱皆當。」《河圖合古篇》曰：「帝劉之秀，九名之世，帝行德，刻封政。」《洛書甄耀度》曰：「赤三德，昌九世，會修符，合帝際，勉刻封。」《孝經鈎命決》曰：「予誰行，赤劉用帝，三建孝，九會修，專茲竭和封岱青。」至此，經過經學和緯學的二度建構，封禪成爲純粹的國家祭祀，有典有據，莊重而易行。

四、漢光武完成封禪祀典

《續漢書・祭祀志》載：光武建武三十年（公元 54 年），群臣即上言，以即位三十年，宜封禪。光武不許。至三十二年正月，光武齋，夜讀《河圖會昌符》，曰；「赤劉之九，會命岱宗。不愼克用，何益于承。誠善用之，奸僞不萌。」光武有所感。其所感當是認識到封禪大典在確立國家權威上的意義，慎用、善用，可收到成效。于是詔梁松等案索《河》、《洛》讖文言九世封禪事。松等列奏，乃許。接著又案尋漢武帝元封元年封禪故事，議封禪所用。有司匯報了當時封藏玉牒的方石、圓壇的規格。又匯報了刻石的規格。光武帝以爲太費工夫，主張在武帝所封石壇中加封即可。梁松力爭，以爲封禪隆重，且今「奉圖書之瑞，尤宜顯著」。遂命泰山郡取青石，又求得玉工刻制玉牒。

二月，光武帝至奉高，先命侍御史和蘭台令史將工上山刻石。與秦始皇諸刻石相比，光武的刻石文字空前的冗長。其中一口氣引述了《河圖赤伏符》、《河圖會昌符》、《河圖合古篇》、《河圖提劉予》、《洛書甄曜度》、《孝經鈎命決》中有關劉秀受命封禪的讖語。歷數光武中興，安定黎庶，恢復舊典之功德。這篇文字出自大司空張純之手，他是建武三十年上言封禪的群臣之首。其上言曰：「《樂緯動聲儀》曰：『以雅治人，風成於頌。』有周之盛，成康之間，郊祀封禪，皆可見也。《書》曰：『歲二月，東巡狩，至于岱宗，柴』，則封禪之義也。」其言引緯

據經，首舉有周之封禪，是典型的漢代經學和緯學構建的封禪說（見《漢漢書·張純傳》）。

二月二十二日晨，用南郊之禮燎祭上天于泰山下南方。這與漢武帝用祭太一禮祀于泰山東方不同。武帝時欲變秦郊雍五帝之禮，增用齊方士所奏太一神作爲郊祀禮，郊雍于三月，郊太一于正月。齊處東方，最高神太一與東皇合一，如《楚辭·九歌》之東皇太一，故祀于東方[18]，《禮緯稽耀嘉》亦曰：「用鼓和樂于東郊，爲太昊之氣，勾芒之音。歌隨行，出雲門，致魂靈，下太一之神。」經學的地位確立後，儒家對郊祀也進行改革。成帝時匡衡等以雍、太一之郊祀皆不合古制，建議罷之而用周禮，于國都南郊祀五天帝。此後雖經多次反復，至光武帝建武二年（公元26年）正月，定洛陽城南郊祀之禮。因此，秦皇、漢武、光武封禪時所行祭天之禮，正是各自所行的郊祀之禮，這正好反映出封禪祀典的變革是與整個戰國秦漢間國家神話和祀典體系變革同步進行的。

中午，光武帝與百官升登泰山。下什晡時，舉行封藏和立石儀式。二十五日禪于梁父。其侍從之一馬第伯作〈封禪儀記〉，詳細記錄了這次封禪的整個過程。光武帝的封禪，沒有秦皇所遭遇的風雨（〈封禪儀記〉曰：「泰山率多暴雨，如今上直下柴祭封登，淸晏溫和。」）；沒有秦皇、漢武在封禪儀式上的無據、反復與雜湊；因爲有了《河圖》和《洛書》，因而也沒有致三脊之茅，縱飛禽獸；更沒有著黃衣，模仿黃帝封禪登仙的內容。這一切，都標志著戰國秦漢以來封禪祀典的理論和實踐的最後完成。此後章帝之封，只是修光武山南祭壇，行巡狩燎祭之禮罷了。

五、餘論

自戰國至秦、漢，理想與實踐中的國家祀典，其最爲隆重者爲封禪與郊祀。《禮記·禮器》云：「因名山升中于天，因吉土享帝于郊」；《史記》、《漢書》分別取之，以命名祭祀之志；且如前文所論，這二者的構建又恰恰是同步進行的。但仔細比較，二者構建的方式與旨趣卻不盡相同。

---

[18] 「東皇太一」之形成，詳周勛初師，〈東皇太一考〉，《九歌新考》（上海：上海古籍出版社，1986年），頁 38-64。

　　秦漢的郊祀直接來自秦國的雍祀，其構成主要是五方位帝（秦人爲青赤黃白四帝，漢高祖入關增黑帝之祀）。這是秦國先公先王們在興霸過程中陸續構建的，是對傳統的周天子郊祀權力的挑戰。漢承秦制，文帝始幸雍郊見五帝，至漢武帝又屢構太一之壇，直至定其爲郊祀之禮。雖同時保留雍祀（此後漢朝常于正月郊太一，三月郊雍），但太一的權威在五帝之上。這是武帝對秦帝國和漢朝的諸侯王、乃至周邊少數民族政治權威的否定和對漢朝中央政權的再次強調。而成帝至東漢光武帝期間確立的南郊之禮，又體現了儒家復古思想對秦漢政治理想的修正，或者說是爲郡縣制統一帝國這種新型政治制度尋求傳統文化依據。是王道對霸道，德治對法治的否定。

　　所以，郊祀的構建方式是否定式、替代式的，體現了在郡縣制統一帝國這種制度下，不同的執政朝代或集團對這一制度的不同理解與相互鬥爭。而封禪祀典的構建，則是在一種祀典中不斷地融合、選擇、改進，努力使之趨于完善。所以，封禪祀典的構建方式是肯定式、連續式的，體現了上述不同的執政朝代或集團對郡縣制統一帝國這一新型國家制度的接受、維護，以及他們之間的相互承繼。從大的歷史過程著眼，我們不難發現，這種接受、維護、承繼的精神，一直延續到清代。因此，雖然歷史上封禪不及郊祀舉行得頻繁，但二者相較，封禪祀典的歷史意義和影響可能更爲深遠。

新古典新義
頁 215～232
臺灣學生書局　2001 年 9 月

馬王堆帛書《刑德》乙篇再探

劉國忠[*]

　　1973 年，在湖南長沙馬王堆三號墓出土了大批的帛書，其總數達 27 種，共 10 萬多字，其中不少是久已失傳的珍本祕籍。國家文物局曾組織了一批專家學者對這些材料進行了精心整理，先後出版了《馬王堆帛書》一、三、四輯，這批珍貴資料的出土和公布，引起了國內外學者的高度重視，掀起了一股帛書研究的熱潮。

　　這裏所想討論的，是馬王堆帛書的《刑德》篇。帛書《刑德》共分甲、乙、丙三篇，其中的甲、乙兩篇較爲完整，丙篇則因殘泐太甚，已經無法復原。湖南省博物館的陳松長先生曾對乙篇作了釋文，並利用甲篇資料對殘缺的文字作了一些補充，將之刊布于《馬王堆漢墓文物》一書中，[1]該書出版後，學者們隨即對《刑德》作了熱烈的討論，[2]可以說，篇中的不少問題業已得到解決，但也還有一些令人困惑

---

[*]　劉國忠，北京清華大學人文學院教師。

[1]　傅舉有、陳松長，《馬王堆漢墓文物》（長沙：湖南出版社，1992），頁 132-145。

[2]　如：饒宗頤，〈馬王堆《刑德》乙本九宮圖諸神釋——兼論出土文獻中的顓頊與攝提〉，李學勤主編，《簡帛研究》（第一輯）（北京：法律出版社，1993），頁 89-95；陳松長，〈帛書《刑德》略說〉，同上書，頁 96-107；馬克・卡林諾夫斯基，〈馬王堆帛書《刑德》試探〉，饒宗頤主編，《華學》（第一輯）（廣州：中山大學出版社，1995 年），頁 82-110；劉樂賢，〈馬王堆漢墓星占書初探〉，同上書，頁 111-121；李學勤，〈馬王堆帛書《刑德》中的軍吏〉，李學勤主編，《簡帛研究》（第二輯）（北京：法律出版社，1996），頁 156-159；李零，〈讀幾種出土發現的選擇類古書〉，李學勤主編，《簡帛研究》（第三輯）（南寧：廣西教育出版社，1998），頁 96-104。

的問題。學者們同時也指出《馬王堆漢墓文物》對于該篇的拼接、剪裁、釋文及斷句還有不少問題，但由于目前還沒有更多的公布材料，我們仍只能依據《馬王堆漢墓文物》一書中所刊布的照片和釋文，對于篇中所涉及的幾個問題再作一些探討，不妥之處，希望得到方家的指正。

（一）

帛書《刑德》乙篇的情況，根據照片及陳松長先生的介紹，可知整篇帛長 84 糎米，寬 44 糎米，陳先生認爲，本篇帛書主要由三部分組成：第一部分是位于帛書右上部的「刑德九宮圖」；第二部分是與「九宮圖」並列，位于其左的「刑德運行干支表」；第三部分則是文字，其內容是關于刑德運行規律和一些星占內容的文獻。

在陳先生所說的《刑德》乙篇這三部分內容中，第三部分的文字是理解《刑德》乙篇內容及結構的關鍵。這些文字按照其排列結構又可分爲兩部分，第一部分文字位于「刑德九宮圖」和「刑德干支表」正下方，即編號爲第 1－61 行的部分；第二部分位于「刑德九宮圖」及「刑德干支表」的左邊，即編號爲第 62－96 行的部分。對于這兩部分內容是否有直接的聯係、以及這些內容是否都與「刑德九宮圖」和「刑德干支表」有關等問題，學者們的意見不太一致，陳松長先生認爲這三部分「互相聯係，構成一個有機的整體」，[3] 也就是說，他認爲這兩部分文字本身是相互聯係的，並且同「刑德九宮圖」和「刑德干支表」這兩部分構成一個整體。對此劉樂賢先生提出不同意見，他認爲第 62 行至 96 行的內容「所述似與刑德無關，而與星占文獻相近」，並將之稱爲「星占書」。對于這兩種截然相反的意見，我們需要作一個判斷。

首先，從帛書《刑德》的整體布局來看，第 1－61 行文字正好處在「刑德九宮圖」和「刑德干支表」的正下方，可以看出，它實際上是以圖下方的文字來對上面的圖表加以說明，核對帛書照片，不難發現，帛書《刑德》乙篇在 61 行之後，

---

[3] 見〈帛書《刑德》略說〉所述。

還有兩行的空格，這種情況在整篇帛書中是絕無僅有的，其它的地方帛書在另起一段時都是緊挨著一欄，而且以墨丁表示。而在 61 行與 62 行之間，情況則完全不同，第 62 行之上未見有墨丁的記號——這種情況與開始的第 1 行完全一致，也沒有直接接在第 62 行後面仍舊位于圖表之下的空欄中，而是從「刑德九宮圖」和「刑德干支表」的左側另起一欄書寫，這種情況很令人深思。我們覺得，這種情況表明，刑德部分的文字，至第 61 行已經結束，從第 62 行起，因爲是與刑德毫無關係的內容，因此專門從「刑德九宮圖」和「刑德干支表」的左側另起一行開始書寫，二者之間也因此沒有用墨丁分開。如果這兩部分文字真的有密切關係的話，第 62 行就應當是緊接著 61 行，接在圖表下方書寫，而不是現在這種二者互不連屬的狀況。

其次，從這兩部分的文字內容來看，第 1－61 行主要論述的是刑德的運行情況，而第 62－96 行則重點放在日占、月占及分野等問題上，二者在內容上並無任何銜接之處，因此把二者稱爲是一個「有機的整體」顯然也是不合適的。

最後，如果我們將第 1－61 行與「刑德九宮圖」及「刑德干支表」相對照，不難發現，這部分內容正是對上述兩個圖表的解釋，它們與「刑德九宮圖」及「刑德干支表」之間的密切關係是顯而易見的。與此相反，從內容上看，第 62－96 行則與這兩個圖表沒有絲毫關係，因此這部分文字顯然也與兩個圖表之間沒有必然的關係。

如果我們這些分析不誤的話，那麼《刑德》乙篇就不應是陳先生所說的那樣，是由三個部分組成的一篇文獻，而應該更準確地說它實際上包含了二篇不同的文獻，即：1、由「刑德九宮圖」、「刑德干支表」及位于這二表下方的文字（編號爲 1－61 行）共同組成的一篇文獻，其內容主要圍繞刑德的運行規律，如果根據其內容命名全篇，似可稱作「刑德之法」；2、位于「刑德九宮圖」及「刑德干支表」左側部分的一篇文獻，即從第 62 行起，至 96 行爲止的這部分文字，其內容主要與星占有關，劉樂賢先生根據這一部分內容，將之稱爲「星占書」，更接近于實際情況。這一部分內容與前一部分的文字、圖表之間並沒有直接的聯係，二者之間並不是一種同源的關係。

那麼這兩篇不同的文獻爲什麼會抄在一起呢？我們覺得這其中的原因主要是

出于性質相同方面的考慮，這兩篇文獻雖然在內容上絕不相涉，但都是利用天象的情況預測軍事上的成敗禍福，二者在軍事上都同被看重。另外，如果從圖書分類上來看，星占和刑德同屬于《漢書‧藝文志》所言的「兵陰陽家」類，因此這兩部分內容被抄在一起，也就不足爲奇了。

（二）

如前所述，由「刑德九宮圖」、「刑德干支表」和編號爲 1－61 主要涉及的是刑德運行規律的內容。

對于刑德一詞，我們並不陌生，在古書中它們常常對舉，代表賞罰之意。在有的時候它們還用來指陰陽或生殺二氣，如《淮南子‧天文》篇言：「日冬至則斗北中繩，陰氣極，陽氣萌，故曰冬至爲德。日夏至則斗南中繩，陽氣極，陰氣萌，故曰夏至爲刑」，注云：「德，始生也，刑，始殺也」，〈天文〉篇還將生殺二氣的變化稱爲「刑德七舍」。類似的論述在隋代蕭吉所著的《五行大義》論刑、論德兩部分也有很多涉及。

與此同時，在古籍尤其是兵家文獻中，還有另外一種刑德。如《淮南子‧兵略》言：「明于星辰日月之運，刑德奇胲之數，背鄉左右之便，此戰之助也」，又說：「故上將之用兵也，上得天道，下得地利，中得人心，乃行之以機，發之以勢，是以無破軍敗兵」。這兩句話中，前句所說的「星辰日月之運，刑德奇胲之數，背鄉左右之便」，實際上就是後句所說的「上得天道」的體現，而「行之以機」則正是爲了對天道的把握，可見這裏所說的刑德是天道的一種，因而書中還明確地說「明于奇正胲、陰陽、刑德、五行、望氣、候星、龜策、禨祥，此善爲天道者也」。不過，〈兵略〉篇的作者似乎認爲這裏的「天道」並非是決定戰爭勝負的最終因素，而認爲起決定作用的還是人，因此，該篇後面又言：「加巨斧于桐薪之上，而無人力之奉，雖順招搖，挾刑德，而弗能破者，以其無勢也」。帛書《刑德》篇中所說的刑德，正是〈兵略〉篇中所提到的這一意義上的刑德。

那麼這種刑德是怎麼形成的呢？從《淮南子‧天文》一篇我們可以明確看出，刑德實際上是由于天上貴神太陰所在的日、辰所決定的，太陰，或稱天一，或稱青

龍，據說是天上最尊貴的神靈。〈天文〉言：「天神之貴者，莫貴于青龍，或曰天一，或曰太陰。」而太陰所在的日、辰則決定了刑德的位置，「太陰所在，日爲德，辰爲刑」，其具體位置則根據陰陽五行的理論而在不斷變化，按〈天文〉篇所說，德在剛日自處不變，而在柔日則徙所不勝，刑則是水辰之木，木辰之水，金、火立其處。兵家根據刑德所在的位置而推測吉凶禍福，這種刑德理論在當時的兵家中曾得以廣泛使用，屬于當時所稱的兵陰陽類。

　　刑德一類的書籍，在《漢書・藝文志》也有所記載，《漢志・數術略》「五行」類即載有《刑德》七卷，可見其內容頗豐，同書又載有《五音奇胲[4]刑德》二十一卷，雖然這些書籍後來都已亡佚，但應該都與帛書所載內容相近，當然，由于刑德是由太陰所決定，因而有關太陰（或稱天一）的書籍中也應該包含刑德的內容。《漢志・兵書略》「兵陰陽」類還有《天一兵法》三十五篇，當屬此類書籍，書中還說：「陰陽者，順時而發，推刑德，隨斗擊，因五勝，假鬼神而爲助者也」，這句話與《淮南子・天文》所說的「太陰所居，不可背而可向，北斗所系，不可與敵」是大體一致的，講的都是太陰、刑德及北斗在兵法上的運用。但是這種刑德理論在軍事上是怎樣具體運用的，由于書缺有間，過去我們知之甚少，帛書《刑德》乙篇的發現則爲我們揭開了這一祕密。

　　帛書《刑德》一開始就說：

　　　德始生甲，太陰始生子，刑始生水，水子，故曰：刑德始于甲子。刑德之歲徙也，必以日至後七日之子午卯酉。德之徙也，子若午，刑之徙也，卯若酉。刑德之行也，歲徙所不勝而刑不入宮中，居四隅。甲子之舍，始東南□□，

---

[4] 奇胲二字，據顏師古注引許慎語：「胲，軍中約也」，王念孫，《讀書雜誌》（南京：江蘇古籍出版社，2000 年），卷四，頁 278：「《說文》：『奇胲，非常也』。《淮南・兵略》篇：『明于刑德奇賌之數』，又曰：『明于奇正賌、陰陽、刑德、五行、望氣、候星、龜策、機祥』，高注云：『奇賌陰陽奇祕之要，非常之術』；《史記・倉公傳》：『受其脈書上下經，五色診，奇咳術』，然則奇佫者非常也。佫，正字也，胲、咳、賌皆借字耳。脈法之有五色診奇佫術，猶兵法之有五音奇佫，皆言其術之非常也」。王說是，顏師古之說誤。

行廿歲而一周，一周而刑德四通，六十歲而周，周于癸亥，而復從甲子始。刑德初行，六歲而並于木，四歲而離，離十六歲而復並木。太陰十六歲而與德並于木。刑德六日而並游也，亦各徙所不勝。刑以子游于奇，以午與德合于正，故午而合，子而離。戊子刑德不入中宮，徑徙東宮。戊午德入刑不入，徑徙東南宮，其初發也，刑起甲子，德起甲午，皆徙庚午，居庚午各六日，刑徙丙子，德徙丙午，居各六日，皆並壬午，各六日，刑德不入，徑徙甲午，各十二日，刑徙庚子，德徙庚午，各六日，皆徙丙午，各六日，刑徙壬子，德徙壬午，各六日。德徙戊午，刑不入中宮，徑徙甲子，德居中六日，徙甲午，刑徙甲子（十）二日，德居甲午六日，刑德皆並，復徙庚午。

這段話是理解刑德運行規律的關鍵所在，該段話可以「刑德初行，六歲而並于木，四歲而離，離十六歲而復並木。太陰十六歲而與德並于木」一句爲界分爲前後兩個部分，前一部分講述的是刑德以年爲單位的移動情況，後一部分講述的則是刑德以日爲單位的移動情況。據法國學者馬克·卡林諾夫斯基所述，《刑德》甲篇稱後一種以日爲單位的運動爲「小游」，因此他稱前一種刑德以年爲單位的移動爲「大游」。[5]

在現存漢代的文獻中，《淮南子·天文》篇也有類似的論述刑德運行的語句：

太陰在甲子，刑德合東方宮，常徙所不勝，合四歲而離，離十六歲而複合。所以離者，刑不得入中宮，而徙于木，太陰所居，日德，辰爲刑。德，剛日自倍因，[6]柔日徙所不勝。刑，水辰之木，木辰之水，金、火立其處。（p. 120）

---

[5] 見馬克·卡林諾夫斯基，〈馬王堆帛書《刑德》試探〉一文的相關論述。不過，《刑德》乙篇原文有「刑德之歲徙也……」，又稱「刑德六日之並游也……」，因此，如果據此將這兩種移動情況分別稱爲「歲徙」和「日游」，可能更爲貼切一些。

[6] 劉文典，《淮南鴻烈集解》（北京：中華書局，1989 年）所附錢塘，《淮南天文訓補注》，頁 874 言：「甲在東，丙在南，戊在中，庚在西，壬在北，爲自倍因」。按：「自倍因」一詞未見于它書，筆者懷疑此處原文有誤字，但其意則如錢塘所言，指甲、丙、戊、庚、壬各自立其處，亦即蕭吉，

把這二者加以比較，可以看出《淮南子‧天文》篇所述的刑德移動規律與帛書《刑德》中關于刑德大游的論述基本一致。但二者之間也有幾個不同之處：

1、關于刑德的起始點及大游開始變位的時間，〈天文〉篇沒有涉及，而《刑德》則明確指出是「刑德始于甲子」，它們開始移動，必須在「日至後七日之子午卯酉」，這一點彌補了〈天文〉篇的不足。

2、關于刑德在移動過程中的分合情況，〈天文〉篇稱刑德「合四歲而離，離十六歲而復合」，這與帛書《刑德》所述「甲子之舍，始東南□□，行廿歲而一周，一周而刑德四通，六十歲而周，周于癸亥，而復從甲子始」的含義是完全一致的，但是《刑德》篇後面又說：「刑德初行，六歲而並于木，四歲而離，離十六歲而復並木」，這段話中的「六歲而並于木」一句與刑德的運行規律並不吻合，對此，馬克‧卡林諾夫斯基曾作了分析，他認爲，「六歲而並于木」這句話本身應有誤字，「六」字可能是「廿」字之訛，原文本應作「廿歲而並于木」。筆者認爲，馬克‧卡林諾夫斯基指出此句有誤字，這對于我們確實是一個啓發，但是說「六」字爲「廿」字之訛，似可商榷。如果把「六」字改成「廿」字，當然可以解決刑德以二十年爲單位的分合過程，但是與前面一句「刑德初行」本身是互相矛盾的，刑德初行，第一年就相遇于木，在此後的乙丑、丙寅、丁卯三年中，它們分別相遇于金、火、水，直到第五年，由于德入中宮土而刑移居木，二者才分離，因此此處如改爲「刑德初行，廿歲而並于木」顯然也是與刑德運行規律不一致，因此並沒有真正解決問題。那麼應該怎樣看待此句中的

《五行大義》（瀋陽：遼寧教育出版社，1999 年），〈論德〉，頁 190 所言四德中的乾德：「乾德者，甲德自在，乙德在庚，丙德自在，丁德在壬，戊德自在，己德在甲，庚德自在，辛德在丙，壬德自在，癸德在戊」。李淳風，《乙巳占》（北京：人民中國出版社，1993 年），〈推歲月日時乾德刑殺法〉，頁 154 言：「歲日月時乾德法：甲德自處，乙德在庚，丙德自處，丁德在壬，戊德自處，己德在甲，庚德自在，辛德在丙，壬德自在，癸德在戊。假令太歲在甲，即歲德在甲；太歲在乙，歲德在庚。他皆仿此」。將《淮南子‧天文》與《乙巳占》相對比，我們可判斷出《淮南子‧天文》所論的太陰應是太歲。

矛盾之處呢？筆者認爲，此處的「六」字確實如馬克・卡林諾夫斯基所言，是一個錯字，但並不是馬克所說的「廿」字之誤，而應是「其」字之訛，刑德初行，其年即相遇于木，四年後分離，分離十六年後又重新相遇于木，這樣才文從字順，而且符合刑德的運行情況。另外，從文字的書寫上看，「其」字在帛書中的書寫方法而「六」字極爲相近，二者系因形近而訛。

3、〈天文〉篇已經明確了太陰與刑德之間的關係（「太陰所在，日爲德，辰爲刑」），但是對于太陰在移動中與德的分合情況，〈天文〉篇也沒有涉及，而《刑德》則明確指出「太陰十六歲而與德並于木」，即指出了從甲子年開始，太陰與德的第一次相遇是在第十六年，地點是在東方之宮。

4、在對刑德大游的論述上，〈天文〉篇所述較爲簡略，而帛書《刑德》則顯得詳細一些，加上帛書有「刑德九宮圖」和「刑德干支表」可供對照，因此對于我們理解刑德的大游規律有很大的幫助。

5、對于刑德小游的情況，〈天文〉篇未見有相關記載，因此帛書《刑德》這方面的材料顯得彌足珍貴。

　　馬克・卡林諾夫斯基還對刑德大游和刑德小游的運行規律做了仔細的分析，[7]大致來說，刑德大游的規律比較簡單，刑德大游時，其位置是由太陰所在的日和辰所決定（如太陰在甲子，甲德仍爲甲，爲木，子刑在木，因而刑德相遇于木；乙丑年，乙德在庚，爲金，丑刑在金，二者相遇于金），德的運行是按木、金、火、水、土的順序進行，而刑則是按木、金、火、水的順序進行，因此在前四年，刑和德二者是並行的，但到了第五年，德移到中宮土，而刑不入中宮，直接移到木，二者從此分離，直到十六年之後二者才能重新相遇，這就是帛書中所說的「刑德之行也，歲徙所不勝而刑不入宮中，居四隅。甲子之舍，始東南□□，行廿歲而一周，一周而刑德四通」的含義。至于刑德小游，情況則顯得複雜一些，刑德小游是刑德以六日爲單位分別在九宮中移動，刑的移動規律性較強，在從甲子到癸亥的六十天之內，刑以六天爲單位，按日期的變化在各宮中移動，由于刑不入中宮，因此在戊子

---

[7] 〈馬王堆帛書《刑德》試探〉，頁82-110。

到癸巳的六天內和戊午到癸亥的六天之內分別寄居在甲午所在之宮和甲子所在之宮，德的運行稍爲複雜一些，它在奇方（指東南、西南、西北、東北四方之宮）不作停留，戊子不入中宮，戊午入中宮停留六天（即篇中所說的「戊子刑德不入中宮，徑徙東宮。戊午德入，刑不入，徑徙東南宮」），因此它的運行是以甲午－庚午－丙午－壬午－甲午（居 12 日）－庚午－丙午－壬午－戊午所在諸宮的順序進行。馬克・卡林諾夫斯基曾據帛書所論繪製了刑德大游和刑德小游的運行圖表，極便參照。

　　刑德這種分成以年爲單位的移動和以日爲單位的移動，立即使我們聯想起太一行九宮的情形，太一行九宮，也是分爲以年爲單位的移動和以日爲單位的移動，據《靈樞・九宮八風》言：

> 太一常以冬至之日居葉蟄之宮四十六日，明日居天留宮四十六日，明日居倉門四十六日，明日居陰洛四十五日，明日居天宮四十六日，明日居玄委四十六日，明日居倉果四十六日，明日居新洛四十五日，明日復居葉蟄之宮，曰冬至矣。太一日游，以冬至之日始居葉蟄之宮，數所在，日徙一處，至九日復反于一。常如是無已，終而復始。

對于這段話，李學勤先生正確指出，太一的運動有大周期和小周期之分，[8]這段話中已經包含了這兩者。其中，從「太一常以冬至之日居葉蟄之宮四十六日」至「曰冬至矣」講述的是太一運動的大周期，即在一年之內，太一在八宮之間周游一通，在每宮中停留四十六日（其中在陰洛、新洛停留的時間爲四十五日），合起來正好是三百六十六天之數。而從「太一日游」至「終而復始」，所講述的則是太一移動的小周期。太一從冬至之日起居于葉蟄宮，但每日又有所游，按照九宮一至九的順序，

8　見李學勤，〈《九宮八風》及九宮式盤〉，原載于《王玉哲先生八十壽辰紀念文集》（天津：南開大學出版社，1994 年），後收入氏著，《古文獻叢論》（上海：上海遠東出版社，1996 年）一書，頁 235-243。該文本來附有圖表，極便參閱，但在收入《古文獻叢論》一書時，圖表內容被刪去。

第二日游于玄委，第三日游于倉門，第四日游于陰洛，第五日到中宮，第六日游于新洛，第七日游于倉果，第八日游于天留，至第九日又回到葉蟄，居其他宮時，也是依此類推。太一移動的大周期和小周期都有數術的意義，如在大周期的太一移宮之日，「天必應之以風雨，以其日風雨則吉，歲美民安少病矣。先之則多雨，後之則多汗（旱）」；而太一移動的小周期也與此類似，「太一在多至之日有變，占在君。太一在春分之日有變，占在相。太一在中宮之日有變，占在吏。太一在秋分之日有變，占在將。太一在夏至之日有變，占在百姓」，對于這些內容的含義，李學勤先生的文中都已有很詳細的分析，這裏不再詳述。

　　李學勤先生還運用太一運動的大周期和小周期這兩種方式，很好地解釋了1977 年出土于安徽阜陽雙古堆一號墓的九宮式盤[9]及其使用方法，九宮式盤中「九宮」的名稱與〈九宮八風〉中「九宮」的名稱基本相同，只是「葉蟄」作「汁蟄」，「天留」作「天溜」，「倉門」作「蒼門」，式盤周圍的文字也能與〈九宮八風〉的語句相互對應，相互發明，因此可以依照〈九宮八風〉的論述來解釋九宮式盤的使用方法，根據李先生的闡釋，九宮式盤的使用方法是：「自多至日將上盤的 ‘一’對準汁蟄宮，然後按太一日游的次序，每日旋轉，九日復返于 ‘一’，五周而至第四十六日 ‘廢’，停止不轉，次日將 ‘一’ 移至天溜宮」。在其他諸宮時情況也依此類推。當時的人們即利用九宮式盤的這種轉動，從而分析八方之風的虛實邪正、太一移宮的吉凶情形等問題。

　　太一行九宮的兩種周期及其在式盤中的具體運用，這些情況對于我們理解刑德的運行規律有很大的啓發，刑德的運行也有大周期和小周期之分，大周期也是以年爲單位，小周期也是以日爲單位，這些情況與太一行九宮的情況非常類似。太一運行的大周期需要在式盤中才可以具體得到運用，因此我們也懷疑這種刑德理論同樣是在式盤上使用，也就是說，式盤中的天盤可以用來確定刑德的大游，地盤則用

---

[9] 安徽阜陽雙古堆一號墓中共出土三件式盤，其中第二號盤即為九宮式盤，對于這些式盤殷滌非、嚴敦杰二位先生曾作了介紹和研究。詳參《考古》第 5 期（1978 年），頁 334、338。李零，《中國方術考》（北京：人民中國出版社，1993 年），頁 82-166，則對式盤問題加以綜述。

來確定刑德的小游，我們看到的「刑德九宮圖」非常類似于式盤中的地盤，其原因很可能是由于這一刑德之法本來就是運用于式盤中的緣故。占星家們轉動式盤，確定刑和德所在的位置，並以此來判斷軍事上的成敗禍福。

關于刑德在軍事上的運用，帛書中有具體的描述：

> 背刑德，戰，勝，拔國。背德右刑，戰，勝，取地。左德右刑，戰，勝，取地。左德背刑，戰，勝，取地。背德左刑，戰，勝，不取地。背刑右德，戰，勝，不取地。右德左刑，戰，敗，不失大吏。右刑德，戰，勝，三歲將死。左刑德，戰，半敗。背刑迎德，將不入國，如人有功，必有後殃，不出六年，還將君主。背德迎刑，深入，眾敗，吏死。迎德右刑，將不入國。迎刑德，戰，軍大敗，將死亡。左刑迎德，戰，敗，亡地。左德迎刑，大敗。

這些論述實際上講的是刑德在不同的方位對于戰爭結局的影響，如果用圖表來說明這段話的內容，可表示如下：

左	右	前（迎）	後（背）	結果
			刑、德	戰，勝，拔國
	刑		德	戰，勝，取地
德	刑			戰，勝，取地
德			刑	戰，勝，取地
刑			德	戰，勝，不取地
	德		刑	戰，勝，不取地
刑	德			戰，敗，不失大吏
	刑、德			戰，勝，三歲將死
刑、德				戰，半敗
		德	刑	將不入國，如人有功，必有後殃，不出六年，還將君主

		刑	德		深入，衆敗，吏死
	刑	德			將不入國
		刑、德			戰，軍大敗，將死亡
刑			德		戰，敗，亡地
德			刑		大敗

　　帛書中所說的迎和背指的是方位，迎指前方，背則指後方，上述這些刑德位置對戰爭的影響往往是雙向的，比如我方是背刑德，那麼對于敵方而言則是迎刑德，我方在「背刑德」的狀況下，作戰結果將是「戰，勝，拔國」，敵方由于「迎刑德」，因此只能是「戰，軍大敗，將死亡」。如果我方處在「背德右刑」的位置下，敵方將處在「迎德左刑」的處境中，其結果是我方「戰，勝，取地」，而對于敵方則是「戰，敗，亡地」。當我方是「右刑德」時，敵方則是「左刑德」，其結果是我方「戰，勝，三歲將死」，而敵方則是「戰，半敗」，我方雖勝，但不久後即損失了將領，因此敵方只能算是「半敗」。由此可見在當時人們心目中，辨淸刑德所在方位，及時占據有利位置，在與敵人進行交戰時，將會對戰爭的結局產生深遠的影響。刑德的位置是需要用式盤來加以確定的重要目標之一，式盤已經成爲當時作戰雙方高度重視的一種工具。

　　然而奇怪的是，帛書《刑德》乙篇只講到了十五種刑德的不同組合對戰爭結局的影響，還有一種刑德組合的情形即「右德迎刑」的情況，帛書中似乎沒有涉及，這種情況需要進一步分析。與「右德迎刑」情況相對應的是「左德背刑」情況，帛書中論及「左德背刑」的結果是「戰，勝，取地」，那麼與之相對應的情況應該是「戰，敗，亡地」或者是「戰，敗，不失大吏」之類的占辭。帛書中沒有「右德迎刑」的論述，很有可能是抄寫中有所脫漏所致。因爲篇中對于其他位置的組合都有論述，而且基本上都是互相對應，按照行文的原則來看，這裏沒有「右德迎刑」的情況顯然不合情理，應該是在抄寫遺漏而導致的結果。

　　還需要指出，刑德的這種組合所產生的結果只是大致的，在具體運用中還需

要結合其它的因素。比如，按照上面所述，處在「左刑德」的位置時戰爭的結局將是「戰半敗」，但如果在「三奇」（《刑德》篇解釋三奇爲「辰戌曰奇，人月五日奇，十七日奇，廿九日奇，不受朔者歲奇」）的情況下即使是左迎刑德，戰爭也能取得勝利（見帛書第 18－19 行所論）。因此，刑德的位置對戰爭結果的影響還需要結合其他多方面的因素綜合加以考察。

關于刑德在軍事上的運用，《淮南子·天文》篇中也有所論述：

　　　凡用太陰，左前刑，右背德，擊鉤陳之沖辰，以戰必勝，以攻必克。

這句話中的「左前刑，右背德」，過去學者覺得不好理解，因而王念孫、王引之父子曾根據刑德的特徵，指出應是「右背刑，左前德」。由于帛書的出土，我們懷疑它很有可能指的是刑德在不同的位置對于軍事的利弊，不過這句話本身似乎文字有所脫漏，不好作進一步解釋，立此以存疑。

　　　帛書《刑德》篇還講述了豐隆、大音、雷公等諸神的情況，很多學者都有討論，[10]這裡就不再贅述。

（三）

　　　帛書《刑德》從第 62 行起，主要是一些關于日、月、星、雲、風等的占驗材料，應是另外一篇文獻。劉樂賢先生稱之爲「星占書」，並對它們作了認真的校勘和解釋，所論十分精當，這裏擬在劉樂賢先生所論的基礎上再作一些補充：

月八日南陸，陰國亡地，月不盡八日北陸，陽國亡地。（第 63 行上）

　　　關于陰國和陽國的材料，劉樂賢先生已經引用《洛書》、《河圖帝覽嬉》《京房易飛候》及帛書《五星占》中的資料作了很多討論，這裏可以補充的

---

[10] 如饒宗頤，《馬王堆〈刑德〉乙本九宮圖諸神釋》，頁 89-95；李學勤，《馬王堆帛書〈刑德〉中的軍吏》，頁 156-159，等諸文。

是，在《漢書‧天文志》中也有關于陰國和陽國的論述：[11]「昴、畢間爲天街，其陰，陰國，陽，陽國」。顏師古注引孟康曰：「陰，西南，象坤維，河山已北國也，陽，河山已南國也」，王先謙補注則說：「《正義》：『天街二星在昴、畢間，主國界也。街南爲華夏之國，街北爲夷狄之國』。《索隱》：孫炎云：『畢昴之間，日月五星出入要道，若津梁』。《觀象玩占》云：『畢主河山以南，中國也。中國于四海內，在東南，爲陽。昴、畢之間，陰陽兩界之所分。畢爲陽國，昴爲陰國』。似較孟說爲允。《步天歌》畢宿下云：『附耳畢股一星光（今共增四），天街二星畢背旁（增四），天節耳下八烏幢，畢上橫列六諸王，王下四旱天高星，節下團圓九州城』。案：天節八星、諸王六星（增四）、天高四星（增四）、九州殊口九星（舊六星，共增十一），《志》不載，晉、隋、宋志有。」筆者覺得孟康所說的「河」應是黃河，「山」疑當指泰山，它正好距離黃河不遠。顏師古注和王先謙補注所論雖然不盡相同，但都認爲陰國和陽國是以昴、畢之間爲分界，這無疑是一個重要的啓發。帛書《刑德》乙篇所說的陰國和陽國，意思可能也與此相同，即指北方之國和南方之國。

日左耳，左國又（有）喜；日右耳，右（65行下）國有喜；左右皆耳，三軍喜和。

這裏的日左耳和日右耳即是指日珥，《開元占經》卷七所引石氏之語：「日有一珥爲喜，在日西，西軍戰勝，東軍戰敗。在日東，東軍勝，西軍敗。南北亦然。無軍而珥，爲拜將」，此處所言日珥所在的方位也是有喜，與帛書正好可以參見。

月軍而耳，主人前而喪。（70行上）

軍即暈，這裏講的是月暈而珥的情況，《乙巳占》卷二：「月暈而珥，攻擊者勝利」，攻擊者即是客，故此處之占與帛書所言正好相互發明。

營或（惑）入月中，所宿其國內亂。（70行下）

---

[11] 司馬遷，《史記》（北京：中華書局，1985年），卷二十七〈天官書〉，頁1306，所論相同。

營或即熒惑，古指火星，對于熒惑入月情景，《開元占經》卷十二引《河圖帝覽嬉》言：「熒惑入月中，憂在宮中，非賊乃盜也。有亂臣死相，若有戮者。」又引《海中占》：「熒惑入月中，臣以戰不勝，內臣死」；《荊州占》則曰：「火星入月中，臣賊其主」；《黃帝占》曰：「熒惑蝕月，讒臣貴，後宮有害女主者」；《海中占》曰：「熒惑入月中，及近月七寸之內，主人惡之；一曰讒臣在傍，主用邪」。所引諸書雖然占例不一，但都符合帛書所說的「其國內亂」的結論。

從以上的論述中我們可以發現，雖然帛書《刑德》是一篇失傳已久的古籍，但是與其它相關的典籍都有千絲萬縷的聯係，可以幫助我們更好地認識各種古籍的疑難問題。

更爲重要的是，星占書的發現使我們需要重新認識秦漢時期的學術思想史。

李學勤先生曾指出：「過去人們每每以爲陰陽災異、卜筮象數一類學說，是漢代特有的風氣。……馬王堆帛書和其他佚籍的發現，使我們看到許多陰陽數術一類學說實在先秦已經具備，漢代的學風在一定意義上是先秦的繼續。同時，這類學說的性質，也不能以愚昧迷信完全概括。」具體到星占書的材料，筆者覺得對我們啓發最大的是對于緯書的認識。

對于緯書我們並不陌生，過去學者們往往認爲它興起于哀、平之際，對此李學勤先生近年來多次撰文指出，緯學的興起時間實際上要早于此，[12]其觀點很有說服力。實際上，緯學應是經學的一支。[13]自從漢武帝罷黜百家、獨尊儒術以來，經

---

[12] 見李學勤，〈《緯書集成》序〉，安居香山、中村璋八輯，《緯書集成》（石家莊：河北人民出版社，1994 年），頁 4、〈《漢書・李尋傳》與緯學的興起〉，原載于《杭州大學學報》第 2 期（1996 年），後收入《古文獻叢論》，頁 262－266、〈《易緯・乾鑿度》的幾點研究〉，原載于《清華漢學研究》第 1 輯（北京：清華大學出版社，1994 年），後收入《古文獻叢論》，頁 244－261，諸文。

[13] 李學勤：「緯的命名，本以配經而言。漢代的緯學實際是經學的一部分，在考察漢代經學的時候，如果屏棄緯學，便無法窺見經學的全貌。近人講漢代經學史，每每于董仲舒以下沒有多少實質性的

學大興，人們在讀經、解經的同時，還常喜歡根據自己的理解編造一些相關的材料，緯書的形成應當與此有很大的關係，它的形成也應早于哀、平之際。

從上述的《星占書》以及帛書《五星占》等出土材料中，我們可以發現帛書中的星占內容在緯書中也多有討論，有的段落與緯書的相關論述甚至基本一致。如：

帛書第 63 行言：「倍滿在外，私成外。倍滿在中，私成中」，《河圖・帝覽嬉》作「月暈再重，倍在外，私成于外。倍在內，私成于內」，所述與帛書基本一致。

帛書第 65 行言：「月交暈，一黃一赤，其國白衣受地。」《河圖・帝覽嬉》則有「月色黃白交暈，一黃一赤，所守之國受兵」之語。二者亦可互相印證。

星占書的抄寫年代，據陳松長先生研究，大約抄于漢惠帝元年至文帝十二年之間。至于星占書的形成年代，劉樂賢先生曾根據星占書中有關分野的地名進行推算，認爲其內容約形成于公元前 304 年至公元前 284 年之間，[14]應此，星占書本身是一個戰國時期的星占材料。過去由于傳世文獻有限，我們對于戰國時期的星占內容知之甚少，漢代緯書中的星占材料已經是我們所知較早且內容最豐富的部分。以往人們由于不清楚緯書中星占材料的淵源，每每以爲這些論述都是漢代人向隅而造。隨著馬王堆帛書等材料的出土，我們可以知道，這些星占內容實際上是直接繼承了戰國時期的相關論述。我們今天視爲荒誕不經的星占內容在戰國至秦漢時期人們的眼中卻被視作是他們所認識的宇宙規律，屬于當時的一項「高科技」成果。漢人在製作緯書時，實際上是把這些當時最爲流行的星占內容與經學相結合，並雜糅了許多在他們當中盛傳的神話和傳說，從而編造了緯書。從本質上來說，緯書和緯學應該視作是漢代人對經學的「現代化」闡釋和認識。是經學在漢代的一種發展，具有它積極的意義，值得我們認真研究。

話可說，就是這個緣故」、「漢代經學許多重要內涵是保存在緯書裏面的，經學、緯學密不可分，因而儒者說經援引緯書是很自然的。」所論至確，見〈《緯書集成》序〉，頁 2。

[14] 見前引陳松長先生及劉樂賢先生文。

（四）

根據以上的討論，本文的結論是：

1、帛書《刑德》乙篇本身實際上是由兩篇不同的文獻組成，一篇主要論述刑德理論及其具體運用，另一篇則是星占文獻，二者之間並無直接關係，但都爲兵陰陽家所重。

2、刑德理論非常複雜，正如很多學者所指出的，它與中國古代的律曆及風角等都有密切的聯係。[15]由于關于刑德的材料在傳世古籍中所論甚少，過去我們對它的情況往往不易說清楚，帛書《刑德》的出土，使我們對于刑德理論及其在軍事上的具體運用認識更爲深刻。

3、刑德理論與中國古代的式占傳統還有密切的關係，刑德之術的運用本身應該與式盤相結合。我們知道，在唐以前，式占主要有三種，一是太乙式，二是六壬式，三是遁甲式。太乙式是以太一行九宮爲中心，安徽阜陽雙古堆所出土的九宮式盤應即屬于太乙式的實物，刑德的理論和運行規律顯然與之相距甚遠，可以肯定刑德之說與太乙式無關。但是它是運用于遁甲式抑或六壬式，目前還不易下結論。馬克·卡林諾夫斯基指出刑德法和遁甲式表現了一些相同的技術特點，但並不能說明刑德法與遁甲式有直接的關係。因此，刑德法與式盤的具體結合問題目前只好存疑。

4、帛書刑德乙篇對于我們重新認識漢代的文獻和學術思想有很大的幫助，刑德的許多內容在《淮南子》等書中也有記載，帛書《刑德》乙篇的發現使我們能更好地理解這些文獻的內容，並能相互訂正各自的一些文字錯誤·更爲重要的是，帛書《刑德》乙篇中的星占資料使我們進一步認識到緯書中的星占資料有著悠久的傳統和淵源，是戰國秦漢以來星占資料的總結和發展。正因爲它們保存了當時重多的星占內容，彌足珍貴。

綜上所論，帛書刑德乙篇對于我們認識中國古代的刑德理論、式占傳統以及戰國秦漢的學術思想史都有重大的作用，值得我們進一步加以研究。

---

[15] 見《淮南天文訓補注》，頁873。

新古典新義
頁 233～254
臺灣學生書局　2001 年 9 月

荀學「起僞」別詮

朱曉海[*]

　　盡人皆知：荀子認爲人性惡，提倡化性。意思是說人性被一股附生的幽暗力量污染、奴役，期望改變人性與那股幽暗力量間的關係，而這種改變的關鍵在心。但從《荀子》卷四〈儒效〉所說：

> 四海之內莫不變心易慮以化順之。

可知：居關鍵的心首先待改變，因爲荀子乃是從認知、情欲兩方面來理解心[1]。那麼由這樣的變易心慮導致的化性其實是在說：利害的評估取捨和實際趨利避害（欲求）活動的表現管道變化了。未化以前，人在進行趨利避害（欲求）活動時，憑賴的參考資料，如動物在自然界生存競爭中獲致的，限於粗糙的經驗及當下察知的狀況，依循的判準至多不過是有見於此、無見於彼[2]的非道系統，甚至只是直截、片

---

[*] 朱曉海，清華大學中國文學系教授。

[1] 詳參拙作，《荀子之心性論》（香港：香港大學，1993），第貳章，頁 33-73、第陸章，第一節，頁 154-9、第四節，頁 176-85。

[2] 王先謙，《荀子集解》（臺北：世界書局，1981），卷十一〈天論〉，頁 213。以下凡出自此書者，概不復標舉書名，但標卷數及篇名。

斷的利害感受，以至在利害的評估取捨和實際趨利避害（欲求）活動的表現管道上顯得失宜又粗野。所謂「不由禮，則夷固僻違庸眾而野」[3]。當改擇周道作為關乎利害權衡的認知對象，通過周道，人類的歷史經驗都成為參考資源，人的思考模式變易了，具體的利害認定也隨之而異，這時人的認知功能才算獲得真正充份正確的發揮，所謂「禮之中焉能思索，謂能慮」[4]，以至在利害的評估取捨和實際趨利避害（欲求）活動的表現管道上顯得明智、文雅而合乎規範。所謂「由禮則雅」[5]，「明通而類」[6]。這種評估取捨和表現管道長期延續下去，形成牢不可破的習慣，就表示了化性大業已完成。至於性以情欲為主要實際內容，而該內容以滿足自我為方向，則是定然無從化的。雖是聖人，情欲也不可去，情欲內容也依舊不異於眾[7]，所以卷四〈儒效〉所說的：

> 性也者，吾所不能為也，然而可化也。

當依卷十六〈正名〉對「化」作的界定來瞭解：

> 狀變而實無別而為異者，謂之化；有化而無別，謂之一實。

那麼將這種刻意營謀（deliberate）、精密核計（calculating）、非人性本真流露（artificial）下的人為成果稱作「偽」，實在貼切無比。

---

[3] 卷一〈修身〉，頁 14。

[4] 卷十三〈禮論〉，頁 237。

[5] 仝注 3。

[6] 卷二〈不苟〉，頁 26。

[7] 卷二〈榮辱〉，頁 39：「凡人有所一同，飢而欲食，寒而欲煖，勞而欲息，好利而惡害，是人之所生而有也，是無待而然者也，是禹、桀之所同也」、卷十六〈正名篇〉，頁 283、285：「有欲、無欲，異類也，生死也……故雖為守門，欲不可去，性之具也」、卷十七〈性惡〉，頁 291-292：「若夫目好色、耳好聲、口好味、心好利、骨體膚理好愉佚，是皆生於人之情性也……聖人之所以同於眾而不異於眾者，性也」。

《四庫全書總目》卷九一〈子部一・儒家類一〉「《荀子》二十卷」提要說：

> 其言曰：「凡性者，天之所就也，不可學，不可事；禮義者，聖人之所生也，
> 人之所學而能，所事而成者也。不可學、不可事而在人者謂之性；可學而
> 能、可事而成之在人者，謂之偽，是性、偽之分也。」其辨自偽字甚明。
> 楊倞注亦曰：「偽，為也……凡非天性而人作為之者，皆謂之偽，故偽字人
> 旁加為，亦會意字也。」其說亦合卿本意。後來昧於訓詁，誤以為真偽之
> 偽，遂譁然掊擊，謂卿蔑視禮義，如老、莊之所言，是非惟未睹其全書，
> 即〈性惡〉一篇自篇首二句以外，亦未竟讀矣。

按：先秦以降，慣以情、偽組成一複詞，如《左傳》卷十六〈僖公二八年〉：

> 險阻艱難，備嘗之矣；民之情偽，盡知之矣。

《墨子》卷九〈非命中〉：

> 然今天下之情偽未可得而識也。

《管子》卷二〈七法・四傷百匿〉：

> 言實之士不進，則國之情偽不竭于上。

卷五〈八觀〉：

> 民倍本行而求外勢，則國之情偽竭在敵國矣。

卷六〈法法〉：

彼智者知吾情偽，為敵謀我，則外難自是至矣。

今本〈繫辭上〉：

設卦以盡情偽。

今本〈繫辭下〉：

愛惡相攻，而吉凶生；遠近相取，而悔吝生；情偽相感，而利害生。

《呂覽》卷三〈論人〉：

內則用六戚、四隱，外則用八觀、六驗，人之情偽、貪鄙、美惡無所失矣。

《淮南子》卷十〈繆稱〉：

容貌、顏色、詘伸、倨句知情偽矣。

在情偽這複詞中，情用的不是這個語言符號的本義，而是作為「誠」這個語言的假借字，意謂真實；偽本指人為努力，這裏用的則是它的引申義──相對於自然原始狀況，偽成了矯飾，進而衍生出不真實、其內在不一的外貌表現等意思，兩詞詞義對立，所以《管子》卷二十〈形勢解〉說：

與人交，多詐偽，無情實，偷取一切，謂之烏集之交……初雖相謹，後必相咄。

《禮記》卷三八〈樂記〉也說：

> 著誠去偽，禮之經也。

荀子自然深悉當時這種用語習慣，所謂「諸夏之成俗曲期」[8]，但他似乎認為在情偽這語詞使用習慣中夾帶著不盡然的判斷。事實本身並不必然意謂價值，很可能與價值要求適相反；矯飾未必就是不道德的，道德與否得視矯飾的動機與施加對象而定。換句話說，情可以作為某種負面指謂的符號，而偽未嘗不可用作具有正面意義的語詞。荀子為了在建立他的理論系統時，不受情偽原來通行的義蘊干擾，乃再度發揮巧思，一方面利用語義總在不斷變動，以至不同語詞常可取得語義交集的情況——以此處的情況來說，性作為一個哲學語詞，自戰國初葉即已取得事實義，指涉人的本質[9]，以至性、情常被組成一同義複詞；文則早由與巫術密切相關的刺青、錯畫等本義[10]衍生出美化、修飾、儀節等語義，形成與偽這個符號有指涉疊合處——以情文、性偽等字面代換通行的情偽；另一方面利用一個語詞隨著語義範圍的拓展，導致它有時兼具正面、負面意義的特性——好比：性若視為一個生理、心理的存在，對道德要求而言，常有不中節的傾向，與它原先的規範義相乖；而偽從人為努力這層意思來說，實難否認它可具備積極詞性面——從中擷取近乎他觀點的部份，予以發揮，於是無形中將原詞詞義中的價值判斷反轉過來。巧思歸巧思，但這畢竟「異於約」[11]，或許正因如此，才導致荀子不厭其煩地對性、偽這兩個語詞一再地予以界說辨析，真正作到了「有循於舊名，有作於新名」[12]，「實不喻然後命，

---

[8] 卷十六〈正名〉，頁 274。

[9] Angus C. Graham, "The Background of the Mencian Theory of Human Nature," Tsing Hua Journal of Chinese Studies, Vol. 1 and 2 (Taipei: Dec. 1967), p. 221.

[10] 許進雄，《中國古代社會》（臺北：臺灣商務印書館，1988），第十三章，頁 303-4。

[11] 卷十六〈正名〉，頁 279。

[12] 仝上注，頁 276。

命不喻然後期，期不喻然後說，說不喻然後辨」[13]。但我們若因此就認爲性僞這組術語不復保有情僞這複詞中剝除價值判斷後的眞假語素，恐怕也不免推論過了頭，非善於平章學術源流者。乾、嘉學者每自詡精於詁訓，認爲詁訓明則義理明[14]，不識義理不明，詁訓也難深切著明。「後人」固失之，他們也未必盡得。

　　但荀子眞的甘心在歷經如彼漫長彊忍的積微[15]後，接受只不過「狀變而實無別」的有限成果嗎？撇開心理層面的質疑揣想，我們又如何解釋像卷二〈不苟〉這些別有衷曲的話：

> 君子治治，非治亂也。曷謂邪？曰：禮義之謂治；非禮義之謂亂也。故君子者，治禮義者也，非治非禮義者也。然則國亂將弗治與？曰：國亂而治之者，非案亂而治之之謂也，去亂而被之以治。人汙而修之者，非案汙而修之之謂也，去汙而易之以修。故去亂而非治亂也，去汙而非修汙也。

是否在荀子的意識中另有一幅關乎化性的想像？關於這點，我們建議先從中國古代神話談起。

　　根據現代學者的研究，中國古代神話的一大宗爲變形神話（the myth of metamorphosis）[16]，如 《國語》卷十六〈鄭語〉：

---

[13] 仝上注，頁 280-1。

[14] 阮元，《經籍纂詁》（臺北：世界書局，1963），卷首附錢大昕，〈序〉：「有文字，而後有詁訓，有詁訓而後有義理，詁訓者，義理之所由出，非別有義理出乎詁訓之外者也」、戴震，《戴東集》，《四部叢刊正篇》（臺北：臺灣商務印書館，1979）第八四冊，卷九〈與是仲明論學書〉，頁 99：「經之至者，道也，所以明道者，其詞也，所以成詞者，字也，由字以通其詞，由詞以通其道，必有漸」、卷十一〈題惠定宇先生授經圖〉，頁 115-6：「故訓明則古經明，古經明則賢人聖人之理義明」。

[15] 卷十五〈解蔽〉，頁 268-9：「孟子惡敗而出妻，可謂能自彊矣，未及思也。有子惡臥而焠掌，可謂能自忍矣，未及好也。（般）辟耳目之欲，而遠蚊䖟之聲，可謂能自危矣，未可謂微也。夫微者，至人也，至人也何彊？何忍？何危？」但這是就界境上說，至於過程中焉能不彊、不忍、不危？所以楊倞注：「既造於精妙之域，則冥與理會，不在作爲。」

[16] 樂蘅軍，〈中國原始變形神話試探〉，《古典小說散論》（臺北：純文學出版社，1976），頁 1-38。

夏之衰也，褒人之神化為二龍，以同于王庭……（夏后）卜請其鬃而藏之……及（周）厲王之末，發而觀之，鬃流于庭……化為玄黿，以入于王府。府之童妾未既齓而遭之，既笄而孕。

卷十四〈晉語八〉：

昔者鯀違帝命，殛之于羽山，化為黃熊，以入于羽淵。

《呂覽》卷十四〈本味〉：

（伊尹）其母居伊水之上，孕，夢有神告之曰：「臼出水而東走，毋顧。」明日視臼出水，告其鄰，東走十里而顧，其邑盡為水，身因化為空桑。

《山海經》卷二〈西山經〉：

西北四百二十里曰鍾山，其子曰鼓……與欽䲹殺葆江于昆侖之陽，帝乃戮之鍾山之東曰瑤崖。欽䲹化為大鶚……見則有大兵；鼓亦化為鵕鳥……見則其邑有大旱。

卷三〈北山經〉：

炎帝之少女名曰女娃，女娃游于東海，溺而不返，故為精衛，常銜西山之木石以堙于東海。

卷五〈中山經〉：

> 東二百里曰姑媱之山，帝女死焉，其名曰女尸，化為䔄草……其實如菟丘，
> 服之媚于人。

卷七〈海外西經〉：

> 形天與帝至此爭神，帝斷其首，葬之常羊之山，乃以乳為目，以臍為口，
> 操干戚以舞。

卷八〈海外北經〉：

> 夸父與日逐走，入日，渴欲得飲，飲于河、渭，河、渭不足，北飲大澤，
> 未至，道渴而死。棄其杖，化為鄧林。

卷十五〈大荒南經〉：

> 蚩尤所棄其桎梏，是為楓木。

《淮南子》卷六〈覽冥〉：

> 羿請不死之藥於西王母，姮娥竊以奔月，（託身於月，是為蟾蜍，而為月精）。[17]

在這些神話片斷中首先引起我們注意的是它們的關鍵動詞：主要是「化」，一小部
份則是「為」。我們懷疑那些單獨使用的「為」未必是「化為」一詞的簡省，可視
作「化」的假借字。《尚書》卷一〈堯典〉「平秩南訛」，偽孔傳說「訛，化也」，《史

---

[17] 據徐堅，《初學記》（臺北：鼎文書局，1976），卷一〈天部上·天第一〉，頁 4：「姮娥月，少女風」
自注引《淮南子》補。

記》卷一〈五帝本紀〉引作「譌」，而《漢書》卷九九〈王莽傳〉中改寫作「以勤南僞」；《毛詩》卷十一〈小雅・鴻雁之什・沔水〉、〈小雅・節南山之什・正月〉兩篇都有「民之訛言」，鄭箋俱訓作僞，而段注《說文》卷三上則引作「譌」；《毛詩》卷十一〈小雅・鴻雁之什・無羊〉「或寢或訛」，毛傳訓動，顯然讀訛作爲，而《釋文》說：《韓詩》寫成「譌」，可見化、訛、譌、僞、爲乃是從同一語源叢結中分化出來的語言符號，只有從這些雖已分化但仍密切相關的語義上，才能掌握變形這觀念涉及的多重涵義：人爲、形式、僞裝、變動等等。其次，這些變形神話都是在面臨嚴重危機，主要是死亡，又別無退路的情況下發生的。對宇宙間的高級存在而言，突破時、空的束縛，成爲無限，乃普遍的渴望，不死的想像就是這渴望的一種反映。但愈有這種渴望，也就愈發令死亡的力量顯得頑強可怕。爲了打破這種困境，初民在死與不死間另闢一條蹊徑：變形，死而不亡，因此變形神話在本質上乃是使既有存在獲得再生的神話。最後，死亡非所願，固是普世性的，這些變形神話中不少主角的死亡更是不幸、非義的死亡，所謂「強死」[18]爲屬。橫逆的來源若非上帝，就是在象徵意義上與上帝最密合的人帝或自然力。而經由變形再生對死者予以補償，等於暗示：帝或天在義理上有欠缺；補償不由帝或天出面執行，更顯示：祂在不義以外還不仁，這樣的帝或天又豈值得人崇拜？事實上，當人不一味因順時，已代表了人對帝或天權威的質疑，雖然那些大小挑戰試探失敗，但經由敗部復活，等於否定了帝或天的全盤勝利，更加貶抑了帝或天的權威，展現出人有不可侮的一面。

　　荀子繼承了這種天人對立的意識，而且進一步撤銷帝或天的道德位格。怨什麼天地不仁？這種怨懟意味著天地似乎本應仁、本爲仁，反映了對天的認識還不夠透闢，天根本只是雖有重大影響力，但未有絕對決定力的物理存在，就道德意義來說，天是無道的，沒有人發明道，連宇宙都會不理[19]。在時間序列上，這樣的天雖先於

---

[18] 孔穎達，《春秋左傳注疏》（臺北：藝文印書館，1993），卷四四〈昭公七年傳〉，頁764，子產答趙景子：「匹夫匹婦強死，其魂魄猶能馮依於人，以爲淫厲。」杜預注：「強死，不病也。」

[19] 卷五〈王制〉，頁104：「天地生君子，君子理天地……無君子，則天地不理」、卷十五〈解蔽〉，頁265，說聖人憑著清明的心知能「經緯天地而材官萬物，制割大理而宇宙裏矣。」

人存在，但天一存在，就不再有變動轉圜的餘地，所謂「天行有常」[20]，人則還有不少潛能可開發，人的立足點實較天居優勢。因此，在荀學的字典中，沒有對天的頌大、仰望、因順、羨慕，有的只是制、役、官[21]，人實可為、也當為宇宙的主宰。於是人不只不待帝命[22]，便扶下國[23]，根本無命可待，命在人，端視人肯不肯發揮質具，難怪卷二〈榮辱〉說：

> 知命者不怨天……怨天者無志[24]。

天人戰場首先在人身上，宇宙主宰權的爭奪只是人身主宰權這場內戰或說「心戰」[25]的延伸。卷五〈王制〉說：

> 天地者，生之始也。

卷十三〈禮論〉也說：

> 天地者，生之本也……無天地，惡生？

---

[20] 卷十一〈天論〉，頁 205。

[21] 仝上注，頁 207：「聖人清其天君……則天地官而萬物役矣」、頁 208：「君子敬其在己者，而不慕其在天者」，頁 211：「大天而思之，孰與物畜而制之？從天而頌之，孰與制天命而用之」。

[22] 郝懿行，《山海經箋疏》（臺北：藝文印書館，1974），卷十八〈海內經〉，頁 478-9：「洪水滔天，鯀竊帝之息壤，以堙洪水，不待帝命，帝命祝融殺鯀于羽郊。」

[23] 仝上注，頁 475：「帝俊賜羿彤弓素矰，以扶下國……羿是始去，恤下土之百艱。」郭璞注：「言射殺鑿齒、封豕之屬也。」蓋本諸劉文典，《淮南鴻烈集解》（臺北：臺灣商務印書館，1969），卷八〈本經〉，頁 7a-8a：「逮至堯之時，十日並出，焦禾稼，殺草木，而民無所食，猰貐、鑿齒、九嬰、大風、封豨、脩蛇皆為民害，堯乃使羿誅鑿齒於疇華之野，殺九嬰於凶水之上，繳大風於青丘之澤，上射十日，而下殺猰貐，斷脩蛇於洞庭，擒封豨於桑林，萬民皆喜。」

[24] 卷二十，〈法行〉，頁 352，作「怨天者無識」。

[25] 劉文典，《淮南鴻烈集解》（臺北：臺灣商務印書館，1969），卷七〈精神〉，頁 16a。

然而天既賦予人以全生爲方向的本質，又附加一股幽黯力量，使全生活動充滿自毀，人若不甘受這莫名的作弄，惟有入室操戈，憑藉既有資具重鑄生命。荀子將這種重鑄過程稱作化或起僞，對於擁有重鑄成果的人名爲大儒或聖人。自然或橫逆的死亡對他們已不復構成威脅，憑藉著第二生命，他們獲得了不朽的存在，將死亡踐踏在下，所謂「天不能死，地不能埋」[26]。

但是我們不應該忽視古代變形神話與荀子化性論間的差異——

首先應指出：變形神話著重通過形體改易延續自然生命，新形只是舊質的另一寄托，因此變形後的存在常流露舊質的意向、特色。像龍鰲化成的玄黿依然能使童妾受孕、治水的鯀仍潛入深淵、鼓與欽鴀變成的猛禽仍帶著凶兆、刑天繼續傲然向上天挑戰、渴死的夸父的手杖轉爲甘美多汁的桃林、姮娥的陰性凝聚在蟾蜍身上[27]。

---

[26] 卷四〈儒效〉，頁88。這自是就聖人德業等而言，《春秋左傳注疏》，卷三五，〈襄公二四年〉，頁609，穆叔對范宣子問：「……豹聞之：『太上有立德，其次有立功，其次有立言。』雖久不廢，此之謂不朽」、王聘珍，《大戴禮記解詁》（臺北：世界書局，1974），卷七〈五帝德〉，頁1a、2b：「宰我問於孔子曰：『昔者予聞諸榮伊令：黃帝三百年，請問黃帝者人邪？抑非人邪？何以至於三百年乎？』……孔子曰：『……生而民得其利百年，死而民畏其神百年，亡而民用其教百年，故曰三百年。』」。

[27] 陳奇猷，《呂氏春秋校釋》（上海：學林出版社，1995），卷九〈精通〉，頁507：「月也者，群陰之本也。月望則蚌蛤實，群陰盈；月晦則蚌蛤虛，群陰虧，夫月形乎天，而群陰化乎淵」，張衡，《張河間集》，張溥編，《漢魏六朝百三名家集》（臺北：文津出版社，1979），第一冊，卷二〈靈憲〉，頁556，進而說：「月者，陰精之宗，積而成獸，象兔，陰之類，其數耦」，據虞世南，《北堂書鈔》（臺北：宏業書局，1974），卷一五〇〈天部二・月四〉，頁718，「菟蛤」、《初學記》，卷一〈天部上・月第三〉，頁9，「金兔瑤蟾」自注引〈靈憲〉，知今本「兔」下脫「蛤焉」二字。而〈靈憲〉緊接著說：「姮娥遂託身於月，是為蟾蜍」，則顯然以蛤即蟾蜍，歐陽詢，《藝文類聚》（臺北：文光出版社，1977），卷一〈天部上・月〉，頁7，所引〈靈憲〉即逕改為「象蜍兔」。蛤僞為蝦蟆、復轉為蟾蜍，可參閱聞一多，《聞一多全集・古典新義》（臺北：九思出版社，1978），〈天問釋天〉，頁331-2。至於李善注，《文選》（臺北：藝文印書館，1971），卷十三〈賦庚・物色〉所收謝莊，〈月賦〉，頁201，「引玄兔於帝臺」善注引《春秋元命苞》：「兩說（設）蟾蜍與兔者，陰陽雙居，明陽之制陰，陰之倚陽」、《初學記》，卷一〈天部上・月第三〉，頁9-10，「蟾兔並，麟龍門」注引《五經通義》：「兔，陰也；蟾蜍，陽也，而與兔並，明陰係於陽也」，將蟾蜍視為陽屬，恐不可據。否則似李昉，《太平御覽》（臺北：臺灣商

同後世莊學的話來說，就是「假於異物」，「外化而內不化」[28]。但對荀子來說，形體不勞變，也不應當變，當變的是形體的活動方式，而這要以心性的變化為基礎。「人之所以為人者，非特以其二足而無毛也」，「今夫狌狌形笑亦二足而無毛也」。君子與小人的差距「將論志意，比類文學邪？直將差長短、辨美惡，而相欺傲邪」？重要的不在形相，乃在心術如何，所以形相上的「長短、小大、美惡」，「學者不道」[29]。再者，由變形結果看來，這些神話中顯然還殘留著遠古巫術信仰中人與動、植物乃親密伙伴（alterego）的想像，它們被視為較人具有神秘力量，可作為人通天的助手[30]，所以人蛻變為動、植物不是屈就、退化，反而是種轉進。從卷五〈王制〉：

> 水火有氣而無生，草木有生而無知，禽獸有知而無義，人有氣、有生、有知，亦且有義[31]，故最為天下貴也。

這段話清楚反映：荀子雖然仍持萬物同源的想法，但已有衍化層級高下的意識，自然人是二氣衍化的最後階段，「首出庶物」[32]，豈有回變之理？從衍化可能的角度來說，最後階段尚未完成，只是這已在二氣自然衍化能力所及以外，有待「聖人成之」[33]。但措力點不是在形體上，而是如何將人由人形類獸質的存在推進到人形人質，或說如何將人由人形人心進昇為人形道心，這種工夫，卷一〈勸學〉稱作「成人」

務印書館，1992），卷四〈天部四·月〉，頁 150，所引《春秋演孔圖》：「蟾蜍，月精也」，即乖謬不可解了。

[28] 以上引文分見郭慶藩，《校正莊子集釋》（臺北：世界書局，1971；以下簡稱《莊子》），卷三上〈大宗師〉，頁 268、卷七下〈知北遊〉，頁 765。

[29] 以上引文分見卷三〈非相〉，頁 50、48、47、46。

[30] 張光直，〈商周神話與美術中所見人與動物關係之演變〉、〈商周青銅器上的動物紋樣〉，《中國青銅時代》（臺北；聯經出版事業公司，1983），頁 352-3、頁 363-83。〈濮陽三蹻與中國古代美術上的人獸母題〉，《中國青銅時代（第二集）》（臺北：聯經出版事業公司，1990），頁 91-7。

[31] 有關此句的正確解釋詳參拙作，《荀子之心性論》，第參章，第二節，注 11，頁 90。

[32] 孔穎達，《周易注疏》（臺北：臺灣學生書局，1967），卷一〈乾·象〉，頁 62。

[33] 卷六〈富國〉，頁 118。

之學。

其次，變形神話中變形不是天生自發的，如後世莊學中的無爲物化，所謂「萬物皆種也，以不同相禪，始卒若環，莫得其倫」[34]，而是強烈意志導致的。荀子繼承了這個重要素質，指出人的初生——性是「天之就也」[35]，但人的再生——僞（化）卻「必且待事而後然者」[36]，前者屬於無爲的領域；後者屬於有爲的領域，他認爲莊學乃是「蔽於天而不知人」，才會導致「由天謂之，道盡因矣」[37]的謬差。可是荀子並不認爲任何意志及因此衍生的行爲都是可取的，「擇善而固執之」[38]和「恨復遂過不肯悔」[39]同屬意志貫徹的表現，所以他只說「其善者，僞也」[40]，而絕不說「僞者，善也」。關於這精微處，陳大齊早已洞見[41]。既然意志非盡純良，於是荀子要人以道德來範鑄意志，所謂「誠義乎意志」[42]，「志乎古之道」[43]。至於變形神話中主角的意志充雜著激越的原生情欲，這種意志的伸張在荀子眼中恐怕是縱情性、安恣睢的孿生兄弟。我們在前面提過：荀學式的聖人乃是不朽的，與神話以及當時百姓想像中永存的神明有類似處，荀子因此也不嫌用神明這類詞彙描述聖人境界。像卷五〈王制〉稱聖王爲大神，卷十七〈性惡〉認爲聖人「通於神明」，卷二十〈堯問〉說大儒「所存者神」。這種境界雖是「自得」，卻要靠「積善成德」[44]而來，是「誠心守仁」、「誠心行義」[45]後道德、智慧的寫照，並非激情、蠻力的成果。或許荀子

---

[34] 《莊子》，卷九上〈寓言〉，頁 950。

[35] 卷十六〈正名〉，頁 284，又見於卷十七〈性惡〉，頁 290。

[36] 卷十七〈性惡〉，頁 292。

[37] 卷十五〈解蔽〉，頁 262。

[38] 朱熹，《四書集注·中庸》（臺北：世界書局，1985），第二十章，頁 18-9。

[39] 卷十八〈成相〉，頁 309-10。

[40] 卷十七〈性惡〉，頁 289。

[41] 陳大齊，《荀子學說》（臺北：中華文化事業出版委員會，1954），第四章，頁 61-2。

[42] 卷七〈王霸〉，頁 132。

[43] 卷八〈君道〉，頁 155。又見卷二十〈哀公〉，頁 353，唯少一「乎」字。

[44] 卷一〈勸學〉，頁 4。

[45] 卷二〈不苟〉，頁 28。

擔心人們不能掌握這分際，辜負了他創造性轉化的一片苦心，所以特別在卷四〈儒效〉點破：

> 曷謂神？曰：盡善挾治之謂神；萬物莫足以傾之之謂固，神固之謂聖人。

荀子亟力要淘洗的卻恰恰是那些神話中形變的能源。

　　第三，神話中的變形既是在「經驗」世界中進行的，那將無可避免地涉及時間這項因素。從現有材料中看不出變形是突發的，還是漸進的，雖然後世學者嘗試作解析，如孔穎達在《周易》卷一〈乾·象〉「乾道變化」下說：

> 變謂後來改前，以漸移改，謂之變也；化謂一有一无，忽然而改，謂之為化。

在《禮記》卷十五〈月令〉「田鼠化爲鴽」下也說：

> 先有舊形，漸漸改者，謂之變；雖有舊形，忽改者，謂之化。

但難保合乎初民的想法。假設是漸進的[46]，也看不出絲毫修習的痕跡，至少對古人來說，修習在變形過程中佔的份量似乎尚遠未重要到得以殘存在各種傳述片斷中。事實上，神話中特殊節目有無本身即具重大意義，我們並沒有充足理由主張：現存變形神話只保留了主角轉變未發生與轉變已完成兩端，轉變過程中有關修習的部份全被亡逸了。荀子則斷然指出：化不僅有賴人人可知可能的特定修習手段，累積特

---

[46] 或許有人會援引龍蔡歷經三代而後化為玄黿為說，而古籍中鯀化為龍入羽淵的其它傳說似也可支持漸進說，如《山海經箋疏》，卷十八〈海內經〉，頁 479，「鯀復生禹」郭璞注引《開筮》：「鯀死三歲不腐，剖之以吳刀，化為黃龍也」，但這些文字並未顯示形體伴隨那段時間歷程起變化，所謂「漸漸改者」。也就是說，歷時久遠與變形方式間並無必然關聯，曠日不改而最後變形仍然可以是突變，而非衍化漸變。

定的事物，而且累積所須的時間相當長，絕無突變的可能。他這種觀念恐怕與戰國以來盛行的仙論有開。按照當時的仙論[47]，人要想成仙，得賴服食[48]、導引、修持等諸般手段，才能「保神明之清澄兮，精氣入而麤穢除」，終於轉變「菲質」[49]，引發形變（主要是生羽）[50]。荀子也認爲只有在從良師、親益友、讀經典、思倫類、遵禮法、整容儀等長期工夫下，才能化性起偽，「聖心備焉」[51]。但是在仙論中道德式的修持只居於工具地位，爲的是變形，而變形爲的是達到不止突破時間——長生，及超越空間——度世的目的，所以段注《說文》卷八上以「長生僊去」釋「僊」。「僊」即後世的「仙」字，而仙人在當時又稱作真人，段注《說文》卷八上就說「真」是

---

[47] 詳參閱彭毅，〈在中國古代文學裏遊仙思想的形成——楚辭遠遊溯源〉，鄭因百先生八十壽慶論文集編輯委員會主編，《鄭因百先生八十壽慶論文集（下）》（臺北：臺灣商務印書館，1985）。

[48] 卷十九〈大略〉，頁 340：「飲而不食者，蟬也；不飲不食者，浮蝣也」，郝懿行，《荀子補注》，嚴靈峰主編，《無求備齋荀子集成》（臺北：成文出版社，1977），卷下，頁 128，認爲：「二句義似未足，文無所蒙，容有缺脫」，但如果置於本文脈絡中，或許可以索解。檢《大戴禮記解詁》，卷十三〈易本命〉，頁 8a、9a「萬物之性各異類，故蠶食而不飲，蟬飲而不食，蜉蝣不飲不食……食穀者智惠而巧，食氣者神明而壽，不食者不死而神」，可知這兩句話乃針對當時的仙論而發。當時求仙者認為一般食物形成人體內既沈且雜的質素，所以要辟穀，《莊子》，卷一上〈逍遙遊〉，頁 28，形容神人就「不食五穀，吸風飲露」；洪興祖，《楚辭補注》（臺北：臺灣中華書局，1966），卷五〈遠遊〉，頁 4a，描述求仙者「餐六氣而飲沆瀣兮，漱正陽而含朝霞。」荀子則斷乎不以為然。卷十六〈正名〉，頁 283，指出：「有欲、無欲，異類也，生死也」，飲食欲求屬於人生命的一項重要表徵，「天下之唯各特意哉，然而有所共予也」（卷十九〈大略〉，頁 340），芻豢稻粱未有不「嘗之而甘於口，食之而安於體」（卷二〈榮辱〉，頁 41），說「芻豢不加甘」乃姦言詭辯（卷十六〈正名〉，頁 280）。方士口中的仙是高於人的異類，以不嗜慕味為求仙手段之一，能否奏效姑且不論，但可確定的是：實習者倒先蛻化為存在層級遠低於人的異類--蟬，若熱中到連飲也省卻，只怕彼世朱臻，今生已如蜉蝣朝夕即亡。在他看來，「棄其天養，逆其天政，背其天情，以喪天功，夫是之謂大凶」（卷十一〈天論〉，頁 207），仙家竟以凶為吉，惑莫大焉。

[49] 以上引文分見《楚辭補注》，卷五〈遠遊〉，頁 4b、1b。

[50] 仝上注，頁 5a，「仍羽人於丹丘兮，留不死之舊鄉」王逸注引或曰：「人得道，身生毛羽也。」

[51] 仝注 44。

「僞人變形而登天也」。這顯然是在「厭世」[52]，或說「悲時俗之迫阨」[53]下，響往崑崙等彼界，才「願輕舉而遠遊」[53]的。因爲在上古神話中，原本「天下通，人上通，旦上天，夕上天」[54]，後來由於人犯了嚴重過失，導致「絕地天通」[55]，重返樂園的庭除——崑崙就成了人心靈最大的渴望。爲達成這夢想，乃發展出種種返歸人原始存在狀態的修鍊工夫。可是在荀子的觀念中，原始存在狀態猶同夢魘，絲毫不值得留戀，返樸歸元不但不能尋回真我，而且會喪失真我。當人在他和他的動物伙伴並生的自然界中，刻意用自己發明的禮義文理營築成「壇宇宮廷」[56]，將自己圈繞、高舉起來，把他和他的動物伙伴分隔開[57]，就身處樂園了。卷十九〈大略〉說：

君子之學如蛻，幡然遷之。

不是由此界遷到彼岸，而是由惡遷善，爲要「功被天下，爲萬世文」[58]，這跟成仙以便遺世高蹈，固然大異其趣，和變形所以繼續與帝或天頑抗，伸張一己意氣，也

---

[52] 《莊子》卷五上〈天地〉，頁421：「千歲厭世，去而上僊，乘彼白雲，至於帝鄉」。

[53] 仝注49，頁1b。

[54] 龔自珍，《龔自珍全集》（臺北：河洛圖書出版社，1975），第一輯〈壬癸之際胎觀第一〉，頁13。

[55] 孔穎達，《尚書注疏》（臺北：臺灣中華書局，1968），卷十九〈呂刑〉，頁10a-11b：「苗民弗用靈，制以刑，惟作五虐之刑，曰法，殺戮無辜……皇帝哀矜庶戮之不辜，報虐以威，遏絕苗民，無世在下，乃命重、黎絕地天通，罔有降格」、韋昭注，《國語》（臺北：藝文印書館，1974），卷十八〈楚語下〉，頁403，觀射父對楚昭王問：「及少皞之衰也，九黎亂德，民神雜糅，不可方物，夫人作享，家為巫史，無有要質，民匱于祀，而不知福，烝享無度，民神同位，民瀆齊盟，無有嚴威；神狎民則，不蠲其為，嘉生不降，無物以享，禍災荐臻，莫盡其氣。顓頊受之，乃命南正重司天，以屬神；命火正黎司地，以屬民，使復舊常，無相侵瀆，是謂絕地天通」。

[56] 卷四〈儒效〉，頁93：「君子言有壇宇，行有防表……言志意之求不下於士，言道德之求不二後王。道過三代謂之蕩；法二後王謂之不雅……是君子之所以騁志意於壇宇宮廷也」、卷十三〈禮論〉，頁238：「君子上致其隆，下盡其殺，而中處其中，步驟馳騁厲騖不外是矣，是君子之壇宇宮廷也」。

[57] Coline Renfrew, The Emergence of Civilization, (London: Methuen, 1972), p. 1.

[58] 卷十八〈賦‧蠶〉，頁316。

有相當距離。

　　或許在揄揚荀學具有科學精神的世俗觀點下，很難置信荀學與上古變形神話間有瓜葛，但我們不能忽視：從遠古流傳到當代對自然生態的構想起著支持變形觀的作用。《大戴記》卷二〈夏小正〉所說的「鷹則爲鳩」、「田鼠化爲鴽；鴽，鵪也」、「雀入于海爲蛤」、「玄雉入于淮爲蜃；蜃，蒲蘆也」，《禮記》卷十六〈月令〉所說的「腐草爲螢」，以至《莊子》卷六下〈至樂〉所說的：

> 烏足之根爲蠐螬，其葉爲胡蝶。胡蝶胥也化而爲蟲，生於竈下，其狀若脫，其名爲鴝掇。鴝掇千日爲鳥，其名爲乾餘骨。乾餘骨之沫爲斯彌。斯彌爲食醯。頤輅生乎食醯，黃軦生乎九猷，瞀芮生乎腐蠸。羊奚比乎不筍。久竹生青寧，青寧生程，程生馬，馬[59]生人。

從今日的知識水平來看，這些陳述都出自粗謬的觀察與獨斷的聯想，但在當時，卻被視爲生物學的，以至像那麼具實證精神的後期墨家居然也以爲然。《墨子》卷十〈經上〉指出：「爲」這個語詞不必然意謂一件全新的成品產生，可以指既有存在的消失、調整與轉換，共有「存，亡，易，蕩，治，化」六種情況，《墨子》卷十〈經說上〉對「化」這種情況的說明竟是「鼃，買（鶉）」。〈經上〉另一處要界定「化」是指反映本質特性可爲感官經驗到的部份的轉變，所謂「徵易也」，〈經說上〉也是以「若鼃爲鶉」作例證。在當時學術文化界共通認定下，荀子只怕未能免俗，卷一〈勸學〉就認爲：

> 肉腐出蟲；魚枯生蠹。

在缺乏近代細菌等觀念前，這些現象恐怕還是用化生來解釋的。而卷十一〈天論〉

---

[59] 高亨，《莊子新箋》（臺北：臺灣中華書局，1971），頁 60b-61a 以「馬」乃「爲」的形訛，段注《說文》，卷三下，頁 114：「爲，母猴也。」

也承認有「牛馬相生」[60]這種「能生非類」[61]的怪現象，他雖持「書，不說」[62]的態度，不說只是因爲既有物理知識尚不足，並未否定該現象，認爲是非物理的。他更覺得人應發揮智能，對經濟作物等進行品種改良，配合人的需求，不止於平面地增加產量，卷十一〈天論〉就說：

> 因物[63]而多之，孰與騁能而化之？

是否因此荀子也以爲他瞭解的人性可有質的劇變？卷十六〈正名〉說：

> 所受乎天之一欲，制於所受乎心之多計，固難類所受乎天也。

此處說的「難類」究竟止於狀變，還是實異，頗難確定，但下文緊接著用人在心的

---

[60] 南宋淳熙八年台州翻刻北宋熙寧元年國子監本《荀子》，嚴靈峰編《無求備齊荀子集成》（臺北：成文出版社，1977）第五、六冊，卷十一〈天論篇〉，頁 486-7：「政令不明，舉錯不時，本事不理，夫是之謂人祆。勉力不時，則牛馬相生，六畜作祆……其說甚爾，其菑甚慘，可怪也，而不可畏也」，《傳》曰：『萬物之怪，書，不說。』」監版乃據唐本，楊倞於「六畜作祆」句下注：「此三句宜承『其菑其慘』之下。勉力，力役也，不時，則人多怨曠，其氣所感，故生非其類也」；於「而不可畏也」句下注：「此主句承『六畜作祆』之下，蓋錄之時錯亂迷誤，失其次也」。按：楊校尚未的，「勉力不時」當移置「本事不理」之下，「則」字衍。牛馬相生等既為不說的異常現象之一，就斷乎不會再以人類政治社會問題去解釋原委。至於王念孫，《讀書雜志》（臺北：洪氏出版社，1976），志八之五，頁 705-6，將「勉力不時」等三句全移至「本事不理」下，又認為「而不可畏也」的「不」乃「亦」字形訛，全然不識文義，愈校愈誤。

[61] 賈公彥，《周禮注疏》（臺北：臺灣中華書局，1968），卷十八〈春宮·大宗伯〉，頁 16a-b，「以禮樂合天地之化、百物之產」鄭注：「能生非類曰化，生其種曰產」，賈疏：「……又與鳩化為鷹之等，皆謂身在而心化，若田鼠化為駕，雀、雉化為蛤、蜃之等，皆據身亦化……卵生、胎生及萬物草木但如本者，皆曰產也。」

[62] 卷十一〈天論〉，頁 210。

[63] 《春秋左傳注疏》，卷四五〈昭公九年〉，頁 781，「事有其物」杜注：「物，類也」、《周易注疏》，卷八〈繫辭下〉，頁 709，「爻有等，故曰物」孔疏：「物，類也」。

操持下可舍生取義爲例，來說明「難類」，則質變的詮釋顯然在合理範圍內。

上述僅指出：一，當時學術文化界留下明顯材料支持荀子可採取人性質變的思路，二，《荀子》一書中也確實有跡象可讓我們從質變去詮釋他的變心化性說，可是並未闡明：他若持人性質變的主張，會在理論上如何解說。要回答這問題，恐怕得訴諸「氣」這觀念，但「氣」在荀學中實居於邊緣地位，我們只能作非常粗略的擬度。在荀子看來，人是由氣構成的，所以「失氣而死」，判斷一個人生命力是否尚在，最便捷的法子就是「絓續聽息」。情感、欲望、認知、意志等心性活動都是氣在不同層面、象限的表現。氣在道德意義上是中性的，可受影響成爲「順氣」或「逆氣」[64]，因此周道的介入既可以陶鑄心性，所謂「靡」[65]，又可以滲透心性，所謂「漸」[66]。漸靡的落腳點在日用言行意念這些細瑣處，漸靡過程也每在人意識外，這就是所謂的「微」[67]，但是長期專一積養下來，使自然氣化的心性得到質上的更新突破，所謂「安久移質」，至終就像一塊直木「輮以爲輪，其曲中規，雖有槁暴，不復挺」，所謂「長遷而不反其初」[68]。此際的心若稱作道心，這個道心不再是「合於道」、心道雖不離，但不一的心，而是即心即道。「心合於道」乃是因爲道能帶來最大的生活福祉，道對於心只具有工具價值，荀子認爲：在長期漸靡後，道的本身

---

[64] 以上引文分見卷十五〈解蔽〉，頁 270、卷十三〈禮論〉，頁 240、卷十四〈樂論〉，頁 254。

[65] 卷二〈榮辱〉，頁 41：「仁者好告示人，告之示之，靡之儇之，鈆之重之，則夫塞者俄且通也，陋者俄且僩也，愚者俄且知也」、卷四〈儒效〉，頁 92：「居越而越，居夏而夏，是非天性也，積靡使然也」、卷十七〈性惡〉，頁 299-300：「得賢師而事之……得良友而友之……身日進於仁義而不自知也者，靡使然也」。

[66] 卷一〈勸學〉，頁 3：「蘭槐之根是爲芷，其漸之滫，君子不近，庶人不服，其質非不美也，所漸者然也」、卷十九〈大略〉，頁 334：「正君漸於香酒，可讒而得也，君子之所漸不可不慎也」。

[67] 卷十一〈彊國〉，頁 203，引「德輶如毛」(《毛詩鄭箋》(臺北：臺灣中華書局，1967)，卷十八〈大雅・蕩之什・烝民〉，頁 16b)，說明「財物貨寶以大爲重，政教功名反是」，要「積微」，也就是卷十九〈大略〉，頁 333，所講的「盡小」、卷二十〈堯問〉，頁 359，所講的「行微無息」「如日月」，如此才能成、才能著。這種轉化效果不易自覺，故卷十五〈解蔽〉，頁 266，說：「處一危之，其榮滿側；處一之微（微之），榮矣而未知」，頁 269，稱許能「微者，至人也」。

[68] 以上引文分見卷四〈儒效〉，頁 91、卷一〈勸學〉，頁 1、卷二〈不苟〉，頁 30。

價值被注意領會，工具轉爲目的，成爲心的終極關懷。就如同人工作本是爲了生活所需，多少有些無奈，在一段時間後，工作本身成了樂趣所在。對於前一種狀態，荀子用「志忍私」、「行忍情性」來描述；對於後一種狀態，荀子用「志安公、行安脩」來描述。若說漸靡過程中充滿了自彊、自忍，「未及好也」，漸靡告終，則「行道也無爲也」、「無彊也」[69]，樂嗛橫生。然則在我們眼中存在著緊張關係的兩型化性，對荀子而言，乃是一個歷程裏的兩階段：實異以狀變爲基礎，狀變至實異方竣工。[70]

　　變化是人以及其它一切經驗事務的基本特性，因此人類很早就對它著迷，試圖瞭解它，致使變化一直是思想史中一重要課題。就與本文相關、儒家心性論所涉及的這部份來說，儒學主流都共同認定人性可分作兩方面來看——作爲自然界生物之一，人有與動物相通的部份，這部份被稱作情欲，或氣質，或人心；但人之所以爲人，乃因人具有與其它動物相異的部份，所謂道德資質，這部份被稱作性，或良心，或道心，兩者都是與生具有——一般見解以前者可變化，後者則否。這種見解的推論大概是這樣的；性既即是理，而理乃宇宙最終實體，它本身是超越的，不在時空之內；它本身是充足圓滿的，不待發展，自然無所謂變化。情欲源於氣，爲形下的，既屬形下，就逃脫不了時空限制，也就有終始過程，所以是變化的。這種見解固然並非持之無故，但若分析僅止於是，未免不周不透，因爲我們至少還可從三方面來回應儒學主流心性論所涉及的變化問題——

　　一，如果將變化理解作由尚未實現的潛能與已成功的實現組成的存在，也就是說，將變化理解作：一主體由某一出發點邁向某一結局狀態的過程，那麼，從道德資質在經驗界，例如言行意念中，的充足彰顯來說，性可說是有變化的，否則擴而充之、盡心、盡性、致良知等說法根本無從立足。在這定義下，氣質同樣也是變化的，好比人的性能力直到青春期才進入成熟階段。

　　二，如果變化意謂實體轉變（substantial change），由無生有，那麼性當然不能

---

[69] 以上引文分見卷十六〈正名〉，頁 281、卷四〈儒效〉，頁 92、卷十五〈解蔽〉，頁 268、269。

[70] 梁啟雄，〈荀子思想述評〉，《哲學研究》4 期（1937 年），頁 62-3，首先注意到這問題，他指出：荀子似乎認為經由積善的量增至終能使先天惡性質變。

以變化言，性乃自有本有的絕對存有，道德實踐只是使它在經驗界中被經驗到；即使恣睢邪僻到無惡不作，也只是使它神采沈埋，無預本質仍在，所以說性「不爲堯存；不爲桀亡，人得之者，故大行不加，窮居不損，這上頭更怎生說得存亡加減」[71]？氣質呢？這有些歧見。某些宋儒認爲氣不但有聚散，而且有新舊生滅[72]，理既可引生新氣，則即理的性也就能在氣質組織中革故布新，氣質就可謂有實體轉變。但我們認爲：這乃是思路不清導致的錯誤類比。以食、色爲例，不論道心如何當令，人心這部份素質也不會消亡，消亡的只是過去某些不宜的表現管道而已。又好比人與生具有的攻擊性（aggression），當遭遇挫折侵犯被引發時，因可表現爲攻擊外在對象，從怨天、誶人以至於歸咎於物，也可轉向爲自責內省，而攻擊所施的外在對象也可由針對挫折侵犯的來源者轉移爲無辜者，所謂遷怒，但其爲攻擊則一，只有表現管道等的差異。這樣看來，氣質也沒有實體轉變。

三，如果變化意謂著人所有的與生具有的資質間結構比重的移易，則性與氣質兩者都可說有變化，好比起初貪生害義的懦夫可以成爲一舍生取義的勇者；又好比隨著生理、心理的發展，幼年慕父母的比重漸爲戀少艾的驅力陵駕過，因此才會有以志率氣、氣壹動志、一心昇降等對這狀況的描述概念和術語。

荀子既不承認人與生具有任何道德資質，則人性變化與否中的一半問題，他無須、也無從表達看法，我們更無從檢論。至於另一半——與動物相通的人性能否變化，由於儒門傳統中從無由一超越體自外帶進救贖（extrinsic salvation）的觀念範疇，像基督教中人由聖靈重生（regeneration by Holy Spirit），只有自我救拔的觀念範疇，且認爲這是唯一正途，而荀學接受的許多儒門傳統價值也確實要求它所說的人性質變，唯有如此，那些價值才能在理論層面獲得安頓基礎。不過，我們不能不指出：過去的真儒者都重實踐甚於思辨，每有所論必依親證而來，荀學中若真有人性質變的想法，則當是荀子體知所致，非出自玄想，或純粹理路推衍。但剋就理論

---

[71] 程顥、程頤，《二程集‧河南程氏遺書》（臺北：里仁書局，1982），卷二上〈二先生語二上〉，頁31。

[72] 前揭書，卷十五〈伊川先生語一〉，頁148：「天地之化自然生生不窮，更何復資於既斃之形、既返之氣以爲造化……天之氣亦自然生生不窮」，頁163：「凡物之散，其氣遂盡，無復歸本原之理……天地造化又焉用此既散之氣？其造化者，自是生氣」。

本身，我們則不能諱言：人性質變殊難在荀學中獲得圓滿解釋，恐怕荀子也始終未曾識及，結果竟使得荀學在這方面形成近世觀點下的神話。

新古典新義
頁 255～282
臺灣學生書局　2001 年 9 月

王船山注《楚辭‧遠遊》

柳存仁[*]

一

　　王船山（夫之，1619-1692）是明末清初的大儒。我們稱他做儒，是很名正言順的，因為他雖然博極旁獵，在傳統的學問方面涉及的門類很廣，而且在經史、思想、文章這些很大的領域裏都有了不起的著述，但是總括的說，他自己同意歸屬的，自然仍是儒家的、正統的那一派。這我們但看他和方以智兩人感情很好，在主張上也志同道合。方以智晚年「逃禪」，托人送書信招他去江西青原。他雖然對佛教也有些知識，自己還研究過相宗，和先開和尚一起寫過《相宗絡索》，[1]但是他對方以智的邀請雖然「不忍忘其繾綣」，依然表示「余終不能從」，就可以知道了。[2]在他

---

[*] 柳存仁，澳大利亞國立大學教授。

[1] 王船山的遺書，除了清初在河南很少的幾種外，大規模的收求和刻印，要到清道光及同治間。1933 年上海太平洋書店排印的《船山遺書》，收著作七十種，三百五十八卷，算是最多的。這部《遺書》台灣近年曾加重編，改題為《船山遺書全集》（臺北：中國船山學會，自由出版社，1972），本文引用的就是這個本子。《遺書》近年還有中國大陸的印本。《相宗絡索》是一部指導性的入門書，收於《遺書》第 18 冊，頁 10447-10496。船山的《薑齋七十自定稿》（《遺書》第 19 冊），〈春興第六首〉，頁 11142，題下有注云：「時為先開定《相宗》，並與諸子論《莊》」。

[2] 《南窗漫記》，「方密之闇學逃禪」條（《遺書》第 20 冊），頁 11627。參看余英時，《方以智晚節考》（香港：新亞研究所，1972），頁 65。

的全部《遺書》裏，排斥僧、道二氏的文字，是很容易得到的，可是他也研究佛、道，他的詩裏用二教的典故的地方也不少。這種情況照他的次子王敔的說法，他的目的是「入其藏而探之」，[3]有點像是入室操戈的意味。這話有些地方，大概是可以說得通的。但是船山的《楚辭通釋》裏，特別是像他的〈遠遊〉一篇的注釋裏那樣的推崇道教，我們看起來是覺得大背船山許多年來幾乎可以說是一貫的態度的。這種情形不像普通的作文作詩填詞，隨便借用一兩個別的信仰的成句只爲要豐富自己的詞藻，這也不像是宋明以來一般的士大夫階層的人援釋入儒、三教溝通的那樣時髦，或是一班疏放的人欣羨老、莊，要在思想上尋求一點慰藉。因爲他作的詮釋開門見山，不祇〈遠遊〉開首先有小序，說明他所見得到的這篇文字的旨趣，《楚辭通釋》全書的卷首也有〈序例〉，這〈序例〉裏有一段是專門爲他注〈遠遊〉作介紹的，那文字我們一看就知道船山指的真地是宋、明以還所謂修鍊內丹的道教，不是別的。船山作的〈遠遊〉的小序有一段說〈遠遊〉：

> ……所述遊仙之說，已盡學玄者之奧。後世魏伯陽、張平叔所隱秘密傳，以詫妙解者，皆已宣洩無餘。蓋自彭、聃之術興，習爲淌洸之寓言，大率類此，要在求之神、意、精、氣之激，而非服食、燒煉、禱祀及素女淫穢之邪說可亂。故以魏、張之說釋之，無不吻合，而王逸所云與仙人遊戲者，固未解其說，而徒以其辭耳！（《遺書》第 19 冊，《通釋》卷五，頁 10637）

魏伯陽、張平叔都是道教史裏的大名人，平叔是張伯端的字，[4]魏伯陽是名著《參

3　王敔撰〈大行府君行述〉，收入近年發現的《船山房譜草冊齒錄》，看王興國、陳遠寧，〈研究王船山生平思想資料的一個重要發現──評王敔《薑齋公行述》手抄本〉，《王船山學術思想討論集》（長沙：湖南人民出版社，1984），頁 676-692。

4　《道藏》（上海：涵芬樓影印本，1925），63《紫陽真人悟真第三註》裏有一篇署「皇宋熙寧乙卯（按，八年，1075）歲旦天台張伯端平叔」的〈序〉，這說明他是北宋神宗時活躍的人。我嘗撰文推測他的真實時代很不易判定，因爲有些相關的材料顯示他於北宋末也許到南宋初還生存，參看拙著，〈張伯端與悟真篇〉，《吉岡博士還曆紀念道教研究論集》（東京：國書刊行社，1977），頁 791-803。

同契》的作者，這是大家都知道的，雖然我們有時候連這個書名的涵義也還不易確定。[5]但是說魏伯陽是東漢桓帝間（二世紀中葉）活躍的人，他的時代近人余季豫先生（嘉錫）的考證是可信的。[6]《參同契》書裏講求的是外丹，就是古代伏煉礦物質鉛汞這些金屬的指導書籍，是古代的化學，研究的目標是希望能製造出金丹來延壽長生，甚至要「薰蒸達四肢，顏色悅澤好……老翁復丁狀，耆嫗成姹女」（《參同契》卷上，各本皆同）的。從外丹的修鍊演變到內丹，就是修持的人借用了外丹使用的許多名詞（例如鉛、汞）去描繪每個人身體裏的心腎二氣相交的各種運作，他們企圖在個人體內結成一個像肉塊似的「聖胎」，也稱做丹，叫做內丹，含義相當於外丹伏煉所得的金丹，這是經過許多歷史上的時間演變出來的新事態。內外丹有其承襲的關係，而且內丹這一類的道書文字都很隱秘，不大容易明白，推溯其原，魏伯陽著丹書最早，所以北宋時候就有人稱譽《參同契》說它應該「留爲萬古丹中王了」。[7]除此之外，依託在修持內丹這個名相之下的活動，還有像《抱朴子・釋滯》篇說的「採陰益陽」，這在宋、明時期也都是很流行的，講求這些知識的書，也常寄託在「丹經」的名義之下魚目混珠地混用。[8]因爲采補一定要有對象，和專門在自己個體中修煉的活動不同，所以從事的人就創造了一個特殊的名詞，叫做「彼家」（意指本身以外另外的一個人）。張伯端的名著《悟真篇》全用詩句，其中像卷二七律八首其一云：「陽裏陰精質不剛，獨修此物轉羸尪」（1a）、卷三七絕三十二首第八云：「竹破須將竹補宜，覆雞當用卵爲之」（5b），[9]都有被懷疑作是解說「彼家」

---

[5] 《周易參同契》，《道藏》623，裏的〈五相類〉卷下，頁 5a 有句云：「《太易》情性，各如其度；黃老用究，較而可御；爐火之事，真有所據」，這三者也許可以說明「參同」的原因。

[6] 參余嘉錫，《四庫提要辯證》，《四庫全書總目》（臺北：藝文印書館，1964），卷十九，〈周易參同契通真義〉條，頁 1205-1208。

[7] 高先，〈真人高象先金丹歌〉，《道藏》740，頁 4a。這個高先，字象先，〈歌〉中有句云：「答我江陵王者孫，祖先世列荊南君。旋屬建隆真主出，忻然納璽稱蕃臣」（頁 5b），自是荊南高季興的後裔，但卷前有未署名小引，稱象先朐陽人，〈歌〉中前句即自稱「東海高先」與之相合。史稱高季興陝州人，他及繼位二世似乎沒有仕東海的，不知道是不是依託的。建隆是宋太祖開國時的年號。

[8] 參看拙著，〈朱熹與《參同契》〉，《和風堂新文集》（臺北：新文豐出版公司，1997），下冊，頁 473。

[9] 版本同注 4 所引用。

的知識的嫌疑。所以，《悟真篇》的真正性質是什麼，時常也是言人人殊。上面所引王船山說的話，對魏、張兩位都無間言是很難得的了。在他許多別的時間寫的著作裏，對他們往往是很不客氣的。至於「彼家」那似乎更是「自鄶以下」的了！文裏說「素女淫穢之邪說」，指的就是那些活動。[10]至於他批評王逸，說王逸《楚辭章句》裏說屈原「託配仙人與俱遊戲，周歷天地無所不到」的話[11]是「未解其說」，恐怕是過份的。他用宋、明以來的道教說法去看《楚辭》，其實不免借酒澆愁，東漢末王叔師的看法雖然陳舊，卻不離戰國、秦漢時期能理解的環境條件。

　　《楚辭通釋》卷首也有船山在「乙丑（清康熙二十四年，1685）秋社日」撰的〈序例〉，這時船山已經是（照中國舊曆的說法）六十七歲了。船山是康熙三十一年死的，即使《通釋》的完成仍在乙丑之後，相差也不過六七年，船山也是白髮老翁了。《遺書》第一冊刊有「康熙己酉八月既望，提督湖廣學政，翰林院檢討，宜興潘宗洛撰」的〈船山先生傳〉（頁 3-7）。從時代和關係說應該是可以相信的史料，但是這個康熙己酉，是錯誤的。康熙一朝六十年，只有一個己酉，是康熙八年（1669）。傳中說的吳三桂起兵以至兵敗，也說明王船山的死葬，這都是己酉以後發生的事，怎麼可能呢？潘宗洛自己在康熙二十七年（1688）才中的戊辰科進士，他這篇〈傳〉大概是康熙四十四年乙酉（1705）才應王船山的兒子王敔的請求作的，這一年上距船山之死（康熙三十一年壬申）照舊時的算法已有十四年。《遺書》同一冊王敔撰的〈薑齋公行述〉說：「府君之逝今十四年矣，值聖朝之寬大，蒙太史之採風……哀述梗概，稍次本末」（頁 14），恐怕這篇〈行述〉[12]正是寫來為他做學政的老師潘宗洛寫王船山的傳作參考的。[13]潘宗洛的這篇〈船山先生傳〉文章寫得

10　《遺書》中排斥「彼家」，如《莊子解》（《遺書》第 18 冊），卷十一〈在宥〉釋「黃帝立為天子十九年……」條，頁 10146-10147、卷十五〈刻意〉篇小引，頁 10197，多不勝舉。

11　《楚辭補注》，《四部叢刊·初編》（上海：商務印書館，1922），卷五，頁 1a。王逸有傳，見王先謙，《後漢書集解》（臺北：藝文印書館，1955，以下簡稱《後漢書》），卷一一○上〈文苑傳〉。他的兒子王延壽，也是有名的〈魯靈光殿賦〉，李善注，《文選》（台北：藝文印書館，1989），卷十一，的作者。

12　內容稍有別於近年發現的〈大行府君行述〉，參看本篇注 3。

13　己酉是版刻之誤，清同治四年（1865）江南書局刻本已是如此，後來的排印本也沿襲下去。參看張西

不錯，但是我最注意的是下面引的幾句話：

> 敔字虎止，遊於吾門，蓋能紹先生之家學者。余不及見先生，慕先生之高
> 節，欲盡讀其書。敔曰：「先人家貧，筆札多取給於故友及門人，書成，因
> 以授之，藏於家者無幾矣。」吾所得見於敔者，《思問錄》、《正蒙注》、《莊
> 子解》、《楚辭通釋》而已。（頁6）

可見《通釋》家藏本在那個時候已經正式拿了出來，這部遺書，是不會經過別人及
後人的竄亂的。那麼，書裡的那些擁護道教內丹的主張，即使很越出儒家傳統的藩
籬，即使說的話很離奇，也不會不是船山的筆墨了。《通釋》的〈序例〉，祇有寥寥
的六條，其第五條是專為〈遠遊〉的，云：

> 〈遠遊〉極玄言之旨，非〈諾皋〉、〈洞冥〉之怪說也。後世不得志於時者，
> 如鄭所南雪菴，類逃於浮屠，未有浮屠之先，逃於長生久視之說，其為寄
> 焉一也。黃、老修煉之術，當周末而盛。其後魏伯陽、葛長庚、張平叔皆
> 仿彼立言，非有創也。故取後世言玄者鉛汞、龍虎、煉己、鑄劍、三花、
> 五炁之說以論之，而不嫌於非古。（《遠遊》第十九冊，頁10506）

船山這裡用南宋末的孤臣鄭所南（思肖）的遭遇來自況，說是「不得志者」，也清
楚地說明他自己現在是「逃為長生久視之說，其為寄焉一也」，這是一看就明白的。
他說〈遠遊〉不同於小說性質的〈諾皋記〉、〈洞冥記〉，[14]這話自然是對的，但是用

堂，《王船山學譜》（香港：崇文書店，1971），頁8注。張先生這書原有商務印書館刊本，崇文本是
翻印的。

[14] 〈洞冥記〉是南北朝時的志怪小說，常見的許多叢書（像《漢魏叢書》、《顧氏文房小說》、《龍威秘書》……）
都收它，參看王國良，《漢武洞冥記研究》（臺北：文史哲出版社，1989）。〈諾皋記〉是晚唐段成式撰
的《酉陽雜俎》裏的一部分。成式是段文昌的兒子，有略傳附兩《唐書》的〈段文昌傳〉內，參看《四
庫全書總目》，卷一四二〈酉陽雜俎〉條。

宋、明道教修煉的文字去解釋它，船山能夠這樣去構想，也許還不完全是心血來潮，還有一些遠的近的因素。〈序例〉裏又提到魏伯陽、張伯端，我們前邊已經約略解說過，這裡在兩人之間又添了個葛長庚——他就是南宋的海南道士白玉蟾。白玉蟾據說是張伯端一派第五代的傳人，記錄他們的「仙派」傳授的書很多，我們這裡就不多囉嗦了。[15]不過照歷史、照輩分說，葛長庚是不能放在張平叔之前的。自然，這也許只是船山偶然的疏忽。例如，船山《莊子解》（《遺書》第18冊）卷十五〈刻意〉一篇的說明文字，也是痛斥道教的大家「魏伯陽、張平叔、葛長庚之流」的（頁10197），張伯端仍是排在白玉蟾之前，可見船山不是真的糊塗的。

　　我現在還不談船山用宋、明道教修煉的術語、文字去解說〈遠遊〉可能受過什麼前人的影響，我們且先來看一看他說的那些話裏用的是些什麼文詞，和那些用詞的含義或根源，有什麼樣的道教因素。

二

　　爲了看起來方便，我最初想每一條都先鈔下幾句原文，然後說明那些術語的根據。可是剛才我引過的〈序例〉一段，其中已有這些個詞：鉛汞、龍虎、煉己、鑄劍、三花、五炁。我們姑且先看一看下面的的分析：

（1）　鉛汞、龍虎

　　這兩個詞實際上每個詞都是用兩個對立的單詞組成的，鉛和汞相對，龍和虎相對。它們既然都是代詞，自然各有所指，在這裡龍代表就是汞，虎就是鉛，鉛和汞本來是外丹用的名詞，拿來用在內丹修煉方面，鉛代表人體中的腎部，這個腎，

實在指它的部位和下陰周圍，汞就代表心。我們如果檢索《道藏》64《紫陽真人悟真直指詳說三乘備要》，裡面有元代戴起宗至元丁丑[16]間撰的〈金丹法象〉是專門解釋這些對立的術語的，從其中我們又能夠看到更多相等的用詞，它們都是虎（鉛、黑鉛、北[方]、腎、水、坎、元精……）和龍（汞、朱砂、南[方]、心、火、離、元神……）的異名。外丹的蒸煉，發生化學作用時，描寫這種情形的術語常常說龍虎交媾。《參同契》卷中說：「龍呼於虎，虎吸龍精。兩相飲食，俱相貪便。遂相銜嚥，咀嚼相吞」，內丹的龍虎就是承襲它的，講的卻是心腎之間氣的相交。《道藏》691《雲笈七籤》卷七十有真一子（五代後蜀道士彭曉）〈還丹內象金鑰匙‧并序〉，一名〈黑鉛水虎論〉，一名〈紅鉛火龍訣〉。〈序〉云：「丹訣中有〈太白真人歌〉……曰：『五行顛倒術，龍從火裏出了五行不順行，虎從水中生。』此要有二十字可謂洩天地互用之機，公陰陽反覆之道。」（頁1b）我們看了戴起宗的分類，就明白那是當然的，〈太白真人歌〉這幾句話也就沒有什麼神秘了。

（2）　煉己

煉己是一個普通用語，就是鍛鍊自己，可是在道經裏講修持的，也鑄成了一個專門名詞。《道藏》123《修真十書》卷十一所收南宋蕭廷之（子虛了真子）的《金丹大成集》裏，有八十一首七言絕句，第五十八首第一句就說：「煉己修心義最深」（頁9b），可見煉己就是修心的意思。煉什麼呢？這首詩又說：「煉就陽神消象陰」，實際上指的就是消除雜念，靜心等候修煉中要做的下一個步驟。宋元以降的道教裏，呂嵒（洞賓、純陽）的地位是很受尊崇的，修持的人都熟悉他的一闋〈沁園春〉詞，這詞的頭一句就說：「七返還丹，在人先須煉己待時。」南宋末、元初的俞琰（全陽子）著《呂純陽真人沁園春丹詞註解》（《道藏》60）注這兩句引《楚辭‧遠遊》[17]：「毋滑而魂兮，彼將自然。壹氣孔神兮，於中夜存。虛以待之兮，無爲之先」，釋之云：「即煉己待時之謂也。要在收視返聽，寂然不動，凝神於太虛，無一毫雜

---

[16] 元代有兩次至元，前至元丁丑是世祖至元十四年（1277），後至元丁丑是順帝至元三年（1337），我疑心這裡也許是後至元。

[17] 原文作「離騷遠遊」，蓋微誤。

想。少焉神入氣中，氣與神合，即息息自定，神明自來，不過片餉間耳。」（頁 1a-b）
這個解說大概是較易明白的。俞琰的另外一部書《周易參同契發揮》，釋《參同契》
的「知白守黑，神明自來」，也引〈遠遊〉篇上文鈔過的這一段，說「與此同旨」（《道
藏》625，卷三，頁 2b）。王船山忽然用道教修煉的習語去注〈遠遊〉，會不會也有
一點受到俞琰著作的影響呢？

（3）　鑄劍

　　〈遠遊〉篇原句云：「保神明之清澄兮，精氣入而麤穢除」，船山注云：「麤穢，
後天之氣，妄念狂爲之所自生。凝精以除穢，所謂鑄劍也」（頁 10641），這是很正
當的說法。南宋末、元初的李道純（清庵、瑩蟾子）在他的《中和集》裏有一首〈慧
劍歌〉，說明這柄劍是抽象的：「此寶劍，本無形，爲有神功強立名。」（《道藏》118，
卷四，頁 23a）可是它發揮的作用卻是很大的：「有人問我覓蹤由，向道不是尋常鐵。
此塊鐵，出坤方，得入吾手便軒昂。赫赫火中加火煉，工夫百鍊鍊成鋼。學道人，
知此訣，陽神威猛陰魔滅。神功妙用實難量，我今剖露爲君說。爲君說，洩天機，
下手一陽來復時。先令六甲搧爐鞴，六丁然後動鉗鎚。火功周，得成劍，初出輝輝
如掣電。橫揮凜凜清風生，卓豎瑩瑩明月現。明月現，瑞光輝，爍地照天神鬼悲。
激濁揚清蕩妖穢，誅龍斬虎滅蛟螭……」（頁 22b-23a）這裏有些話只是比喻，六丁、
六甲在宗教神話裏有時候是神，有時候只是干支，這裡也把他們神格化了，所以得
有蕩魔除穢的配備，〈歌〉中的爐鞴、鉗鎚都是打鐵時具體的工具。船山說粗穢的
是「後天之氣」。他注〈遠遊〉：「內惟省以端操兮，求正氣之所由。漠虛靜以恬愉
兮，澹無爲而自得」一段，說：「正氣，人所受於天之元氣也。元氣之所由，生於
至虛之中，爲萬有之始；涵於至靜之中，爲萬動之基。沖和澹泊，乃我生之所自得，
此玄家所謂先天氣也。」（頁 10639）這先天氣的呼吸，就是未出世胞胎在母親懷
裏的呼吸，《抱朴子•釋滯》篇叫它做胎息，它說：「得胎息者，能不以鼻口噓吸，
如在胞胎之中，則道成矣」，這樣的先天氣是道家一向歆慕的。後天之氣，就是我
們出世後，和大自然的空氣混合之後的呼吸了。唐代有個崔希範，他的《崔公入藥

鏡》首句就說：「先天炁，後天炁，得之者常醉。」[18]〈慧劍歌〉說的「下手一陽來復時」，復是《周易》裏的〈復卦〉，這個卦的六爻中只有初爻是陽，其餘五爻皆陰，所以這一個陽爻說是一陽來復。用一日十二時的時間表來計算，這一陽表示的時間正是夜半子時的開始（現代人夜間二十三時），是修煉的人開始用功的時候[19]。〈歌〉又說：「此塊鐵，出坤方」，坤方就是身體中的北方，相當於腎，心的部位就做爲是南方，這些代詞前文引過的戴起宗的〈金丹法象〉或性質相同的其他書籍裏都可以找到。這裏說的身體上的方向，是和現代人看地圖的方向相反的。

　　鑄劍這個詞「彼家」一派的書也常拿來利用，所以李道純《中和集》卷二批評「傍門九品」也舉過「鑄雌雄劍，立陰陽爐」（頁 12b-13a）做例子。關於鑄劍的文字和詩詞，不論是那一派的話，一般的用語都是很含混的，要判斷這樣的一部道教書籍的性質，不是很容易的。從事修持的人習慣地這樣做，好像要保持它的神秘性似的，其實也阻礙了歷來研究的正常發展。王船山爲〈遠遊〉撰的小序，暗示他所發現的〈遠遊〉：「所述遊仙之說，已盡學玄者之興，後世魏伯陽、張平叔所隱秘密傳以詫妙解者，皆已宣洩無餘」，這裏最後的一句，正是道書裡常見的套語，其實我們都知道，他們是不曾宣洩什麼的。

（4）三花、五炁

　　三花、五炁其實是縮稱，正式應稱它們做三花聚頂、五炁朝元。《道藏》741有黃自如的《金丹四百字注》，這《金丹四百字》題「天台紫陽真人張平叔撰」，據白玉蟾說他是「昨到武夷，見馬自然口述〔張伯端〕諄諭，出示寶翰凡四百字，字字藥石」，這樣流傳出來的。[20]這話恐怕不很可靠，張伯端也不可能活到白玉蟾活躍

---

[18] 《道藏》裏有兩種《入藥鏡》的注解：一是《修真十書》，《道藏》122，卷十三《金丹大成集》所錄蕭廷之的〈解注崔公入藥鏡〉；另一是元末、明初王玠（道淵、混生子）的《崔公入藥鏡注解》，《道藏》60。南宋初曾慥（至游子）編的《道樞》，《道藏》647，卷三十七也收《入藥鏡》上篇及中篇，上篇首句云「崔公曰」，文字是散文體，與他本三字句韻語的不同。《修真十書》，《道藏》125，卷二十一《雜著捷徑》又有〈天元入藥鏡〉，也題「崔真人希範述」（6b-9b）。

[19] 看《周易參同契發揮》，《道藏》623，卷六，頁 1a：「朔旦為復，陽氣使通」句俞琰的注。

[20] 《修真十書》，《道藏》122，卷六《雜著指玄篇》，〈謝章紫陽書〉，頁 4b。

的時間。[21]但是這應該還不妨礙我們引《金丹四百字注》給三花、五炁下的界說。這部書的四百字本來全是五言韻語，文前散文體的序有一段說：「以東魂之木，西魄之金，南神之火，北精之水，中意之土，是爲攢簇五行。以含眼光、凝耳韻、調鼻習，緘舌氣，是爲和合四象。以眼不視而魂在肝，耳不聞而精在腎，舌不聲而神在心，鼻不香而魄在肺，四肢不動而意在脾，名曰五氣朝元」（1a-b）。《清庵瑩蟾子語錄》（《道藏》729）卷六記載李道純回答弟子問「異名」時答道：「異名者只是譬喻，無出乎身心二字。下工之際，凝耳韻，含眼光，緘舌炁，調鼻息，四大不動，使精、神、魂、魄、意各安其位，謂之五炁朝元。運入中宮，謂之攢簇五行。」（頁6b-7a）。

三花聚頂的話，上引兩書給的定義也是相合的。《金丹四百字注》說：「以精化爲氣，以氣化爲神，以神化爲虛，故曰三花聚頂」（頁1b）。《瑩蟾子語錄》卷六也說：「煉精化炁，煉炁化神，煉神化虛，謂之三花聚頂」（頁7a-b），所指是一樣的。李道純《中和集》卷二且把鍊精化氣，鍊氣化神，鍊神還虛稱做初關、中關和上關，並說初關是「有爲」，中關是「有無交入」，上關就是「無爲」了（見頁6a-b）。船山注〈遠遊〉：「因氣變而遂曾舉兮，忽神奔而鬼怪」，說：「氣變，精化氣，氣化神也」（頁10639），這像是把話精簡了。像船山這樣精簡的，張伯端下面南宗的第三代薛道光，他的《還丹復命篇》（《道藏》742）裏有一首〈丹髓歌〉只用「以精化氣氣化神」一句（頁8b）就說明了三花聚頂的奧妙了！

上面我舉的幾個詞語，都是《楚辭通釋》的〈序例〉裏提到的，船山所謂「後世言玄者」之說。在他注〈遠遊〉的文字裡使用這一類的詞語自然更多了。好在寫作本文的動機只是要說明船山使用的確是宋、明時代道教中的恆言，那麼我這裡從

---

[21] 俞琰很懷疑《金丹四百字》就是白玉蟾造的，見俞著，《席上腐談》（《叢書集成‧初編》本），卷下。《修真十書》，卷五《雜著指玄篇》也收《金丹四百字》，題「紫陽張真人撰」，它也有注，注文與黃自如註本相同。黃本有〈後序〉，題「淳祐改元歲次辛丑、純陽月純陰日、盱江城西蘊空居士黃自如序。」淳祐改元在南宋理宗時（1241），所以黃自如的時代比白玉蟾稍遲。《四百字》的散文體序裏最後一語也說：「今因馬自然去，講此數語，汝其味之。」（黃註本，頁5a）這話看來和白玉蟾的〈謝張紫陽書〉是互相搭檔的。

〈遠遊〉注中再舉幾個顯著的例子以供辨別的需要，也就夠了。就是再舉更多的例證，證明的不過是同一件事情而已。所以下面我就依照〈遠遊〉原文的次序，姑舉尸解、太陰鍊形、三五一、順則生人逆則成仙這四條作說明。

（5）尸解

〈遠遊〉云：「貴真人之休德兮，美往世之登仙。與化去而不見兮，名聲著而日延」，這幾句普通的話本來似乎不需要扯到尸解上面的。可是船山卻說：「與化去著，蛻形而往，所謂尸解也」（頁 10639）。尸解一詞照《抱朴子》卷二〈登仙〉的說法，頂多不過引《漢禁中起居注》，說到漢武帝時李少君「稱病死，久之，帝令人發其棺，无尸，唯衣冠在焉」。這部《起居注》的書名，《隋書‧經籍志》是提過的，但說這書當時「已零落不可復知」，我們今天更無法稽考了。〈登仙〉篇繼續說：「按仙經云：上士舉形昇虛，謂之天仙；中士遊於名山，謂之地仙；下士先死後蛻，謂之尸解仙。今少君必尸解者也」，這樣解釋自然尸解的說法，在葛洪的時代是早已有了的，但是仍然不能上溯到〈遠遊〉的時代。〈登仙〉還說：「近世壺公將費長房去，及李意期將兩弟子皆在郫縣，其家各發棺視之，三棺遂有竹杖一枚，以丹書於杖。此皆尸解者也」。《抱朴子》卷十九〈遐覽〉還有《尸解經》。北宋真宗時張君房編集的《雲笈七籤》卷八十四至八十六收錄了不少〈尸解〉的文字。太陰鍊形也是尸解的一個法門。[22]

（6）太陰鍊形

〈遠遊〉：「因氣變而遂曾舉兮，忽神奔而鬼怪」，船山對氣變的解釋已見前，他解釋鬼怪則云：「鬼怪，陰魄鍊盡，形變不測，所謂太陰鍊形也」（頁 10640），這幾句話別的註釋家是不會這樣解說的。太陰一詞有好幾種解釋，和民間信仰有關的，大概是占驗家（《史記‧日者列傳》中「褚先生曰」所舉的叢辰家）所說的「太歲後二辰」。這裡指的是選擇吉凶時日的推算，是理論的。《抱朴子》卷十七〈登涉〉篇有一節談「入太陰中」的，那太陰恐怕指的卻是方位。葛洪引《遁甲中經》：又

---

[22] 關於尸解，可參看拙文，〈三國晉時之女仙真〉，鄭志明編，《宗教與文化》（臺北：學生書局，1990），鮑姑條，頁 28-31。

曰：「往山林者，當以左手取青龍上草，折半，置逢星下，歷明堂，入太陰中，禹步而行，三呪曰：『諾皋太陰將軍，獨聞曾孫王甲，勿開外人，使人見甲者以爲束薪，不見甲者以爲非人』」，則折所持之草置地上，左手取土以傅鼻人中，右手持草字蔽，左手著前，禹步而行，到六癸下閉氣而往，人鬼不能見也。」[23]這簡直是巫術了。但是這些法術不管靈不靈，似乎都不能告訴我們太陰鍊形是什麼。《道藏》695《雲笈七籤》卷八十六特別標出了〈太陰鍊形〉的題目，下面卻鈔了陶弘景《真誥》的一段，倒是關於太陰鍊形的反而沒有鈔完全（頁 5a-b）。檢《道藏》637《真誥》卷四〈運象篇第四〉，那裏有四段文字都是關於尸解的，其第二、三段都和太陰有關係，我現在把它們全錄在下面：

> 若其人暫死適太陰，權過三官者，[24]肉既灰爛，血沉脈散者，而猶五藏自生，白骨如玉，七魄營侍，三魂守宅，三元權息，太神內閉，或三十年、二十年，或十年、三年，隨意而出。當生之時，即更收血育肉，生津成液，復質成形，乃勝於昔未死之容也。真人鍊形於太陰，易貌於三官者，此之謂也。天帝曰：「太陰鍊身形，勝服九轉丹。形容端且嚴，面色如靈雲。上登太極關，受書爲真人」。趙成子死後五六年，後入晚山行，見此死尸在石室中，肉朽骨在，又見腹中五藏自生如故，液血纏裹於內，紫色包結絡於外。
>
> 夫得道之士暫遊於太陰者，太乙守尸，三魂營骨，七魄衛肉，胎靈掾氣。（頁 16a-b）

這裡說的太陰，大概是太空之間想像中一塊很廣大的領域，準備讓不受三官拘管的

---

[23] 例如子年，太陰就在戌，丑年就在亥，是這樣十二辰順行往後數推算的。王先謙，《漢書補注》（臺北：藝文印書館，1955，以下簡稱《漢書》），卷八十七上〈揚雄傳〉，頁 1517-1522，錄他的〈甘泉賦〉，其中「詔招搖與太陰兮」之句，唐顏師古《注》引張晏說：「太陰，歲後三辰也」，這種術數的說法不知誰對。《抱朴子》，卷十七〈登涉篇〉，頁 302，還告訴我們：「六甲爲青龍，六乙爲逢星，六丙爲明堂，六丁爲陰中也。」

[24] 三官的說法，因時代而有所不同。在陶弘景活躍的齊、梁時，可能還是指天、地、水。

自由人隨意活動的地方。船山說是形變不測的鬼怪，自然是他的揣摸之詞。

（7）三五一

〈遠遊〉：「見王子而宿之兮，審壹氣之和德」，這裡的「王子」，船山以爲指仙人王喬，是承前面有句「唯王喬之明訓」來的。但是什麼是「壹氣」呢？船山說：「壹氣，《老子》所謂『專氣』，東魂、西魄、南神、北氣、中央意，皆含先天氣以存，合同而致之，則與太和長久之德合，所謂三五一也。」（頁 10642）這一段話裏面說的魂、魄、神、氣、意，和本文前面解說五炁朝元時引《金丹四百字》等書裏的文字，除了「氣」字前人作「精」之外，完全相同。這裡可能是船山記憶錯了，也有可能是本來有兩種不同的說法，船山採用了「氣」字。但是他仍不曾講出「三五一」這個用詞的來源。〈遠遊〉注這一段有王敔的案語，說：

> 三五，即〈河圖〉中宮之數。道書云：「東三南二還成五，北一西方四共之。」又云：「三五一，萬事畢。」二與三爲五，一與四爲五，合中宮爲五，所謂三五。（頁同前）

這個案語倒是說對了。三五一之詞最先見於張伯端的《悟真篇》，其七律韻句云：

> 三五一都三箇字，古今明者實然稀。東三南二同成五，北一西方四共之。戊己自居主數五，三家相見結嬰兒。嬰兒是一含真炁，十月胎圓入聖基。[25]

《修真十書》本的《悟真篇》收有葉士表、袁公輔和無名子的注，他們大約都是南宋時人。無名子（翁淵明、葆光）的注就是《道藏》65 的《悟真篇註釋》，原文比《修真十書》本引用的字句多些，它解釋三五一說的比王敔詳細，現錄其原文如下：

---

[25] 這詩各本文句皆同，但篇幅的安排不同。看翁淵明（無名子、葆光），《悟真篇註釋》，《道藏》65，卷上，頁 34a-b、《修真十書》，《道藏》126，卷二十六《悟真篇》，頁 29a-30a、薛道光、陸墅、陳致虛註，《紫陽真人悟真篇三註》，《道藏》63，卷二，頁 16a-19a。

三五一不離龍虎也。龍數木，木數三，居東。木能生火，故龍之弦炁為火，
火數二，居南。二物同源，故三與二合而成一五也。虎數金，金數四，居西。
金能生水，故虎之弦炁屬水，水數一，居北。二物同宮，故四與一合而成二
五也。二五交於戊己，中宮屬土，土數五，成三五也。三五合而生丹，丹者
一也。此三簡字自古迫今，能了達者，結就嬰兒，實為稀有也。（卷上，頁
24b）

這裏的數目字安排，是《易經‧繫辭上》所說的：「天一、地二、天三、地四⋯⋯」，
這樣的排列所謂「天地之數」，和「兩儀生四象，四象生八卦」的配合。唐孔穎達
的《正義》說：「兩儀生四象者，謂金、木、水、火稟天地而有，故云『兩儀生四
象』，土則分王四季，又地中之別，故唯云四象也。四象生八卦者，若謂震木、離
火、兌金、坎水，各王一時。又巽同震木，乾同兌金，加以坤、艮之土為八卦也」。
[26]《道藏》70《大易象數鉤深圖》有一節解釋這樣配合的細節，說：

其四象在乎天一、地二、天三、地四、天五。天一居北方，坎位，為水；地
二居南方，離位，為火；天三居東方，震位，為木；地四居西方，兌位，為
金。此在四正之位而成生數也。天五居中央，則是五土數也。土無宅位，然
後公王四正之方，能生萬物。⋯⋯（卷上，10a）

《大易象數鉤深圖》據劉申叔先生（師培）的考證，是南宋紹興、乾道間楊甲撰，
毛邦翰增補的《六經圖》的第一卷。[27]

這些術數性質的話，和無名子的注合併來看，我們就多明白一些了。無名子
說的「龍之弦炁」、「虎之弦炁」，這些術語，也是道經中的代詞。道教內丹的修鍊

---

[26] 孔穎達，《周易正義》（臺北：藝文印書館，《十三經注疏》本，嘉慶二十年刻本，1965），卷七，頁
157。

[27] 劉師培，〈讀道藏記〉，《劉申叔先生遺書》（寧武南氏校印，1936），第六十三冊，頁9b-12a。

注意用功的時間，通常用《參同契》描寫月亮形態變易（所謂朔望弦晦）的時刻指示呼吸的火候，所以陽龍、陰虎有時候也用上弦、下弦來代表。「龍之弦炁」是陽中陰，「虎之弦炁」是陰中陽，參看戴起宗的〈金丹法象〉就明白。[28]

（8）順則生人逆則成仙

元末明初的陳致虛（上陽子）在他的《上陽子金丹大要》（《道藏》736）卷七說：「夫陰陽兩物者，順則生人，逆則生丹。故不爲萬物不爲人，則成丹矣，是所謂生也。」（頁11b）[29]同卷又說：「蓋聖賢之言，亦有順求，亦有逆取雙關二意。」（頁6a）這都是很容易被人誤解做是「彼家」一派的活動。又如，卷五提到「癸生急採」、「天地合，坎離交」這些語句，[30]作者設爲問答體，自問自答說：

> 「何謂交？」曰：「交以不交之交。」「何謂合？」曰：「合以不合之合。」「何謂採？」曰：「採以不採之採。」「何謂不採之採？」曰：「擘裂鴻濛，採以不採之採。」「何謂不交之交？」曰：「鑿開渾沌，交以不交之交。」「何謂不合之合？」曰：「恍惚窈冥，合以不合之合。蓋鴻濛未判，需尋太易之光；渾沌既分，則究癸生之際，窈冥無象，以求其真。」「何謂鴻濛？」……（頁9b-10a）

這樣的辯說與暗示，真不免要教人誤入歧途了。其實，道教內丹的逆字義，大約祇包括普通所謂與常情相反的意思。無名子《悟真篇註釋》卷中釋《悟真》：「不識陽精及主賓，知他那箇是疏親」，引鍾離云：「四大一身皆屬陰……己身內具屬陰，爲

---

[28] 前引，頁28b-29b。無名子，《悟真篇註釋》，卷上7b-8a，以龍爲下弦半輪月，虎爲前弦半輪月，於此說恰相反，我們沒有修持的功夫，只好存疑。

[29] 這書歐陽天璐的序，是標明「至元改元，旃蒙大元獻歲除月」的，就是後至元元年乙亥，1335。卷一，頁1b-2a，陳致虛說他的老師是緣督子。這個緣督子是趙友欽，他曾著《革象新書》五卷，明初鈔入《永樂大典》，現存有《四庫》本，參看《四庫全書總目》，卷一〇六。明代王禕刪修的二卷本《重修革象新書》也有《四庫》本和《續金華叢書》本。

[30] 《悟真篇註釋》，卷上，頁21b：「鉛見癸生須急採」，這個癸字指的是時刻，絕不是女子的天癸。

一身之主，以養一體。其陽丹自外來，以制己之陰汞，則是丹反爲主，而己反爲賓。二物相戀，結成金砂，自然不走，然後加火煉成金液還丹。故知陽丹在外，謂之疏，己眞汞在內，謂之親。反此親疏，以定賓主，道可成也」（頁 8b），[31]說明主反爲賓的意義。所說自外來的「陽丹」，即指在陰虎裏蘊藏著的陰中陽，又叫眞鉛，也就是能夠克服自己內部的陽中陰或陰汞的力量，所以反需要教對方做主動，才好發揮這樣的作用。卷上釋「不識玄中顛倒顛，爭知火裏好栽蓮」，說：「以人事推之，男兒故不能有孕，火裡故不可栽蓮。然神仙有顛倒倒顛之妙，輒使男兒有孕，亦如火裡栽蓮也。何則？日離爲男，反是女；月坎是女，卻爲男，此顛倒顛也。二者顛倒即生丹，以丹點己之汞而變嬰兒，即是男子有孕，豈非顛倒乎？能透此理者，火裡栽蓮也」（頁 19a）。「以丹點己之汞」，就是《悟眞篇》絕句六十四首中第三首「取將坎位中心實，點化離宮腹內陰」這兩句名句的意譯（同書，卷中，頁 3b）。《上陽子金丹大要》卷六也很清楚地說明逆取就是顛倒：

> 水之就下者，理也。顛倒者，則欲其水之炎上。水豈能炎上哉？……是必有其道矣，此即反陰陽者也。又如居家者則爲主，外來者爲賓。顛倒者反以外來底爲主，居家者乃爲賓。一如女之嫁夫者，理也。顛倒者反以夫而嫁于女，故曰入贅，且名之曰養老之郎也。夫乃外來底而卻爲主矣，此之謂逆取者也，此之謂大修行者也，此之謂逆則成仙者也（頁 7a）。

船山注〈遠遊〉：「無滑而魂兮，彼將自然」句，說：「彼，謂魂也。人之有魂，本乎天氣輕圓飛揚而親乎上，與陰魄相守，則長存不去。若生神生意以外馳，則滑亂紛紜而不守於身中，所謂魂升於天，魄降於地而死矣。故曰太陽流珠，常欲去人也。以意存神，以神斂魂，使之凝定融洽於魄中，則其飛揚之機息，而自然靜存矣。順之則生人生物，逆之則成仙，此之謂也」（頁 10643）。這裡船山對於逆則成仙，並

---

[31]《修眞十書》內所收《鍾呂傳道集》（《道藏》124）、《祕傳正陽眞人靈寶畢法》（《道藏》874）及《破迷正道歌》（《道藏》133）三書中，都沒有這一段話。

沒有什麼褒貶的話。不過在《楚辭通釋》成書之前可能不過幾年的時候，[32]船山著的《思問錄‧外篇》裏卻有一段可以和他注〈遠遊〉的這一節互校：

> 玄家謂順之則生人生物者，謂由魄聚氣，由氣立魂，由魂生神，由神動意，意動而陰陽之感通，則人物以生矣。逆之則成佛成仙者，謂以意取神，以神充魂，以魂襲氣，以氣環魄為主於身中，而神常不死也。嗚呼！彼之所為秘而不宣者，吾數言盡之矣。(《遺書》第17冊，頁9710)

　　船山這裏所舉的五個步驟的運用，仍舊是前文〈三五一〉條和〈三花聚頂〉條所講過的攢簇五行的精、神、魂、魄、意，並且易「精」為「氣」字罷了。他雖然在文字裏引用了逆則成仙的術語，我們看了前面舉的無名子和陳致虛他們自己的話，就知道船山只瞭解攢簇五行，並且能夠把它從正反兩方面顛倒地去看，對於道家內丹修持中的所謂「逆取」，是不很熟悉的。

　　船山在暮年時曾撰過兩篇和道教的宣揚很有關係的〈愚鼓詞〉。在第二篇裏收有十六首詞，題名〈後愚鼓樂〉，就是譯夢之作（調寄〈漁家傲〉）。每個小題目都用的道教修持做功夫的術語，像「煉己」、「龍吞虎髓」、「虎吸龍精」、「三五一」……這些都有（《遺書》第17冊，頁9942-9947）。他們是文學意味濃厚的詞，不好借來代替我們這裏平淡的解說了。

三

　　我們泛覽船山的《遺書》，如果僅從他和道教的牽扯關係來說，那就像我在本篇開始時就說過的，他多數只肯承認自己是一位正統的儒家：在宋、明理學家裏，他比較地接受程、朱這一派，而且特別推崇張載的《正蒙》，喜歡到曾為它做注。在這樣的立場上，他反對「二氏」是無疑的。因為他還不是習慣地把古代的道家和

---

[32] 《楚辭通釋》的〈序例〉作於康熙二十四年乙丑（1685），《張子正蒙注序》作於康熙十九年庚申（1680），船山的《思問錄‧內外編》的寫作時間可能和《正蒙注》相差不遠。

後來的道教界限分得很淸，所以他寫的文字有時候把他要攻擊的對象佛、老連稱，有時候又攻老、莊，但是這個「老」實際上就是廣義的道教，因爲後世的道教徒早已給老、莊上了尊號，捧到崇高的神的地位了。這是他的混沌處。然而做爲是一個學者，他的分別心也還是很重的，譬如他別的地方不攻擊朱熹，但是朱子的《周易本義》接受了邵雍的先天八卦，而邵雍又有很明顯的若干程度的道教背景，他的《遺書》裏對朱子的這一點，就不肯放過。

　　他攻擊老子，除了《老子術》（《遺書》第 18 冊，頁 9953-10003）這部小書是例外，用的話是十分厲害的。他說：「天下之至險者，莫老氏若焉」（《遺書》第 2 冊，《周易外傳》卷二，頁 879），指的多數是《老子》書裏教人運用的那些極聰明的政治策略。這些用權術的地方有時是會很成功的，但往往也有不幸的後果，甚至會貽禍到很多年之後。船山在《春秋世論》裏舉春秋末趙武做例，說趙氏「假欒亡卻，欒隨以亡；假范滅欒，范終以滅。乃始收寥落之韓、魏，共滅智氏以分晉，而獨擅士強馬壯之冀、代，臨韓、魏以主山河」，結論指出這是學的「老氏之指導天下以憯者也。」（《遺書》第 7 冊，卷四，頁 3829-3830）他又指出晉時琅邪王司馬睿（後來的元帝）和王導兩人能夠「於天下妄動之日，端凝以觀物變，潛與經綸而屬意於可發之機」，這可算是「靜中之動」。他們就奠定了東晉建都的基礎。唐代宗故爲寬弱，用老子「欲取固與」的辦法對付好幾位掌大權的宦官（李輔國、程元振、魚朝恩），和宰相元載，終於把他們一一打倒，自然也算是成功的例子。但是他說代宗雖然能隱忍，用手段，但是在他耐心等候的長時間內，那些壞人每個人都做出了更多的壞事。[33]

　　除了佛、道是異教、異端之外，在儒教的大招牌下，也藏了許多船山鄙薄的半習俗、半宗教性的活動。船山六十九歲時著《讀通鑑論》（《遺書》第 14 冊），卷八「封建廢而權下移」條說：

---

[33] 這兩個例子都見於《讀通鑑論》，《遺書》第 14 冊，卷十二，「宋高宗免於北行」條，頁 7727-7728、第 15 冊，卷二十三，「代宗委權以驕藩鎮」條，頁 8223-8224。

二氏之邪淫終以亂也，非徒二氏倡之也，為儒者之言先之以狂惑，而二氏之徒效之也。君子之言人倫物理也，則人倫物理而已矣。二氏之言虛無寂滅也，則虛無寂滅而已矣。無所為機祥、瑞應、劫運、往來[34]之說也。何休、鄭玄之於經術，京房、襄楷、郎顗、張衡之論治道。始以鬼魅妖孽之影響亂六籍，而上動天子，下鼓學士，曰：「此聖人之本天以治人也」，於是二氏之徒歆其利而後曰：「吾師老子亦言之也，吾師瞿曇亦言之矣」。群起興為怪誕之語以誘人之信從，而後盜賊藉之以起。（頁 7605-7606）

這裡船山說的雖然不免把許多複雜的問題太簡單化了，但是漢代的經學摻雜了很多五行迷信讖緯術數的材料，是大家承認的事實，可以注意的是這段文字舉的六個人，除了京房，其餘都是東漢人物。[35]他們和魏伯陽、張道陵還是同一時代的人。[36]

　　對於道教人物，王船山早年，甚至到中年，除了偶然有些地方還是有條件地稍有恕詞外，用來排斥他們的辭語大部分是十分凌厲的。我們但看剛才我引的一段

---

[34] 「往來」是漢《易》裏的一種術語，例如〈泰〉卦和〈否〉卦的組合正是相反的，〈否〉反為〈泰〉，本來內卦是陰，外卦是陽，反過來成〈泰〉卦，就是內陽而外陰，三陰往外居，三陽來居內，所以〈泰〉的象辭說：「小往大來，吉，亨。」〈泰〉反為〈否〉，就變成三陽往居外，三陰來居內，象解就是「大往小來，……內陰而外陽」了。看戴君仁，《談易》（臺北：臺灣開明書店，1966），頁 49。

[35] 京房，見《漢書》，卷七十五〈京房傳〉及卷八十八〈儒林傳〉。郎顗、襄楷、鄭玄、張衡、何休，分見《後漢書》，卷六十下〈郎顗襄楷傳〉、卷六十五〈鄭玄傳〉、卷八十九〈張衡傳〉、卷一○九下〈儒林傳〉。張衡製候風地動儀很有名，大家知道他是科學家，其實他的辭賦也很有名。他也頗通術數，所以很佩服揚雄的《太玄》。順帝時他曾上書請禁圖讖，卷八十九〈張衡傳〉，頁 682，說：「律曆、卦候、九宮、風角、數有徵效，世莫肯學，而競稱不占之書」，可見他以讖緯是最沒有價值的。

[36] 關於魏伯陽，我們大概僅可從研究他傳授其弟子淳于翼（叔通）的資料知道一點梗概，見《四庫提要辯證》，卷十九，「周易參同契真義三卷」條，頁 1205-1208。關於他的《仙傳》（hagiography），各書所錄其實沒有多大的差異，都從葛洪《神仙傳》出，見《雲笈七籤》，《道藏》699，卷一○九，頁 5a-6b、五代王松年，《仙苑編珠》，《道藏》329，卷上，19b-20a、南宋陳葆光，《三洞群仙錄》，《道藏》994，卷十二，頁 16b-17a、元趙道一，《歷世真仙體道通鑑》，《道藏》141，卷十三，頁 13a-15a、張天雨（張雨），《玄品錄》，《道藏》558，卷二，頁 8b-9a。

他攻擊佛、老二氏用邪淫二字就可見了。因為道教的歷史悠久，吸納的各種事物和活動很多，船山的議論所涉及的，雖然有哲學性的討論分析老、莊和道家的這一派的思想，也由古至今從整個國家的歷史裏看道教的影響和得失利弊。道宮道觀裏經常舉行的齋醮禱祀這些宗教性很濃的行事他談的很少，但是他曾說：「若張道陵、寇謙之、葉法善、林聖素（按，聖當作靈，或係排字之誤）、陶仲文之流，則巫也，巫而託於老、莊，非老、莊也。」[37]（《遺書》第 14 冊，《讀通鑑論》卷十七，「武帝以玄談相尙」條，頁 7957）這樣一來，照他說整個道教史的安排得改寫了！當然他提到的這些人都有一大堆值得研究的歷史材料，可讓我們仔細鑽研，我們卻不能夠像船山一樣輕意判斷。還有他很不喜歡的「鑪火、彼家」，就是外丹的製煉和正當或不正當的「男女雙修」，也是常常挨罵的。研究外丹現在已經是科學史家們專利的題目。採補呢？在學術範圍內它自然也是很要緊的一個研究鵠的，今天可以說還沒有開始的。好在船山提到它的地方並不多，跟〈遠遊〉的關係也少，我們這裡不如暫從謹慎。

在研究老、莊的大題目下，船山後來卻特別注意到道家的修持和養生的關係。在這方面他表示的見解，重要的可以從他五十多歲[38]著的《莊子解》裏見到，有時候自然也散見於幾種旁的著作。船山早年是不把修持和養生看得很吃重的，多數還帶有鄙視的意思。他三十七歲時撰的《周易外傳》，卷四〈豐〉卦條說：「貪生一而爲苟免，爲淫祀。或詭其說爲熊經鳥伸，吐故納新。推而之於懸解以逍遙，緣督以

---

[37] 關於寇謙之，看《魏書》（臺北：藝文印書館，1955），卷一一四〈釋老志〉、卷四十二〈寇讚傳〉；葉法善，看《舊唐書》（臺北：藝文印書館，1955），卷一九一〈方伎〉、《新唐書》（臺北：藝文印書館，1955），卷二〇四〈方伎·薛頤傳〉；林靈素，看脫脫，《宋史》（臺北：藝文印書館，1955），卷四六二〈方伎下〉。關於張道陵，看盧弼，《三國志集解》（臺北：藝文印書館，1955），卷八〈張魯傳〉、劉琳，《華陽國志校注》（臺北：新文豐出版公司，1988），卷二〈漢中志〉，並參看拙文，〈漢張天師是不是歷史人物？〉，《道教史探原》（北京：北京大學出版社，湯用彤學術講座之二，2000）。陶仲文，看《明史》（臺北：藝文印書館，1955），卷三〇七〈佞倖傳〉，並參看拙文，〈補明史佞倖陶仲文傳〉，《和風堂文集》（上海：上海古籍出版社，1991），中冊，頁 924-937。

[38] 《莊子解》成書的正確年代我們還不很清楚。船山六十一歲（康熙十八年己未，1679）著《莊子通》，有自序，《莊子解》成書在此之前，可能是他五十多歲時的作品。

養生，窮極於虛玄，而貪生之情一也。」（《遺書》第 2 冊，頁 939）這一段文字裡有好幾處用的《莊子》書裏的術語，那「.緣督」的意義更是講究養生的人耳熟能詳的了。[39]《莊子解》卷三〈養生主〉篇解說「緣督以為經」這一句說：

> 身前之中脈曰任，身後之中脈曰督。督者居靜而不倚於左右，有脈之位而無
> 形質者也。緣督者，以清微纖妙之氣循虛而行，止於所不可行，而行自順，
> 以適得其中。（《遺書》第 18 冊，頁 10056）

在別的地方他又說：「耆欲節則陽不耗，陰不盛，心氣下交於腎而不蕩矣」，[40]這些都透露了不論是贊成或反對，船山對道教的養生之事可以說有近乎全面的知識。下面我引《莊子解》卷十五〈刻意〉篇船山的意見，可以看到船山在自己不曾從事養生方面的修持以前對於這個問題的態度。〈刻意〉篇是《莊子》的一篇外篇，照他注《莊》的規矩外篇是不加注釋的，但是他仍有前言說明。他說：

> 此篇之指歸，則嗇養精神為干越之劍，蓋亦養生家之所謂煉己、鑄劍，龍吞
> 虎吸鄙陋之教，魏伯陽、張平叔、葛長庚之流以之亂生死之常，而釋氏且訶
> 之為守尸鬼。雖欲自別於導引，而其末流且流為鑪火，彼家之妖妄，故莊子
> 所深鄙而不屑為者也。（《遺書》卷十八，頁 10197）

「欲自別於導引」說的就是〈刻意〉篇原文中「吐故納新、熊經鳥申」那一班「為壽而已矣」的「道引之士」，這當然不是道家所追求的最高意境。然而這卻是學養生的人能夠做得到的起步。船山作《張子正蒙注》的成書時間比《莊子解》遲很多。《正蒙》卷一〈太和篇〉原文：「彼與寂滅者往而不返，徇生執有者物而不化」，上

---

[39] 「熊經……」等語見〈刻意〉篇，這一類的健身活動，《三國志集解》，卷二十九〈華佗傳〉，頁 686，
華佗告訴吳普說：「古之僊者為導引之事，熊頸鴟顧，引輓腰體，動諸關節以求難老」，的五禽之戲正
是此類。「帝之懸解」和「緣督以為經」都見〈養生主〉。

[40] 《禮記章句》，《遺書》第 5 冊，卷六，頁 2370。

一句是針對佛教的，下一句批評的就是道教。船山以為這裡所謂道教，指的就是「魏伯陽、張平叔之流，鉗魂守魄，謂可長生」，說他們「尤拂經而為必不可成之事。」（《遺書》第 17 冊，頁 9283）[41] 所以他以為養生也該有一個制限。《禮記章句》卷六〈月令・仲夏之月〉：「是月也，日長至。陰陽爭，死生分。」船山的注釋說：「長至，暑極長而日北至也。陰陽爭者，一陰起於下而與陽爭也。死，殺氣，陰；生，長養之氣，陽也。陰氣進則陽氣退，死生之分肇於此也。養生家謂陽不盡不死，陰不盡不長生，說蓋本此。」又說：「陽生陰殺，德刑所分，而天時物理不能有陽而無陰。惟陽不越而陰不縱，則雖陰之浸長不可遏抑，而循其柔靜之性，晏安以處，不與陽爭，則雖成而不害矣。」（《遺書》第 5 冊，頁 2370-2371）最後他說：

> 此節所言，與養生家之說有相近者。君子以修身俟命，節取之可也。然亦止此而已，若過此以往，則為魏伯陽、張平叔之邪說矣。（頁 2371）

這裡船山不免承認：養生家之說是可以「節取之」的了。其實他對整部《莊子》的逐漸屈從，也是一步一步地漸進的。例如《莊子解》卷二十六〈外物〉篇他做了對《莊子》一書的「總結」，說：

> 然則《莊子》之書，一筌蹄耳，[42] 執之不忘，則必淫於邪僻，故後世之為莊學者多冥行，而成乎大惡。（《遺書》第 18 冊，頁 10354）

到了同書卷三十二〈列禦寇〉篇，他的前言就是：

---

[41] 船山的《張子正蒙注》成書年代我們不能確定，因為沒有更多的材料。排印本《遺書》收的這部書前面有一篇署「庚申上巳湘西草堂記」的序文，是張冠李戴的，那實在是《遺書》第 19 冊收的《六十自訂稿》序文的誤排。庚申（康熙十九年，1680）那年船山六十二歲，《六十自訂稿》是在這一年編定的。

[42] 《莊子・外物》最後一段說：「筌者所以在魚，得魚而忘筌。蹄者所以在兔，得兔而忘蹄。」

抑莊子之言，博大玄遠，與天同道，以齊天化，非區區以去知養神，守其玄
默。（頁 10391）

船山寫竣《莊子解》之後隔了若干年，到他六十一歲（康熙十八年己未，1679）重
理《莊子》，著他的新書《莊子通》的時候，竟然只提了一句「黃老之下流」，卻在
卷首惇惇地聲言「凡莊子之說，皆可因以通君子之道」了！（頁 10417）

四

船山怎麼會寫出像《楚辭通釋》裏注〈遠遊〉那樣偏向道教的作品的呢？

其實，何止〈遠遊〉？如果我們不怕驚人的話，《楚辭通釋》裏注〈離騷〉，
至少有六條，注〈惜誓〉（船山以爲是賈誼之作）也有七條，解說都是和注〈遠遊〉
的辦法一樣，是用的宋、明道教辭彙和敘述的。別的不說，注〈離騷〉：「何離心之
可同兮，吾將遠遊以自疏」，船山竟說：屈原「修黃、老之術」，又說：「以下皆養
生之旨，與〈遠遊〉相出入。」（卷一，頁 10539）到了「麾蛟龍使梁津兮，詔西
皇使涉予」，船山就說：「龍爲梁以渡魄而南，所謂龍吞虎髓，龍虎匹合交構而與神
遇，則三花聚頂矣」（頁 10540），這也足概其餘了！

我在本篇前面第二節解釋道教的「煉己」一詞時，曾引用了俞琰《周易參同
契發揮》等書的話，說船山可能受過俞琰的影響。其實俞琰之前，還有朱熹。俞琰
自己在《周易參同契發揮》書裡我引用過的《參同契》：「知白守黑，神明自來……」
那一段，他的注裏又引《楚辭・遠遊》，說它和《參同契》這段話同旨，並且說：

> 紫陽朱子註云：「蓋廣成子之告黃帝，不過如此，實神仙之要訣也。」（卷三，
> 頁 2b）

檢朱熹的《楚辭集注》卷五，果然俞琰引的這幾句不錯，[43] 這段黃帝見廣成子「膝

---

43 《四庫》影印文淵閣本，頁 4b。

行而進」的故事出自《莊子・在宥》篇，是大家都熟悉的神仙故事。〈在宥〉雖是外篇，也是很早的古書，這和他在同篇裏也引《列仙傳》，就時代來說，這也還不足為怪。但是朱注〈遠遊〉：「同氣變而遂曾舉兮，忽神奔而鬼怪；時髣髴以遙見兮，精皎皎以往來」，卻說：

> 丹經所謂服食三載，輕舉遠遊，入火不焦，入水不濡，能存能亡，常樂無憂者此也。（頁 3a）

檢《周易參同契》原文云：

> 服食三載，輕舉遠遊，入火不焦，入水不濡，能存能亡，常樂無憂。（卷上，頁 12a）[44]

朱注〈遠遊〉：「載營魄而登霞兮，掩浮雲而上征」句又說：

> 故修鍊之士必使魂常附魄，如日光之載月質；魄常檢魂，如月質之受日光；則神不馳而魄不死，遂能登仙遠去而上征也。（頁 5a）

船山注〈遠遊〉：「朝濯髮於湯谷兮，夕晞余身兮九陽」句，云：「身者魄之宮，陰濕幽寒，非陽不暖。以太陽晞之，則陰受陽光而化為陽，如月在望而光滿。」（頁 10645）使用丹經，稱那些煉丹的人做「修鍊之士」，用他們的術語替〈遠遊〉作注，船山真地已有紫陽朱子替他「道夫先路」了！

---

[44] 這裡引的是《道藏》623，他本或題《周易參同契考異》。這部朱熹注本，是他用鄒訢這個筆名作注的。朱熹自稱「空同道士鄒訢」，見卷下，頁 8a。「入火不焦」句，俞琰《周易參同契發揮》，卷三，頁 9a 作「跨火不焦」，餘全同。鄒訢之名，據說是因為鄒本春秋邾子之國，訢字可讀為熹，見《禮記注疏》（北京：中華書局，《十三經注疏》標點本，1999），卷三十八〈樂記〉，頁 1117，「天地訢合」句鄭注。

　　比朱熹更早的，其實還有王逸，他的《楚辭章句》注〈遠遊〉的地方有兩次提到《陵陽子明經》，[45]這部書我想可能和煉外丹有關係。《隋書‧經籍志三》錄有《陵陽子說黃金秘法》，《舊唐書‧經籍志下》有《陵陽子秘訣》，我們雖然見不到原書，也可以略窺其性質。王逸注裏還提到元精、元氣，[46]這些當然也可說是宋、元時期那些丹經的祖禰。

　　王船山對於「留為萬古丹經王」的《參同契》，是很早就發生過興趣的。船山三十五歲（順治十年癸己，1653）避居南嶽山中時，孫可望在滇、黔曾邀他前去。他因為孫可望不是正人，心裡很躊躇，結果沒有前往。這年他撰了〈章靈賦〉，多有細字夾注。賦中「〈屯〉建子於錫侯兮，〈蒙〉納耦以受寅」兩句細注云：

> 《參同契》云：「〈屯〉納子，〈蒙〉受寅」，[47]謂〈屯〉陽在初，〈蒙〉陽在二也。屯以濟難，蒙以養正，其用別矣。納耦謂〈蒙〉二「納婦吉」，退於內也。〈屯〉、〈蒙〉各有一陽在內卦。〈屯〉以蚤見剛健，得建侯之利，〈蒙〉豈不然，而以柔居初，成坎險而讓平易。所以然者，則時在蒙昧，不急見其剛才，素位遲疑，無容怨也。（《遺書》第19冊，《薑齋文集》卷八，頁10833）。

他還舉「李萼赴顏公之招，臧洪同張邈之死」作例，說這兩個例子：「成敗雖殊，而道在經綸，故得以烈聲自遂。今所遇非人，蒙晦無可別之跡，則出身槃桓，不獲如彼。命之不猶，唯合貞韜明而已。」（同上）清河客李萼向顏真卿乞師，見《舊唐書》卷一二八、《新唐書》卷一五三。臧洪顧念張超、張邈的舊誼，當他們被困在圍城，袁紹不肯派兵救援，以致城破族滅，因此痛恨袁紹，不願投降，終於自己也被紹殺害，見《三國志》卷七〈臧洪傳〉。這裡教我們知道船山不但《參同契》很熟，還曾利用它來說理。他三十七歲時撰《周易外傳》，也曾用了一段《參同契》

45　《楚辭補注》，卷五，頁5a、13a。

46　同上注，頁5b、7a。

47　《參同契》原句是：「〈屯〉以子、申，〈蒙〉用寅、戌。」看俞琰，《周易參同契發揮》，卷五，頁9a、朱熹注本，卷中，頁1b。

的原文去解說〈否〉卦。不過在那裏他的解說可能不很恰當，因爲「任蓄微稚，老枯復榮；薺麥芽蘖，因爲以生」，明明是《參同契》敘說〈觀〉卦的話，不應該用它來解釋上一個〈否〉卦的涵義。[48]除了這些之外，和《周易外傳》同一年撰成的《老子衍》（現存的傳本收《遺書》第 18 冊），這書經過十七年之後，在康熙十一年壬子(1672)船山又有過一個重定本，那裡面據船山的序跋說他曾「參魏明陽（按，明當作伯）、張平叔之說」。[49]這個稿本，次年不幸失火燒掉了，就沒有留存。現在見到的《老子衍》，仍是舊本的另外一個鈔本保存下來的。有記錄說四川青城山天師洞藏經還有船山的《參同契箋解》，[50]那個本子我沒有見過。

　　船山開始習做養生導引的功夫，也許是很早的事情，可能四十多歲就已經開始了。他的幾個詩集裏，可以推算出年分的，有不少都用了些道教的術語、名詞。像《薑齋五十自訂稿》內的〈問芋巖疾〉五古（丁未，1667，四十九歲，見《遺書》第 19，頁 11010）、[51]《薑齋六十自定稿》內的〈得須竹鄂渚信知李雨蒼長逝遙望魚山哭之〉七絕（壬子，1672，五十四歲，見《遺書》，同上，頁 11098）、[52]〈效柏梁號壽王愷六〉歌行（已酉，1669，五十一歲，同上，頁 11105-11106）、[53]《薑齋七十自定稿》內的〈病起連雨四首其三〉七律（甲子，1684，六十六歲，見《遺書》，同上，頁 11144）、〈寄周令公〉七律（同上，見《遺書》，同上，頁 11144）、[54]〈秋興〉七律（丙寅，1685，六十七歲，見《遺書》，同上，頁 11145），可以說俯拾即是。還有一些收在《薑齋詩分體稿》、《薑齋詩編年稿》裏面的，我就不再鈔寫了。

---

[48] 《周易外傳》見《遺書》第 2 冊，這個例子見卷一，頁 832。〈否〉、〈觀〉二卦相連，這可能是船山偶然弄錯的原因。看《周易參同契發揮》，卷六，頁 5b-6a。

[49] 據王之春，《王船山公年譜》，原刊本，1893，張西堂，《王船山學譜》引，頁 185。

[50] 見〈船山遺書全集編印紀略〉，《遺書》第 1 冊，頁 59。

[51] 李芋巖是李國相，衡陽人，崇禎壬午（1642）舉人。

[52] 這首詩原注云：「密之閣老、天門司馬俱以是年去世。」密之是方以智，天門司馬是郭都賢。詩題上的須竹，是唐端笏，他是唐克峻的兒子，也是船山的弟子。

[53] 王愷六，衡陽人。

[54] 周令公是周士儀，湖南酃縣舉人。

　　從文字上我們也有幾篇可以證明船山「學道」，至遲到什麼時候已經有線索可尋了。船山有一個相交近四十年的朋友唐克峻（欽文），他的夫人蘇氏在庚戌年（康熙九年，1670）做六十歲生日，船山爲她撰了一篇〈蘇太君孝壽說〉（《遺書》第19冊，〈薑齋文集補遺〉，卷二，頁 10900），在文章中他自稱爲壼子，這個名字自然是從《莊子‧應帝王》或者《列子‧天瑞》或〈黃帝〉篇來的。唐克峻比他夫人小兩歲。康熙十一年壬子（1672）船山五十四歲時，唐克俊自己也是六十歲了。船山又爲他做了〈唐欽文六秩壽言〉（同上，頁 10897-10899）。其後過了六年，康熙十八年己未（1679），唐克峻六十七歲就死了。這次又輪到船山爲他撰〈文學孝亮翁欽文墓誌銘〉（同上，頁 10900-10906），在文中船山說：「自念垂老學道，褊衷不悛，思取法於翁以免咎，老未逮而媿之深矣！」（同上，頁 10904）這裡船山自己也說他學道了！

　　這位唐克俊，船山爲他寫的〈六秩壽言〉說他「行年六十而如嬰兒也」，大概也是一位學道的人。這篇〈六十壽言〉有許多文字其實都是道教的，如果祝嘏的或被祝賀的人不是曾經習道家養生的人，那就有些無的放矢了！〈壽言〉的開始說：

　　永年之道，一言而括矣。一者何也？一也。故爲養生之言者，甚似乎君子也。其侈而之于縹緲之神山，句漏之靈藥，蔓也。其析而之于子夜之天回，卯、酉之月仲，曲也。乃其甚似乎君子之言者，曰三五一，一言而括矣。龍與虎一，其體用之謂爾。鉛與汞一，其性情之謂爾。四者與戊土一，其身之所謂爾。君子言故曰：言與行一也，行與心一也，初與後一也，故君子之尤重得見有恆者也。（頁 10898）

他又說：

　　果奚以信之哉？蓋其與養生者之言而既合也。其合於養生者之言，非其卮言，而合於君子之言者也。（頁 10899）

船山這裡堅持的仍然是他的習養生要有一個制限的話。這是他自己爲他的「養生者之言」辯護的。他雖然「學道」，骨子裡想著的依然不改是一個儒家的君子。在他完成了《楚辭通釋》的同一年，他的另外一部《周易內傳》也完成了。他的《周易內傳發例》說這書是「歲在乙丑（康熙二十四年，1685），從游諸生求爲解說。形枯氣索，暢論爲難。於是乃於病中，勉爲做《傳》。」（《遺書》第 1 冊，頁 684）這裡面的立場，仍然是要「闢京房、陳搏、日者、黃冠之圖說爲防」的。（同頁）而魏伯陽，也依然是一個竊京房卦氣之說「以爲養生之術」的人（《周易內傳》卷二，〈復〉卦，〈象〉曰：「雷在地中，復……」條，頁 227）。

新古典新義
頁 283～292
臺灣學生書局　2001 年 9 月

《山海經》神話到小說的轉化機制
——以《神異經》爲中心

鄭在書[*]

> 醒者共有一個世界，
> 睡者各有各的世界。
>
> ———Heraclitus

一、神話・幻想・小說

　　神話本是神聖而嚴肅的敘事，在進入所謂啓蒙時代或理性時代之後，其真正面目卻漸漸隱藏於幻想當中。甚麼是神話的真正面目和真正意義呢？那就是人生的真相、宇宙的奧義。因此我們雖然經常誤以爲幻想乃荒誕無稽的，但其實它乃是表現那被隱藏的真實的一種方式。然而幻想也不是像平面鏡那樣直接反射事物，而是如曲面鏡一般，將真實事物轉變成奇怪的形狀來顯示。幻想這種歪像（Anamorphose）[1]的反映原理可以運轉於兩個世界：一個是超越現實、不可理解的想像世界；一個

---

[*] 鄭在書，韓國梨花女子大學中文系教授。

[1] 這是讓現實的外形變爲奇形的魔術手法。如遠近畫法、如平面鏡意味著合理性與明確性，歪像可包含合理性周圍的扭曲、非區分、多義等特性。詳參讓・波特萊爾（Jean Baudlliard），河泰煥譯，《西末拉西翁（Simulation）》（漢城：民音社，1992），頁 50-51 中「曲線型鏡子」以下的註釋。

是生動的現象世界。對於具有神話思考方式的人們來說，幻想所要表現的這兩個世界並不是分離的，而是聯結的。換言之，他們不但能體驗到現象世界，而且連想像世界也能像活生生的現實世界般體驗得到。我們不妨把這樣的現實稱爲咒術的現實。[2]將日常現實與咒術現實以感應相聯結，這種統合的世界觀決定了具有神話思考模式的人們的存在方式。古代亞洲文化圈裏的天人合一，或是梵我一體的世界觀，就是上述的神話式、調和式思維所致。

　　如前所述，當時代愈近，神話愈不被接受爲真實時，我們往往將之視爲幻想。換言之，在日常世界與超自然世界並置，形成二律背反的另外密碼時，以日常經驗爲準，我們感到的是猶豫、驚異、虛構等等，此時那些文本或內容不再是神話，而是幻想。[3]日常的世界因受普遍理念支配，從而感到神話以幻想存在時，或者正如拉康（Jacque Lacan）所說：「在我所沒想的地方，我會存在」，那樣幻想形成時，我們會發現幻想與小說在發生論上有著緊密的關係。因爲巴赫金（M. Bakhtin）曾經說過：「小說誕生於乖離普遍理念的當中，及脫離神聖化的意圖之下」。[4]如此看來，我們很容易瞭解在中國爲甚麼志怪以最早的小說敘事體出現。自從儒家普遍理念在漢代確立以後，《山海經》等作品的神話思維主要爲道教幻想所承繼，與道教敘事相關的志怪有著極深的關聯。

　　我們進一步從神話到幻想的過程中，思索幻想跟小說的關係，就可以知道：幻想對於小說的影響並不止於最早發生時那一次。因爲神話思維並非在經過一次變異之後即消滅，而是在每個時代以不同幻想的外衣持續出現，每次以不同內容的想像

---

[2] 「呪術的現實」這個用語，筆者在〈志怪，小說與文化之間〉，《中國小說論叢(8)》（漢城），頁132，闡述古代中國人的認識體系時使用過，在英語中，可說是 'magical reality'，筆者爲與馬爾伽斯（G. Marquez）等所說的「魔術的寫實主義」（magical realism）區分，使用比「魔術」更具有中性語感的「呪術」這個用語。魔術的寫實主義是南美特有的，把魔術的素材用批判的方法活用，以諷刺的手法顯現出黑暗現實，在這過程中，魔術的素材卻成爲非神秘化。

[3] 有關幻想的定義，詳參 Tzvetan Todorov, The Fantastic (Ithaca: Cornell University Press, 1975)，trans. By Richard Howard, p. 33。Todorov 認爲猶豫感是幻想的本質。但是本文不侷限于他的定義，而是更廣泛地使用了其概念。

[4] 巴赫金（M. Bakhtin）著，全承姬等譯，《長篇小說與民眾語言》（漢城：創作與批平社，1988），頁38-40。

力影響小說。因此將寫實主義看成近代以後很短時期的「打嗝」，把幻想性判定為近代之前長久以來支配小說的主要屬性[5]是有道理的。但是「有道理」這句話本身無意間披露我們對幻想性仍不免略帶偏見這一事實。例如：說幻想主義小說沒有現實意義，只是逃避，這類過分寫實主義觀點下的貶抑，就是種偏見。雖然我們並不否認一些幻想主義小說的確有那種傾向，可是將之視為幻想主義小說的本質，則斷乎有待商榷。幻想存在於現實中普遍理念的周邊，同時也是他者，因此幻想是對於支配文化的錮結制度、意識型態等在進行不斷地審問，具有某種有力的反文化力量。於是幻想性不再只是現實意義以外的另類存在，雙方猶同錢幣的正反兩面一般，有著互補的關係。[6]在此，我們可以想見在幻想性裏面可能會存有不甚美好的日常現實。

　　《山海經》向來被稱為是「語怪之祖」，或是「小說之最古者」，[7]這些話讓我們再次確認，《山海經》神話到了後代確實已質變，只被一般人定性為幻想，但也正因如此，它對於根據這些材料所產生的小說，可謂具有淵源地位。例如：我們在晚近魯迅的《狂人日記》裏，可以見到預先覺悟可怕現實的幻想之預知力量，至遠在伯日惠斯（Jorhe Luis Borges）的《想像動物故事》及其系列作品裏，可以見到使得深思人生不可解釋性的幻想之省察力量。因此，本文首先將從根據《山海經》神話而來的早期幻想小說《神異經》入手，思考把當代普遍理念喜劇化的幻想所具有的力量，接著再探討《山海經》神話形象在後代小說當中如何被收納為幻想題材，如何通過作品化的過程，將對想像世界的嚮往和現實意義這兩種價值統合在一起，又是如何呈現出來的。

---

[5] 詳參金旭東，〈幻想的想像力與小說〉，《想像》（1996 年秋），頁 19。

[6] 金星坤，〈美國後現代主義小說與幻想文學〉，《想像》（1996 年秋），頁 36。事實上金旭東也有著同樣的見解。金旭東，前引文，頁 19-20。

[7] 分見胡應麟，《少室山房筆叢》（臺北：世界書局，1963），卷三二〈丁部・四部正偽（下）〉，頁 412、紀昀，《四庫全書總目提要》（臺北：商務印書館，1983），第三冊，〈子部・小說家類三・山海經〉，頁 992。

二、《神異經》：幻想的顛覆力量與小說敘事的產生

關於《神異經》的創作時期，有西漢末到六朝等多種意見，然而這本較早的志怪書乃是在《山海經》大力影響下寫成的，對於這一點，歷來似乎沒有太多異議。這本書並非如傳言為東方朔所寫，這一見解也幾乎已成定論，但在此同時，也沒有人試圖刻意去否認東方朔與這本書之間的密切關係。[8]事實上，在重視祖述與訓詁的中國傳統文化裏，創作者孰何的問題並不顯得特別重要。西方在私有財產概念確立之前，也沒有很徹底的個人著述概念。巴爾特（Roland Barthes）不也強調「批評家的治世」[9]嗎?所以我們為了瞭解《神異經》，不妨先瞭解圍繞在東方朔這位被托附者的歷史文化因素究竟是甚麼。依照正史本傳，[10]他是山東人，在漢武帝時曾做過小官，對自己處境的不滿，曾在〈答客難〉一文中吐露，他因奇行而受人注目，並以諧謔、占術而受大眾喜愛。此外，在《列仙傳》、《漢武內傳》、《洞冥記》、《十洲記》這些與《神異經》撰成時代相先後的志怪書中，他往往以具有超自然力的謫仙或仙道修行者的角色出現。考慮到這幾種情況，我們可以推測，東方朔很可能是當時神仙思想搖籃地出身的方士，至少是具有那種傾向的文人。其實，漢武帝當時確實有像李少君、欒大等齊地方士在朝中活動，因此我們有充分的理由將東方朔的素養、出仕背景與當時那種氣氛聯繫起來進行理解。

即使將東方朔具有方士或說神仙家的傾向這前提姑置不論，綜觀《神異經》全篇，從其中陰陽五行說、理想世界觀、服食、方術等幻想的內容，也可知這本書確實有著神仙思想。而且我們在《神異經》的部分內容當中，可以確認由這種思潮所形成對於想像世界的明確嚮往。如在〈中荒經〉中，集中表現出來的仙界空間就是其中之一：

---

[8] 關於《神異經》成立的諸問題，詳參金芝鮮，《神異經試論及譯註》（漢城：梨花女大中文研究所碩士論文，1994 年），頁 5-10。

[9] Roland Barthes, Image-Music-Text (New York: The Noonday Press, 1977), pp. 146-147.

[10] 王先謙，《漢書補注》（臺北：藝文印書館，1972），卷六五〈東方朔傳〉，頁 1294-1305。

> 崑崙之山有銅柱焉，其高入天，所謂天柱也。圍三千里，周圓如削。下有回
> 屋焉，壁方百丈，仙人九府治所，與天地同休息。男女名曰玉人〔男即玉童，
> 女即玉女〕無為配匹，而仙道成也。上有大鳥，名曰希有，南向，張左翼東
> 王公，右翼西王母。[11]

神仙家極力希求的這種仙界空間，尤其是那種被認為是世界中心、神仙居所的幻
想，無疑胎源自《山海經》神話中的崑崙山、玉山、西王母等形象，後來被道教據
為己有而改寫過來的。只不過在這過程中，神的居所變為神仙的居所，獨立女神西
王母因陰陽思想而與他的配偶東王公一起出現，均可顯示由神話到幻想的變化面
貌。除了對於仙界空間這種奧林匹克山式的幻想以外，神仙家服食成仙的熱望還賦
予想像世界另一內容：

> 南方大荒有樹焉，名曰如何。三百歲作華，九百歲作實。華色朱，其實正黃。
> 高五十丈，數張如蓋。葉長一丈，廣二尺餘，似菅芋，色青，厚五分，可以
> 絮，如厚朴，材理如支。九子，味如飴。實有核，形如棗子，長五尺，圍如
> 長。金刀部之則苦，竹刀部之則飴，木刀部之則酸，蘆刀部之則辛。食之者
> 地仙，不畏水火，不畏白刃。[12]

這種對於想像世界中奇異植物的描寫，也來自《山海經》神話。之後它以本草學的
敘述方式加以定型化，想像世界與現實世界遂難以區分而重疊在一起。這種情況從
「廣二尺餘」、「厚五分」、「九子」等這些看來像是描述事實的詞語中，也可見一斑。
馬爾伽斯（Marquez）對魔術的寫實主義的描寫效果，曾這樣說明：「如果說你看到
了一頭粉紅色的大象，可能無人相信，但是說在你那天下午看到飛來飛去的十七頭

---

[11] 《神異經》〈中荒經〉，崑崙天柱條。

[12] 《神異經》〈南荒經〉，如何樹條。

粉紅色的大象，你的話又好像是真的了」。[13]由此可知，描寫古代中國咒術的現實時，其實很早就使用了這種手法。本文中食某樹者可以爲地仙，可以在地上自由自在的生活，這些內容意外透露了一個信息。這種以地仙爲主的神仙觀，直到東漢後期或魏晉時期，才普及，[14]因此，從這裡我們可推測：這本書的成書年代至少不會早到西漢時期。

對於想像世界的嚮往愈熾熱，對日常現實的懷疑也就愈強烈。這一點可從《神異經》通過將日常現實空間高度相對化來構成世界的方式上得窺。作者從中央、四正方，及四間方這九個圈域認識中國以外的世界。這一地理觀念[15]將《山海經》中最遠的異邦，所謂「大荒」，概念極度擴大，同時也就令中國在相較之下縮小，這繼承了莊子相對主義的空間概念，及鄒衍的大九州說，成爲最合適譏諷當時被儒家普遍理念支配下的現實空間敘事方式。總之，相對化的空間以及適合它的幻想語言，可以讓人與現實的中國保持一定的距離，以便使《神異經》的作者能夠確保更安全的諷刺空間。或許有關幻想主義小說的現實意義這種敘事機制，在某種程度上具有普遍性。魯迅不顧《神異經》所帶的濃厚神秘傾向，注意到此書中所具有的現實意義，曾論及其言詞之中混有嘲笑和諷刺。[16]

那麼，猶如對想像世界所持有的熱望，夢想要顛覆不公平現實的《神異經》這種帶有對抗力度的幻想，其真實情況究竟如何？《山海經》〈西山經〉與〈海內北經〉中的食人怪獸窮奇，在《神異經》作者筆下，被描寫成下面這種行動反常的動物：

> 西北有獸焉，其狀似虎，有翼，能飛，使剿食人，知人言語，聞人鬥，輒食直者；聞人忠信，輒食其鼻；聞人惡逆不善，輒殺獸往饋之，名曰窮奇。亦

---

[13] 轉引自宋秉善，〈中南美文學的幻想與魔術〉，《想像》（1996 年秋），頁 56。

[14] 李豐楙，《魏晉南北朝文士與道教之關係》（臺北：政治大學中文研究所博士論文，1979 年），頁 491-492。

[15] 同注 8，頁 13-17。

[16] 魯迅著，趙寬熙譯註，《中國小說史略》（漢城：生活出版社，1998），頁 74。

食諸禽獸也。[17]

正直的人敗亡，兇惡的人卻得勢，這樣的現實當然讓那個時期遭逢不公的人發出無盡感慨。然而，造成這些不合理狀況的勢力卻以「其狀似虎，有翼」般的形象堂堂出現。窮奇就是這些所有不合理現實的化身。作者的感慨將現實意義賦予到幻想中，在此瞬間，幻想經由強烈的諷刺而重生。接著，我們再看另一段關於不合理狀況的描繪：

> 西南荒中出訛獸，其狀若菟，人面能言，常詐人。言東而西，言可而否，言惡而善，言疏而密，言遠而近，言皆反也。名曰誕〔俗言詐誕〕，一名詐，一名戲〔俗曰戲言〕，其肉美，食之，言不真矣〔言食其肉，則其人言不誠〕。[18]

不合理的極致就是語言的顛倒現象。語言顛倒的世界反映的是價值顛倒的世界，支配這個世界的不是常道，而是壓迫、強奪等無道之道。這些無法無天的現實便假可怕的凶人饕餮行態折射出來：

> 西南方有人焉，身多毛，頭上帶豕，性狠惡，好息積財而不用，善奪人物。彊毅者奪老弱者，畏群擊單，名曰饕餮〔《春秋》言：饕餮者，縉雲氏之不才子也。〕一名貪惏，一名彊奪，一名凌弱〔此國之人皆如此也〕。[19]

我們都知道，最後的「此國」就是指作者的現實世界。也許他曾經歷過比已故評論家金炫所體驗的「鵺與蜚的世界」[20]更可怕的當代暴力。於是，作者將儒家德目的

---

17 《神異經》〈西北荒經〉，窮奇條。

18 《神異經》〈西南荒經〉，訛獸條。

19 《神異經》〈西南荒經〉，饕餮條。

20 「在鵺與蜚的世界」是韓國的當代著名的文人金炫的評論集《分析與解釋》的副題。「鵺」是《山海經》〈南次二經〉裏「見則其縣多放士」的凶鳥；「蜚」是指〈東次四經〉中「見則天下大疫」的凶獸。

本質以道家的觀點重新加以定義，提出理想的主宰者形象：

> 西北海外有人焉，長二千里，兩腳中間相去千里，腹圍一千六百里，但日飲
> 天酒五斗〔張華云：天酒，甘露也〕，不食五穀魚肉，唯飲天酒，忽有饑時，
> 向天乃飽。好遊山海間，不犯百姓，不干萬物。於天地同生，名曰無路之人
> 〔言無路者，高大不可為路也〕。一名仁〔禮曰仁人〕，一名信〔禮曰信人〕，
> 一名神〔與天地俱生而不沒，故曰神也〕。[21]

如實現老子的「無爲而治」，這新的主宰者是在「不犯百姓」、「不干萬物」的情況
下，真正體現出仁與信。並且，他是具有永不滅亡的神性的存在。在此，我們可以
看到儒家本來意義中的仁與信在不知不覺中受到貶評。《神異經》的作者又運用這
種相同的方式，在〈西南荒經〉中，拒絕儒家嚴肅而且有道德的聖人觀念，提出顧
及老百姓利益、廣達事理的聖人形象。[22]通過上述，可知《神異經》利用幻想的方
式，折射不合理的現實，而且懷疑當時儒家普遍理念上的基本德目，最終還超越既
有，提出理想的境界。

　　但是值得注意的是上述帶有批判性例文中的諧謔或說喜劇化的語調。王瑤曾
認爲諧謔是方士們共有的特性之一。[23]這本書托附的作者東方朔正是諧謔滑稽大
家，甚至被認爲是狂人，[24]常施奇行。這種諧謔滑稽的本質可以讓人在此想到，巴

---

[21] 《神異經》〈西北荒經〉，無路之人條。李劍國、王國良等根據《神異經》裏所提到的上述儒家德目，
　　提出《神異經》受儒家思想影響，甚至有可能是由儒生寫成。詳參李劍國，《唐前志怪小說史》（天津：
　　南開大學出版社，1984），頁 158、王國良，《神異經研究》（臺北：文史哲出版社，1985），頁 12。但
　　是筆者認為《神異經》中的儒家內容大部分不是用來宣揚，而是充當被諷諭的對象。

[22] 《神異經》〈西南荒經〉，聖人條：「西南大荒申有人焉，長一丈，腹圍九尺，踐龜蛇，戴朱鳥，左手
　　憑青龍，右手憑白虎，知河海斗斛，識山石多少，知天下鳥獸言語，識土地上人民所道，知百穀可食，
　　識草木鹹苦，名曰聖〔俗曰聖人〕，一名哲〔俗曰睿哲〕，一名先〔俗曰先知〕，一名通〔俗曰通達〕，
　　一名無不達。凡人見而拜之，令人神智〔此人為天下聖人也〕。」

[23] 王瑤，〈小說與方術〉，《中古文學史論》（臺北：長安出版社，1982），頁 185-186。

[24] 瀧川龜太郎，《史記會注考證》（臺北：藝文印書館，1972），卷一二六〈滑稽列傳‧褚先生補〉，頁

赫金論小說產生時，特別強調過：笑在消除敘事詩的距離之際的重要性；姆伯特‧
艾克（Umberto Eco）的《薔薇的名字》中說：盧黑（Jorhe）修士為了守護中世紀
的教條，將笑看成是忌諱，這些都是有道理的。因為據巴赫金所說，笑是「以寫實
主義的方式試圖接近世界時，在確定大膽性這一前提條件上不可缺少的本質要素之
一」。[25]在《神異經》喜劇語調中，我們可以看到與上述巴赫金所說的笑相應的的痕
跡。例如，〈東荒經〉中有一部分是，天笑著欣賞東王公與玉女兩位神的投壺比賽。
[26]將嚴肅而且是具有絕對者身份的天，以笑的方式拉進平凡的人情之中。方士出身
的作者這種諧謔精神，事實上就是不讓《神異經》的敘事淪為單純紀錄，而是讓它
成為轉向小說的推動力。

　　在此，我們應該探討一下：上面所說的對於想像世界的嚮往與現實意義，或
是呪術的現實與日常的現實，這兩方面的價值在作品中的世界觀或是作者的認識體
系當中，究竟是如何統合的呢？有關這個問題，我們須注意〈西荒經〉中出現的一
條怪蛇：

> 西方山中有蛇，頭尾差大，有色玉彩。人物觸之者，中頭則尾至，中尾則頭
> 至，中腰則頭尾並至，名曰率然。[27]

率然蛇具有五色，意味著它是具備五行原理的完美動物。可是率然蛇的完美性象徵
為「頭尾並至」的圓環形象。這個形象在〈西荒經〉裡「常咋其尾，回轉」的「混
沌」身上可以看到，而遠在紅山文化時期的玉龍上同樣可以看到。在西方鍊金術裏，
這被看成是烏爾博斯（Uroboros）象徵而受到重視。榮格（C. G. Jung）將這個形象
解釋為既是單一又是全體，意識與無意識等所有這些對立兩極性的統合象徵

1296：「武帝時，齊人有東方生名朔，……人主左右諸郎半呼之狂人……郎謂之曰：『人皆以先生為
狂』」。

[25] 同注4，頁41。

[26] 《神異經》〈東荒經〉，東王公條。

[27] 《神異經》〈西荒經〉，率然蛇條。

（Unifying Symbol）。[28]《神異經》中的率然蛇這一象徵顯示：在作品內的世界觀裏，對於想像世界的嚮往與現實意義已經達到諧調的統一。同時，在作者的認識體系裏，咒術的現實和日常的現實並未乖離開來，而是好好地得以秩序化。這種統合象徵是那要維持神話時代圓環思考本能的產物，到了神話轉變爲幻想的歷史時代，依舊對我們的意識發揮再神話化（remythologization）的功能。如此看來，在《神異經》裏幻想的顛覆力量不正是那些渴望永遠以象徵人（Homo Symbolicus）[29]身份活著的人們，其夢想躍動的一個側面嗎？

三、結言

　　《山海經》自古稱爲「語怪之祖」，其神話內容對後代的幻想文學起了極大的影響。《山海經》神話從起源上對小說敘事的形成究竟起了何種作用，乃本文的關注點。筆者以《神異經》爲對象進行分析，其結果可整理如下：《山海經》神話的內容是戰國時期巫師們所具有的知識，後被漢魏以降的方士或有方士傾向的文人們吸收到他們的知識體系中。這種知識與邊緣的、非正統的觀念相關，相當於利奧塔德（J. F. Lyotard）所謂的「敘事知識」（Narrative Knowledge）。這些尚未具備制度上力量的方外知識，透過正適合諷刺、譏弄當時支配理念的敘事方式流傳開來。巴赫金所謂的小說產生於與支配理念的乖離和矛盾，其意義也正在於此。從形式上看，《山海經》相對化的空間觀念直接影響到《神異經》構成世界的方式，使得日常的現實空間極其相對化，由此與現實世界中的中國保持一定的距離，來確保作者安全的諷刺空間。總之，《山海經》神話通過這些機制很容易地就轉化到了小說。以《神異經》爲始，直至後代的幻想小說如《西遊記》、《鏡花緣》等等，《山海經》對它們的影響有必要從這角度再進行探討。

---

[28] C. G. Jung, Alchemical Studies, (London: Loutledge & Kegan Paul, 1967), trans. By R. F. C. Hull, pp. 84, 232.

[29] 杜郎（Gilbert Durand），《想像力的科學與哲學》（漢城：生活出版社，1997），頁 57。他強調我們對暫時離開咒術時的痛苦靈魂，有必要重施咒術。這與「再神話化」的意思是相同的。

新古典新義
頁 293～318
臺灣學生書局　2001 年 9 月

《上清黃書過度儀》的文獻學研究

葛兆光[*]

一、引言：關于《上清黃書過度儀》的研究

　　《道藏》正一部（階七）所收《上清黃書過度儀》，是一部相當寶貴的文獻，它記載了二世紀到六世紀的道教中，一種獨一無二的以性事過程爲中心的宗教儀式，這種儀式很早就消失了，甚至在歷史的記憶中也已經不復存在，除了在佛教徒對道教的批評中還能看到零星片斷之外，只有在這部文獻裏，我們可以恢復歷史。[1]

　　關于這部文獻，以及與此相關的合氣儀式與技術，很多學者都進行了卓有成效的研究，如馬伯樂（Henri Maspero）在其寫于四十年代的關于道教的遺稿中就討論過「合氣儀式」。[2]八十年代以後，Michel Strickmann 和小林正美也從文獻學的角

---

[*] 葛兆光，北京清華大學人文學院教授。

[1] 據說《黃書》原來有八卷，《洞真太微黃書九天八籙真文》（北京：文物出版社，《道藏》，1986 年），頁 2A 中說到：「太微黃書凡有八卷」，并開列了八卷各自的名目，如〈太微八埴卍門高上經第一〉等等，《洞真太微黃書天帝君石景金陽素經》中也引九華真妃的話說：「太微黃書，本有八卷」，《洞真黃書》也說：「天師以漢安元年壬午二年癸未，從老子稽首受黃書八卷」，但《黃書》早已散佚。《道藏》洞真部方法類，果五，頁 2A-B、洞真部神符類，張三，頁 2A-B。正一部，廣十。

[2] 參見馬伯樂著，川勝義雄譯，《道教》（東京：平凡社，1978，1992），頁 183。又，同氏著，持田季末子譯，《道教の養性術》第二部《陰陽養性法》（東京：セリカ書房，1983 年），頁 123。後來石泰安（Rolf Stein）在一篇題為〈二世紀作為政治宗教運動的道教〉文章中，也討論到這種儀式，《通報》

度研究過現存的《上清黃書過度儀》。[3]九十年代以後，關于這方面的研究有新的成果，在文獻史方面，朱越利曾經根據以上研究的意見，推論《黃書》源于四世紀的《黃赤經》，在東晉元熙二年至梁天監十七年間（420-518）改名爲《黃書》，并推測今存《洞真太微黃書天帝君石景金陽素經》爲原《黃書》第七卷，而今存《洞真黃書》爲原《黃書》第八卷，至于今存《上清黃書過度儀》，則與上書同源于《黃赤經》，[4]而在此後進一步的研究中，指出《黃書》應當包括四部，一是《洞真太微黃書九天八錄真文》，二是《洞真太微黃書天帝君石景金陽素經》，三是《洞真黃書》，四是《上清黃書過度儀》。[5]王卡的看法似乎稍有不同，在其〈黃書考源〉一文中，他沒有提到《洞真太微黃書天帝君石景金陽素經》，但認定早期天師道中流傳的所謂八卷《黃書》，其中有兩卷存于《道藏》，只是《洞真黃書》和《上清黃書過度儀》，「大體可以推定爲公元四世紀之書」；[6]在知識與技術史方面，馬克（Marc Kalinnowski）在對六朝時期《九宮圖》研究時，已經注意到《上清黃書過度儀》中那些儀式動作與《五行大義》中記載的五行八卦九宮的關係，[7]而李零關于東漢魏晉南北朝房中經典與流派的考證，則在王卡氏的研究基礎上，進一步討論到天師道房中術的宗教色彩，特別是其作爲儀式，其壇場設計、氣數日程的依據是陰陽數術。[8]而在思想史方面，則有葛兆光〈黃書、合氣及其他——道教過度儀的思想史研究〉，

Vol. 1-3，p. 1-78，1963。

[3] Michel Strickmann, *"Le Taoisme Du Mao Chan: Chronique d'une revelation,"* p. 69，1981，這篇文章指出，《太上黃書過度儀》大約是四世紀初江南天師道的作品。而小林正美，《六朝道教史研究》（東京：創文社，1990 年），第二篇第五章，頁 357-66，則根據其中涉及的神名、職名以及方法，認爲它應當成立于劉宋中期以後至南齊初。

[4] 朱越利，《道藏分類解題》（北京：華夏出版社，1996 年），頁 341。

[5] 朱越利，〈黃書考〉，《中國哲學》（第十九輯）（長沙：岳麓書社，1998 年），頁 167-88。

[6] 王卡，〈黃書考源〉，《世界宗教研究》第 2 期（1997 年），頁 65-73。

[7] 馬克（Marc Kalinnowski）著，王東亮譯，〈六朝時期九宮圖的流傳（La transmission du Dispositif des Neuf Palais sous les Six-Dynasties）〉，《法國漢學》（第二輯）（北京：清華大學出版社，1997 年），頁 315-47。

[8] 李零，〈東漢魏晉南北朝房中經典流派考〉，《中國文化》，15-16 期合刊（1998 年），頁 141-158。未刊時承作者以手稿示我，此處特別表示感謝。

從思想史角度來討論道教這種包含有性事內容的活動,逐漸從公開轉向秘密,集團轉向個人,並逐漸從宗教儀式活動中消失的過程,並以這一過程為中心,提出「我們是否一直很『文明』」的疑問,進一步討論了歷史背後潛在的思想話語與權力的背景與關係。[9]

但是,這部沒有被歷史湮沒的資料,其本文卻仍然相當地難讀,之所以難讀,除了它實際存在的時代語境已經消失,于是後人對它感到陌生之外,還有三個原因,第一,道教的過渡儀式,本來就是以很隱秘的象徵性術語表達的,而這些術語現在還沒有完全被破譯,因而有的內容一時無法有特別明確的解釋。第二,過度儀是一種主要由象徵性動作完成的儀式,由于只有文字記載而沒有動作圖解釋,對于過度儀的復原與描述,就需要有相當的理解力與豐富的想像力。第三,這種儀式與相當複雜的陰陽五行九宮八卦方術相結合,[10]它的方位、姿態、動作都在這些古代中國獨特的宇宙論的知識背景下,被賦予很強烈的象徵涵意。

上述各種研究,都不同程度地清理了一些文本的問題,但是還遠遠不夠。1998年,我在對過度儀進行思想史研究時,曾經試圖對《上清黃書過度儀》的文本進行說明,並撰寫了一個相當簡略的概述作為附錄,但是此後重讀《過度儀》,依然發現有文本上的困難和疑問,因此,在這篇關於《過度儀》的文本的研究中,擬對《過度儀》所敘述的儀式過程進行復原和描述,對關鍵的名詞、象徵或隱語進行更詳細的考證、梳理和研究。

二、道教過度儀的復原與描述

以下只是一個試驗性的復原。整個過度儀式共包括二十節,為了清楚起見,我們把它分為以下幾大段:[11]

---

[9] 本文尚未刊出,但曾經于 1998 年 5 月在臺北中央研究院歷史語言研究所、1998 年 6 月在日本大阪市立大學作為演講報告的文本分發。

[10] 即《洞真黃書》所謂:「六甲、五行、二十四氣、九宮、八卦、陰陽度世消災保命」。《道藏》廣十,正一部,頁 2B。

[11] 馬克,〈六朝時期九宮圖的流傳〉把下面的 20 節中,1-15 節作為第一部分「進入儀式」,16-17 節為

第一段：儀式開始，啟師以求過度（一節）。

《過度儀》：「夫弟子在師治受道，不得過二十不過度」，[12]也就是說，從小就在道教治所受道的，到二十歲即進行「過度儀」，在道教中「過度儀」就彷彿古代社會通常的「冠禮」，表明一個人從此有了「種民」的資格。而二十歲以後才入道的人，則馬上需要補行「過度儀」。當過度者進入「靖室」後，[13]要面對已經先具有資格的道士，主要是三師，[14]但後來大概已經規定鬆弛，主持道士並不一定是天師道規定的傳度者，也有可能是道教中人轉相授受，所以《洞淵神咒經》卷二十既有「夫受黃書，三師過度」，又有「男女相度，智者爲師」。[15]這時，男子站在寅位，女子站在申位。經過問答，主持道士「便執手引之東向」，這時，過度儀進入第一階段。

第二段：是儀式的前過程。主要是思神存想，調整與運轉生氣，想像自己越過天羅地網，並向各方神靈乞求正式過度（十一節）。

第一是「存吏兵」，東向的男女正立，男左女右，兩手相持，叉手，男子以第二指貫女子第二三指中間，各自鳴鼓十二通，同時想像神靈，爲自己己收致四方生

第二部分即中心部分，18-20 節爲第三部分「退出儀式」，這種理解可能是不對的，因爲這一儀式的中心部分，很明顯是第十二節「解手八生」到十五節「攝紀」，而第十二節應該就是《洞真黃書》中的「天地大度八生之法」。李零，〈東漢魏晉南北朝房中經典流派考〉把 1-5 節（入靖）、6-12 節（告神）、13-19 節（合氣）、20 節（謝神）分爲四段，較馬克爲合理，但與我的分法仍小有差別。

[12] 道宣，《廣弘明集》（台北：新文豐出版公司，《大正新修大藏經》本，1976 年），卷九，所收甄鸞，《笑道論·道士合氣三十五》，頁 152，也說到，他二十歲入道時，先教他學黃書合氣、三五七九、男女交接過度之術。參見，六朝隋唐時代の道佛論爭研究班，《笑道論譯注》，《東方學報》第 60 冊（京都：京都大學人文科學研究所，1988 年），頁 629-31。

[13] 靖室，又稱靜室，是天師道宗教活動的場合，二十四治的治所應當各有靖室，參見吉川忠夫，〈靜室考〉，《東方學報》第 59 冊（1987 年）。

[14] 三師，一指天師道之天師、嗣師、系師，一指爲入道者授度戒籙的經師、籍師、度師。在這裏是前者，因爲《過度儀》，頁 3A、頁 22A 中，已經提到「天師、嗣師、系師、女師、三師君夫人門下」和「天師、嗣師、女師」。

[15] 山田利明、游佐升編，《太上洞淵神咒經語匯索引》（東京：松雲堂書店，1984），頁 237、232。

氣（一遍）。

第二是「思白氣」，其實是用意識想像和控制，想象丹田白氣「大如六寸面鏡」，從兩眉中出，漸漸變大，並使它在周身流動，感受到通體光明朗然（一遍）。

第三是「思王（五？）氣」，按照五行、五色配四季的關係，進行吐納，「仰頭以鼻納氣，低頭咽之，下至丹田中，上升昆侖」[16]（三遍）。

第四是「咽三宮」，大體是咽天、地、水三宮生氣，進行吐納（一遍）。

第五是「啓事」，即想像眾神「嚴裝顯服」立在過度者周圍，接受祈禱和告白。這時仍然東向，但由立姿改爲長跪。各鳴鼓十二通。[17]

第六是「越地網釋天羅」，從字面的暗來看，大約與其他民族的「通過儀式」（Rites of passage）相仿，是有一些象徵性的動作的，[18]表示經過這一儀式可以超越天羅地網的籠罩，成爲不受時空約束的「種民」，但是《過度儀》中除了記載有口訣，指出要做「三過」，每過分別祈拜左無上，右玄老以及太上，誦念甲子、甲午二神王文卿師父康、衛上卿師母妞爲生父母以外，並沒有詳細的動作說明。

第七是「朝四尊」，過度者長跪，兩手相叉，依次向寅位之「明文章道父」、申位之「扈文長道母」、子位之「王文卿師父」、午位之「衛上卿師母」祈禱上拜。

第八是「對坐」，此時男子又回到寅位，女子又回到申位，男子以「兩膝著外合手」，女子「兩手膝上」，男子又「覆兩手叉掩」，然後琢齒、思三氣，使正青、正黃、正白三氣「共爲一混沌，狀似雞子，五色混黃，下詣丹田中」。

第九是「思十神」，從甲午（衛上卿）、乙未（杜仲陽）、丙申（朱伯仲）、丁

---

[16] 昆侖，指人的頭頂部，一說爲臍中。

[17] 主持道士告白的內容是「以頑愚癡下，好道樂生，……進受真言要語，八生大度之法，要當奉行……謹有某郡縣鄉里男女生某甲，如（若）干，好道樂仙，今來詣臣，求乞過度，奉行陰陽五行三氣，先從中元一生、上元一生、下元一生三氣相結，共成爲道……」，並祈願神靈，使自己與某甲「撤除死籍，著名長生玉歷，得在種民羣中」而且「精神專固，生氣布染，四支五臟」。

[18] 通過儀式，是指人類以空間移動的象徵性方式或其他象徵性行爲，來表示對于某一個關鍵時刻的順利通過，由此從「俗」到達「聖」，參看 Emile Nourry，《通過儀禮》（Les rites de passage，1909），日文本，頁 47，綾部恆雄等譯，弘文堂，1977。

酉（臧文公）、戊戌（范少卿）、甲子（王文卿）、乙丑（龍季卿）、丙寅（張仲卿）、丁卯（司馬卿）到戊辰（季楚卿），請此十神上詣三天曹，表達意願。

第十是「配甲」，即向十二尊分別祈禱，似乎念誦神名之時，還要念一些相關的咒語，本文中脫訛尤甚，其中夾雜有一些文字，如「贊厥又縱厥十」、「闠樨尤戎拘」、「稿顛托」等等，是什麼意思，不太清楚。可能是抄寫錯誤，比如「闠樨尤戎拘」，根據《正一法文十錄召儀》，「闠」應是「闍」之誤，而「樨尤戎拘」應當是「樨尤切」，爲文中的反切注音。同理，下文中的「藁顛托」，亦疑爲「藁，顛托切」，「契欺制」疑爲「契，欺制切」等等。

第十一是「思五神」，有太歲神、今月神、本命神、行年神、今日神，存思並祈禱兩次。

第三段為正式的過度儀式，其中有相當多的部分是用隱語表示的合氣（五節）。

第一是「解手八生」，這一節與下面幾節，大約是過度儀的中心之一，[19]共分爲八小節：「戲龍虎」、「轉關」、「龍虎交」、「龍虎校」、「龍虎推」、「龍虎盪」、「龍虎張」、「揖真人」。關于這些行爲的具體方法，《過度儀》中並沒有交代，但是據北周釋道安說，三五七九男女交接之道就是「開命門，抱真人，嬰兒回，龍虎戲」，[20]因而這大概就指一方中交接及按摩的動作，道教只是它在這些動作上加附了一些宗教性想像與象徵的意義。

第二是「解結食」，又叫「食生吐死法」，主持的道士爲求度者「解衣帶，結散髮」，而求度者也「解賢者結」，男在左，女在右，「兩手相叉，俱向王（中央）伸兩腳坐，（仰）頭以鼻微微納生氣，低頭咽之，俱臥瞑目，以口微吐死氣，三臥

---

[19] 因為，除了《上清黃書過度儀》的道士告白中「八生大度之法，要當奉行」外，《洞真黃書》也說到「天地大度八生之法」，「以八生為大度」等等，見《道藏》正一部，廣十，第一頁 A。《洞真太上三元流珠經》說「凡修太微黃書八卷，精密有效，乃見流珠。不見流珠，淪溺八生，往還還勞苦，無由升玄」，這裏貶斥「八生」，正說明它曾經是過度儀中很重要的內容。見《道藏》正一部，右八，33冊。

[20] 《廣弘明集》，卷八，道安，〈二教論・服法非老第〉，頁140。

三坐」。

　　第三是「布九宮」，這是按照古代中國數術中的九宮與五行理論，使男女過度者身體接觸的姿態具有象徵性的方法，我懷疑這是真正的「合氣」。《過度儀》中使用了很多隱語，解釋相當困難。不過，通過對應五行、九宮、八卦的理論和技術，我們可以看到，它大體上就是男上位女下位，男俯臥女仰臥，兩手向兩側伸開，頭在南、足向北，類似「大」字的一個重疊姿態。[21]而這種男女上下姿態與體位，大概就是甄鸞攻擊的「四目兩舌正對，行道在于丹田」，和釋明概指斥的「四鼻二目上下相當，兩口兩舌彼此相對」。詳見下文。

　　第四是「蹑紀」，這裏除了陰陽外，又還有甲乙，疑均指代過度之男女，蹑紀中包括了一系列象徵性的動作，首先是蹑紀，主要是類似于步罡踏斗的舞蹈動作，男女各三遍，[22]其次是思三氣，「左無上氣正青，右玄老氣正黃，太上氣正白」，再次是思一宮，即以意念將諸氣集中于下丹田，最後是自導，以左右手在身體上自我撫摩。在這些動作之後，有一段相當隱秘和艱澀的描述：「便乘魁起，不受三五，龍行上，復以右手摩下丹田三便，詣生門，以右手開金門，左手挺玉鑰，注生門上，又以左手扶昆侖，右手摩命門，縱橫三」，然後念「水東流，雲西歸」，這時再面向主持道士，男子誦咒語「神男持關，玉女開戶，配氣從陰，以氣施我」，女子誦咒語「陰陽施化，萬物滋生，天覆地載，願以氣施臣妾身。

　　第五是「甲乙咒法」。男女各念誦不同的祈禱詞，並「仰頭鼻三納生氣，三五七九咽」，然後男子念「天道行」，女子念「地道行」，此時「便進入生門中，令半首」，在又一次念誦之後，「俓進淵底，閉口以鼻納生氣，口吐之，三琢齒，言『九

21　參見下文關于「布九宮」的詮釋及附圖。

22　如第一節「蹑紀」中，女子仰臥，男子以左手二三指中間叉住女子右手第二指，舉左足于前，右足于後，成丁字狀，以左腳三次摩女子之心，念咒之後，以左足從女子胸前度過女子右邊向女子頭部的南邊，順時針方向經西向北，再轉到女子右方，走十一步。女子則同樣做一次，只是方位完全相反。而第二第三節的「散步」中，則有若干撫摩的動作。第四節「思三氣」、第五節「思一宮」，則主要是存思行氣，而最後一節「自導」，男子（甲）以手自導，在念誦「左無上」「右玄老」、「太上」等咒語的同時，以左手從左乳邊至足，右手從右乳邊至足，左手右手交替從額上一直到丹田，依次撫摸三過。

一生其中』，小退，還半首」。男女依次按照天地支干數生氣，「次行三五七九，退報，又行二四六八，退報，又行五氣，退報，六咽」。然後再次「蹈紀」，與上述第四部分相似，同樣反覆三過。最後，男女各互相繞行三周，臥下，男左女右，「陽因起，乘魁上，行三氣，取上元，三咽畢」，念誦咒語兩則，「小退，念太素，又退，太始君出朱門，便龍倒」，女子在右邊，「以左手扶昆侖，右手摩中元」，誦咒語畢，度回左邊，「各正身平臥，叉手過泰清，十二叩齒，三五七九，咽，鼻微微納生氣，至三五七九，二十四氣都畢」，這時過度儀的主要部分就已經完成。

第四段為結束儀式，主要還是存思和運氣，相當于後來的內丹功夫（三節）。

第一是「還神」，過度者存思各種氣按部就班地回歸自己的腎、脾、肺、心、肝等部位。

第二是「王（五？）氣」，「以兩手相摩令熱，以摩面及身體」之後，然後依據不同季節，想像肝（春、青色）、心（夏、赤色）、肺（秋、白色）、腎（冬、黑色）、脾（黃庭、四季，黃）等各種生氣，[23]並且使這些意念中的氣流在身內流轉運行，三上三下之後，還「藏下丹田中」。

第三是「嬰兒回」。[24]先是男女對面，右上左下（女左下右上）地盤腿坐，以左右腳互對距，如蹬車輪，如此三過；其次，有「斷死路」、[25]「踏地騰天蝶翅而下」、[26]「龍倒」、[27]「越地網」等等動作。最後是謝生，言功，對主持道士表示謝意後，向東站立，叉手鳴鼓十二通，念誦啓文，此時據說蒙受過度的人的願望，即「千罪

---

[23] 「以右手自摩兩乳間，又下手三摩左右邊丹田，又遍下手從臍下摩之無復數，竟，叉手過頭上，引氣從兩足，上兩脛中，上至關元，中夾相脊膂三道上，逕入泥丸中，竟發標。復引氣還下，從發本額上兩眉，經面如中下，入口鼻喉嚨，經五臟下，至兩腳十指，復還上手」，這就是現代氣功所謂的「周天」。

[24] 釋道安《二教論》中批評黃書合氣，正好提到，《廣弘明集》，卷八，頁 140：「乃開命門，抱真人，嬰兒回，龍虎戲」。

[25] 兩手從額上下，各引大腳指坐，又以兩手撫兩膝一過。

[26] 男兩手按地，然後長跪，舉手過頭，又反手翻向身後。

[27] 男女兩手相持，從頭上過，男左轉，女右轉。

萬過並蒙赦」，而且「貫身中陰陽生氣，通利五臟六腑十二宮室，肌骨堅強，面目潤澤，橫行天下，覆載成就，乞丐爲後世種民」，就可以實現了。

三、過度儀中若干語詞選釋

《上清黃書過度儀》的文字相當詭秘晦澀，也許其中有闕脫訛誤，需要進一步校勘，也許其中一些詞語真正內涵一時還不能了解，需要更仔細地考索，這裏只是部分詞語的解釋。

◎ 陰陽、日月（頁 1A）

道教用來指代參加過度儀的男性與女性信仰者，《女青鬼律》卷五「以日爲夫月爲妻，天氣交接等如何」，朱越利〈黃書考〉已經指出，黃赤即日月，《洞真太上八素真經服食日月皇華經》中即有「日精赤」、「月光黃」，「陰陽」更是古代指代男女性的常用詞語，馬王堆出土帛書《養生方》中常常提到「接陰之道」，陰即指女性，法琳痛斥《黃書》，也引道教語曰：「開朱門，進玉柱，陽思陰母曰如玉，陰思陽父手摩足」。而道教經典《洞真高上玉帝大洞雌——玉檢五老寶經》則有存思男女之神升在日月之中，日在東，月在西，日中男神歌詠曰：「拘制三陽，九元之真，是我之號，日結我身，主人符籍，與天爲親，混合雌雄，神仙纏綿」，月中女神歌詠曰：「上歸帝真，皇一之魂，是我之號，月結我精，主人符籍，已在大明，與玄爲親，壽萬億齡。混合雌雄，裸身華庭，素氣鬱變，男女受生，永保主人，俱升仙庭」，然後「二童詠畢……于變化雌雄混合男女之法都訖，乃更堅閉目，叩齒九通，咽液九過」。[28]

◎ 陽立寅上，陰立申上（頁 1A）

按《五行大義》的說法，寅爲陽始，申爲陰始。[29]在過度儀的壇場上，寅位應在東與東北之間，申位在西與西南之間。

◎ 肉人（頁 1A）

---

[28] 《道藏》，正一部，右一，頁 45A。

[29] 中村璋八，《五行大義校注》（東京：汲古書院，1984），卷一，頁 21。

　　入道者啓請過度時的自稱，這是六朝道教對于有肉體生命而未成道體的普通人的通稱。《登真隱訣》卷下，在關啓三師時，要三自搏，然後說：「謹關啓上皇太上北上大道君，某以胎生肉人，枯骨子孫……。」[30]

◎ 存吏兵（頁 1B）

　　「吏兵」，有時也寫作「將軍吏兵」或「君將吏兵」，指道教儀式中召請的神將鬼兵的數量、領屬、封爵與稱號，「存吏兵」即在意念中存思有軍將吏兵來護佑自己，按照道教的規矩，不同等秩的道教徒可以召請的神將鬼兵的數量不同。[31]

◎ 王氣（頁 2A）

　　「王氣」意義不明，疑當作「五氣」，《素問・遺篇刺法論》：「五氣護身之華」，此指青白赤黑黃五色氣，對應五行金木水火土、四季春夏秋多與五臟肺心肝脾腎，《素問・六節臟象論》：「天食人以五氣」，「五氣更立，各有所勝」，《黃庭外景經・上》：「宮室之中五氣集」，梁丘子注：「五臟之氣」，《上清黃書過度儀》中也在提到「王氣」時說到，要依據不同季節，想像肝（春、青色）、心（夏、赤色）、肺（秋、白色）、腎（多、黑色）、脾（黃庭、四季，黃）等各種生氣。

◎ 昆侖頁（2A）

　　《淮南子・地形》：「昆侖丘……」，《笑道論》說道教稱老子左目日，右目月，頭爲昆侖山，發爲星宿，昆侖似指頭頂。又，翁葆光《悟真篇注疏》稱昆侖即泥丸宮。

◎ 種民（頁 4A）

　　種民，小林正美指出，它是東晉中葉上清派首創「終末（即末世）論」以後，道教常用的一個名詞，[32]道教認爲，有一些道教信仰者，經過大劫難之後，仍然生存下來，這些人叫做「種民」，在《老君變化經》、《正一天師告趙升口訣》、《大道

---

[30] 《道藏》，洞玄部玉訣類，遜三，頁 7A。

[31] 葛兆光，〈張道陵軍將吏兵考〉，《漢學研究》，16 卷 2 期（1998 年），頁 225-38。

[32] 《六朝道教史研究》，頁 358。

家戒令》中都有，在《過度儀》中指通過了過度儀式的道教信仰者。《辯惑論》注文：「道姑、道男、冠女官、道父、道母、神君、種民，此是合氣之後，贈物名也」。[33]

◎ 左無上右玄老（頁 4B）

《洞真黃書》中有「三五者，但行左無上、右玄老、中太上」，《洞真三天秘緯》中就「凡受三五，先存識三天真名，三師真名」，三師即「左無上，真名姦，右玄老，真名众，中央太上，真名蟲」，《辯正論》卷五說道教崇拜的「無上三天，玄元始氣，太上老君，太上丈（原誤作文）人，無上玄老」，並說「出官儀」，據福井康順《道教の基礎的研究》考證，「官儀」即《千二百官章儀》，[34]陶弘景《登真隱訣》卷下曾經多處引用，並說「始乃出自漢中，傳行于世」，應當是天師道早期著作，所以念誦左無上右玄老的傳統，的確是早期天師道的習慣。柳存仁《三洞奉道科誡儀範卷第五—P2337 中金明七真一詞之推測》中也指出：「其使用玄老及無上玄老較爲普遍者，則天師道正——系列之道經也」。[35]

◎ 地網、天羅（頁 4B）

在《真誥》卷六《甄命授第二》中也有關于「以道交接，解脫羅網」的記載。釋道安《二教論‧服法非老第九》中批評黃書合氣時也提到「天羅地網」，大約都是指這種儀式。[36]

◎ 四尊、十二神、十神（頁 5A、頁 5B、頁 6B）

四尊、十二神、十神是以天干地支相配而設計的，四尊在《過度儀》指出甲寅明文章道父，甲申扈文長道母，甲子王文卿師父，甲午衛上卿師母；十二神包括四尊，神名分別爲，甲寅明文章道父，甲申扈文長道母，甲子王文卿師父，甲午衛上卿師母，乙亥龐明心道父、乙巳唐文卿道母，乙卯戴公陽道父，乙酉孔利公道母，甲辰孟非卿道父，甲戌展子江道母，乙丑龍季卿道父，乙未杜仲陽道母。十神是甲

[33] 《大正藏》52 冊，49 頁。

[34] 福井康順，《道教の基礎的研究》（東京：理想社，1952），頁 39。

[35] 《唐代研究論集》（第四輯）（台北：新文豐出版公司，1992 年），頁 379。

[36] 見《廣弘明集》，卷八，頁 140。

午（衛上卿）、乙未（杜仲陽）、丙申（朱伯仲）、丁酉（臧文公）、戊戌（范少卿）、
甲子（王文卿）、乙丑（龍季卿）、丙寅（張仲卿）、丁卯（司馬卿）、戊辰（季楚卿）；
這些神名，見《正一法文十錄召儀》，其中「十二真父母，六甲六乙主之」，即「甲
寅明文章道父八十一」、「甲申扈文長道母闓（樫尤切）」以及「甲子王文卿師父康」、
「甲午衛上卿師母妞（乃丑切）」等等，又有「二十四神人，六丙六丁六戊六己主
之」、「二十四賢者，六庚六辛六壬六癸主之」。[37]又，此外，天干地支相配，每一干
支均配一神，合六十神。按《六十甲子本命元辰歷》，其中亦記有「甲子本命王文
卿」、「乙未杜仲陽」、「癸巳史公來」、「乙丑龍季卿」等等。[38]

◎ 八生（頁 7B）

　　過度儀中的一組動作，包括「戲龍虎」、「轉關」、「龍虎交」、「龍虎校」、「龍
虎推」、「龍虎盪」、「龍虎張」、「揖真人」八節。這大約是過度儀中相當關鍵的一節，
所以除了《上清黃書過度儀》的道士告白中有「八生大度之法，要當奉行」外，《洞
真黃書》也說到「天地大度八生之法」，「以八生為大度」等等，[39]《洞真太上三元
流珠經》說：「凡修太微黃書八卷，精密有效，乃見流珠。不見流珠，淪溺八生，
往還勞苦，無由升玄」，這裏貶斥「八生」，正說明它是過度儀中很重要的內容。[40]

　　按：性事可以使人不死，生神氣，成為「種民」，其思想淵源很早。在馬王堆
帛書《養生方》中已經有：「當此之時，中極氣張，精神入藏，乃生神明」。帛書《合
陰陽》也說「合陰陽，……乃能久視而與天地侔存」。而帛書《十問》中更明確指
「合氣」的功能是：「虛者可使充盈，壯者可使久榮，老者可使長生」。又《醫心方》
卷二十八引《彭祖經》：「男女相成，猶天地相生也，天地得交會之道，故無終竟之
限。人失交接之道，故有夭折之慚。能避慚傷之事，而得陰陽之術，則不死之道也」。

◎ 龍虎（頁 7B）

---

[37] 《正一法文十錄召儀》，《道藏》正一部，逐八。

[38] 《道藏》正一部，階四。

[39] 《洞真黃書》，《道藏》正一部，廣十，頁 1A。

[40] 《洞真太上三元流珠經》，《道藏》第 33 冊，正一部，右八，頁 1B。

　　這是道教最普遍地用來象徵陰陽和男女的詞語，在房中術中也常有，馬王堆出土帛書《養生方》中「十節」第一是「虎游」，而《醫心方》卷二十八引《素（玄）女經》「九法」中第一、第二法即「龍翻」、「虎步」，但是，後來道教即漸漸把男女雙體修改成了一體，如《羅浮山志》卷四，蘇元朗「龍虎寶鼎，即身心也……白虎者，鉛中之精華，青龍者，砂中之元氣」。

◎ 布九宮（頁9A至頁11A）

　　指過度儀中男女信徒，按照四方、九宮、八卦方位，男上女下，彼此重疊地伸展身體。這是「合氣」的中心環節。可參見馬克（Marc Kalinnowski）《六朝時期九宮圖的流傳》的研究，但是他的說明中有一些含糊不清。我的理解如下：第一、其中要注意子（北）、午（南）、卯（東）、酉（西）的配合，首先，男女身體按照四五上下的方位，上下位互相顛倒，使上南下北，都合九數，同時，男子俯臥，以左手四指覆橫女子右手五指上，合爲九，放置在東方，女子仰臥，伸左手五指，男子以右手四指覆橫掩女子手上，合爲九，放置在西方。這樣東南西北、子午卯酉，俱爲九數。這時，男子在上，女子在下（天覆地載），男子存思四臟（肝心肺脾），女子存思五臟（肝心肺脾加腎），這樣中位也合了九數。第二，男女需要以身體與語言表現與古代中國的九宮八卦方位配合，如先念「水流歸未，分八至丑」，男子以左足二指，女子以右足五指加右手一指，合爲八，放在丑位，然後一起說「艮八」，又如念「木落歸本，分六至亥」，然後男子以右手右足各三指合爲六，掩女子左足上，放在亥位，說一句「乾六」，以下依次用頭、肩、腰、足等與九宮八卦四方五行對應，即是艮（八、丑、水、足、東北）、坎（一、子、北）、乾（六、亥、木、足、西北）、震（三、卯、腰、東）、坤（二、未、金、肩、西南）、兌（七、酉、腰、西）、巽（四、巳、土、肩、東南）、中宮（五、五藏、中央）、離（九、午、火、頭、南），這樣就符合了《黃帝九宮經》的「戴九履一、左三右七、二四爲肩、六八爲足、五居中宮，總御得失」這一知識與技術，與當時數術思想整合有相當深的關係，很多內容均與《五行大義》相涉，而它的咒語，也見于《五行大義》，如討論九宮配算時說：「中央及四仲，各分九算。命雲：木落歸本，分六至亥，故取震六算以置于乾；水流向未，分八至丑，故取坎八算以置于艮；金義而堅，分二還

未，故取兌二算以置于坤；火本炎盛，自處其鄉，故離算不動；土王四季，木生于
巳，故分中宮四算以置于巽。故成戴九履一之位也……」；第三，除了五行、九宮、
八卦，這些身體動作與姿態又要與天干地支相配，《五行大義》論配支干，「其配人
身，甲乙爲頭，丙丁爲胸脅，戊己爲心腹，庚辛爲股，壬癸爲手足。則子爲頭，丑
亥爲胸臂，寅戌爲手，卯酉爲腰脅，庚申爲尻肱，己未爲脛，午爲足。此皆初爲首，
末爲足。」又，「配五臟也，干以甲乙爲肝，丙丁爲心，戊己爲脾，庚辛爲肺，壬
癸爲腎也，支以寅卯爲肝，巳午爲心，辰戌丑未爲脾，申酉爲肺，亥子爲腎。此皆
從五行配之」。[41]

東南		南		西南
（巳）		（午）		（未）
	巽 ☴	離 ☲	坤 ☷	
（辰）				（申）
東	震 ☳	中 ☰	兌 ☱	西
（卯）				（酉）
（寅）	艮 ☶	坎 ☵	乾 ☰	（戌）
東北		北		西北
（丑）		（子）		（亥）

		南		
	右肩4（火）	9頭	2左肩（金）	
東	右腰3	5五臟（土）	7左腰	西
	右足8（水）	1	6左足（木）	
		北		

◎ 躡紀（頁 11A）

　　據《洞真上清太微帝君步天綱飛地綱金簡玉字上經》說：「步半之道既畢，乃

---

[41] 見《五行大義校注》，卷一，頁 35、卷二，頁 60。這種以人體配天干地支的方法來源可能很早，睡虎
地秦簡《日書》中的「人字圖」，雖然是用來占驗新生兒未來禍福的，但是它分配身體各部位與十二
地支的做法，是否與後來這種儀式上的人體部位配地支有關，尚需要研究。參見劉樂賢，《睡虎地秦
簡日書研究》（臺北：文津出版社，1994 年），頁 186、馬繼興，《馬王堆古醫書考釋》（長沙：湖南科
學技術出版社，1992 年），頁 815。

又兩足俱上丹元星，以左手拊心，以右手指北極星，閉氣三息，叩齒三通，咽液三過，名曰躡紀」，似乎是一種按照星辰方位行禹步的方術。[42]《過度儀》中正文爲入道男子躡紀動作說明，雙行小字爲入道女子的躡紀動作說明，均三過止，在整個過度儀中，有兩次躡紀。

◎ 玉龠（頁 14A）

似指男根，亦稱玉莖，《醫心方》卷二十八引《玄女經》：「女攀其陰，以承玉莖」，敦煌卷子 P2539《天地陰陽交歡大樂賦》：「玉莖振怒而頭舉」。《洞真高上玉帝大洞雌一玉檢五老寶經》：「陰房者，是鼻之兩孔中也，司命出入，當由鼻孔，不兩眉間也。夕在玄室，爲玉莖之中，地戶亦爲陰囊中也。若女子存之，令在陰門之內北極中。」；[43]亦稱「玉筴」，馬王堆出土帛書《養生方》：「誠能服此，玉筴復生」；又、有時亦稱作「赤子」，同上書云：「赤子驕悍數起，慎勿出入」，參《說文》：「朘，赤子陰也」。

◎ 生門、金門（頁 14A）

此處疑指女陰，《老子想爾注》：「牝，地也，女像之，陰孔爲門，死生之官也」。[44]又稱玉門，亦稱玉寶，馬王堆出土《養生方》：「太上執遇，雍坡（彼）玉寶」，又稱「玄門」，《養生方》：「上常山，入玄門」。《醫心方》卷二十八引《洞玄子》：「令女左手把男玉莖，男以右手撫女玉門」。但後來的道教著作漸漸否認這一說法，《道書十二種，象言破疑》中說：「西南坤位爲生我之門」，並批評說：「常人不知，以婦女產門爲生門死戶者，非也」。

◎ 龍行、龍倒（頁 14A、頁 16A）

「龍行」、「龍倒」，具體動作不詳，但大體上「龍」象徵男性，「行」、「倒」可能指儀式中男性的一種姿態或動作。張家山出土漢簡《引書》有「龍興」，爲「屈

42　《道藏》正一部，右二。

43　《洞真高上玉帝大洞雌一玉檢五老寶經》，《道藏》正一部，右一，頁 40A。

44　饒宗頤，《老子想爾注校箋》（上海：上海古籍出版社，1991 年），頁 9。

前膝，伸後，錯兩手，據膝而仰」，[45]又馬王堆漢代帛書《導引圖》有「龍登」，爲兩臂向外上方高舉，帛書《十問》中也有「龍登能，疾不力倦」，又有「龍息」，「龍息以晨，氣形乃剛」。

◎ 三五七九（頁 15B）

除了《上淸黃書過度儀》《洞眞黃書》外，《女靑鬼律》卷五頁 3A、頁 4A，《老君變化無極經》頁 3B、頁 5A 均有「三五七九」之說，《洞眞高上玉帝大洞大雌一玉檢五老寶經》也有：「三五復反，七九之管，混合大明，以至黃寧」，[46]《上淸九天上帝祝百神內名經》也有：「三五七九仙道成」，[47]一般均認爲「三五七九」是指房中合氣，《廣弘明集》卷八道安《二教論・服法非老第九》的注記中說：「妄造黃書，兒癲無端，乃開命門，抱眞人嬰兒，龍回虎戲，備如黃書所說，三五七九，天羅地網」。又卷九甄鸞《笑道論》中說：「黃書合氣，三五七九，男女交接之道」。又《辯正論》卷九《內九箴篇》：「尋漢安元年，歲在壬午，道士張陵分別黃書雲，男女有和合之法，三五七九交接之道」。[48]但是，關于「三三五七九」和「二四六八」的具體意味，似乎還有疑問，尚須進一步硏究。

四、過度儀的思想與依據的歷史背景分析

道教中很早就混雜了神仙術中的房中知識與技術，這是沒有問題的，[49]這些原

---

[45] 參見高大倫，《張家山漢簡引書研究》（成都：巴蜀書社，1995 年），頁 105。

[46] 見于《道藏》正一部，右一。

[47] 《道藏》正一部，承七。

[48] 《大正藏》五十二卷，頁 140、頁 531-2。

[49] 范曄，《後漢書》（北京：中華書局），卷三十〈襄楷傳〉，頁 1084，記載：「其言以陰陽五行爲家，而多巫覡雜語」，又「專以奉天地順五行爲本，亦有興國廣嗣之術，其文易曉」。福井康順，《道教の基礎的研究》，頁 82，以爲：「廣嗣之術」即房中術或合氣之術。這一猜想是有道理的，在馬王堆帛書本《養生方》三十一《□語》中已經有「〔禹曰〕我欲合氣，男女蕃茲，爲之奈何？少娀曰：凡合氣之道……」云云，見馬繼興，《馬王堆古醫書考釋》，頁 744；又，大淵忍爾，《初期の道教》（東京：創文社，1991 年），前篇第 5 章，頁 330-4，指出：在早期道教的《老子想爾注》中，已經有了房中術的內容。這是對的，見因爲它已經有「男女之事，不可不勤」等等。

來包含了生育、愉快與養生三種意味的房中技術，[50]究竟在什麼時候，又是如何成為道教的神聖儀式的，卻還需要進一步研究。[51]以《過度儀》為例，王卡的研究認為，《上清黃書過度儀》應當是四世紀就已經成書的，但是朱越利的研究表明，《過度儀》的成書年代應在 420-518 年之間，關于這一書的更具體的成書年代問題，現在還很難定案。不過，從佛教徒的反應來看，這種以性事為中心的活動在早期道教的祭祀儀式上也許已經很流行了，甚至直到六世紀的時侯，它仍然在社會上公開舉行。我相信，在道德倫理的觀念還沒有與政治軍事的權力合一的時代，其世俗的合法性（validity），當然是沒有問題的，但是，在漢魏六朝時代，它在世俗社會活動中的合理性（rationality）又是如何得以確立和認同的呢？

　　我的理解是，它的整個儀式是仿效宇宙天地的，它的合理性與正當性得到了宇宙天地的支持。古代中國人普遍相信，宇宙天地由陰陽、五行、八卦、九宮、六十甲子、三百六十日等等因素構成，這在戰國以後已經成為關于「大宇宙」的不言而喻的共識，而作為「小宇宙」的個人與作為「大宇宙」的天地之間，人們相信，也有一種神秘的對應關係，這在戰國以來也已經成了不證自明的常識，天地永恒，四時運轉，人如果依賴天地，仿效天地，是人得以生存、生存得幸福、甚至永遠生存的前提。在這個宇宙中，一切都無可逃遁，也無可隱匿。因此，古代中國關于未來的預測、關于生命的保養、關于季節的變化，都要依賴于天地陰陽五行四時六合八方八卦九宮二十四時二十八宿六十甲子三百六十日的系統。[52]道教知識與思想的背景之一，就是這種大宇宙與小宇宙的對應性，氣、陰陽、五行、九宮、八卦的相關性，把人的生命與宇宙結構的一體性，因為道教的淵源，相當重要的部分其實就是古代中國的黃帝之學、養生技術和神仙傳說。如《黃帝龍首經》中，就在論修煉

---

[50] 林富士先生在一篇尚未發表的論文中，把漢代房中術分為「養生」、「生育」和「快樂」三類，〈道教與房中術〉（臺北：中央研究院歷史語言研究所，「通俗信仰研討會」引言稿，1998 年）。

[51] 馬伯樂，《道教の養性術》，頁 162 認為：「集團性的性祭祀儀式起源于三張即二世紀中葉」，這種說法尚待資料證實。

[52] 比如漢代銅鏡的背面，就常常也有這樣的圖案，中央的北斗，以及青龍、白虎、朱雀、玄武之外，配上十二月、二十八宿。

長生時說：「將四七、使三光、通八風、定五行、令六壬領吉凶、使旬始將五岳，二神受氣，或處陰或處陽，各盡其止，以處五鄉、金木水火土上下相當」，[53]這些雖然都是大宇宙的要素，但也與小宇宙的是否永恒息息相關。因此，通過象徵性的動作，通過莊嚴的儀式，道教過度儀由于摹擬了大宇宙，所以也擁有了不容置疑的合理性。[54]

我們看幾個例子。以天地、四方、八卦、二十八宿等等重疊，來象徵宇宙，除了人們常見的「式」之外，還有很多，在近年考古發現中，比如，以四方、十二月、天干地支相配合的，有睡虎地秦簡《日書》中的「視羅圖」，據說，這也是式的一種；[55]又如，江蘇東海縣尹灣6號漢墓出土神龜占卜法漢代木牘，正面以龜體為形，[56]填滿六十甲子，再以頭南尾北的龜體（右脅、後右足、尾、後左足、左脅、前右足、頭、前右足），順時針配西北東南等八個方向與中央，共九方，占驗預測（如「直後右足者可得為朝氏，名歐，東北」），背面則畫出一方形，上南下北左東右西，分中央（方）及八方，用于占卜；[57]再如，馬王堆帛書《胎產書》中的《人

---

[53] 這裏涉及二十八宿、日月星、八節之風、東方木南方火西方金北方水四季土、三陰三陽、六甲等等，見《道藏》洞真部象術類，姜三。

[54] 參見葛兆光，〈宇宙、身體、氣與「假求于外物以自堅固」——道教的生命哲學〉，《中國哲學史研究》2期（1999年），頁65-72。

[55] 劉樂賢，《睡虎地秦簡日書研究》第二章，頁391-2。此外睡虎地秦簡《日書·男日女日篇》及放馬灘甲種《日書》中還有男女日，男日為子、寅、卯、巳、酉、戌，女日為丑、辰、午、未、申、亥，同上書，頁71；又，《日書·四向門篇》又有造北向門（水），在七八九月（金），丙午、丁酉、丙申日（丙丁火），赤色。造南向門（火），在正二三月（木），癸酉、壬辰、壬午日（壬癸水），黑色。造東向門（木），在十、十一、十二月（水），辛酉、庚午、庚辰日（庚辛金），白色。造西向門（金），在四、五、六月（火），甲午、乙未、甲辰日（甲乙木），青色。同上書，頁134-5。參見《墨子·迎敵祠》。

[56] 《五行大義校注》，頁1，蕭吉〈序〉中說：「龜則為象，故以日為五行之先，筮則為數，故以辰為五行之主」。它以「龜」為體，而且與宇宙八方、九宮、六十甲子對應，所以它的預測正當性就無可懷疑，可見這是一種相當古老而且在古人心目中擁有合理性的方法。

[57] 參見滕昭宗，〈尹灣漢墓簡牘概述〉，《文物》8期（1996年），頁34，及所附的神龜占卜法木牘圖片。

字圖》與《南方禹藏圖》，則以人體頭頸手足等與四季、天干地支相配，以四方十二支、十二月相配，以這種對應的相關性，決定或象徵禍福吉凶。[58]這種相關性的思路和重疊性的圖像，在相當長的時段內，都在人們的觀念中保持著天經地義的合理性，像敦煌發現的唐五代文獻中，仍有很多這樣的資料，如 S.6157《推命書（六十甲子推人年命法）》以六十甲子、五行、八卦相配，S.6164《推命書（推男子三生五鬼法）》以九宮爲中心，分別配以八卦、十二月、五行、五色等等，如下方，爲坎、爲一、爲十一、爲月、爲水、爲黑、爲中男等等，與上述各種方法的方位與配合完全一致，[59]顯示著這些觀念與象徵的深遠影響。

　　過度儀壇場空間的布置、求過度者的身體位置、動作與姿態，以及想像中的這些位置、動作與姿態的象徵意義，就是沿襲上述觀念與方法而來的。不過，到過度儀的時代，有三點應當注意：第一，以陰陽、五行、九宮、八卦、六十甲子爲主幹的各種技術和方法，在早期尚頗雜亂，從兩漢以來直到南北朝，這些技術與方法一直在整合過程中，《五行大義》可能就是清理和整合的結果，直到這個時代，這些理論上早已納入了一個大體系的知識，才在方法技術上逐漸統一。而從葛洪《抱朴子・登涉》中出現了遁甲術的痕跡以來，[60]道教已經把這種漢代流行的各種方術引入了自己的技術之中，也逐漸接受了經過整合的這種知識體系。因，過度儀的知識系統與《五行大義》是很接近的。第二，它把這些可以用空間表達的陰陽、五行、八卦、九宮、天干地支，與人體的部位與姿態相配合，構成了合氣動作的象徵性。雖然在馬王堆出土的《胎產書》人字圖中，我們看到，有以人體部位對應干支的內容，在尹灣漢簡中也有一種用龜甲占筮的時候對龜體的比附，但《五行大義》之前，並沒有說到用人的身體姿態來對應五行九宮的，但是，《上清黃書過度儀》卻挪移到人的身體上來了。過度儀的方位、次序大體就是延續了《五行大義》的這種傳統，只是更加複雜地規定了人在儀式中所作的位置、動作與姿態，及其動作與陰陽、五行（四方）、八卦、九宮、以及天干地支六十甲子等等的配合相應，在整個過度儀

58　參見馬繼興，《馬王堆古醫書考釋》，頁 814、819。

59　《英藏敦煌文獻》（第十冊）（成都：四川人民出版社，1994 年），頁 115。

60　王明，《抱朴子內篇校釋》（北京：中華書局，1985 年），卷十七，頁 302。

式中，男女信仰者的動作始終充滿了複雜隱秘的象徵意味，但仔細分析的話，儀式過程始終在對應陰陽、五行、九宮和干支之數。第三，在此前的各種關于應用陰陽、五行、九宮、八卦、六十甲子的技術，大多還只是解厄除困、預測占卜的方法，但在過度儀的時代，它卻用充滿了象徵性、隱喻性的動作，來表示對宇宙的模擬，來比附宇宙的結構，這種比附有時到了煞費苦心甚至不惜繁瑣的地步。可是恰恰應當指出，正是這種配合，把本來屬于個人性的隱秘的性行為，在宇宙論的背景下合理化，成了公開性的宗教儀式，即神聖的道教儀式。

五、餘論：道教過度儀式的演變

關于過度儀式的演變與消失，尚需要詳細考證，不過現在大體可以知道的是，六朝以後，過度儀式已漸漸從道教常見儀式中退出，在隋唐已經基本在主流道教中消失。[61]這一方面是主流意識形態與社會道德倫理的壓迫，一方面是道教對主流的屈服。[62]所以，從疑為北方寇謙之所撰《太上音誦戒經》和傳為陸修靜編《太上洞玄靈寶授度儀》中，都有對道教內部戒律和儀式的混亂的批評，南北道教的這一自我清整過程，使過度儀、涂炭齋以及一些世俗祭祀、民間方術、地區神鬼漸漸從上層道教以及道教文獻中淡出，陸修靜《太上洞玄靈寶授度儀》卷首《太上洞玄靈寶授度儀表》批評：「今下俗滓穢，必須神官，感通達御，既關成科于愚夫罔厝，自靈寶導世以來，相傳授者，或總度三洞，同壇共盟，精粗揉雜，小大混行，時有單受洞玄而施用上法，告召錯濫不相主伍，或乎博下道黃赤之官，降就卑猥，引曲非所，顛倒亂妄，不得體式，乖違冥典，迷誤後徒」，就是要規範道教的儀式，不僅「事則真要密妙，辭則清虛玄雅」，而且他們要求，「清整道教」，包括儀式和方法，

61　這種變化，當然是在整個社會儀形態與道德語境的壓力中進行的，不過也是道教自身對主流的屈服，在《洞真太上三元流珠經》中有一段話，說：「凡修太微黃書八卷，精密有效，乃見流珠。不見流珠，淪溺八生，往還勞苦，無由升玄」，就已經開始貶斥「八生」這種技術和儀式了。見《道藏》正一部，右八；參見葛兆光，〈黃書合氣及其他—道教過度儀的思想史研究〉，《古今論衡》第二輯（1999 年）。

62　參見葛兆光，〈清整道教〉，《學術集林》（上海：上海遠東出版社，1998 年），第 13 卷。

特別是儀式，整個儀式的規程都需要符合道德倫理，以顯示莊重、威嚴和神聖。[63]

以唐代流行的靈寶派授度儀式爲例。雖然它也是道教徒入道必須經歷的儀式，但是與黃書過度儀已經有相當大的差異。例如，按照《太上洞玄靈寶授度儀》的規定，首先，依照《科》、《玉訣》，要用上金九兩（九天）、五方紋繒各四十尺（五帝）、金龍金紐各三枚（三官）、南和丹繒五尺（請靈寶五篇真文及五符）、碧林之帛五尺（覆真文符）、丹青（丹代血、青代發、插血爲盟）、五種雜和之香二斗五升、五采雜花一斗，以上八種爲登壇必須的東西，這充分反映了道教儀式的貴族化；其次，這種儀式也要按照四季（春須甲寅、乙卯，夏須丁巳、丙午，四季用戊辰、戊戌，秋用庚申、辛酉，冬用癸亥、壬子）、也要作高壇開五門，師弟子由地戶入，左回，師北向，下面是發爐、出官、表文、約敕、復官、復爐、其中，也有思神將神兵，也有講究方位，也有叩齒引氣、鳴天鼓、也有誦經咒，也授度策文、上版符訣。但值得注意的是，這種儀式中沒有了性的儀式，也沒有了宗教性的迷狂，卻多了關于「帝王延昌、愛民治國，三歸共往，四教俱來……四方清靜，天下太平」之類話語，于是，道教儀式已經離開了古代巫祝數術的傳統，而向傳統的倫理道德和主流意識形態靠攏，也離開了早期道教的合氣與自搏，而成爲符合上流社會的象徵性宗教動作和姿態，唐代以後，這種看上去相當「文明」的儀式軌則，超越了過去天師道中的過度儀、涂炭齋，漸漸成了道教中的主流。[64]

1998 年 3 月初稿于日本京都大學

1999 年 1 月寫定于北京清華大學

---

[63] 《太上洞玄靈寶授度儀》，《道藏》洞玄部威儀類，化九。不過，這種改變的過程是很漫長的，如陸修靜編的《洞玄靈寶五感文》在談到「修六齋之法」時也說：「至道清虛，法典簡素，恬寂無為」，可是世俗道教卻「競高流淫，信用妖妄，倚附邪魅，假托真正，君子小人，相與逐往」，可是在他自己，仍然實行著三元涂炭齋，「科禁既重，積旬累月，負戴霜露，足冰首泥」，《道藏》正一部，笙五。

[64] 關于道教知識的變化與政治權力之間的關係，可參見葛兆光，〈妖道與妖術──小說、歷史與現實中的道教批判〉，《中國文學報》（京都：日本京都大學，1998 年），第 57 冊，頁 1-26。

〔附錄一〕

　　另外，介紹兩種後世常用的授度儀。

　　太上洞神行道授度儀：先有「宿啓法」、「言功法」，次爲「洞神行道儀」，由小兆真人向各種神靈拜啓祈祝。下面是「授度儀」：一、立壇，開天地人三皇門，分別是子、申、寅位，各有「鎭坐采十八」，分別是皂繒、白繒、青繒。本命采隨年數和等級不同，又，金龍三枚（平民用環）、青繒幡三枚，置朱書三皇內文等等，白絹四百尺（貧者四十）。二、叩齒祝祈，向北（子）、西南（申）、東北（寅）的天地人皇呼拜。三、上啓、詠歌、繚繞。四、朝禮儀。

　　太上洞神三皇傳授儀：一、「開真官錄」，主要是排列各種神靈的屬領將軍，二、授法位，三、師稱法位大謝。四、取盤帶，衣外繫之，日在前，月在後，結于心下。劵文囊盛結肘。皇文大字著盤帶中。黃女符繫腰、九皇圖繫心前、天水符髻中、九天符肘后、升天符繫腰、傳版在背後……五、行至申壇地戶，師祝，出地戶至下級壇，師祝，「……朝拜太一，免脫災凶，長離地苦，永保天福」（30頁B）。六、弟子出上層壇，復爐，吟誦。七、呈三簡致三皇君，最後從中壇西南（申）月門之下、到東北（寅）人門，左行到天門。八、禮畢。[65]

---

[65] 見《太上洞神行道授度儀》，《道藏》正一部，笙十；《太上洞神三皇傳授儀》，《道藏》正一部，笙十一。請注意，在兩種儀式中已經沒有合氣釋罪、自搏自撲之類的內容。

【徵引文獻】

《上清黃書過度儀》,《道藏》正一部,階七。第 32 冊,文物出版社、天津古籍
　　出版社、上海書店影印本,1986。以下《道藏》均同此。

《洞真黃書》,《道藏》正一部,廣十,33 冊。

《洞真太上三元流珠經》,《道藏》正一部,右八。第 33 冊。

《洞真太微黃書九天八籙真文》,《道藏》洞真部方法類,果,第 4 冊。

《洞真太微黃書天帝君石景金陽素經》,《道藏》洞真部神符類,張,第 2 冊。

《黃帝龍首經》二卷,《道藏》洞真部象術類,姜三,第 4 冊。

《登真隱訣》三卷,《道藏》洞玄部玉訣類,遜,第 6 冊。

《女青鬼律》六卷,《道藏》洞神部戒律類,力,第 18 冊。

《洞真三天秘緯》,《道藏》正一部,內一,第 33 冊。

《太上洞神行道授度儀》,《道藏》正一部,笙十。第 32 冊。

《太上洞神三皇傳授儀》,《道藏》正一部,笙十一。第 32 冊。

《正一天師告趙升口訣》,《道藏》正一部,吹八。第 32 冊。

《太上洞玄靈寶授度儀》,《道藏》洞玄部威儀類,化九。第 9 冊。

《洞真高上玉帝大洞雌一玉檢五老寶經》,《道藏》正一部,右一。第 33 冊。

《正一法文十籙召儀》,《道藏》正一部,逐八。第 28 冊。

《上清九天上帝祝百神內名經》,《道藏》正一部,承七。第 33 冊。

《六十甲子本命元辰歷》,《道藏》正一部,階四。第 32 冊。

《太上洞淵神咒經》,山田利明、游佐升編《太上洞淵神咒經語匯索引》。松雲
　　堂書店,東京,1984。

《老子想爾注》,饒宗頤《老子想爾注校箋》,上海古籍出版社,1991。

《抱朴子》,王明《抱朴子內篇校釋》,中華書局,1985。

《笑道論》,《笑道論譯注》,《東方學報》第 60 冊,京都大學人文科學研究所,
　　1988。

《弘明集》、《廣弘明集》、《辯正論》,《大正新修大藏經》第 52 卷,新文豐出版
　　公司影印本,臺北。

《五行大義》，中村璋八《五行大義校注》，汲古書院，1984。

《英藏敦煌文獻》，四川人民出版社，1994。

《醫心方》，新文豐出版公司影印本，1976。

馬伯樂《道教》，日文譯本，譯本，川勝義雄譯，平凡社，東京，1978，1992。

馬伯樂《道教の養性術》，日文持田季末子譯，セリカ書房，東京，1983。

石泰安（Rolf Stein）〈二世紀作爲政治宗教運動的道教〉，《通報》（Tung Pao）Vol.
　　　1-3，1963。

Michel Strickmann: *Le Taoisme du Mao Chan: Chronique d'une revelation*,1981。

大淵忍爾《初期の道教》，創文社，東京，1991。

小林正美《六朝道教史研究》，創文社，東京，1990。

朱越利《道藏分類解題》，華夏出版社，1996。

〈黃書考〉，載《中國哲學》第十九輯，岳麓書社，1998。

王卡〈黃書考源〉，《世界宗教研究》1997 年第 2 期，北京。

馬克（Marc　Kalinnowski）〈六朝時期九宮圖的流傳〉，（La transmission du
　　　Dispositif des Neuf Palais sous les Six-Dynasties），中文本，王東亮譯，載《法
　　　國漢學》第二輯，清華大學出版社，1997。

福井康順《道教の基礎的研究》，理想社，東京，1952。

吉川忠夫〈靜室考〉，《東方學報》五十九冊，京都大學人文科學研究所，1987。

柳存仁〈三洞奉道科誠儀範卷第五—P2337 中金明七真一詞之推測〉，《唐代研
　　　究論集》第四輯，新文豐，1992。

李零〈東漢魏東南北朝房中經典流派考〉，《中國文化》15-16 期合刊，北京，1998。

Emile Nourry《通過禮儀》，（Les rites de passage, 1909）日文本，綾部恒雄等譯，
　　　弘文堂，1977。

劉樂賢《睡虎地秦簡日書研究》，文津出版社，臺北，1994。

滕昭宗〈尹灣漢墓簡牘概述〉，《文物》1996 年 8 期。

馬繼興《馬王堆古醫書考釋》，湖南科學技術出版社，1992。

林富士〈道教與房中術〉，中央研究院歷史語言研究所「通俗信仰研討會」引言

稿，1998。

高大倫《張家山漢簡引書研究》，巴蜀書社，1995。

葛兆光〈張道陵軍將吏兵考〉，《漢學研究》162 期，臺北，1998。

葛兆光〈清整道教〉，《學術集林》第 13 卷，上海遠東出版社，1998。

葛兆光〈黃書合氣及其他—道教過度儀的思想史研究〉，中研院歷史語言研究所
　　報告，將發表于《古今論衡》第二輯，臺北，1999。

葛兆光〈宇宙、身體、氣與「假求于外物以自堅固」—道教的生命哲學〉，《中
　　國哲學史研究》1999 年 2 期，北京。

葛兆光〈妖道與妖術—小說、歷史與現實中的道教批判〉，《中國文學報》第 57
　　冊，日本京都大學，1998。

國家圖書館出版品預行編目資料

新古典新義

朱曉海主編. – 初版. – 臺北市：臺灣學生，
2001[民 90]
面；公分

ISBN 957-15-1105-6 (平裝)

1. 中國文學 – 論文，講詞等

820.7   90017824

新 古 典 新 義 (全一冊)

主　編　者：朱　　　　曉　　　　海

出　版　者：臺　灣　學　生　書　局

發　行　人：孫　　　善　　　治

發　行　所：臺　灣　學　生　書　局
　　　　　　臺北市和平東路一段一九八號
　　　　　　郵 政 劃 撥 帳 號 ： 0 0 0 2 4 6 6 8
　　　　　　電　話 ：（0 2）2 3 6 3 4 1 5 6
　　　　　　傳　眞 ：（0 2）2 3 6 3 6 3 3 4

本書局登
記證字號：行政院新聞局局版北市業字第玖捌壹號

印　刷　所：宏　輝　彩　色　印　刷　公　司
　　　　　　中和市永和路三六三巷四二號
　　　　　　電　話 ：（0 2）2 2 2 6 8 8 5 3

定價：平裝新臺幣四〇〇元

西　元　二　〇　〇　一　年　十　一　月　初　版